한유산문역주 3

韓愈散文譯注

애제(哀祭) · 비지(碑誌)

The Prose Works of Han Yu — A Korean Translation with Annotations

지은이 한유(韓愈, 768-824)는 중국의 중당(中唐) 시기를 산 사상가요 정치가인 동시에 걸출한 산문 작가며 특색 있는 시인으로, 사상계·정계·문단 등 다방면에서 뚜렷한 발자취를 남긴 인물이다. 자가 퇴지(退之)고 하양(河陽 : 지금 河南省 孟州市) 사람이다. 본인이 자칭한 본관 및 사후의 시호와 마지막 관직인 이부시랑을 따서 세상에서 '한창려(韓昌黎)', '한문공(韓文公)', '한이부(韓吏部)'로도 부른다. 그는 사상적으로 위진남북조(魏晉南北朝)를 거치면서 쇠퇴한 유학을 부흥시키고 불교와 도교를 배척하는 주장을 견지했다. 정치적으로 군벌들의 지방 할거를 반대해 모반한 번진(藩鎭)세력의 토벌 전쟁에 참여해 공을 세웠고 당시의 정치적 폐단을 공격하는 데 매우 용감했으며, 특히 지방관으로 있을 때 백성들을 위해 괄목할 많은 치적을 남겼다. 산문 방면에서 그는 육조(六朝) 이래 문단을 풍미해 온 변문(騈文)의 폐단을 통렬하게 지적하고, 선진(先秦)과 양한(兩漢) 이전의 고문 전통을 회복할 것을 힘써 주장하면서 유종원(柳宗元) 등 뜻을 같이하는 무리들을 이끌고 당대(唐代) 고문운동(古文運動)을 주도했다. 이론상으로 문장의 내용인 '도(道)'와 형식인 '문(文)'의 합일을 기조로 문체 개혁에 특히 주목할 만한 주장을 내놓아 진부함을 거부하고 참신하면서도 어법 규범에 합치하는 새로운 고문의 표준을 제시했다. 그는 이런 주장을 창작을 통해 몸소 실천해 기세가 분방하고 변화가 다양한 각종 체재의 명문장을 남김으로써 당송팔대가(唐宋八大家)의 으뜸으로서 '백대문종(百代文宗)'이라는 독보적 추앙을 받았다. 시가 방면에도 창조 정신을 발휘해 신기하고 웅건한 풍격의 독창적인 일가의 경지를 이룩했다. 그는 산문 혁신을 제창하는 동시에 시가에서도 전위적인 변혁을 주장해 당시 일군의 작가들에게서 보이는 평범하고 용렬한 시풍(詩風)을 바로잡고자 했다.

옮긴이 이종한(李鍾漢)은 1958년 경북 영천에서 태어나 1981년 계명대학교 한문교육과를 졸업하고, 1983년과 1992년에 서울대학교 대학원 중어중문학과에서 문학석사 학위와 문학박사 학위를 받았다. 1984년부터 계명대학교 중국어문학과 교수로 재직하고 있으며, 1990년과 1997년에 국립대만사범대학(國立臺灣師範大學)과 미국 미네소타대학교(University of Minnesota)에서 객원 연구교수를 지냈다. 일찍이 시로써 시를 논한 비평 양식에 관심을 기울이다가 중국문학에서 연구가 미진한 분야인 산문 연구로 방향을 전환한 바 있으며, 중국 고전산문과 경서를 주로 강의하고 있다. 『두보시선』(2000), 『한문 문법의 분석적 이해』(2001), 『당송산문선』(2003), 『한유 산문의 분류와 의론산문』(2005), 『중국산문간사』(공역, 2007), 『한유 서간문』(2010) 등의 저·역서와 「역대논시절구연구(歷代論詩絶句硏究)」(1983), 「한유 산문의 분석적 연구」(1992), 「한국에서의 한유 평가에 관한 연구」(1995), 「한유의 논시시(論詩詩)에 관하여」(1996), 「한유 산문의 시적 특징에 관하여」(1998), 「전문 문인으로서의 한유」(2007), 「한유 '전(傳)'의 장르 성격에 관한 검토」(2008) 등 다수의 논문이 있다.

한유산문역주 韓愈散文譯注 3 — 애제(哀祭)·비지(碑誌)

1판 1쇄 인쇄 2012년 6월 15일 **1판 1쇄 발행** 2012년 6월 25일

지은이 한유 **옮긴이** 이종한 **펴낸이** 박성모 **펴낸곳** 소명출판
등록 제13-522호 **주소** 137-878 서울시 서초구 서초동 1621-18 (란빌딩 1층)
대표전화 (02) 585-7840 **팩시밀리** (02) 585-7848
이메일 somyong@korea.com **홈페이지** www.somyong.co.kr

ISBN 978-89-5626-713-5 94820   값 29,000원 ⓒ 2012, 한국연구재단
ISBN 978-89-5626-710-4 (전 5권)

이 번역도서는 2007년 정부재원(교육인적자원부 학술연구사업비)으로 한국연구재단의 지원을 받아 연구되었음.
(KRF-2007-421-A00063)

한유 사당(韓文公祠) 패방(牌坊) 중국(中國) 조주(潮州)

한유 사당(韓文公祠) 내부 중국(中國) 조주(潮州)

한유 사당(韓文公祠) 입구 중국(中國) 조주(潮州)

2009한유국제학술대회 중국(中國) 조주(潮州)

祭文

祭田橫墓文

田橫，初為漢將，灌嬰敗橫。橫亡走梁，歸彭越。越降漢，立為齊王。漢滅項籍，齊人者多附橫。帝恐其後有亂，遂與使召之。橫與二客乘傳詣洛。從者置橫王尸而召之，廟遂自其客，令二客奉其頭，從使者馳奏其高帝。既葬，二客穿其冢旁，皆自剄，以從橫。史無餘客。高帝聞橫死，以橫之客皆賢，餘五百人在海中，使使召之，至則聞橫死，亦皆自殺。

公嘗從事董晉，始終亦未感遇，言語而黷。奏愈相從共事董晉，始終未感遇。宰相從如事，愈從之。

終不尤將有區區賢之，橫以謂人夫者苟至焉之好士。天息下尤將有區賢之，橫五以百謂人夫者苟至焉之好士。

貞元十一年九月，愈如東京，道出田橫墓下。

作十九年月下有十

慶善曰：東京洛陽也。公以貞元十一年或作長安至京河洪

陽山安後得以東都也。九月出橫墓下唐則公長安亦不得云即東貶

昌黎先生集　二十二

제전횡묘문(祭田橫墓文)

碑誌

李元賓墓銘_按今石刻首題云韓愈撰段季書其後題云十一年十二月

李觀字元賓_{然石縱古本有之○此字今本今文粹亦然}其先隴

西人也_{或無字也字學於之祿五食字太年二十四}始來自江之東

舉進士三年登上第又舉博學宏辭得太子校書一

年_{書下字又}年二十九客死于京師_{既斂之三日作趍或辭}

友人博陵崔弘禮葬之于國東門之外七里_{之或字無}友

鄉曰慶義原曰嵩原_{友人有葬其下字或葬無之或有賣作慶義鄉或}

友人韓愈書石以誌之辭曰_{馬或字作某原或字人下或有昌黎其}

已虖元賓壽也者吾不知其所慕夭也者吾不知其_{守作嵩某原或}

이원빈묘명(李元賓墓銘)

한유산문역주 3

애제(哀祭)・비지(碑誌)

한유 지음 │ 이종한 옮김

韓愈散文譯注

소명출판

◆ **일러두기**

1. 이 책은 동성파(桐城派) 학자 마기창(馬其昶, 1855-1930)의 『한창려문집교주(韓昌黎文集校注)』(上海古籍出版社, 1986)를 저본으로 삼았다. 이 저본은 마기창이 교주한 유고를 그의 장손 마무원(馬茂元, 1918-1989)이 정리해 1957년에 상해(上海) 고전문학출판사(古典文學出版社)에서 간행한 단구본(斷句本)에 따라 분단(分段)과 표점(標點)을 가해 출판한 것이다. 『한창려문집교주』는 마기창이 요영중(廖瑩中)의 주(注)를 저본으로 삼아 명청대(明淸代) 20여 주석가의 평어와 주석을 채록해 보주(補注)로 삼아 엮은 한유의 산문에 대한 가장 완비된 주석본으로, 그 속에는 문집 8권 외에 문외집(文外集) 2권, 유문(遺文) 1권, 집외문(集外文) 3권과 집전(集傳)이 부록으로 들어 있다.

2. 이 책에서는 한국연구재단과 맺은 2007년도 명저번역연구 지원 약정에 따라 문외집과 유문 및 집외문을 제외하고, 한유 산문의 정집(正集)인 8권의 문집에 들어 있는 320편의 산문 작품을 역주의 대상으로 삼았다. 독자의 참고 편의를 위해 저본의 순서에 따라 작품에 HS-001~320까지의 일련번호를 붙였는데, 한 편 속에 둘 이상의 작품이 들어 있는 경우는 동일번호 내에서 재차 하위 일련번호를 부여했다.

3. 각 작품은 번역문, 해제, 원문과 주석의 순으로 배열했다. 번역문은 가급적 원문의 틀을 유지하고 저본의 단구와 표점에 나타난 호흡을 살려 한유 산문의 기세등등한 특징을 최대한 드러낼 수 있도록 하되, 의미가 충분히 창달되도록 하기 위해 우리말의 어순에 부합하게 옮기려고 했다. 다만 저본의 단구 단위가 너무 긴 경우에는 간혹 그대로 따르지 않고 중간에 끊은 경우도 없지 않다. 해제에서는 각 작품의 창작 시기와 동기 및 배경, 주제 및 핵심 내용, 형식 및 문체의 특징, 관련 작품 간의 상호관계 등을 중심으로 비교적 상세한 해설을 덧붙였다. 원문은 저본을 따라 단락별로 구분해 나열하되 극소수지만 단락 조정을 한 경우가 있으며 주석은 같은 작품 내에서는 일련번호를 붙였다. 주석에서는 괄호 속에 한국 한자음으로 독음을 달고, 어구의 의미 풀이와 출전 및 관련 고사의 규명은 물론 인명 · 지명 · 관직명 등을 밝히는 데도 중점을 두었으며, 번역문만 읽고 미진한 작품의 내용 파악을 돕기 위해 보충 설명을 가한 경우도 있다. 해제의 연월 표시는 음력이고, 주석의 우리말 독음은 어구의 내적 끊어 읽기 호흡을 포함해 두음법칙을 적용했다.

4. 독자의 이해와 사용 편의를 위해 이 책의 서두에 역자 서문 외에 이한(李漢)의 「창려선생집 서문(昌黎先生集序)」을 국역해 신고, 말미에 한유의 생애와 성취, 한유 산문의 분류, 한유에 대한 평가, 한유 산문 국역의 의의 및 기여도 등에 대한 해설 및 작품 '원문 제목'과 '번역문 제목'의 두 가지 찾아보기를 덧붙였다.

5. 번역문과 해설 및 주석에서 한자는 가급적 적게 쓰고 반복 사용을 피하려고 했지만, 의미 전달의 명확성을 높이고 한자 학습의 필요성을 환기한다는 점에서 고유명사나 주요 용어를 중심으로 필요하다고 생각되는 경우에 괄호 속에 병기했다.

6. 이 책에 쓰인 주요 부호는 다음 원칙에 따랐다.
   ' ' 중요한 의미를 지닌 어구나 용어를 강조할 때
   " " 인용할 때
   ( ) 인용 원문을 제시하거나 한자를 병기할 때
   『 』 책이름을 표기할 때
   「 」 책의 편명 또는 작품 이름을 표기할 때

7. 이 책에서 주로 참고한 비중 있는 주석본과 교감본은 다음과 같다.
   朱熹, 『昌黎先生集考異』(文淵閣四庫全書本); 王伯大, 『別本韓文考異』(文淵閣四庫全書本); 廖瑩中, 『東雅堂昌黎集註』(文淵閣四庫全書本); 魏仲擧, 『五百家注昌黎文集』(文淵閣四庫全書本); 陳景雲, 『韓集點勘』(文淵閣四庫全書本); 蔣翌超, 『註釋評點韓昌黎文全集』(再版; 上海: 會文堂), 1925; 童第德, 『韓愈文選』(北京: 人民文學出版社), 1980; 童第德, 『韓集校詮』(北京: 中華書局), 1986; 淸水茂, 『韓愈』 I · II(東京: 筑摩書房), 1986-1987; 張淸華, 『韓愈詩文評注』(鄭州: 中州古籍出版社), 1991; 錢伯城, 『韓愈文集導讀』(成都: 巴蜀書社), 1993; 屈守元 · 常思春, 『韓愈全集校注』(成都: 四川大學出版社), 1996; 李道英, 『唐宋八大家文集 · 韓愈文』(北京: 人民日報出版社), 1997; 高海夫, 『唐宋八大家文鈔校注集評 · 昌黎文鈔』(西安: 三秦出版社), 1998; 周啓成 · 周維德, 『新譯昌黎先生文集』 上 · 下(臺北: 三民書局), 1999; 羅聯添, 『韓愈古文校注彙輯』(臺北: 國立編譯館), 2003; 孫昌武, 『韓愈詩文選評』(西安: 三秦出版社), 2004; 閻琦, 『韓昌黎文集注釋』 上 · 下(西安: 三秦出版社), 2004.

8. 각 권의 앞에 실은 원전 자료는 『한창려문집교주』의 저본으로 중화서국(中華書局)에서 간행한 동아당본(東雅堂本) 『창려선생집(昌黎先生集)』에서 스캔해온 것이다.

한유산문역주 전체 차례

제5권

애사(哀辭)

제문(祭文)

HS-157 「전횡의 묘소에 바치는 제문」

祭田橫墓文

정원 11년(795) 9월에 내가 동경(東京) 낙양(洛陽)으로 가던 도중에 전횡(田橫)의 묘소를 지나가다가, 그가 의리가 고상해 유능한 선비들의 신임을 받은 점에 감동을 받아 술을 부어 제사를 지내고 제문을 지어 그를 조문하니, 그 글은 다음과 같다.

일에는 백 세대의 간격이 있더라도 감동을 주는 것이 있으니
나 자신도 그것이 어떤 심리 상태인지를 잘 모르겠소만
그대처럼 의리가 고상한 이는 지금 세인들이 숭상하는 사람이 아닌데도
무엇이 나로 하여금 목메어 흐느끼며 자제할 수 없게 하는가?
내가 널리 천하를 두루 관찰해보았지만
어디에 그대가 한 것과 유사한 일을 한 사람이 있는가?
죽은 사람은 다시 살아날 수 없으니

아! 내가 이곳을 떠나면 장차 누구를 따르겠는가?
진(秦)나라 왕조가 붕괴해 천하가 어지러울 때는
유능한 선비 한 사람의 신임만 받아도 왕이 될 수 있었는데,
어찌하여 오백 명이나 되는 많은 사람이 북적거리며 따랐는데도
그대를 자살의 칼날에서 벗어나지 못하게 했는가?
아니면 그대가 소중히 여긴 사람들이 유능한 인재가 아니고
천명도 이미 정해진 바가 있었기 때문인가?
옛날에 공자의 문하에는 유능한 인재가 많았으나
공자 같은 성인도 마음이 불안하다고 하셨다.
만약 내가 가는 길이 어긋나지 않다면
비록 넘어지고 엎어지더라도 그 무슨 지장이 있겠는가?
예로부터 죽은 사람은 각기 사정이 다르지만
그대는 지금까지 광채를 발하고 있소이다.
무릎 꿇고 제문을 읽으며 술을 바치니
그대의 혼백이 마치 강림해 흠향하는 것 같소이다.

해제

정원 11년(795)에 전횡(田橫)의 묘소를 참배한 자리에서 바친 제문. 이
해 5월에 작자는 재상에게 세 차례에 걸쳐 서신을 올렸지만 회답을 받
지 못해 낙향했다가 9월에 고향 하양(河陽)에서 낙양으로 가던 도중에
전횡의 묘소를 지나게 되었다. 전횡은 진(秦)나라 말에 종형 전담(田儋)과
함께 제(齊)나라의 재건을 도모하다가 초(楚)나라와 한(漢)나라 간의 천하
쟁탈 중에 제왕(齊王)으로 자립한 바 있다. 한나라 장군 관영(灌嬰)에게 패

한 뒤 부하 5백여 명을 거느리고 바다의 섬에 가서 살고 있던 중, 한나라 고조(高祖)가 반란을 두려워해 사신을 보내 왕후(王侯)의 작위로 회유함에 그가 수행원 두 사람과 함께 나오다가 시향(尸鄕)의 역참에 이르러 자살했다. 고조가 그를 왕후의 예로 장사지내준 뒤에, 수행원과 그 소식을 전해들은 섬에 살던 부하들도 모두 자살했다. 전횡과 그의 부하 5백여 명의 자살 사건은 두 왕조를 섬기지 않고 옛 군주에게 충성을 다하는 모범으로 간주되어 역사에서 널리 칭송되었다.

이 글은 전횡이라는 역사 인물이 '의리가 고상하고 유능한 선비들의 신임을 받은(義高能得士)' 점을 중점적으로 부각시켜 당시의 통치자들이 인재를 중시하지 않는 풍조와 대비함으로써, 작자 자신이 뛰어난 재능을 지니고도 벼슬길이 순탄하게 열리지 않는 데 대한 감개를 나타내었다. 글의 밑바탕에 역사적 사실에 근거한 비극적 정조를 깔고 있으면서도, 그것을 현실 세계와 중첩시켜 자신이 추구하는 길이 정당하다는 강렬한 자신감과 도덕의식으로 승화시키고 있는 점이 돋보인다. 의문문과 감탄조가 뒤섞이고 변화와 곡절이 많은 소체(騷體)의 문장 속에 28세 청년 작자의 비분강개함과 용왕매진하는 의지가 서려 있는 매우 특이한 제문이다. 글의 양식은 다르지만 비슷한 시기에 창작되었고 작품의 취지도 유사한 「감이조부(感二鳥賦)」(HS-001)를 참조하기 바란다.

원문 및 주석

貞元十一年九月, 愈如¹東京², 道出³田橫墓⁴下, 感橫義高能得士, 因取酒以祭, 爲文而弔之, 其辭曰:

1   如(여) : 가다.

事有曠百世⁵而相感者, 如不自知其何心 ; 非今世之所稀⁶, 孰爲使余歔欷⁷
而不可禁? 余旣博觀乎天下, 曷有庶幾⁸乎夫子⁹之所爲? 死者不復生, 嗟余
去此¹⁰其¹¹從誰? 當秦氏之敗亂¹², 得一士而可王 ; 何五百人之擾擾¹³, 而不
能脫夫子於劍鋩¹⁴? 抑所寶之非賢, 亦天命之有常? 昔闕里¹⁵之多士¹⁶, 孔聖
亦云其遑遑¹⁷。苟余行之不迷, 雖顚沛¹⁸其何傷? 自古死者非一, 夫子至今
有耿光¹⁹。跽²⁰陳辭²¹而薦²²酒, 魂髣髴²³而來享²⁴。

5   曠百世(광백세) : 백 세대나 될 정도로 오랜 시간의 간격이 있다.
6   稀(희) : 여기서는 '希'와 통하여 '숭상하다'는 뜻으로 쓰였다. 이 구절은 당시의
    통치자들 중에 전횡처럼 의리가 고상해 선비들의 신임을 받는 기풍을 숭상하는
    자가 한 사람도 없다는 뜻이다. 그런데 일설에는 '稀'자를 문자 그대로 보고, 이
    구절을 '전횡과 같이 의리가 고상한 사람이 지금 세상에 드물지 않다면'으로 풀
    이하기도 한다.
7   歔欷(허희) : 목메어 흐느끼다. 오열하며 탄식하다.
8   庶幾(서기) : 근접하다. 유사하다.
9   夫子(부자) : 그대. 상대방에 대한 존칭.
10 去此(거차) : 이곳을 떠나다. 이곳은 전횡의 묘소를 가리킨다.
11 其(기) : '장차'의 뜻을 나타내는 어기부사.
12 秦氏之敗亂(진씨지패란) : 환관 조고(趙高)가 태자 부소(扶蘇)를 살해하고 이세
    (二世) 호해(胡亥)를 세운 뒤, 이세 원년(B.C. 209) 7월에 진승(陳勝)과 오광(吳
    廣)이 반기를 들어 진나라 왕조가 급속하게 붕괴된 것을 가리킨다.
13 擾擾(요요) : 많아서 혼란스러운 모양.
14 劍鋩(검망) : 칼날. 칼끝. 여기서는 전횡이 자살한 것을 가리킨다.
15 闕里(궐리) : 공자의 출생지로 여기서는 공자의 문하를 가리킨다. 공자는 노(魯)
    나라 추읍(陬邑) 창평향(昌平鄕) 궐리에서 태어났는데, 지금 산동성 곡부시(曲
    阜市) 성내에 있는 궐리가(闕里街)에 해당한다.
16 多士(다사) : 공자의 제자가 3천명이고, 그 중에서 육경(六經)에 통달한 자도 70
    여 명에 달했다고 한다.
17 遑遑(황황) : 마음이 불안하다. '皇皇'과 통해 마음이 안정되지 못한 모습을 형용
    한다. 『맹자·등문공하(滕文公下)』에 "공자는 석 달 동안 섬길 임금이 없으면
    마음이 불안했다(孔子三月無君, 則皇皇如也)"라는 글귀가 보인다. 일설에는 공

자가 천하를 동분서주하느라 쉴 틈이 없이 바쁜 것을 뜻한다고 한다.

17 顚沛(전패) : 길에서 넘어지거나 엎어져 곤경에 처하다. 『논어·이인(里仁)』편에 "넘어지거나 엎어지는 순간에도 반드시 인을 지킨다(顚沛必於是)"라는 글귀가 보인다.

18 耿光(경광) : 광채. 빛. '耿'은 '光'의 뜻이다. 『서경·입정(立政)』에 "(천하 사람들로 하여금) 문왕의 광채를 볼 수 있게 했다(以觀文王之耿光)"라는 글귀가 보인다.

19 跽(기) : 엉덩이를 발에 닿지 않게 몸을 펴고 무릎을 꿇고 앉는 동작으로 '장궤(長跪)'라고도 한다. 『사기·항우본기(項羽本紀)』에 "항왕은 칼자루에 손을 대고 쓰다듬으면서 꿇어앉았다(項王按劍而跽)"라는 글귀가 보인다.

20 陳辭(진사) : 제문의 글을 읽다.

21 薦(천) : 바치다.

22 髣髴(방불) : 마치 ~와 흡사하다. 마치 ~인 것 같다. 쌍성(雙聲)의 연면사(聯綿詞)로 '彷彿'이나 '仿佛'로도 적는다.

23 享(향) : 흠향하다. 받다. 『논어·팔일(八佾)』편의 『집주(集注)』에 "귀신은 예가 아닌 것은 흠향하지 않는다(神不享非禮)"라는 글귀가 보인다.

「구양첨 선생 애도사」

歐陽生哀辭

　구양첨(歐陽詹) 집안은 대대로 민월(閩越) 지방에서 살았습니다. 그의
이전 선대는 모두 민월 지방의 관리가 되어 관직이 자사의 보좌관이나
현령에 이른 사람이 여러 차례 있었습니다. 민월은 토지가 비옥하고 풍
요로우며 아름다운 산수와 새나 짐승들을 향유할 수 있는 즐거움이 있
어, 비록 재능이 출중하고 인품이 빼어난 사람으로 관청의 공문서나 행
정 업무와 규정에 정통하기가 문화가 발달한 도성이나 중원 일대의 선
비들과 나란히 할 만한 자라 하더라도 일찍이 외지로 나와 벼슬하려고
하지 않았습니다.

　지금 황제께서 즉위한 지 얼마 안 된 시기에 이전 재상 상곤(常袞)이
복건(福建) 여러 주의 관찰사로 부임해 그곳을 다스렸습니다. 상곤은 문
장으로 벼슬길에 나와 당시에 명망이 높았고 또 고관이 되어 그곳 백성
들을 다스렸는데, 향리나 현의 보통 백성 중에 고서를 암송하고 글을

지을 수 있는 사람은 그가 직접 그들을 빈객의 예로써 대하고 관광이나 유람이라든가 주연이나 연회 자리가 있으면 반드시 참가하도록 초청했습니다. 그러자 얼마 지나지 않아서 모두 하나로 화합해 교화되었습니다. 구양첨은 그때 유독 출중해 상곤이 더욱 존경하고 경애했으며 여러 서생들도 모두 그를 떠받들고 탄복했는데, 민월 지방 인사 중에서 진사과에 응시하도록 천거된 것은 그로부터 시작되었습니다.

건중(建中)과 정원(貞元) 연간에 내가 강남 지방에 가서 생계를 도모하며 사느라 세상사를 모르고 지냈는데, 왕왕 마을에서 구양첨의 명성을 들으니 그가 강남에서 칭송을 받은 지가 아주 오래되었습니다. 정원 3년(787)에 내가 처음 진사과에 응시하러 도성에 도착한 뒤로는 그의 명성을 더 많이 들었습니다. 정원 8년(792) 봄에 마침내 그와 함께 문장으로 진사과에 응시해 급제하고 비로소 서로 알게 되었습니다. 그 뒤에 그는 복건으로 돌아가고 나는 도성에 머물기도 하고 다른 곳에 있기도 했지만 그를 오래도록 보지 못한 것은 단지 그가 복건으로 돌아가 있을 때만 그러했을 뿐, 다른 때에는 그와 떨어져 지내더라도 대개 해를 넘기지 않고 얼마간의 시간이 지난 뒤에는 반드시 다시 만났으며, 만난 뒤에는 둘 다 가야할 곳을 잊고 지내다가 오랜 시간이 흐른 뒤에 다시 헤어졌습니다. 따라서 나와 그는 서로를 깊이 이해하는 사이였습니다.

그는 부모를 섬김에 효도를 다했고, 아내와 자식들에게 인자했으며, 친구에게는 의리를 지키고 신실했습니다. 그는 기질이 순정하면서도 도덕규범에 부합했고 용모는 중후했습니다. 그가 한가해 편안히 쉬고 있을 때는 우스갯소리 하기를 좋아하고 다른 사람들과 잘 어울렸으며, 그의 문장은 간절하고 심원하며 반복적으로 논술하기를 좋아해 스스로의 주장을 잘 표명했습니다. 그의 편지를 읽어보고는 그가 자애와 효도를 가장 진지하게 여겼음을 알았습니다. 정원 15년(799) 겨울에 내가 서주(徐

州)절도사의 보좌관 신분으로 황제를 알현하고 신년 하례를 드리러 도성으로 갔는데, 그는 국자감 사문관(四門館)의 조교로서 학생들을 데리고 대궐 아래에 엎드려 황제에게 나를 사문박사로 천거하려고 했으나, 마침 국자감에 소송사건이 발생해 결과적으로 상주하지 못했습니다. 그의 마음 씀씀이를 살피니, 나에게 이로운 점이 있으면 자신의 미천한 신분을 잊어버리고 그것을 도모하려고 했습니다. 아! 그가 지금 이미 고인이 되었소이다!

　　그는 민월 사람입니다. 그는 부모님이 이미 연로하신데도 조석으로 봉양하는 일도 버려두고 도성으로 왔는데, 장차 장안에서 무언가를 이루고 고향으로 돌아가 부모님의 영광으로 삼고자 하려는 심산이었고 부모님도 같은 마음이었습니다. 부모님께서는 그가 곁에 있으면 비록 이별의 걱정은 없었지만 뜻이 즐겁지 않았고, 그가 도성에 있을 때는 비록 이별의 걱정은 있었지만 뜻이 즐거웠으니, 그와 같은 사람은 이른바 부모님의 뜻을 자신의 뜻으로 삼아 봉양한 자이로소이다! 그가 비록 높은 관직은 얻지 못했지만, 그의 명성은 사람들 사이에 퍼지고 그의 덕행은 친구들에게 신임을 받았으니, 설령 그와 그의 부모님이라 할지라도 모두 여한이 없을 것입니다. 그가 남긴 공적과 문장에 대해서는 이고(李翶)가 이미 그를 위해 전기로 썼으므로 나는 애도사를 지어 나의 슬픈 심정을 토로해 후세에 전하고, 그 부모님께 드려서 비통한 마음을 풀어줌으로써 그의 뜻을 이루어주고자 합니다.

　　벼슬길과 친구 찾아
　　멀리 고향을 떠났는데
　　부모님의 명령을
　　자식이 받들어 행한 것이네.
　　친구는 이미 벼슬을 얻었지만

봉록은 실로 넉넉하지 못했으되
부모님의 뜻을 받들어 봉양했을진대
소고기나 양고기가 무슨 소용?
공적은 이미 성취되었고
명예 또한 빛을 발하니
부모님은 마음이 기뻐 흡족해
늘 자식이 곁에 있는 듯이 여기셨네.
명은 비록 짧았다지만
그가 남긴 것은 오래 갈 터
사람은 결국 죽을 운명이니
길이 상심하지 말게나.
친구들이 몸소 와 돌보고
제일 좋은 약도 써보았으며
제때 나는 가장 신선한 음식에
필요한 물품도 지장 없이 갖추었네.
수명의 장단이 같지 않는 건
인간사에 늘 있는 일
곁에 있든 멀리 있든
다를 것이 없다네.
산천이 가로막고 멀다지만
혼백일랑 마음껏 다닐 수 있으니,
제사지내면 강림하시어
길이 막혀 못 온다 하시지 말게나.
소리 내어 울어도 소용없으니
슬픔을 억제하고 자중하며
생전을 미루어 사후를 알 수 있으니
그대의 효성을 위로하네.

아, 슬프도다!
그래도 잊기는 어렵도다!

해제

정원 17년(801)에 구양첨(歐陽詹)의 요절을 가슴 아파하며 지은 애도사. 구양첨은 자가 행주(行周)며 천주(泉州) 진강(晉江)사람이다. '애사'는 재능이 있어도 쓰이지 못하거나 덕을 갖추고도 수를 누리지 못하는 것을 애통해하며 쓰는 애제문(哀祭文)의 일종으로 보통 운문체로 되어 있다. 이글은 40세 전후로 죽은 막역한 친구를 애도하며, 그의 가문과 재능 및인품이나 문장 등을 차분히 써내려가고 있지만, 우정의 깊이와 지극한 효성이라는 두 가지 점이 중심에 서 있다. 먼저 작자와 구양첨이 동년 진사(同年進士)로 알게 된 이후로 이별과 만남의 과정을 반복하는 동안늘 끈끈하게 각별한 우정을 유지해왔으며, 특히 구양첨이 자신의 미천한 신분에 구애되지 않고 친구의 유익을 위해 나서려고 한 점을 부각시키고 있다. 다음으로 그가 부모의 조석 봉양을 뒤로 하고 출신 지역 사람들의 일반적인 관례와 달리 외지로 벼슬 나온 것은 부모님의 뜻을 따라 받든 점임을 밝혀 그의 효성을 더욱 돋보이게 했다. 이 두 가지를 중심으로 하여 애절하고 감동적인 언어와 배회하듯 반복적인 필치로 가슴 깊은 곳에서 우러나오는 애도의 정을 잘 표현했다.

원문 및 주석

歐陽詹世居閩越^1。自詹已上皆爲閩越官^2, 至州佐^{3}縣令者, 累累^{4}有焉。閩越地肥衍^5, 有山泉禽魚之樂 ; 雖有長材秀民^{6}通文書^{7}吏事^{8}與上國^{9}齒^{10}者, 未嘗肯出仕。

1　閩越(민월) : 지금 복건성 지역. 월왕(越王) 구천(句踐)의 후예 무제(無諸)가 전국(戰國)시대에 민(閩)으로 들어가 민월왕(閩越王)을 자칭하고 동야(東冶) 곧 지금의 복주시(福州市)에 도읍했다. 구양첨의 고향 천주(泉州) 진강(晉江)이 옛 민월의 땅이므로 이렇게 불렀다.
2　閩越官(민월관) : 당나라 제도에 민중(閩中) 군현(郡縣)의 관리는 이부(吏部)에서 선발하지 않고 5품 이상의 중앙 관리 1인을 파견해 현지에서 보임하도록 전권을 위임하고, 어사(御史) 1인을 함께 파견해 감독하게 했다. 4년에 한 차례 보임했는데 그것을 '남선(南選)'이라고 불렀다.
3　州佐(주좌) : 자사 곧 주지사의 보좌관으로 별가(別駕), 장사(長史), 사마(司馬), 녹사(錄事) 등의 관리를 가리킨다.
4　累累(누누) : 누차. 여러 차례. '屢屢'와 같다.
5　肥衍(비연) : 비옥하고 풍요롭다.
6　長材秀民(장재수민) : 재능이 출중하고 인품이 빼어난 사람.
7　文書(문서) : 관청의 공문서.
8　吏事(이사) : 관리의 행정 업무와 규정이나 관례.
9　上國(상국) : 도성과 중원 일대의 문화가 발달한 지구. 고대에 제후들이 황제의 왕실을 부르던 말로 뒤에 도성과 경기 지방을 가리켰다.
10　齒(치) : 동등하다. 같다.

今上初^{11}, 故宰相常袞^{12}爲福建諸州觀察使, 治其地。袞以文辭進, 有名於時, 又作大官, 臨莅其民, 鄕縣小民有能誦書作文辭者, 袞親與之爲客主之禮, 觀游宴饗^{13}, 必召與^{14}之。時未幾, 皆化翕然^{15}。詹于時獨秀出, 袞加敬愛, 諸生皆推服, 閩 越 之人擧進士^{16}繇^{17}詹始。

11　今上初(금상초) : 덕종(德宗) 건중(建中) 초로 780년이다.
12　常袞(상곤) : 경죄京兆 : 지금의 섬서성 서안시(西安市)] 사람으로 천보(天寶) 연간에 진사가 되었다. 대종(代宗) 대력(大曆) 12년(777) 4월에서 윤5월까지 재상을 역임했고, 건중 원년(780)에 복건관찰사가 되었다.
13　觀游宴饗(관유연향) : 관광이나 유람과 주연이나 연회. '觀'과 '游'는 같은 뜻이지

만 '宴'과 '饗'은 약간의 차이가 있다. '宴'은 비교적 자유로운 사적인 주연인 반면에, '饗'은 성대한 예절로 빈객을 초대해 여는 공식적인 연회다.

14 與(여) : 참여하다. 참예하다. '預(예)'나 '豫(예)'와 통한다.

15 翕然(흡연) : 화합하는 모양. 일치하는 모양.

16 擧進士(거진사) : 향공(鄕貢)으로 예부(禮部)에서 시행하는 진사시에 천거된 사람. 그런데 이 구절에서 구양첨을 복건 출신 최초의 '擧進士'라 한 것은 한유의 잘못이다. 『당척언(唐摭言)』에 장계(長溪) 사람 설영지(薛令之)가 중종(中宗) 신룡(神龍) 2년(706)에 벌써 과거에 급제한 기록이 보이며, 이외에도 구양첨보다 먼저 과거에 오른 몇몇 사례가 있다.

17 繇(유) : ~로부터. '由'와 같다.

建中貞元間, 余就食江南[18], 未接人事, 往往聞詹名閭巷間, 詹之稱[19]於江南也久。貞元三年[20], 余始至京師擧進士, 聞詹名尤甚。八年春, 遂與詹文辭同考試登第[21], 始相識。自後詹歸閩中, 余或在京師他處, 不見詹久者惟詹歸閩中時爲然, 其他時與詹離率不歷歲[22], 移時[23]則必合, 合必兩忘其所趨, 久然後去。故余與詹相知爲深。

18 就食江南(취식강남) : 「복지부(復志賦)」(HS-002) 주석 15, 16 참조.

19 稱(칭) : 칭찬받다. 칭송을 받다.

20 貞元三年(정원삼년) : 정원 2년의 잘못. 한유가 선주(宣州)를 떠나 하중(河中)을 거쳐 장안으로 올라온 해는 정원 2년이다.

21 登第(등제) : 진사에 급제하다. 정원 8년(792)에 실시된 진사시의 고시위원장은 병부시랑(兵部侍郞) 육지(陸贄, 754-805)였는데, 이때 급제한 사람은 23명으로 모두 지명도가 높은 인사들이어서 당시에 '용호방(龍虎榜)'이라고 불렀다. 23인의 명단은 가릉(賈稜), 진우(陳羽), 구양첨(歐陽詹), 이박(李博), 이관(李觀), 풍숙(馮宿), 왕애(王涯), 장계우(張季友), 제효약(齊孝若), 유준고(劉遵古), 허계동(許季同), 후계(侯繼), 목지(穆贄), 한유(韓愈), 이강(李絳), 온상(溫商), 유승선(庾承宣), 원힐(員詰), 호량(胡諒), 최군(崔羣), 형책(邢冊), 배광보(裴光輔), 만당(萬瑺) 등인데, 이 중 많은 인물들이 한유의 시문에 자주 등장한다.

22 歷歲(역세) : 한 해를 지나다. 해를 넘기다.

23 移時(이시) : 일정 기간이 경과하다. 길지 않는 얼마간의 시간이 지나다.

詹事父母盡孝道, 仁於妻子, 於朋友義以誠。氣醇以方, 容貌嶷嶷然[24]。其燕私[25]善謔以和, 其文章切深喜往復[26], 善自道。讀其書, 知其於慈孝最隆也。十五年冬, 余以徐州從事[27]朝正[28]于京師, 詹爲國子監四門助敎[29], 將率其徒伏闕下擧余爲博士, 會監有獄[30], 不果上。觀其心, 有益於余, 將忘其身之賤而爲之也。嗚呼, 詹今其死矣!

24 嶷嶷然(억억연) : 우뚝 흰칠한 모양. 우람하고 중후한 모양.

25 燕私(연사) : 개인적으로 한가한 때. 한가해 편안히 쉬는 때.

26 往復(왕복) : 논의를 할 때 반복적으로 천명해 자신의 뜻을 충분히 다 말하는 것을 나타낸다.

27 徐州從事(서주종사) : 한유가 서주절도사 장건봉(張建封)의 보좌관인 관찰추관(觀察推官)으로 있은 것을 말한다.

28 朝正(조정) : 황제를 배알하고 신년 하례를 드리다.

29 四門助敎(사문조교) : 사문관(四門館)의 조교로 종8품상에 해당하는 관등이다. 사문관은 일반관리나 평민의 자제를 교육하는 기관으로 조교 6인이 있었다.

30 會監有獄(회감유옥) : 때마침 국자감에 옥사가 발생하다. 1년 전에 있는 양성(陽城)의 도주자사(道州刺史) 좌천 건을 가리킨다는 견해도 있으나 확실한 것은 아니다.

詹, 閩越人也。父母老矣, 捨朝夕之養以來京師, 其心將以有得於是而歸爲父母榮也 ; 雖其父母之心亦皆然。詹在側, 雖無離憂, 其志不樂也 ; 詹在京師, 雖有離憂, 其志樂也 : 若詹者, 所謂以志養志[31]者歟! 詹雖未得位, 其名聲流於人人, 其德行信於朋友, 雖詹與其父母皆可無憾也。詹之事業文章, 李翺[32]旣爲之傳, 故作哀辭, 以舒余哀, 以傳于後, 以遺其父母而解其悲哀, 以卒詹志云。

31 以志養志(이지양지) : 부모님의 뜻을 자신의 뜻으로 삼아 봉양하다. 부모님의 뜻에 따라 정신적인 안위와 만족을 얻도록 봉양하는 것을 말한다. '養志'는 『맹자·이루상(離婁上)』에 보이는 말로 물질적으로 육신을 봉양하는 '양구체(養口體)'와 비교된다.

32 李翺(이고) : 이고에 대해서는 「답이고서(答李翺書)」(HS-093) 해제 참조. 현행 『이문공집(李文公集)』에는 구양첨의 전기가 실려 있지 않다.

求仕與友兮, 遠違[33]其鄕 ; 父母之命兮, 子奉以行。友則旣獲兮, 祿實不豐[34] ; 以志爲養兮, 何有牛羊[35]。事實旣修[36]兮, 名譽又光 ; 父母忻忻[37]兮, 常若在旁。命雖云短兮, 其存者長 ; 終要必死兮, 願不永傷。友朋親視兮, 藥物甚良 ; 飮食孔時[38]兮, 所欲無妨。壽命不齊兮, 人道之常 ; 在側與遠兮, 非有不同。山川阻深兮, 魂魄流行 ; 祀祭則及兮, 勿謂不通。哭泣無益兮, 抑哀自彊³⁹ ; 推生知死⁴⁰兮, 以慰孝誠。嗚呼哀哉兮, 是亦難忘!

33 違(위) : 떠나다.

34 祿實不豐(녹실불풍) : 뒤에 다소간의 변동이 있었지만, 당나라 초기에 정해진 바에 의하면 사문관 조교는 매년 녹미(祿米) 50석, 월급 1600문(文)을 받도록 되어 있었다.

35 何有牛羊(하유우양) : '何有於牛羊(하유어우양)'의 뜻으로 '소나 양과 같은 고기가 무슨 중요한 것이 있겠는가?'로 풀이된다. '有'를 '用(용)'의 뜻으로 보고 '소나 양과 같은 고기는 어디다 쓰겠는가?'라고 풀이하기도 한다. '牛羊'은 육식으로 부모님을 공양하는 것을 가리킨다.

36 事實旣修(사실기수) : 이미 진사에 급제한 것을 가리킨다.

37 忻忻(흔흔) : 기뻐서 마음에 흡족한 모양.

38 孔時(공시) : 때에 꼭 맞다. '孔'은 '매우', '가장'이라는 뜻의 정도부사다. 이 구절은 음식이 제철에 나는 가장 신선한 것이어서 건강과 위생에 매우 적합함을 나타낸다.

39 自彊(자강) : 스스로 분발해 강해지다. 자중자애하다. '彊'은 '強'과 같다.

40 推生知死(추생지사) : 생전을 미루어 사후를 알 수 있다. 구양첨이 생전에 남긴 마음 씀씀이와 공덕으로 미루어 보아 사후에 가족들에게 복록을 가져다 줄 것임을 가리킨다.

「애도사의 뒤에 덧붙여」

題哀辭後

나는 천성이 글씨 쓰기를 좋아하지 않지만 이 애도사를 짓고 나서 스스로 두 통을 베껴 적었습니다. 한 통은 청하(淸河) 사람 최군(崔羣)에게 주었는데 그와 나는 모두 구양첨 선생의 친구로 선생이 높은 관직에 오르지 못하고 죽은 것을 애도하고 오래도록 곡을 하며 슬퍼했습니다. 다른 한 통은 팽성(彭城) 사람 유항(劉伉) 선생에게 지금 베껴서 주었습니다. 유선생은 고문을 좋아해 내가 지은 글이 옛 사람들의 도리에 합치한다고 여기고 우리 집에 와서 이 글을 달라고 여덟아홉 차례나 요청하면서도, 그 얼굴에 원망하는 기색이 없고 의지는 갈수록 더 굳세었습니다.

내가 이 글을 지은 것은 구양첨 선생이 생전에 당시 세상에서 높은 지위에 올라 영예롭게 되지 못했음을 애도하고, 사후에 그의 사적이 흔적도 없이 묻혀 버릴까봐 두렵기 때문입니다. 지금 유선생이 요청한 것은 그를 반드시 알아서라기보다는 자신의 뜻이 고문에 있을 따름입니다. 비록 그러하지만 내가 지은 고문이 어찌 유독 그 글귀가 지금 세상에 통행하는 것과 같지 않는 것을 취해서겠습니까? 옛 사람을 사모해도 만나 뵐 수 없고, 옛 사람의 도리를 배움에 있어 그들의 문장에도 겸해 능통하고자 하는 것이니, 그들의 문장에 능통한다는 것은 본디 옛 도리에 뜻을 둔 것입니다. 옛 도리는 다른 사람을 자기 마음대로 칭찬하거나 폄훼하지 않는 것입니다. 유선생이 나의 글을 좋아한다면 그가 구양첨을 이해하는 것은 의심할 바가 없습니다.

해제

정원 17년(801)에 「구양생애사(歐陽生哀辭)」(HS-158)를 뒤이어 지은 글로 제목이 「제구양생애사후(題歐陽生哀辭後)」로 된 판본도 있다. 표면적으로는 「구양생애사」의 보충으로 이 글을 베껴서 최군(崔羣)과 유항(劉伉) 두 사람에게 준 목적이 구양첨의 생전의 불행한 처지를 동정하고 사후에 그의 사적이 묻혀 버릴까봐 두려워하는 데 있다. 그러나 실제 이 글은 당대(唐代) 고문운동에서 중요한 비중을 차지하는바, 고문(古文)과 고도(古道)의 관계를 중점으로 다루었다. 고문을 쓰려고 하면 반드시 옛 사람의 도리를 배워야 하고, 옛 사람의 도리를 배우고자 하면 반드시 그들이 쓴 문장에도 함께 능통해야 한다. 이로써 작자는 문과 도가 상호 밀접한 관계에 있으므로 어느 한 쪽이라도 결여되어서는 안 된다는 문도합일(文道合一)의 문학관을 천명했다. 아울러 인물의 평가에 있어 근거 없는 찬사와 폄훼를 하지 않는 것이 옛 사람의 글쓰기 도리라는 점도 제시했다. 간결하고 간절한 문장 속에 깊이 있고 설득력 있는 논술을 전개했다. 판본에 따라 '雖然(수연)' 뒤에 두 구절, '不苟譽毁於人(불구예훼

어인)' 다음에 한 구절이 더 들어가 있는 경우도 있지만 일일이 소개하
지는 않는다.

원문 및 주석

愈性不喜書[1], 自爲此文, 惟自書兩通：其一通遺淸河崔羣[2], 羣與余皆歐陽
生友也, 哀生之不得位而死, 哭之過時而悲；其一通今書以遺彭城劉君伉[3]。
君喜古文, 以吾所爲合於古, 詣吾廬而來請八九至, 而其色不怨, 志益堅。

1 　書(서)：글씨 쓰기. 서예.
2 　淸河崔羣(청하최군)：청하 사람 최군. 한유와 구양첨의 동년진사. 최군에 대해
　　서는 「답양자서(答楊子書)」(HS-079) 주석 10과 「여최군서(與崔羣書)」(HS-097) 참
　　조.
3 　彭城劉君伉(팽성유군항)：팽성은 곧 지금의 강소성 서주시(徐州市)고, 유군은
　　즉 유항 선생을 가리키는데 그의 자세한 사적은 알 수 없다.

凡愈之爲此文, 蓋哀歐陽生之不顯榮[4]於前, 又懼其泯滅[5]於後也。今劉君
之請, 未必知歐陽生, 其志在古文耳。雖然, 愈之爲古文, 豈獨取其句讀[6]
不類於今者[7]邪? 思古人而不得見, 學古道則欲兼通其辭；通其辭者, 本志
乎古道者也。古之道, 不苟[8]譽毀[9]於人；劉君好其辭, 則其知歐陽生也無惑
焉。

4 　顯榮(현영)：높은 지위에 올라 영예롭게 되다. 앞 단락에 나오는 '得位(득위)'를
　　가리킨다.
5 　泯滅(민멸)：매몰되다. 묻혀 없어지다.
6 　句讀(구두)：말뜻이 아직 끝나지 않고 잠시 쉬는 문장 단위. 끊어 읽기 단위. 여
　　기서는 문장의 글귀를 가리킨다.
7 　今者(금자)：당시에 유행하던 금체(今體) 곧 변려체(駢儷體) 문장으로 「여풍숙
　　논문서(與馮宿論文書)」(HS-102)에서는 '俗下文字(속하문자)'로 표현되어 있다.
8 　苟(구)：마음대로. 대충대충 적당하게. 구차하게.

9 譽毀(예훼) : 칭찬하거나 폄훼하다. 이 구절은 글쓰기에 있어 다른 사람을 근거 없이 추켜세우거나 나쁜 점을 덮어주는 불공정한 평가를 하지 않고 시시비비를 분명히 가려 적는 것을 가리킨다. 구양첨의 사인(死因)과 관련해 과연 한유가 인물의 부정적인 측면도 숨기지 않고 그대로 기록했는지에 대해서는 논란이 있다. 구양첨이 태원(太原)을 유람할 때 한 기생을 사랑해 도성으로 돌아간 뒤에 바로 맞이하겠다고 해놓고 약속을 지키지 못하다가, 1년여 지난 뒤에 사람을 보내어 맞이하러 가니 그 기생은 기다림에 지쳐 상사병으로 이미 죽고 없었다. 심부름꾼이 그녀가 남긴 비녀와 「절명사(絶命詞)」시 한 수를 거두어 돌아오자, 그것을 본 구양첨이 비통함을 이기지 못하던 중 10여일 만에 죽었다는 이야기가 전해지기 때문이다. 이에 혹자는 한유가 친구를 위해 이 사실을 의도적으로 묻어버리고 기록하지 않았으므로 칭찬이든 폄훼든 마음대로 하지 않는다는 본인의 말을 지키지 못한 것이라고 비판한다. 반면에 일부 논자들은 이 애정 이야기는 근거 없는 소문에 불과하므로 한유가 그것에 대해 상세히 변론할 필요가 없다고 생각하고 자신의 인물평과 관련한 분명한 입장을 천명한 것이라고 옹호한다.

獨孤申叔哀辭

만물의 생장이란 어느 것이든
하늘에 달려 있는 것이 아니겠는가?
현명한 지혜와 어리석은 몽매함은
누가 그렇게 만드는 것인가?
죽음은 무엇 때문에 원망하고
삶은 무슨 까닭으로 연연해하는가?
어찌 경시할 만한 사람은 후대하기를 좋아하고
항상 현능한 자를 만족시켜주지 않는가?
일반 백성들의 호오가 저 푸른 하늘과 현격하게 다른 때문인가?
아니면 광활해 끝없는 하늘에 천신이 잠시 머무를 뿐이기 때문인가?
죽은 자는 지각이 없으니
나는 그대를 위해 통곡할 따름이로다!
만약 지각이 있다면

그대 스스로 알 것이로다!

밝게 활짝 핀 꽃 같고
사방으로 환히 비치는 빛과 같구나.
그대 목소리 들리는 듯
그대 얼굴 모습 보이는 듯하네.
아! 그대는 멀리 떠나갔지만
어느 날에나 잊을 수 있을쏜가!

해제

정원 18년(802) 사문박사 재직 시에 요절한 친구 독고신숙(獨孤申叔, 776-802)에게 바친 애도사. 독고신숙은 자가 자중(子重)으로 21세에 진사가 되고, 23세에 박학굉사과를 거쳐 비서성(秘書省) 교서랑(校書郎)을 지냈다. 부친의 상중인 이해 4월 5일에 28세를 일기로 죽자, 그의 효성과 인품 및 학문과 문장을 애석해하는 벗들의 추도 문장이 이어졌다. 이 글은 유종원(柳宗元)의 「독고군묘갈(獨孤君墓碣)」, 황보식(皇甫湜)의 「상독고부(傷 獨孤賦)」와 함께 그를 애도한 명문 중의 한 편이다. 이 글은 여느 애도사 와 달리 「천문(天問)」의 창작 방법을 써서 처음부터 죽은 이에 대해서는 한 마디도 하지 않고 하늘의 이치가 두루 미치지 못하는 데 대해 반복 적인 의문을 던지고 있는데, 그 속에 뛰어난 재능을 가진 자가 요절한 데 대한 원한의 정이 흘러넘치고 있다.

원문 및 주석

衆萬之生, 誰非天邪? 明昭¹昏蒙², 誰使然邪? 行³何爲而怒⁴, 居⁵何故而憐⁶邪? 胡喜厚其所可薄, 而恆不足於賢邪? 將下民之好惡與彼蒼⁷懸邪; 抑蒼茫無端⁸而蹔⁹寓其間邪? 死者無知, 吾爲子慟¹⁰而已矣! 如有知也, 子其自知之矣!

1   明昭(명소) : 현명하고 지혜로움.
2   昏蒙(혼몽) : 어리석고 몽매함.
3   行(행) : 죽음. 이 풀이는 『교주(校注)』에 보이는 방동수(方東樹, 1772-1851)의 견해에 따른 것이다.
4   怒(노) : '원(怨)'자로 된 판본에 따라 '원망하다'로 풀이했다.
5   居(거) : 삶. 사는 것.
6   憐(연) : 그리워하다. 좋아하다. 흠모하다.
7   彼蒼(피창) : 하늘을 가리킨다. 『시경·진풍(秦風)·황조(黃鳥)』에 "저 푸른 하늘(彼蒼者天)"이란 시구가 보인다.
8   蒼茫無端(창망무단) : 아득히 넓고 넓어 끝이 없는 모양.
9   蹔(잠) : 잠시. '暫'과 같다.
10 慟(통) : 비통해하다. 통곡하다. 『논어·선진(先進)』편에 "안연이 죽자 공자가 비통하게 울었다(顔淵死, 子哭之慟)"라는 글귀가 보인다.

濯濯¹¹其英, 曄曄¹²其光。如聞其聲, 如見其容。烏嘑¹³遠矣, 何日而忘!

11 濯濯(탁탁) : 밝게 빛나는 모양.
12 曄曄(엽엽) : 빛이 사방으로 비치는 모양.
13 烏嘑(오호) : 아! '嗚呼'와 같다.

HS-161 「목원외 제문」

祭穆員外文

아! 건중(建中) 초에

나는 숭산(嵩山)에 살면서

가족을 이끌고 북으로 도망가

도적의 공격을 피했네.

새벽에 낙양에 도착해

우연히 서로 만났는데

그대는 나를 오랜 친구처럼 대하고

그리워하며 돌봐 주었네.

그대는 아름다운 명성이 나 있어

내가 산에서 내려와 보니

그대는 뛰어나고 현명한데

나는 노둔하고 어리석었네.

우리의 길이 다르다고 할 터인즉

그대는 누구를 통해 나를 알았는고?
나는 그대의 두터운 정을 그리워하니
어떻게 해야 할지 모르겠네.
그로부터 8년 뒤에
그대는 두아(杜亞) 각하의 보좌관이 되었고
나는 당시 낙양에 있으면서
역시 그분의 부름을 받았네.
동도유수의 관청에는 별다른 일이 없고
군자다운 동료들이 많아서
서로 시기하는 일이 없이
함께 어울려 즐겁게 놀았네.
초목이 생장하는 봄날이나
온갖 새가 지저귀는 아침에
나는 손에 말고삐 잡고
그대는 재갈을 휘날리며 말 타고 놀았네.
그대가 사는 집에
내가 방문해
읊조리거나 노래 부르기도 하고
드러눕거나 곁에 눕기도 했네.
대의로 나를 가르치고
성심으로 나를 대해
종일토록 하신 말씀에
도덕에 맞지 않는 소리는 없었네.

주인께서 참언을 믿고
아랫사람을 의심해
죄 없는 사람을 죽이고

무고하게 그를 죄에 빠뜨렸으니
들어가 구하려다가 수용되지 못하고
도리어 몸에 화가 미쳤네.
사건이 세상에 소상히 알려져
천자께서 삼사(三司)에 재심을 명하셨는데
옥중에서 나를 살펴 추천했지만
함께 연루되었네.
굽히고 사는 생 무엇이 즐거우며
정직하게 죽는 게 무엇이 슬프리?
위로는 주인을 생각하고
안으로는 가족을 걱정해
나아가고 물러나는 것이 다 어려운데도
그대는 합당하게 처신했네.

그대가 옥에서 석방되고
나는 서주(徐州)로 오는데
길이 아득히 멀어
그대 생각에 걱정이 되었네.
내가 도성으로 갔을 때
그대는 부친의 상중에 있어
곡하고 울며 절하느라
말을 나눌 수 없었네.
내가 서쪽에서 돌아갔을 때
그대는 이미 탈상했는데
만나 나눈 이야기는 다른 것이 없고
지난 일들을 주고받았지.
얼마 지나지 않아 떠나면서

내 마음의 비통함이 더 무거워졌네.

그 뒤로 그대 소식 들으니
모친의 상을 당해
극심한 마음의 고통을 당한 지가
도합 여섯 해나 되네.
누가 이런 효자가
생명을 잃었다고 했는고?
오늘 내가 이곳에 도착해
문에 들어서서 실성통곡하네.
술과 고기가 앞에 차려져 있건만
그대는 어찌 흠향하지 않는고?
그대의 대청에 올라가도
그대는 다시 나와 말하지 않네.
아! 그대는 돌아갔구려!
어느 날에야 돌아오실는지!

해제

정원 16년(800)에 시어사(侍御史) 최소(崔恕) 대신에 목원(穆員)을 애도해
쓴 제문으로 제목이 「위최시어제원외문(爲崔侍御祭員外文)」 또는 「대최시
어제목원외문(代崔侍御祭穆員外文)」으로 된 판본도 있다. 목원은 자가 여직
(與直)이고 회주(懷州) 하내[河內 : 지금 하남성 심양현(沁陽縣)] 사람으로 문장에
뛰어났다. 이 글은 만나자마자 의기투합해 같은 관아에서 같이 근무하

고 노닐며 환난을 함께 한 최소와 목원의 우정을 목원의 불행한 처지를 중심으로 서술했다. 목원과 최소는 정원 5년(789) 12월에 동도유수(東都留守)로 부임한 두아(杜亞)의 보좌관으로 함께 근무했는데, 두아가 평소 동도 수비대장 영호운(令狐運)을 못마땅하게 생각하던 차에 관할 지역에서 운송 물자 도난사건이 발생하자 그의 소행으로 간주하고 목원과 장홍정(張弘靖)을 파견해 사건을 조사하도록 했다. 이 두 조사관은 영호운이 절도행위와 무관함을 보고했지만, 두아는 동의하지 않고 도리어 그들을 감옥에 가두어버렸다. 뒤에 덕종(德宗)의 지시로 삼사(三司)에서 재심한 결과 영호운이 무죄한 것으로 판명되어 목원은 억울한 옥살이에서 석방되었다. 그 뒤에 연달아 부모님의 상을 만나 그는 비통함을 이기지 못하고 심신을 상하게 하여 죽음에 이르게 되었다. 작자는 그의 불행한 처지를 십분 동정했는데, 문장이 질박하고 운율이 조화롭고 아름다우며 진지한 정이 흘러넘쳐 깊은 감명을 준다.

원문 및 주석

於乎[1]! 建中之初, 予居于嵩[2]; 攜扶[3]北奔, 避盜來攻。晨及洛師[4], 相遇一時; 顧我如故, 眷然[5]顧之。子有令聞[6], 我來自山; 子之晙明[7], 我鈍而頑。道旣云異, 誰從知我; 我思其厚, 不知其可。於後八年, 君從杜侯[8]。我時在洛, 亦應其招。留守[9]無事, 多君子僚; 罔有疑忌, 維其嬉游。草生之春, 鳥鳴之朝; 我轡[10]在手, 君揚其鑣[11]。君居于室, 我旣來卽[12]; 或以嘯歌, 或以偃側[13]。誨余以義, 復我以誠; 終日以語, 無非德聲。

1   於乎(오호) : 아! '嗚呼', '烏摩'와 같다.
2   嵩(숭) : 숭산. 「송장도사서(送張道士序)」(HS-144) 주석 1과 「송석처사서(送石處

士序)」(HS-150) 주석 2 참조.

3 攜扶(휴부) : 어린 아이를 손에 잡고 노인을 부축하다. 가솔을 이끌다.
4 洛師(낙사) : 낙양(洛陽). 「복지부(復志賦)」(HS-002) 주석 49 참조.
5 眷然(권연) : 연모하는 모양. 못 잊어 되돌아보는 모양.
6 令聞(영문) : 아름다운 명성. 아름다운 소문.
7 晙明(준명) : 뛰어나고 현명하다.
8 杜侯(두후) : 두아(杜亞)를 가리킨다. 두아는 자가 차공(次公)이고, 경조(京兆) 사
   람으로 정원 5년(789) 12월에 회남(淮南)절도사에서 동도유수 겸 기여주도방어
   사(畿汝州都防禦使)로 전임했다.
9 留守(유수) : 동도유수(東都留守).
10 轡(비) : 말고삐.
11 鑣(표) : 말재갈. 이상 두 구절은 함께 말을 타고 논다는 뜻이다.
12 卽(즉) : 나아가다. 이르다.
13 偃側(언측) : 드러눕거나 곁에 눕다. 마음대로 편안하게 행동하는 것을 말한다.

主人信讒, 有惑其下 ; 殺人無罪, 誣以成過[14] ; 入救不從, 反以爲禍。赫赫[15]
有聞, 王命三司[16] ; 察我于獄, 相從係縲[17]。曲生何樂, 直死何悲 ; 上懷主
人, 內閔[18]其私 ; 進退之難, 君處之宜!

14 過(과) : 죄과.
15 赫赫(혁혁) : 밝고 성대한 모양.
16 三司(삼사) : 당나라 때는 어사대부(御史大夫), 중서(中書), 문하(門下)를 가리켰
   는데, 형벌이나 소송 사건을 주관 관장했다.
17 係縲(계류) : 감옥에 갇히다. 구속되다.
18 閔(민) : 걱정하다. 우려하다. '憫'과 같다.

旣釋于囚, 我來徐州 ; 道之悠悠[19], 思君爲憂。我如[20]京師, 君居父喪 ; 哭
泣而拜, 言詞不通。我歸自西, 君反吉服[21] ; 晤言[22]無他, 往復其昔。不日而
違[23], 重我心惻[24]。

19 悠悠(유유) : 요원한 모양. 멀고먼 모양.
20 如(여) : 가다.
21 吉服(길복) : 옛날 제사 때 입는 옷으로 이 구절은 이미 탈상을 했음을 말한다.
22 晤言(오언) : 만나서 이야기하다. 대면하고 말하다.
23 違(위) : 떠나가다. 떠나다.
24 惻(측) : 비통하다.

自後聞君, 母喪是丁²⁵; 痛毒²⁶之懷, 六年以奸。孰云孝子, 而殞²⁷厥靈! 今我之至, 入門失聲。酒肉在前, 君胡不餐, 升君之堂, 不與我言。於乎死矣, 何日來還!

25 丁(정) : 당하다. 만나다.
26 痛毒(통독) : 극도로 고통스럽다. 고통이 극에 달하다.
27 殞(손) : 잃다. 상실하다.

祭郴州李使君文

아무 해 아무 달 아무 날에 장사랑(將仕郞)·강릉부법조참군(江陵府法曹參軍) 한유가 삼가 맑은 술과 풍성한 음식을 제수로 작고한 침주자사(郴州刺史) 이백강(李伯康)의 영전에 공손히 제사지내나이다.

옛날 속담에 이런 말이 있습니다.

"백발이 될 때까지 오래 사귀어도 서로를 잘 알지 못해 새로 사귄 것과 같고, 길을 가다가 만나 수레덮개를 기울이고 잠시 이야기를 나누어도 서로 마음이 맞아 예전부터 사귄 사이와 같다."

친구 사귐에 단지 서로 의기투합하는지 않는지를 볼 뿐, 어찌 교제한 시간이 길고 짧은지를 따지겠습니까!

정원 계미년(803)에

나는 황제의 권위를 두려워해 좌천되어

황량하고 무더운 작은 읍에 엎드려 살면서
명성이 추락하고 지위가 땅에 떨어지는 것을 탄식했네.
그대 다스리던 곳을 지나 서쪽으로 갈 때
가까이서 청아한 풍채를 잠시나마 뵈올 수 있었지만
서로 이야기를 나누지 않고는 감정이 통할 길 없으니
사지 않는데 어찌 팔 수 있으리오!
머나먼 외진 변방에 친구 하나 없는 걸 슬퍼하며
온갖 걱정 부여잡고 스스로 애태울 뿐이었는데
과분하게도 은근한 정이 담긴 서찰을 받으면
항상 주린 배를 채우고 오래 앓던 병이 나은 듯했네.
그대의 글 속에서 웅혼한 문장을 접했고
전문(篆文)과 주문(籒文)에서 빼어난 필적을 봤으며
내가 그대에게 밀감을 싸서 보내주면
그대는 내게 종이와 붓을 구해 부쳐주었는데
「차어(叉魚)」라는 짧은 시를 보내놓고는
내 결점을 숨기고 장점을 드러내 보인 게 부끄러웠소

형산(衡山)의 남쪽에서 조정의 새로운 임명을 기다리며
역참의 객사에서 땔감과 목초 등의 물자를 소비하고 있는데
그대는 큰 집을 비워 나를 머물게 하고
물과 나무가 그윽하고 무성한 곳에서 쉬게 해주었네.
그대는 웅대한 마음을 종횡으로 광대하게 펼쳐서
맑은 전국술로 나의 초조한 심정을 씻어주었는데
광활하고 맑은 북호(北胡)에 배를 띄우고
물고기와 새우들이 놀라 뛰어오르는 것을 같이 보았네.
웅장한 고을의 누각에서 연회를 개최해
온갖 관악기가 일제히 함께 아름다운 소리를 연주하는데

새로운 친구로부터 은혜를 입어
지난날의 비천한 신세로 인한 곤궁한 근심에서 벗어났었네.
잠시 동안 다른 곳으로 옮겨갈 계획을 멈추고
가을달이 세 차례나 차오르는 것을 봤는데
황제의 조칙이 내려와도
배회하며 그대 있는 이곳에 머물러 있었네.
이별이 임박한 것을 생각하며
이번 만남 뒤에 다시 만나기 어려울 것이라고 말하면서
흰 비단 허리띠와 모시옷을 주며 서로의 마음을 담아
이런 성심이 변하지 않을 것임을 표명했네.
만약 훗날 그대가 북쪽으로 오는 날이면
하루 동안 실컷 즐기리라 기약하면서
아전배의 봉급이 쥐꼬리만 하더라도
가난에서 벗어나 하루라도 부자가 되려고 했었지.

어찌하여 인생은 신의를 지키기가 어려운지
이 말을 내버리고 실현할 수 없게 되니
처음에는 편지를 받고 잠시 소원해진 걸 의아하게 여겼는데
끝내 그대가 일어나지 못하고 돌아갔다는 비보를 접했네.
명정이 바람에 나부끼는 것을 보고도
아직 그대가 소맷자락 흔들며 이별을 고하는 줄 착각하고
서로 술을 권하며 번갈아 춤추던 장면을 생각하며
삼가 한잔 술 바치며 영전에 통곡하네.

그대의 청렴한 정치를 찬미하나니
참언으로 모함해도 뜻을 굽히지 않았고
요설로 무고한 죄를 덮어 씌워도

홀로 이른 아침에 외로이 울기만 했었지.
저 간사한 소인배들의 근거 없는 말은
일백 수레나 된들 무슨 치욕거리가 되겠소만
예전의 사례를 통찰해 시야를 높여 멀리 바라보니
본디 사악과 정의가 서로 섞여 충돌해왔네.
다행히도 그대의 일생을 훑어보니
어찌 감히 명백히 가리지 않고 덮어버릴 수 있으리오?
신령이여 오소서!
이 제문을 바쳐 많이 드시도록 권하나이다.
흠향하시옵소서!

해제

원화 원년(806) 강릉법조참군(江陵府法曹參軍) 재직 시에 절친한 벗 이백강(李伯康)의 상여가 강릉을 지나갈 때 바친 제문. 작자는 정원 19년(803)에 양산(陽山 : 지금 광동성 양산현)현령으로 좌천되어 가는 길에 침주(郴州 : 지금 호남성 침현)를 지나다가 그곳 자사인 이백강과 사귀게 되었는데, 이 글은 그 이후 두 사람간의 교제 과정을 중심으로 서술하고 있다. 황량한 변방의 고독한 생활에서 그와 같이 의기투합하는 친구를 얻게 된 것은 작자에게 큰 행운이었다. 두 사람은 이따금씩 만나 환담하기도 하고 서신 왕래를 통해 시문을 논하기도 하는 사이였는데, 작자가 사면을 받고 침주에서 조정의 명령을 기다리는 동안 특히 밀접한 관계를 유지했다. 석 달 여 동안 머무르는 사이에 그는 작자를 귀빈으로 예우해 머무를 곳과 풍성한 음식을 제공하고, 함께 산수 유람과 연회를 즐기기도

하며 막역한 시간을 보냈다. 작자가 강릉으로 부임할 때 석별의 정을 아쉬워하며 다시 만나 마음껏 회포를 풀 날을 기약했건만, 그로부터 1개월 여 뒤에 그의 병사 소식이 날라든 것이다. 작자는 도무지 믿기 어려워 처음에는 의아해하다가 점차 비통함에 사무치는 침통한 마음을 글속에 잘 표현하고 있다. 전편이 환운하지 않고 일운도저(一韻到底)로 단숨에 거침없이 써내려간 것도 제문으로서는 매우 이례적인 돋보이는 대목이다.

원문 및 주석

維¹年月日, 將仕郎守²江陵府法曹參軍³韓愈謹以清酌庶羞⁴之奠⁵, 敬祭于故郴州李使君之靈。

1 유(維) : 발어사로 정중한 성명의 어기를 강화한다. 제문의 첫머리에 쓰이는 상투어다.
2 將仕郎守(장사랑수) : 「체협의(禘祫議)」(HS-067) 주석 3, 4 참조.
3 江陵府法曹參軍(강릉부법조참군) : 「석언(釋言)」(HS-038)과 「상병부이시랑서(上兵部李侍郎書)」(HS-077) 주석 2 참조.
4 清酌庶羞(청작서수) : 맑은 술과 풍성한 음식으로 제사에 쓰이는 술과 음식을 가리킨다. 제문이나 축문에 쓰이는 상투어. 『예기 · 곡례하(曲禮下)』에 "대체로 종묘에 제사지내는 예에 있어서 …… 술은 청작이라고 한다(凡祭宗廟之禮, …… 酒曰清酌)"라는 글귀가 보인다. '羞'는 '익힌 음식'을 가리킨다.
5 奠(전) : 제수(祭需).

古語⁶有之 : "白頭如新, 傾蓋若舊。" 顧意氣之何如, 何日時之足究!

6 古語(고어) : 속담. 이하 인용 두 구절과 관련해 『사기 · 노중련추양열전(魯仲連鄒陽列傳)』에 "백발이 될 때까지 오래되었지만 새로 만난 듯하고, 수레덮개를 기울여 잠시 만났지만 오래된 듯하다(白頭如新, 傾蓋如故)"라는 속담이 기록되어 있다. '傾蓋'는 수레 위의 우산이나 양산 따위의 덮개를 기울여 가까이하는

것으로 처음 만나거나 교제를 맺는 것을 가리킨다.

當貞元之癸未⁷, 惕皇威⁸而左授⁹; 伏荒炎之下邑¹⁰, 嗟名顏而位仆. 歷貴部¹¹
而西邁¹², 遍淸光¹³於暫覯¹⁴; 言莫交而情無由, 旣不賈¹⁵而奚售¹⁶! 哀窮遐¹⁷
之無徒, 挐¹⁸百憂以自副¹⁹; 辱問訊之綢繆²⁰, 恆飽飢而愈疚²⁰. 接雄詞於章
句, 窺逸跡於篆籒²¹; 苞²²黃甘²³而致貽, 獲紙筆之雙貿²⁴; 投叉魚²⁵之短韻,
媿韜瑕²⁶而擧秀.

7   貞元之癸未(정원지계미) : 정원 19년(803).
8   惕皇威(척황위) : 관리들이 쓰는 겸사로 황제의 권위를 두려워해 관직을 잃게 되
    는 것을 나타낸다.
9   左授(좌수) : 좌천되다. 관직이 강등되다.
10 下邑(하읍) : 양산(陽山)을 가리킨다.
11 貴部(귀부) : 침주(郴州)를 가리킨다.
12 西邁(서매) : 서쪽으로 가다. 양산이 침주의 서쪽에 있기 때문에 이렇게 말했다.
13 淸光(청광) : 청아한 풍채.
14 覯(구) : 만나다. 우연히 만나다.
15 賈(고) : 사다. 구입하다.
16 售(수) : 팔다. 물건을 내다팔다.
17 窮遐(궁하) : 지극히 머나먼 외진 변방.
18 挐(나) : 잡다. 손에 쥐다.
19 綢繆(주무) : 정이 은근하게 얽히고설켜 있는 것을 형용한다.
20 愈疚(유구) : 오래 앓던 병을 고치다. 고질병을 치유하다.
21 篆籒(전주) : 전문(篆文)과 주문(籒文). 대전(大篆)에 속하는 고문자체(古文字體).
22 苞(포) : 포장하다. '包'와 같다. 본래 짚 같은 것으로 물품을 싼 꾸러미를 가리킨
    다.
23 黃甘(황감) : 밀감.
24 雙貿(쌍무) : 서로 교환하다.
25 叉魚(차어) : 시 제목. 영정 원년(805)에 양산에서 지은 시로 18운으로 되어 있다.
26 韜瑕(도하) : 옥의 티를 감추다. 결점을 숨기다.

竢²⁷新命於衡陽²⁸, 費薪芻²⁹於館候³⁰; 空大亭以見處³¹, 憩水木之幽茂. 逞³²
英心³³於縱博, 沃³⁴煩腸以淸酎³⁵; 航北湖³⁶之空明³⁷, 覷³⁸鱗介³⁹之驚透⁴⁰.
宴州樓之豁達⁴¹, 衆管啾⁴²而并奏; 得恩惠於新知⁴³, 脫窮愁於往陋⁴⁴. 輟行
謀於俄頃⁴⁵, 見秋月之三毀⁴⁶; 逮天書⁴⁷之下降, 猶低迴⁴⁸以宿留⁴⁹. 念睽離⁵⁰

之在期, 謂此會之難又 ; 授縞紵⁵¹以託心, 示茲誠之不謬。儻⁵²後日之北遷, 約窮歡於一畫 ; 雖掾俸⁵³之酸寒⁵⁴, 要拔貧⁵⁵而爲富。

27 竢(사) : 기다리다.

28 衡陽(형양) : 형산의 남쪽으로 침주(郴州)를 가리킨다.

29 薪芻(신추) : 땔감과 목초로 각종 일상생활의 지출을 가리킨다.

30 館候(관후) : 나그네를 시중드는 곳이란 뜻으로 객사를 가리킨다.

31 見處(견처) : 나를 살게 해주다. '見'은 동작 행위의 대상을 대신 지칭해 일방(제1인칭)만을 가리키는 특수한 범위부사로 쓰였다.

32 逞(영) : 마음껏 펼치다.

33 英心(영심) : 웅심(雄心). 웅대한 마음.

34 沃(옥) : 씻다. 씻어내다. 세척하다.

35 淸酎(청주) : 맑은 전국술. '酎'는 세 번 빚은 '전국술(醇酒)'을 뜻한다.

36 北湖(북호) : 침주(郴州) 북쪽에 있는 호수 이름으로 너비가 10여리에 달한다.

37 空明(공명) : 광활하고 투명하게 맑다.

38 覷(처 / 저) : 엿보다. '覰'와 통한다.

39 鱗介(인개) : 어패류. 물고기와 새우나 조개 등 비늘과 껍데기가 있는 수중 생물의 총칭.

40 驚透(경투) : 놀라다. 여기서는 어패류들이 놀라 뛰어오르는 것을 가리킨다. '透'는 초(楚) 등지의 방언으로 양웅(揚雄)의 『방언(方言)』에 '驚'의 뜻이라고 했다. 좌사(左思)의 「오도부(吳都賦)」에 "놀라 어지럽게 끓어오른다(驚透沸亂)"라는 글귀가 보인다.

41 豁達(활달) : 규모가 웅장하다.

42 啾(추) : 떠들썩하게 울리다.

43 新知(신지) : 새로 사귄 친구.

44 往陋(왕루) : 지난날의 비천한 신세. 과거의 비천한 모습.

45 俄頃(아경) : 잠간 동안.

46 三觳(삼구) : 세 차례 달이 차다. '觳'는 본래 '활을 당기다'는 뜻인데, 활을 당겼을 때의 모습으로 둥글거나 가득 차는 것을 비유한다. '三觳'는 석 달이 지나갔음을 가리킨다.

47 天書(천서) : 황제의 조칙. 천자의 칙령.

48 低迴(저회) : 배회하다. 미련이 남아 떠나기 싫어하다.

49 宿留(숙류) : 머물다. 기다리다.

50 睽離(규리) : 떨어지다. 흩어지다.

51 縞紵(호저) : 흰 비단 허리띠와 모시옷. 『좌전 · 양공(襄公) 29년』에 "오나라 계찰이 정나라 사신을 초빙하고 자산을 보고는 오래 전부터 아는 친구처럼 여기며 흰 비단 허리띠를 주니 자산은 모시옷을 바쳤다(吳季札聘鄭, 見子産如舊相識, 與之縞帶, 子産獻紵衣焉)"라는 글귀가 보인다.

52 儻(당) : 만약.

53 掾俸(연봉) : 아전배의 봉록.
54 酸寒(산한) : 박하다. 변변치 못하다. '寒酸'과 같다.
55 拔貧(발빈) : 빈천에서 벗어나다. 가난에서 빠져나오다.

何人生之難信, 捐斯言而莫就; 始訝信於暫疎, 遂承凶於不救。見明旌⁵⁶之
低昂⁵⁷, 尚遲疑⁵⁸於別袖⁵⁹; 憶交酬⁶⁰而迭舞⁶¹, 奠⁶²單盃而哭柩。

56 明旌(명정) : 명정(銘旌). 죽은 사람의 관직과 성씨 따위를 적은 깃발로 장사지낼
    때 상여 앞에서 들고 가 널 위에 펴서 묻는 것. '明'이 '銘'으로 된 판본이 많은
    데, '明旌'이란 말은 『예기 · 단궁(檀弓)』 정현(鄭玄) 주의 '神明之旌(신명지정)'에
    보인다.
57 低昂(저앙) : 오르락내리락하다. 바람에 나부끼다.
58 遲疑(지의) : 의심하다. 결정을 내리지 못하고 머뭇거리다.
59 別袖(별수) : 소맷자락 휘날리며 이별하다. 손을 흔들며 이별하다.
60 交酬(교수) : 서로 술을 권하다.
61 迭舞(질무) : 번갈아 춤을 추다.
62 奠(전) : 삼가 바치다.

美夫君之爲政, 不橈志⁶³於讒構⁶⁴; 遭骨舌之紛羅⁶⁵, 獨陵晨⁶⁶而孤雛⁶⁷。彼
憸人⁶⁸之浮言⁶⁹, 雖百車⁷⁰其何詬⁷¹; 洞古往而高觀, 固邪正之相寇⁷²。幸竊
覷⁷³其始終, 敢不明白而蔽覆⁷⁴。神乎來哉, 辭以爲侑⁷⁵。尚饗⁷⁶!

63 橈志(요지) : 뜻을 굽히다. 본의와 달리 굴종하다.
64 讒構(참구) : 참언으로 모함하다.
65 紛羅(분라) : 어지럽게 무고한 죄를 덮어씌우다.
66 陵晨(능신) : 이른 아침. '陵'은 '凌'과 같다. '凌'으로 된 판본이 많다.
67 孤雛(고추) : 외롭게 울다.
68 憸人(섬인) : 간사하고 아첨을 잘하는 사람.
69 浮言(부언) : 근거 없이 지어낸 말.
70 百車(백거) : 『후한서 · 풍연전(馮衍傳)』의 주에 풍연이 흉악한 아내를 쫓아내는
    내용을 담아 처남에게 보낸 「여부제임무달서(與婦弟任武達書)」에 "인질을 잡고
    위협하며 내뱉는 말이 백 수레에 달해, 창과 같은 날카로운 입이 집안에 있으니
    어디 양보할 겨를이 있겠습니까?(持質相劫, 詞語百車, 口戟在門, 何暇有讓?)"라
    고 한 글귀가 보인다.
71 何詬(하후) : 무슨 치욕이 되겠는가? 뭘 부끄러워할 것이 있겠는가?
72 相寇(상구) : 서로 충돌하다. 서로 침범하다.
73 竊覷(절도) : 몰래 살펴보다. '竊'은 자기 겸양을 나타내는 정태부사.

74 蔽覆(폐복) : 가려 덮다. 덮어버리다.
75 侑(유) : 권하다. 먹도록 권유하다.
76 尙饗(상향) : 흠향하기를 바라다. 제문이나 축문의 끝에 쓰는 상투어.

HS-163 「설조교 제문」

祭薛助敎文

　원화 4년(809) 기축년(己丑年) 윤3월 21일 병인일(丙寅日)에 조산랑(朝散郎)·국자박사(國子博士) 한유와 태학조교(太學助敎) 후계(侯繼)가 삼가 맑은 술을 제수로 작고한 친구 국자조교 설공달(薛公達) 선생의 영전에 제사지내나이다.

　아! 우리들은 단지 학문만 했을 뿐 재능을 펼쳐 보이지 못했고
　봉록은 살아가기에도 부족한데
　하늘은 지금
　또 우리 친구의 생명을 빼앗아갔네.
　우리들은 태학에서 같이 근무하며
　매일 서로 의지했는데
　영원한 이별 어찌할거나
　다만 며칠 사이 만에

우리 우스갯소리하며 헤어졌는데
지금 통곡하며 그대 집에 들어갔네.
관속에 숨겨지고 휘장에 가려져
그대를 보고자 해도 볼 수 없지만
미목수려한 그대 모습
우리들의 눈앞에 아롱거리네.
한잔 술 따라놓고 우리의 성심을 고하니
그대 신령 강림하기 바라노라.
아, 슬프도다!
흠향하시옵소서!

해제

원화 4년(809) 국자박사로 낙양에서 근무할 때 동년진사 후계(侯繼)와 함께 절친한 친구 설공달(薛公達)의 영전에 바친 제문. 작자는 설공달과 일찍부터 교제를 맺어 매우 밀접한 관계를 유지해 그의 죽음을 비통하게 생각하며 이 제문과 함께 묘지명도 써준 바 있다. 그는 뛰어난 재주와 세속에 부화뇌동하지 않는 지조를 가졌지만, 벼슬길이 풀리지 않아 국자조교라는 직책도 작자의 천거에 따라 얻은 것이었다. 그에 대한 더 자세한 사항은 「국자조교하동설군묘지명(國子助敎河東薛君墓誌銘)」(HS-201)을 참조하기 바란다.

이 글은 태학에서 같이 근무할 때의 상황을 생동감 있게 서술했는데, 경제적으로 여유가 없었지만 서로 의지하며 깊은 우정을 나누었음을 밝히고 있다. 그의 급작스런 죽음으로 인해 숨이 막힐 것 같은 비통한 심정을 짤막한 글 속에 잘 표현했다.

원문 및 주석

維元和四年歲次己丑後三月二十一日景寅[1], 朝散郎[2]守國子博士韓愈、太學助教侯繼[3], 謹以清酌之奠, 祭于亡友國子助教薛君之靈。

1 景寅(경인) : 병인(丙寅). 고조(高祖) 이연(李淵)의 부친인 세조(世祖)의 이름이 이병(李昞)이어서 당나라 때에 '丙'을 '景'으로 피휘한 경우가 많았다.
2 朝散郎(조산랑) : 종7품하에 해당하는 산관(散官)의 품계.
3 侯繼(후계) : 한유의 동년진사. 「답후계서(答侯繼書)」(HS-086) 해제 참조.

嗚呼, 吾徒[4]學而不見施設[5], 祿又不足以活身 ; 天於此時, 奪其友人。同官太學, 日得相因[6] ; 奈何永違[7], 祇[8]隔數晨 ; 笑語爲別, 慟哭來門。藏棺蔽帷, 欲見無緣 ; 皎皎[9]眉目, 在人目前。酌以告誠, 庶幾有神。嗚呼哀哉, 尚饗!

4 徒(도) : 한갓. 헛되이.
5 施設(시설) : 펼치다. 실행하다. 「송수륙운사한시어귀소치서(送水陸運使韓侍御歸所治序)」(HS-153) 주석 36 참조.
6 相因(상인) : 서로 관련되다. 서로 의지하다.
7 永違(영위) : 영원히 이별하다.
8 祇(지) : 단지. 다만. '只'와 통한다.
9 皎皎(교교) : 새하얀 모양. 여기서는 미목이 수려한 모양을 형용한다.

HS-164 「우부 장원외 제문」

祭虞部張員外文

　　아무 해 아무 달 아무 날에 한유 등이 삼가 맑은 술과 풍성한 음식을 제수로 마련해 작고한 친구 우부원외랑(虞部員外郎) 장씨 집안 열세 번째 낭군 장계우(張季友)의 영전에 공손히 제사지내나이다.

　　아! 지난날 정원(貞元) 연간에
　　우리들은 모두 진시과에 응시하도록 천거되었는데
　　우리들의 공개적인 시험을 주관한 고시위원장께서는
　　그야말로 나라의 뛰어난 인물이셨네.
　　제각기 문장으로 합격했는데
　　다행스럽게도 모두 나이가 적어서
　　함께 유람하고 유숙하며
　　그 즐거움이 대단하였었네.
　　마음대로 말해도 책잡지 않고

뭔가 얻는 것이 있으면 다 함께 기뻐해
다른 해에 같이 급제한 사람들은
우리들과 비견할 수가 없었네.
눈 깜짝할 사이에 오늘에 이르러
이미 이십여 년이 되었는데
살아 있는 사람은 다 늙어 반백이 되었고
반은 이미 세상을 하직했네.
밖으로는 공무에 몸이 매이고
안으로는 집안일에 쫓겨
한밤중에 일어나 탄식해도
지난날의 호시절을 돌이킬 수 없었네.
어찌할꼬? 오늘 또 그대를 잃었으니!
그대의 아름다운 덕과 부드러운 목소리가
영원히 우리들의 마음과 귀에서 끊어져버렸네.

그대는 모친의 무덤가에 여막을 짓고 살다가
삼년상을 마친 뒤 집으로 돌아왔고
짐짓 벙어리 행세하며 관직을 피한 것을
아내와 자녀들도 알지 못했네.
어사대(御史臺)의 업무를 분장하니
기풍과 기강이 그로 말미암아 크게 진작된지라
마침내 우부(虞部)로 승진해
아름다운 명성을 널리 퍼뜨렸네.
장수하지 못한 것이야
어찌 그 원인을 캐묻겠는가마는
후사마저 문중 사람에게 부탁해야 하니
하늘이 실로 어질지 못하네.

술과 음식 차려놓았으니
그대의 혼백이여 강림하시어
그대의 덕을 논하고 우리의 심정을 털어놓은 걸
이 제문을 통해 보시게나.
흠향하시옵소서!

해제

원화 10년(815) 고공낭중(考功郎中)·지제고(知制誥) 재직 시에 동년진사
왕애(王涯), 최군(崔羣), 허계동(許季同), 유승선(庾承宣), 형책(邢冊) 등을 대표
해 장계우(張季友)의 영전에 바친 제문. 장계우는 자가 효권(孝權)이고, 작
자의 동년진사이자 막역한 친구다. 이 글은 우선 젊은 시절 동년진사로
서 함께 나눈 즐거움과 20여년 뒤 노경의 달라진 상황을 대비시켜 그의
죽음을 대하는 비통한 심정을 잘 나타내었다. 다음으로 모친의 묘소를
3년 동안 지킨 효성을 적어 그의 어진 인품을 드러내고, 서주단련사(徐州
團練使) 장음(張愔)의 부름을 거절한 절개와 어사대 근무 시의 뛰어난 치
적을 통해 정치적 결단력도 뛰어났음을 서술했다. 길지 않는 글이지만
구성이 치밀하며, 질박하고 절제된 언어로 강렬한 정서를 잘 표현했다.
작자가 같은 해에 쓴 그의 묘지명(HS-232)을 참조하기 바란다.

원문 및 주석

維年月日¹, 愈等謹以淸酌庶羞之奠, 敬祭于亡友張十三員外之靈。嗚呼,
往在貞元², 俱從賓薦³; 司我明試, 時⁴維邦彦⁵。各以文售⁶, 幸皆少年; 輩
遊旅宿, 其歡甚焉。出言無尤⁷, 有獲同喜; 他年諸人, 莫有能比。倏忽⁸逮
今, 二十餘歲; 存皆衰白, 半亦辭世。外纏⁹公事, 內迫家私; 中宵¹⁰興歎,
無復昔時。如何今者, 又失夫子! 懿德¹¹柔聲, 永絶心耳。

1 維年月日(유연월일) : 『문원영화(文苑英華)』에는 '元和十年'으로 되어 있다.
2 往在貞元(왕재정원) : 정원 8년(792)으로 한유 등이 진사에 급제한 해를 가리킨
   다.
3 賓薦(빈천) : 천거하다. 추천하다. 당나라 때 과거고시에서 고시위원장이 당시
   유명인사로부터 지명도가 높은 수험생의 추천을 받는 통방(通榜)이라는 제도가
   있었는데, 이 명단에 든 인사 중에서 합격자가 많이 나왔다. 「여사부육원외서
   (與祠部陸員外書)」(HS-103) 해제 참조.
4 時(시) : 이야말로. '是'와 통한다.
5 邦彦(방언) : 나라의 뛰어난 인물. 국가의 엘리트. 여기서는 당시 고시위원장이
   던 병부시랑(兵部侍郎) 육지(陸贄)를 가리킨다. 『시경 · 정풍(鄭風) · 고구(羔裘)』에
   "나라의 뛰어난 인재라네(邦之彦兮)"라는 시구가 보인다.
6 售(수) : 팔리다. 여기서는 '과거에 합격하다'는 뜻이다.
7 無尤(무우) : 흠잡지 않다. 책잡지 않다.
8 倏忽(숙홀) : 별안간. 눈 깜짝할 사이에.
9 纏(전) : 얽어매다. 얽매이다.
10 中宵(중소) : 한밤중.
11 懿德(의덕) : 아름다운 덕.

盧親之墓¹², 終喪乃歸; 陽瘖¹³避職, 妻子不知。分司¹⁴憲臺¹⁵, 風紀由振;
遂遷司虞¹⁶, 以播華問¹⁷。不能老壽, 孰究其因; 託嗣於宗, 天維不仁。酒
食備設, 靈其降止; 論德敍情, 以視諸誄¹⁸。尙饗!

12 盧親之墓(여친지묘) : 부모 상중에 묘소 근처에 여막(盧幕)이라는 움집을 짓고
   무덤을 지키는 것을 '盧墓'라고 말한다.
13 陽瘖(양음) : 거짓으로 벙어리인 체하다. '陽'은 '佯'과 통한다. 이 구절은 정원 16
   년(800) 6월에 장건봉(張建封)의 아들 장음(張愔)이 서주단련사(徐州團練使)가

되어 장계우를 판관(判官)으로 삼고 협률랑(協律郎)에 임명했을 때 병을 핑계로 3년 동안 말하지 않고 부임하지 않은 것을 가리킨다.

14 分司(분사) : 분장하다. 분담하다.

15 憲臺(헌대) : 어사대(御史臺).

16 司虞(사우) : 우부(虞部). 『신당서·백관지(百官志)』에 "무덕(武德) 3년(620)에 우부(虞部)를 사우(司虞)로 개칭했다(武德三年, 改虞部曰司虞)"라는 기록이 보인다.

17 華問(화문) : 아름다운 명성. 좋은 평판.

18 誄(뇌) : 뇌문(誄文). 죽은 사람의 덕행을 표창하고 애도하는 글. 여기서는 이 제문을 가리킨다.

HS-165 「하남 장원외 제문」

祭河南張員外文

아무 해 아무 달 아무 날에 창의군(彰義軍) 행군사마(行軍司馬), 태자우
서자(太子右庶子) 겸 어사중승(御史中丞) 한유가 삼가 아무개를 사자로 파
견해 풍성한 음식과 맑은 술을 제수로 작고한 친구인 전직 하남현령(河
南縣令)·형부원외랑(刑部員外郎) 장씨 집안 열두 번째 낭군 장서(張署)의
영전에 제사지내나이다.

정원 19년(803)에
그대가 감찰어사가 되었을 때
나는 무능했지만
같은 조칙을 받고 그대와 동렬에 서게 되었네.
그대는 덕행이 웅혼하고 강직하며
스스로를 내세우는 수준이 높아
자기와 같지 않는 사람은

진흙 찌꺼기인 양 내쳤네.
나는 고지식하고 제멋대로이며
나이는 미처 36세가 되지 않았는데
오기를 부려 다른 사람을 깔보고
실력도 없으면서 자부심은 강했네.

저 교태를 부리는 소인배들
실은 우리들을 두려워해
겉으로는 어깨를 기울이고 귀를 늘어뜨리고 있었지만
칼처럼 날카로운 혀를 가지고 모함하였네.
내가 양산(陽山)으로 떨어져
날다람쥐나 긴팔원숭이를 다스리고 있을 때
그대는 임무(臨武)로 날려가
산림 속에 갇히게 되었네.
그해 연말은 몹시도 춥고
폭설과 세찬 바람이 휘몰아쳐서
우리들은 말에서 떨어져
나는 콧물 흘리며 울고 그대는 통곡했네.
밤에 상산(商山) 기슭에서 쉬며
한 자리에 같이 누워 자는데
우리들을 지키며 호송하는 병사들과
머리가 부딪치고 발바닥이 뒤엉켰네.
동정호는 광활하고 아득해
하늘과 맞닿아 끝이 없는데
바람이 수면에 부딪쳐 파도를 말아 올리니
벼락 치는 소리가 나고
맹목적으로 앞길을 재촉하니

돛단배가 쏜살같이 나아갔네.
남으로 상수(湘水)를 거슬러 올라가니
굴원(屈原)이 물에 빠져 죽고
순임금의 두 왕비가 길을 잃고
흘린 눈물 자국이 숲을 물들인 곳이라
산과 물이 애도의 뜻을 나타내고
새와 짐승들도 소리 내어 울었네.
그곳에서 내가 노래하고 그대가 화답해
우리는 백 편의 시를 읊조렸네.

그대는 임무현에서 멈추었고
나는 또 남령(南嶺)을 넘어 가야 해서
술잔을 손에 들고 함께 마시며
훗날 만날 기회가 있을지 없을지조차 몰랐네.
두 고을의 경계 지방에서 함께 묵기로 기약하고
하룻밤을 지새우며 이야기를 나누었는데
이별한 지 얼마 되지 않은 것 같았지만
빨리도 겨울과 여름이 바뀌었네.
팔베개를 하고 비스듬히 누워 자면서
그대는 다리를 내 몸 위에 올려놓았는데
종이 와서 보고하기를
"호랑이가 마구간에 들어와
감히 쫓아내지 못하자
나리의 당나귀를 물어갔습니다"라고 했네.
그대가 말하기를 "당나귀란 놈은
타고 다닐 때 걸음이 빠르지 않은데
호랑이가 잡아 갔으니

내년 정월에 좋은 징조가 있을 것이라네.
나도 여기에 있었기에
그대와 같이 그 복을 받을 터
맹수의 징험은 과연 믿을 만하니
어찌 기도에만 의지할 것인가?"라고 했네.

내가 기전령(騎田嶺)을 지나오니
그대는 이미 침주(郴州)에서 나를 기다리고 있었고
함께 강릉부(江陵府)의 아전이 되니
내가 생각지도 못하던 일이었네.
침주는 산이 기이하고 변화무상하며
물은 맑고 물살이 세찬데
모래톱에 배를 대고 바위에 기대 앉아
눈에 들어오는 아름다운 경치를 그냥 지나치지 않았네.
형양(衡陽)에서 마음껏 술 마시며
곰과 호랑이가 포효하는 것처럼 떠들썩했지만
술 권하는 놀이에는 마음을 쓰지 않아
벌주 산가지가 고슴도치 털처럼 많이 쌓였네.
상수(湘水)가 흐르는 대로 배를 맡기고
남악 형산(衡山)을 보러 가니
구름 위로 솟은 산봉우리 깊숙하고
높이 뻗은 숲이 우뚝 솟아 있었네.
동정호(洞庭湖)에서 큰 바람을 피해
이레 동안 녹각산(鹿角山)에서 묵었는데
큰 메기를 낚아 올리니
아가미 벌룽거리는 소리가 돼지 꿀꿀거리는 것 같았고
잘게 저민 생선 요리와 데운 술 먹고 마셨으며

여러 종들도 남은 음식 함께 맛보았네.
강릉부로 출근해서는 관가 계단 아래에서
머리 조아리고 엉덩이 높이 들어 절했으며
말에서 내려 길가에 엎드려야 했으니
그게 수하 보좌관의 처지였네.

나는 국자박사로 불려 올라가고
그대는 경략사의 초빙을 따르지 않아
도성에서 만나게 된 것은
처음에 생각지도 못한 일이었네.
내가 동도의 국자감 학생들을 가르칠 때
그대는 경조부에서 수석 아전 직을 맡고 있었는데
동서의 두 수도가 서로 마주하고 있으니
이별이랄 게 뭐가 있겠는가마는
서로 떨어져 보지 못한 지가
마침내 11년이나 되었으니
그대가 도성으로 들어오면 내가 나가서
마치 서로 피하는 것 같았는데
살아생전의 오랜 이별이 죽어서야 끝나니
울음 삼키고 곡을 할 뿐 다시 아무 말도 하지 못하네.

형부원외랑을 담당할 때는
법에 따라 허용하기도 하고 빼앗기도 하니
권력을 쥔 대신들이 그대를 좋아하지 않고
건주(虔州)자사로 전임시켰네.
법률을 공정하게 집행하고 소송사건을 신중하게 처리하니
현지 백성들이 가가호호 칭송하고

그로 인해 예주(澧州)자사로 전임한 뒤에는
백성들을 위해 죄를 대신 덮어 썼네.
돌아와 동도에서 살다가
하남현령(河南縣令)에 기용되었는데
허리를 굽히고 후배에게 절해야 하는 게
분하여 감당할 수 없었네.
여러 차례 정직함 때문에 면직되었으니
자기 한 몸은 뜻대로 했지만 벼슬길은 잘 풀리지 않아
끝내 죽을 때까지 승진하지 못했으니
어떻게 사람들에게 선행을 하도록 권유하리오!

승상 배도(裵度) 각하께서 남쪽 회서(淮西)의 반란군을 토벌하실 때
나는 과분하게도 행군사마를 맡게 되어
변주(汴州)로 가서 군대 전략을 상의해야 하므로
낙양을 떠나게 되었네.
관에 기대어 곡을 하지도
몸소 술잔을 들고 제사도 못 지내고
그대의 아들을 어루만지며 위로도 하지 못하였으며
장사하던 날 영구를 교외의 장지로 보내지도 못하고서
멀리서 그대를 바라보니
가슴 아파 떨어지는 눈물이 쏟아내리는 듯하네.
그대의 공적을 돌 위에 새겨
묘지명을 흙속에 묻고
조부와 부친에 이르러서도
그들의 덕행과 사적과 공적을 적어서
밖으로 후세에 드러내고
귀신과 통하게 하니

그대는 무슨 여한이 있어
나의 충정을 밝게 살피지 않겠는가!
아! 슬프다! 흠향하시옵소서!

해제

  원화 12년(817) 8월에 동고동락한 친구 장서(張署)의 영전에 바친 제문.
장서는 하간(河間 : 지금 하북성 하간현) 사람으로 정원 2년(786)에 진사가 되
고 박학굉사과(博學宏辭科)의 전형을 통과한 뒤, 교서랑(校書郞)을 시작으
로 여러 관직을 역임했다. 이 글은 장서의 생애를 기록하면서도 두 사
람이 함께 근무하고 좌천되며, 함께 유람하고 유숙하면서 즐거울 때뿐
아니라 특히 고난을 같이한 경력을 소상히 서술하고 있다. 그런 가운데
서 불의와 타협하지 않는 장서의 강직한 성격과 일처리 및 그로 인한
벼슬길에서의 좌절을 부각시켜 죽은 친구에 대한 끝없는 감개를 잘 표
현했다. 작자가 쓴 제문은 대부분 4언구의 운문체로 되어 있는데, 이 글
은 그 중에서 가장 두드러지는 장편의 작품으로 산문체 장편인 「제십이
랑문(祭十二郞文)」(HS-188)과 대비되기도 한다. 운문체이면서도 문장 구성
의 변화가 자유롭고 서술의 기복과 파란이 많을 뿐 아니라, 묘사 또한
매우 생동적이어서 산문체의 유창함을 갖추고 있다. 또한 벽자(僻字)나
기이한 표현을 적지 않게 구사하면서도 난삽한 느낌을 주지 않고, 간략
하게 쓸 곳과 상세하게 서술할 곳을 가려 긴장감 있는 구성을 한 솜씨
도 돋보인다.
  이 글과 장서에 대한 더 자세한 이해를 위해서는 작자가 같은 해에 쓴
「당고하남령장군묘지명(唐故河南令張君墓誌銘)」(HS-235)을 참조하기 바란다.

원문 및 주석

維年月日, 彰義軍¹行軍司馬守²太子右庶子兼御史中丞韓愈, 謹遣某乙³以
庶羞淸酌之奠, 祭于亡友故河南縣令張十二⁴員外之靈。

1 彰義軍(창의군) : 당나라 때의 방진(方鎭) 이름으로 회서(淮西)와 경원(涇原)의
  두 방진이 뒤에 창의군으로 불렸다.
2 守(수) : 낮은 품계로 높은 관직을 맡을 때 쓰는 것으로 이때 한유는 품계가 조
  의랑(朝議郞)으로 정6품상이었는데, 정4품하인 태자우서자(太子右庶子)와 어사
  중승(御史中丞)을 맡았으므로 이렇게 말한 것이다. 「체협의(禘祫議)」(HS-067)
  주석 4 참조.
3 某乙(모을) : 아무개. 종복(從僕) 아무개를 대신 지칭한다.
4 張十二(장십이) : '張十一(장십일)'의 잘못이다. 한유와 장서가 주고받은 많은 시
  편에 모두 '張十一'로 되어 있다.

貞元十九⁵, 君爲御史; 余以無能, 同詔並跱⁶。君德渾剛, 標高揭己; 有不
吾如, 唾猶泥滓⁷。余戇⁸而狂, 年未三紀⁹; 乘氣加人, 無挾自恃。

5 貞元十九(정원십구) : 803년으로 이해 장서는 경조부(京兆府) 무공현위(武功縣
  尉)에서 감찰어사(監察御史)로 전임했다.
6 並跱(병치) : 나란히 서다. '跱'는 '峙'와 같다. 한유와 장서가 같은 조칙을 받고
  함께 감찰어사로 임명된 것을 가리킨다.
7 泥滓(이재) : 진흙 찌꺼기. 잔재.
8 戇(당) : 고지식하다. 우직하다.
9 三紀(삼기) : 36세. 12년이 '一紀(일기)'다. 글 속에서 '나이가 삼기가 되지 않았다
  (年未三紀)'고 했지만, 이해에 한유의 나이는 36세였다.

彼婉孌¹⁰者, 實憚吾曹; 側肩帖耳¹¹, 有舌如刀。我落陽山¹², 以尹¹³鼯猱¹⁴;
君飄臨武¹⁵, 山林之牢。歲弊¹⁶寒兇, 雪虐風饕¹⁷; 顚於馬下, 我泗¹⁸君咷¹⁹。
夜息南山²⁰, 同臥一席; 守隸防夫²¹, 觝²²頂交跖²³。洞庭漫汗²⁴, 粘²⁵天無壁²⁶;
風濤相凌²⁷, 中作霹靂²⁸; 追程²⁹盲進, 驅³⁰船箭激³¹。南上湘水³², 屈氏³³所
沈; 二妃³⁴行迷, 淚蹤³⁵染林; 山哀浦思³⁶, 鳥獸叫音。余唱君和, 百篇在吟³⁷。

10 婉孌(완련) : 교태를 부리다. 소인배들의 행태를 비유한다. 『시경·제풍(齊風)·

보전(甫田)』에 "예쁘고 아름답도다, 두 갈래 땋은 총각이여(婉兮孌兮, 總角丱兮)"라는 시구가 보인다.

11　側肩帖耳(측견첩이) : 어깨를 기울이고 귀를 늘어뜨리다. 비굴하게 굽실거리다. '俯首帖耳(부수첩이)'와 같은 뜻으로 잘 길들여져 복종하는 것을 비유한다.

12　陽山(양산) : 당나라 때 영남도(嶺南道) 연주(連州)에 속한 현 이름으로 지금의 광동성 양산현이다.

13　尹(윤) : 다스리다.

14　鼯猱(오노) : 날다람쥐와 긴팔원숭이. 양산 현지의 백성들을 가리킨다. 양산 지역과 관련해 이와 유사한 표현을 한 예는 「송구책서(送區冊序)」(HS-143)에도 보인다.

15　臨武(임무) : 당나라 때 강남도(江南道) 침주(郴州)에 속한 현 이름으로 지금의 호남성 임무현이다.

16　歲弊(세폐) : 연말. 세밑. '弊'는 '다하다'는 뜻이다. 이하 두 구절은 한유와 장서가 남방으로 유배되어 길을 떠난 때가 12월 엄동설한임을 나타낸다.

17　饕(도) : 탐욕스럽다. 재물이나 음식을 심하게 탐하는 전설상의 흉악한 짐승 도철(饕餮)로 여기서는 정도가 매우 심해 '사납다'는 뜻을 비유한다.

18　泗(사) : 콧물. 여기서는 동사로 쓰여 '콧물 흘리다'는 뜻이다.

19　咷(도) : 큰 소리 내어 울다. 통곡하다.

20　南山(남산) : 장안 남쪽의 상산(商山)으로 지금의 섬서성 상현(商縣) 동쪽에 있다.

21　守隸防夫(수례방부) : 수행하는 병사. 호송하는 병졸.

22　觝(저) : 부닥치다. '抵'와 같다.

23　跖(척) : 발바닥. '蹠'과 같다.

24　漫汗(만한) : 광활하고 아득한 모양.

25　粘(점) : 들어붙다. 맞닿다.

26　壁(벽) : 물가. 끝.

27　相豗(상회) : 서로 맞부딪치다.

28　霹靂(벽력) : 벼락.

29　追程(추정) : 앞길을 재촉하다. 여정을 재촉하다.

30　颿船(범선) : 돛단배. 범선. '颿'은 '帆'과 같다.

31　箭激(전격) : 쏜살처럼 빠르다.

32　湘水(상수) : 상강(湘江)이라고도 한다. 호남성 경역을 흐르는 가장 큰 강으로 동정호(洞庭湖)를 거쳐 장강(長江)으로 유입된다.

33　屈氏(굴씨) : 굴원(屈原, B.C. 340-B.C. 278). 굴원이 물에 빠져 죽은 곳으로 전해지는 멱라강(汨羅江)은 본래 호남성 상음현(湘陰縣)에서 상강으로 유입된 지류였는데, 지금은 바로 동정호로 흘러 들어간다.

34　二妃(이비) : 요임금의 두 딸로 순임금의 두 왕비인 아황(娥黃)과 여영(女英).

35　淚蹤(누종) : 눈물 자국. 이 구절은 아황과 여영이 남방 순행 중에 죽은 순임금을 애도하다가 뿌린 눈물이 대나무를 물들여 '斑竹(반죽)'이 생겨난 전설을 가리

킨다.

36 山哀浦思(산애포사) : 산수도 함께 애통해한다는 감정이입의 표현이다.
37 百篇在吟(백편재음) : 한유와 장서가 남행 도중에 주고받은 시는 지금 전하지 않
    는다.

君止于縣, 我又南踰³⁸；把醆³⁹相飮, 後期有無。期宿界上⁴⁰, 一夕相語；自
別幾時, 遽變寒暑⁴¹。枕臂欹眠⁴², 加余以股, 僕來告言, 虎入廐處, 無敢驚
逐, 以我驥⁴³去。君云是物, 不駿於乘；虎取而往, 來寅⁴⁴其徵。我預在此,
與君俱膺⁴⁵；猛獸⁴⁶果信, 惡⁴⁷禱而憑。

38 南踰(남유) : 남령(南嶺)을 넘다. 남령을 넘어 양산으로 가다.
39 醆(잔) : 작은 술잔. '盞'이나 '琖'과 같다.
40 界上(계상) : 침주(郴州)와 연주(連州)의 경계 지역.
41 遽變寒暑(거변한서) : 겨울과 여름이 빨리 바뀌다. 벌써 1년이 지나 같이 만난
    때가 정원 20년(804) 겨울임을 가리킨다.
42 欹眠(의면) : 비스듬히 누워 자다. 옆으로 누워 자다. 이하 두 구절은 두 사람이
    형식에 구애됨이 없이 허물없는 사이임을 나타낸다.
43 驥(몽) : 당나귀.
44 來寅(내인) : 내년 정월. 호랑이가 범띠에 해당하는 동물이며, 인월(寅月)은 음력
    정월이다.
45 膺(응) : 받다.
46 猛獸(맹수) : 호랑이가 당나귀를 물고 간 일로 인해 다가올 징험을 가리킨다. 이
    구절은 정원 21년(805)에 순종(順宗)이 즉위한 뒤 사면령을 내려 한유와 장서가
    강릉부로 전임했기 때문에 한 말이다. '猛獸'는 '孟首'로 된 판본에 의거해 정월
    이 '맹춘의 시작(孟春之首)'이라는 뜻으로 보고, 그 이듬해 정월에 징험이 있을
    것으로 풀이하기도 한다.
47 惡(오) : 어찌. 어떻게.

余出嶺中⁴⁸, 君竢州下；偕掾⁴⁹江陵, 非余望者。郴山⁵⁰奇變, 其水淸寫⁵¹；
泊砂倚石, 有邅⁵²無捨。衡陽⁵³放酒, 熊咆虎嘷⁵⁴；不存⁵⁵令章⁵⁶, 罰籌蝟毛⁵⁷。
委舟湘流, 往觀南嶽；雲壁⁵⁸潭潭⁵⁹, 穹林⁶⁰攸擢⁶¹。避風太湖⁶², 七日鹿角⁶³,
鈎登⁶⁴大鮎⁶⁵, 怒頰⁶⁶豕狗⁶⁷；鬐盤⁶⁸炙酒⁶⁹, 羣奴餘啄⁷⁰。走官⁷¹階下, 首下
尻高⁷²；下馬伏塗, 從事⁷³是遭。

48 嶺中(영중) : 오령(五嶺)의 하나인 기전령(騎田嶺)으로 침주에 있다.
49 掾(연) : 아전배가 되다. 이때 한유는 강릉부의 법조참군(法曹參軍), 장서는 공조

참군(功曹參軍)이 되었다.

50 郴山(침산) : 호남성 침현(郴縣)의 남쪽에 있는 황잠산(黃岑山)으로 침수(郴水)가
여기서 발원한다.

51 淸瀉(청사) : 물이 맑고 물살이 세차다. '瀉'는 '세차게 쏟아지다'는 뜻으로 '瀉'와
같다.

52 遌(악) : 만나다. 여기서는 '눈에 들어와 보이다'는 뜻이다.

53 衡陽(형양) : 형주(衡州)의 주청 소재지로 지금 호남성 형양시다.

54 熊咆虎嗥(웅포호호) : 곰과 호랑이가 포효하는 것처럼 떠들썩한 소리로 술을 권
하는 것을 가리킨다.

55 存(존) : 묻다. 살피다. 신경을 쓰다.

56 令章(영장) : 술 권하는 놀이. 벌주놀이.

57 蝟毛(위모) : 고슴도치 털로 매우 많은 것을 비유한다. '蝟'는 '猬'와 같다.

58 雲壁(운벽) : 구름 속으로 우뚝 솟은 산봉우리.

59 潭潭(담담) : 깊숙한 모양.

60 穹林(궁림) : 큰 숲. 높이 뻗은 숲.

61 攸擢(유탁) : 우뚝 솟은 모양. '擢'은 '홀로 우뚝 솟은 것'을 뜻한다.

62 太湖(태호) : 동정호(洞庭湖)를 가리킨다.

63 鹿角(녹각) : 녹각산. 동정호 가에 위치해 있는 산으로 지금 호남성 악양현(岳陽
縣) 남쪽 50리쯤 되는 곳에 있다.

64 鉤登(구등) : 낚시로 낚아 올리다.

65 鮎(점) : 메기.

66 怒頰(노협) : 낚시에 낚여 올라온 메기가 양쪽 아가미를 한껏 벌려 벌룽벌룽하는
모양을 나타낸다.

67 豕呴(시후) : 돼지처럼 꿀꿀거리며 울다.

68 臠盤(연반) : 잘게 저민 생선 요리.

69 炙酒(자주) : 따뜻하게 데운 술.

70 餘啄(여탁) : 남은 음식을 먹다. '啄'은 본래 새가 부리로 쪼아 먹는 것을 가리키
지만 여기서는 '먹다'는 뜻이다.

71 走官(주관) : 관아로 출근하다.

72 首下尻高(수하고고) : 머리는 조아리고 둔부는 높이 들어 올리다. 크게 허리를
굽혀 절하는 모습을 나타낸다.

73 從事(종사) : 주군(州郡)의 장관이 자기 명의로 부른 보좌관으로 아전들보다 지
위가 높다.

予微博士⁷⁴, 君以使已⁷⁵, 相見京師, 過願⁷⁶之始. 分教東生⁷⁷, 君掾雍首⁷⁸,
兩都⁷⁹相望, 於別何有. 解手⁸⁰背面⁸¹, 遂十一年⁸² ; 君出我入, 如相避然 ;
生闊死休⁸³, 呑不復宣⁸⁴.

74 予徵博士(여징박사) : 한유가 원화 원년(806)에 국자박사로 불려간 일을 가리킨다.

75 使已(사이) : 정원 21년(805) 8월에 옹관경략사(邕管經略使) 노서(路恕)가 상주해 장서를 판관(判官)으로 부른 명령을 따르지 않은 일을 가리킨다. '使'는 '명령' 내지 '임명'의 뜻이고, '已'는 '그치다', '그만두다'의 뜻이다.

76 過願(과원) : 소원을 초과하다. 생각한 것보다 훨씬 좋은 결과가 생기다.

77 分教東生(분교동생) : 동도 낙양의 국자감 학생들을 분담해 가르치다. 이는 원화 2년(807)의 일이다.

78 掾雍首(연옹수) : 경조부의 수석 아전 직을 맡다. '雍'은 옹주(雍州)로 경조부(京兆府)를 가리킨다. 장서가 정원 21년(805) 10월에 경조부의 사록참군(司錄參軍)에 임명되었는데, 그 자리가 육조(六曹)의 비리를 규찰하는 일을 담당해 아전 가운데서 수석에 해당하는 직책이었으므로 '掾首'라고 했다.

79 兩都(양도) : 장안과 낙양의 두 수도. 장안은 서도(西都) 또는 상도(上都)라 하고 낙양은 동도(東都)라 했다.

80 解手(해수) : 떨어지다. 이별하다.

81 背面(배면) : 얼굴을 등지다. 만나지 못하다.

82 十一年(십일년) : 원화 원년(806)부터 11년째임을 가리킨다.

83 生闊死休(생활사휴) : 살아서는 오래 떨어져 지내고 죽어서는 모든 게 끝나고 만다.

84 吞不復宣(탄불부선) : 울음을 삼키고 곡을 하며 다시 아무 말도 할 수 없다. 비통한 심정이 극에 달해 말하기 어려운 것을 나타낸다.

刑官屬郎[85], 引章[86]許奪[87] ; 權臣不愛, 南昌[88]是斡[89]。明條謹獄, 氓獠[90]戶歌 ; 用遷澧浦[91], 爲人受瘝[92]。還家東都, 起令河南[93] ; 屈拜後生[94], 憤所不堪。屢以正免, 身伸事蹇[95] ; 竟死不昇, 孰勸爲善!

---

85 刑官屬郎(형관속랑) : 장서가 형부원외랑이 된 것을 가리킨다. '刑官'은 형부의 관직이다.

86 引章(인장) : 법률 규정에 근거하다. 법에 따르다.

87 許奪(알탈) : 방숭경(方崧卿, 1135-1194)의 『한집거정(韓集擧正)』에 의거해 '許奪(허탈)'로 보고, 이 구절을 '법에 따라 허용하기도 하고 빼앗기도 하다'로 풀이했다. '訐'은 자신은 정직하지 않으면서 타인의 비리를 들추어내는 것을 능사로 하는 것을 말하므로 이 글의 문맥에 적절치 않아 보인다.

88 南昌(남창) : '南康'의 잘못이다. 한유가 쓴 장서 묘지명(HS-235)에 따르면 장서는 형부원외랑에서 건주(虔州)자사로 전임했는데, 남강군(南康郡)은 건주의 옛 명칭으로 주청 소재지가 지금 강서성(江西省) 감현(贛縣)에 있었다.

89 斡(알) : 돌다. 회전하다. 여기서는 '전임하다'는 뜻이다.

90 氓獠(맹료) : 현지 백성을 가리킨다. '氓'은 초야에 묻혀 사는 서민이고 '獠'는 본

래 고대 남방 소수민족의 명칭이다.

91 澧浦(예포) : 예수(澧水)의 물가로 예주(澧州)를 가리킨다. 예주는 강남도(江南
道)에 속하는 고을로 지금 호남성 예현(澧縣)이다.

92 爲人受瘵(위인수채) : 백성을 위해 죄를 대신 받다. '人'은 당태종의 이름자인 '民'
을 피휘한 것이고 '瘵'는 본래 '질병'의 뜻이다. 장서가 세금을 정해진 액수보다
두 배 더 징수하라는 관찰사의 공문에 따르지 않고 백성들의 편에 섰다가 예주
자사에서 해임된 것을 가리킨다.

93 起令河南(기령하남) : 하남현령에 기용되다.

94 屈拜後生(굴배후생) : 허리를 굽히고 후배에게 절하다. 장서가 하남현령에 임명
되었을 때 마침 하남부윤(河南府尹)이 평소에 좋아하지 않던 사람이었는데, 연
로한 자신이 나이가 적은 상관을 문안해야 하는 것을 가리킨다.

95 身伸事蹇(신신사건) : 자기 한 몸은 비록 원하는 대로 했지만 일은 순조롭게 풀
리지 않다. '蹇'은 '곤경에 처하다', '어려운 경우를 당하다'는 뜻이다.

丞相南討⁹⁶, 余辱司馬 ; 議兵大梁⁹⁷, 走出洛下。哭不憑棺, 奠不親罍⁹⁸ ; 不
撫其子, 葬不送野 ; 望君傷懷, 有隕⁹⁹如瀉。銘君之績, 納石壙中 ; 爰及祖
考, 紀德事¹⁰⁰功 ; 外著後世, 鬼神與通 ; 君其奚憾, 不余鑒衷¹⁰¹! 嗚呼哀哉,
尚饗!

96 丞相南討(승상남토) : 원화 12년에 재상 배도(裴度)가 회서선위처치사(淮西宣慰
處置使)가 되어 당지의 반란군을 토벌한 일을 가리키는데, 이때 한유는 행군사
마(行軍司馬)를 맡아 출정했다. 이에 대해서는 「평회서비(平淮西碑)」(HS-239)를
참조하기 바란다.

97 大梁(대량) : 변주(汴州)로 지금 하남성 개봉시(開封市)다. 이 구절은 당시에 선
무군(宣武軍)절도사 한홍(韓弘)이 제군도통(諸軍都統)으로 변주에 주둔하고 있
었기 때문에, 한유가 그를 찾아가 협조를 끌어낸 일을 가리킨다.

98 親罍(친가) : 몸소 술잔을 들다.

99 隕(운) : 눈물이 떨어지다.

100 事(사) : '著(저)'로 된 판본에 따라 '紀德著功(기덕저공)'으로 읽으면 어구가 순통
하지만, 이 경우 바로 뒤에 있는 '外著後世(외저후세)'와 같은 글자가 앞뒤 구절
에 중복 출현하는 흠이 생긴다. 따라서 본 역주에서는 이를 그대로 두고 '紀德
事功(기덕사공)'을 '紀德(기덕)·紀事(기사)·紀功(기공)'의 구조로 파악해 풀이
했다.

101 鑒衷(감충) : 충정을 밝게 살피다.

「좌사 이원외 태부인 제문」

祭左司李員外太夫人文

아무 해 아무 달 아무 날에 아무 관직에 있는 아무개 등이 삼가 맑은 술과 풍성한 음식을 제수로 현태군(縣太君) 존부인(尊婦人) 정씨(鄭氏)의 영전에 공손히 제사지내나이다.

존부인께서는 명문가 출신으로 덕망이 있는 집안으로 출가해서, 그 가정을 잘 건사해 완전한 복을 누렸습니다. 아내로서 어머니로서 두 차례나 중궁전으로 가서 황후를 배알했으니, 이는 벼슬아치들이 영광으로 떠받드는 일이요 일가붙이와 동향인들이 본보기로 삼는 바였습니다. 아무개 등은 다행히도 존부인의 영식을 따라 함께 관리로 근무했사오니, 마음으로부터 우러나오는 진지한 애도의 정을 표하오며, 삼가 감주와 희생제물을 바치나이다. 흠향하시옵소서!

해제

　원화 9년(814) 고공낭중(考功郎中)·사관수찬(史館修撰) 재직 시에 동료의 모친인 정씨(鄭氏)의 영전에 바친 제문. 원화 6년(811) 직방원외랑(職方員外郎) 재직 시에 지어진 것이라는 견해도 있으나, 동료 이씨(李氏)의 관직명이 좌사원외랑(左司員外郎)으로 되어 있는 점을 고려할 때 타당하지 않은 것으로 보인다. 당나라 때 상서성에서는 좌사(左司)와 우사(右司)를 두고 6부를 총괄했는데, 좌사는 좌승(左丞)이 이부·호부·예부의 12사(司)를, 우사는 우승(右丞)이 병부·형부·공부의 12사(司)를 주관했다. 직방원외랑은 병부 소속 관리므로 우사에 속한다. 따라서 이 글은 작자가 이부 소속의 고공낭중 재직 시인 원화 9년 무렵에 지어진 것으로 보는 것이 타당하다고 하겠다. 그리고 문당(文讜)은 정씨를 이병(李邴)의 모친이라고 했으나, 정씨의 사적이 이병의 묘지명(HS-256)에 보이는 모친의 그것과 일치하지 않으므로 받아들이기 어렵다. 압운하지 않고 손가는 대로 쓴 산문체 제문이다.

원문 및 주석

維年月日, 某官某等謹以淸酌庶羞之奠, 敬祭于某縣太君¹鄭氏尊夫人之靈.

1　縣太君(현태군) : 외명부(外命婦)의 봉호(封號). 5품관의 모친과 아내를 현군(縣君)이라 하고 모친의 읍호(邑號)에는 태(太)자를 추가해 불렀다. 그런데 좌사원외랑은 종6품상이므로 정씨가 현군으로 불린 것은 산관(散官)의 등급으로 인해 붙여졌을 가능성도 있다.

胄[2]于茂族[3], 配此德門[4], 克成厥家, 享有全福。爲婦爲母, 再朝中宮[5], 搢紳[6]推榮, 宗黨[7]是則。某等幸隨令子, 同服官僚；庶[8]展哀誠, 式[9]陳醴牢[10]。尚饗!

---

2 胄(주) : 후예. 여기서는 동사로 쓰여 '후손이다', '출신이다'의 뜻이다.

3 茂族(무족) : 명문가. 명문 귀족. '화족(華族)'과 같은 뜻이다.

4 德門(덕문) : 덕망이 있는 집안.

5 中宮(중궁) : 중궁전(中宮殿). 황후가 거처한 곳.

6 搢紳(진신) : 벼슬아치. 「송부도문창사서(送浮屠文暢師序)」(HS-133) 주석 5 참조.

7 宗黨(종당) : 일가붙이와 동향인. 종족(宗族)과 향당(鄕黨).

8 庶(서) : 희망의 어기를 나타내는 부사.

9 式(식) : 아랫사람이 윗사람에게 또는 동배 사람 사이에 쓰여 존경을 표시하는 정태부사.

10 醴牢(예뢰) : 감주와 희생제물.

「설중승 제문」

祭薛中丞文

아무 해 아무 달 아무 날에 아무 관직에 있는 아무개 등이 삼가 맑은 술과 풍성한 음식을 제수로 전임 어사중승(御史中丞)으로 형부시랑(刑部侍郎)에 추증된 작고한 친구 설존성(薛存誠) 공의 영전에 제사지내나이다.

그대의 아름다운 덕과 훌륭한 행실은 세상 사람들을 독려할 수 있었습니다. 청아한 문장과 명민한 식견은 출세하기에 충분했습니다. 일가붙이들은 그대의 효심과 자애로움을 칭송하고, 벗들은 그대의 신실함과 정의로움을 사모해 따랐습니다. 누차 관리 임용시험에 급제했고, 여러 차례 조정의 관직을 역임했습니다. 문하성(門下省)과 어사대(御史臺)에서는 모두 그대의 일화가 전해지고, 시인과 묵객들은 다투어 새로 지은 시를 읊조리고 있습니다. 조정에서 모범이 되어 조정의 안팎에 빛나고 있습니다. 높은 관직으로 오르는 길로 막 달려가는데, 수명이 갑작스럽게 다 해버렸습니다. 성명하신 천자께서 하늘이 그대를 잠시 자기 곁에 머무르도록 해주지 않는 것을 몹시 가슴 아프게 여기고, 백관(百官)들에게는 현인이 없음을 탄식하는 마음이 일어나게 했으니, 하물며 아무개 등처럼 오래도록 말이 없이도 서로 통하는 교제를 나눈 친구로 나를 깊이 이해하는 사이임에 있어서야 오죽하겠습니까! 나는 그대와 젊을 때부터 교유하다가, 백발이 성성할 즈음에 그대를 잃게 되어 이곳으로 와서 변변치 못한 제수를 차리니, 어찌 애틋한 성심을 다할 수 있겠는지요! 아, 슬프도다! 흠향하시옵소서!

해제

원화 9년(814) 비부낭중(比部郎中)·사관수찬(史館修撰) 재직 시에 급사중(給事中) 이봉길(李逢吉)과 맹간(孟簡), 이부시랑 장유소(張惟素)와 장가(張賈) 등과 같이 어사중승 설존성(薛存誠)의 영전에 바친 제문. 설존성은 자가 자명(資明)이고 하중[河中: 지금 산서성 영제시(永濟市)] 사람으로 정원(貞元) 연간에 진사에 급제했다. 『구당서(舊唐書)』와 『신당서(新唐書)』에 모두 그의 전기가 들어 있다. 글이 특별히 빼어난 기골이 없이 평범한 편이어서 작자의 작품이 아니라 제문에 참여한 동료가 쓴 뒤 한유의 이름을 가탁한 것으로 보는 논자도 있다.

원문 및 주석

維年月日, 某官某乙等謹以清酌庶羞之奠, 祭于亡友故御史中丞贈刑部侍
郎薛公之靈。

公之懿德茂行, 可以勵俗[1]。淸文敏識, 足以發身[2]。宗族稱其孝慈, 朋友歸[3]
其信義。累昇科第, 亟[4]踐班行[5]。左掖[6]南臺[7], 共傳故事[8]。詩人墨客, 爭諷
新篇。羽儀[9]朝廷, 輝映中外。長途方騁, 大限[10]俄窮。聖上軫[11]不憖[12]之悲,
具僚[13]興云亡[14]之歎 ; 況某等忘言[15]斯久, 知我俱深。青春之遊, 白首相失,
來陳薄奠[16], 詎盡哀誠! 嗚呼哀哉, 尚饗!

1 勵俗(여속) : 세상 사람들을 권면하다.
2 發身(발신) : 출세하다. 이름을 날리다. 집안을 일으키다. 『대학(大學)』에 "어진
  사람은 재물로써 몸을 일으키고, 어질지 못한 사람은 몸으로써 재물을 일으킨
  다(仁者, 以財發身, 不仁者, 以身發財)"라는 글귀가 보인다.
3 歸(귀) : 사모해 따르다.
4 亟(기) : 자주. 여러 차례.
5 班行(반행) : 조정의 문무백관의 행렬. 조정 관리의 순위. 이 구절과 관련해 설존
  성은 감찰어사, 전중(殿中)시어사, 탁지(度支)원외랑, 기거랑(起居郎), 사훈(司
  勳)원외랑, 형부낭중, 병부낭중, 급사중(給事中), 어사중승 등 일상적으로 조정
  에 출근해 황제를 알현하는 관직을 역임했다.
6 左掖(좌액) : 문하성(門下省). 당나라 때 문하성이 선정전(宣政殿)의 왼쪽에 있었
  기 때문에 이렇게 불렀다.
7 南臺(남대) : 어사대(御史臺). 북제(北齊) 시대에 어사대를 이렇게 불렀다.
8 故事(고사) : 설존성의 일처리와 관련한 일화 내지 사례. 설존성은 성품이 온화
  하고 나긋했으나 어사의 직무를 수행할 때는 조금도 흔들림 없이 공평무사하게
  법 집행을 한 것을 가리킨다.
9 羽儀(우의) : 높은 자리에 있으면서 재주와 덕을 갖추어 다른 사람의 존중을 받
  거나 모범이 될 만한 것을 비유한다. 『주역 · 점괘(漸卦)』의 상구(上九) 효사(爻
  辭)에 "큰기러기가 점차 높은 산으로 날아 올라가는데, 그 날개는 의표로 쓸 수
  있으니 길한 것이다(鴻漸于陸, 其羽可用爲儀, 吉)"라는 글귀가 보인다.
10 大限(대한) : 수명. 죽는 시기.
11 軫(진) : 몹시 애석하게 여기다. 가슴아파하다.
12 不憖(불은) : 잠시 ~않다. 『좌전 · 애공(哀公) 16년』에 "공구가 죽자 애공이 추도

하는 뇌사에서 이르기를 '하늘이 나를 잘 대우하지 않아 이 국가의 원로를 잠시 머무르게 하여 그로 하여금 나 한 사람이 임금의 자리에 있는 것을 지키도록 하지 않아서, 나 홀로 외로워 걱정 때문에 병이 났구려. 아아! 슬프다! 이보여 나는 스스로를 제어할 본보기를 잃었네'(孔丘卒, 公誄之曰：旻天不弔, 不憖遺一老, 俾屛余一人以在位, 煢煢余在疚. 嗚呼哀哉! 尼父, 無自律)"라는 글귀가 보인다. '不憖遺一老'는 뒤에 천자가 대신(大臣)의 죽음을 애도하는 만사(輓詞)로 쓰였다.

13 具僚(구료) : 백관(百官).

14 云亡(운망) : (나라에 현인이) 없다. '云'은 어조사로 뜻이 없다. 『시경·대아(大雅)·첨앙(瞻印)』에 "어진 사람이 없으니 온 나라가 고난에 허덕이네(人之云亡, 邦國殄瘁)"라는 시구가 보인다.

15 忘言(망언) : '忘言之交(망언지교)' 곧 말이 필요 없이 뜻이 서로 통하는 사귐을 뜻한다.

16 薄奠(박전) : 변변치 않은 제수.

祭裵太常文

아무 해 아무 달 아무 날에 한유 등이 삼가 풍성한 음식과 맑은 술을 제수로 전임 태상소경(太常少卿) 배씨 집안 스물한 번째 배채(裵蕑) 형의 영전에 공손히 제사지내나이다.

조정에서 중요하게 여기는 것은 예보다 더한 것이 없는데, 비록 경전과 대책(對策)이 자세히 갖추어져 있어도 그것에 정통해 잘 숙지하고 있는 사람은 거의 없습니다. 교외에서 천지에 지내는 제사의 전통 관례와 종묘에서 때맞춰 올리는 각종 제례로부터 천자가 하는 제반 요구와 승상에게서 나오는 갑작스런 질문에 대해서, 여러 유생들이 두 손을 마주 잡고 경의를 표하며 종백(宗伯)과 태축(太祝)이 진심으로 탄복하고 있는 가운데, 그대께서는 모두 예법의 근원을 지적해 진술하고 임시변통의 가능성을 헤아려서 천자의 뜻에 부합하고 신명이 내린 축복과 꼭 합치하지 않는 것이 없었습니다. 공경 귀족들의 관례나 혼례, 선비와 서민들의 상례나 제례에 있어서도, 의심스러운 점이 있으면 모두 메아리가 소리에 응하듯이 금방 답을 하고, 질문하면 반드시 나갈 길을 확실히 밝혀주셨습니다. 그대를 따르는 사람에게는 충분히 모범이 될 수 있었고, 그대와 의견을 달리하는 사람은 다른 사람의 손가락질과 비웃음을 벗어날 수 없었으며, 하신 행동은 당시의 법이 되고 하신 말씀은 고대의 경전에 견주어졌습니다. 홀로 한 시대의 조정에 우뚝 서서 오랜 옛날부터 내려온 관례를 높은 곳에서 내려다보며, 또 친구와 동료들을 위해 분주하게 달리고 종친들을 위해 힘을 쏟았습니다. 한 어깨에 멜 정도의 양식도 그대 자신의 집에는 늘 텅텅 비어 있었으나, 사방 열 자나 되는 큰 식탁에 차려진 갖가지 음식이 언제나 객의 연석에 풍성했습니다. 들어오는 선물은 반드시 고사했으나 다른 사람이 요구를 하면 응하지 않는 것이 없었습니다. 이런 미덕을 갖추고 있어도 오래 살지 못할 것이라고 누가 말했는지요! 아무개 등은 일찍부터 교분이 있던 사이여서 진실로 그대의 도의를 흠모해오던 터라, 변변치 못한 제물에 정성을 담아서 그대와 영원한 이별을 하나이다. 아, 슬프도다! 흠향하시옵소서!

해제

원화 9년(814) 비부낭중(比部郎中)·사관수찬(史館修撰) 재직 시에 급사중 이봉길(李逢吉)과 맹간(孟簡), 이부시랑 장유소(張惟素)와 장가(張賈) 등과 같이 태상소경(太常少卿) 배채(裴茞)의 영전에 바친 제문. 배태상이 누구인지에 대해 논란이 있으나, 여기서는 『문원영화(文苑英華)』 권987에 제목이 「제태상배소경문(祭太常裴少卿文)」으로 된 점과 진경운(陳景雲)의 주석에 근거해 국자사업(國子司業)에서 태상소경으로 자리를 옮긴 배채로 보았다. 그는 예학(禮學)에 밝아『내외친족오복의(內外親族五服儀)』2권과『서의 (書儀)』3권 등의 저술을 남겼다. 이 글은 그가 예에 정통해 천자의 자문 에서부터 각종 예법의 집행에 대한 질문에 거침없이 응대한 점과 베풀 기를 좋아하고 청빈하게 자기를 지키며 산 인품을 칭송하고 있다. 다만 「제설중승문(祭薛中丞文)」(HS-167)과 마찬가지로 글이 특별히 빼어난 기골 이 없이 평범한 편이어서, 작자의 작품이 아니라 제문에 참여한 동료가 쓴 뒤 한유의 이름을 가탁한 것으로 보는 논자도 있다.

원문 및 주석

維年月日, 愈等謹以庶羞淸酌之奠, 敬祭于故太常裴二十一兄之靈。

朝廷之重, 莫過乎禮, 雖經策具存, 而精通蓋寡。自郊丘[1]故事, 宗廟時宜, 大君[2]之所旁求, 丞相之所卒問[3], 羣儒拱手[4], 宗祝[5]醉心[6]；兄皆指陳根源, 斟酌通變, 莫不允符[7]天旨[8], 克協神休[9]。至乎公卿冠昏, 士庶喪祭, 疑皆響 答[10], 問必實歸。從我者足爲軌儀[11], 異我者無逃指笑；動爲時法, 言比古 經。獨立一朝, 高視千古, 而又驅馳朋執, 俛俛[12]宗親。儋石[13]之儲, 常空於 私室；方丈[14]之食, 每盛於賓筵；贈必固辭, 求無不應。孰云具美而不永 年！某等早接遊從, 實欽道義, 致誠薄奠, 以訣終天[15]。嗚呼哀哉, 尚饗！

1　郊丘(교구)：옛날에 천자가 원구(圓丘)에서 천지에 제사를 지내는 것. 보통 동지 (冬至)에 남교(南郊)에서 하늘에 제사지내고, 하지(夏至)에 북교(北郊)에서 땅에 제사지냈다.

2　大君(대군)：천자.『역경·사괘(師卦)』의 상육(上六) 효사에 "천자의 명령이 있 어 제후를 봉하고 경대부 벼슬을 주는데 소인을 써서는 안 된다(大君有命, 開國 承家, 小人勿用)"라는 글귀가 보인다.

3   卒問(졸문) : 갑작스런 질문.
4   拱手(공수) : 두 손을 마주잡고 경의를 표하다.
5   宗祝(종축) : 종백(宗伯)과 태축(太祝). 종백은 주(周)나라 때 육경(六卿)의 하나로 종묘 제사의 일을 관장하는 관리였는데, 후대에는 이런 업무가 예부(禮部)에 귀속되어 예부상서를 대종백(大宗伯) 또는 종백이라 부르고 예부시랑을 소종백(少宗伯)이라고 불렀으며, 태축은 종백의 속관으로 제사와 기도의 일을 담당했다.
6   醉心(취심) : 진심으로 탄복하다.
7   允符(윤부) : 부합하다.
8   天旨(천지) : 천자의 뜻.
9   神休(신휴) : 신명이 내린 축복.
10 響答(향답) : 메아리가 소리에 응하듯이 민첩하게 대답하다.
11 軌儀(궤의) : 법칙. 의식과 제도.
12 俛俛(민면) : 부지런히 힘쓰다. '黽勉'으로도 적는다.
13 檐石(담석) : 한 어깨에 멜 정도의 얼마 안 되는 양식. '檐'은 '擔'과 통한다. '한 항아리나 한 섬의 양식'을 뜻하는 '甔石(담석)'과 통하는 것으로 보기도 하는데 담긴 뜻은 마찬가지다.
14 方丈(방장) : '方丈之食(방장지식)'으로 극도로 풍성한 음식을 가리킨다. 『맹자 · 진심하(盡心下)』에 "사방 열 자나 되는 큰 식탁에 갖가지 음식을 차려놓고 시중드는 첩을 수백 명씩이나 거느리는 따위의 짓은 비록 내가 뜻을 이루더라도 결코 하지 않을 것이다(食前方丈, 侍妾數百人, 我得志, 弗爲也)"라는 글귀가 보인다.
15 終天(종천) : 평생. 종신(終身). 보통 죽어서 영결하는 것과 같이 불행한 경우에 쓰인다.

「조주에서 신에게 바치는 제문」 다섯 편

潮州祭神文 五首

해제

원화 14년(819) 늦여름에서 초가을 무렵에 임지인 조주(潮州) 경내의 주요 신령들을 공양할 때 쓴 일련의 제문으로 두 번째 글은 압운이 되어 있고 나머지는 산문체다. 작자는 궁궐 내로 부처 사리를 영입하는 의식을 반대한 상소문으로 말미암아, 이해 정월 14일에 조주자사(潮州刺史) 좌천 명령을 받고 당일 길을 떠나 3월 25일에 장안에서 7,600여 리나 떨어진 임지에 도착했다. 부임한 뒤 조정에서의 상처를 딛고 지방 목민관으로서 선정을 베풀려고 노력해, 관할 경내의 각종 신령들에게 제사를 올려 농업 생산의 바탕이 되는 순조로운 일기를 간구하게 된 것이다. 강우가 불순한 원인을 자사의 실정 탓으로 돌리고, 자신이 하늘의 재앙을 받는 것은 마땅하지만 무고한 백성들이 받을 이유가 없음을 호소하고 있는 점이 주목되는데, 그 호소에 목민관으로서 자신의 책임 소재를 강조하고 불쌍한 백성을 사랑하는 정성이 깃들어 신을 감동시키는 힘이 있어 보인다. 이는 분명 애민 의식의 발로인 바 사회 지도층의 각성을 촉구한 그의 신념의 한 표현이라 생각된다. 이런 취지는 「원주제신문(袁州祭神文)」(HS-174)에도 일관되게 나타난다. 이 다섯 편의 제문은 농사와 양잠이 의식주 해결의 근본이자 안정적인 세수 확보의 원천이라는 주제로 일관되었기에 한데 묶여져 있다. 언어가 질박하고 별다른 군더더기가 없으며 글의 구성도 짜임새가 있는 편이다.

HS-169-1

아무 해 아무 달 아무 날에 조주자사(潮州刺史) 한유가 조양현위(潮陽縣尉) 사허기(史虛己)를 사자로 파견해 양 한 마리와 풍성한 음식을 제수로 큰 호수의 신령에게 제사지내며 고하나이다.

제가 조정의 임명을 받고 이 고을의 장관이 되어 이번 달 25일에 이곳 임지에 도착했습니다. 무릇 이곳 백성들에게 강림해 의탁한 뒤 비호하고 복을 내려주는 큰 신령에 대해서는, 모두 제가 부하들을 이끌고 급히 달려가 지극한 정성을 드리고 사당의 뜰에서 직접 제사를 주재해야 마땅하옵니다. 다만 지금 막 이곳에 부임해 천자에게 표문을 올려 아뢰느라 생각을 집중할 수가 없고 의관도 정결하지 못했으며, 현지 백성들과 관리들도 서로 잘 알지 못했고, 제물과 젯메쌀이나 술과 음식 및 그릇과 도구들이 투박하고 청결하게 할 수 없었으며, 게다가 제사지낼 날과 시간도 미처 점치지 못했기 때문에 감히 직접 제수를 바치고 배알할 수 없었나이다. 이에 조양현위 사허기를 파견해 대신 제사지내며 고하니, 신령이시여 강림하시어 이 충정을 굽어 살피시고 흠향하시옵소서!

소해제

부임한 뒤 사자를 파견해 큰 호수의 신에게 제사지내도록 해 신에 대해 경의를 표하면서 직접 사당에 가서 참례할 수 없는 원인을 설명한 제문으로 「제호신문(祭湖神文)」이라는 소제목이 붙은 판본도 있다. 조주의 주청 소재지에는 동서 양쪽에 호수가 있었는데, 서쪽의 호수가 동쪽보다 커서 너비가 10여리나 되었다.

원문 및 주석

維年月日, 潮州刺史韓愈謹差攝¹潮陽縣²尉史虛己以特羊³庶羞之奠, 告⁴于大湖神之靈。

1 差攝(차섭) : 사자로 파견해 대리시키다.
2 潮陽縣(조양현) : 영남도(嶺南道) 조주(潮州)에 속한 현 이름으로 지금 광동성에 있다.
3 特羊(특양) : 한 마리의 희생 양.
4 告(고) : 제사지내며 고하다.

愈承朝命, 爲此州長, 今月二十五日至治下⁵。凡大神降依⁶庇貺⁷斯人者, 皆愈所當率徒屬⁸奔走致誠⁹, 親執祀事於廟庭下。今以始至, 方上奏天子¹⁰, 思慮不能專一, 冠衣不淨潔, 與人吏未相識知, 牲牷¹¹酒食器皿牏弊¹², 不能嚴清¹³, 又未卜日時, 不敢自薦見¹⁴。使¹⁵攝潮陽縣尉史虛己以告, 神其降

監¹⁶, 尚饗!

5   治下(치하) : 임지. 관할 범위 안을 가리킨다.
6   降依(강의) : 강림해 의탁하다.
7   庇貺(비황) : 비호하고 복을 내리다.
8   徒屬(도속) : 부하. 속관.
9   致誠(치성) : 정성을 다하다.
10 上奏天子(상주천자) : 한유가 임지에 도착한 뒤 헌종 황제에게 사죄의 표문인
    「조주자사사상표(潮州刺史謝上表)」(HS-297)를 올린 것을 가리킨다.
11 牲精(생서) : 희생제물과 정한 젯메쌀.
12 狗弊(추폐) : 거칠고 열악하다. '狗'는 '麤'와 같다.
13 嚴清(엄청) : 정하고 청결하게 하다.
14 薦見(천견) : 제물을 올리고 신령을 배알하다.
15 使(사) : 사신으로 보내다. 위임해 파견하다.
16 監(감) : 굽어 살피다. 밝게 비치다. '鑑'과 통한다.

HS-169-2

  아무 해 아무 달 아무 날에 조주자사 한유가 삼가 맑은 술과 말린 고
기를 제수로 큰 호수의 신령에게 간구하나이다.

  벼는 이미 이삭이 패었으나
  아직 비가 내려 여물지 않아 수확할 수 없고
  누에는 깨어나 먹이를 먹고 또 잠을 자야 하는 때지만
  아직 비가 내려 다 자라지 않아 섶에 올라가 고치를 짓도록 할 수 없
나이다.
  한 해가 다 저물어가니

벼는 다시 심을 수 없고 누에는 다시 기를 수 없으니

농사짓는 사내와 뽕 따는 아낙이 장차 세금 내고 입고 먹는 생활을 이어나갈 수 없나이다.

이는 신령께서 백성들을 사랑하지 않는 것이 아니라

자사가 맡은 바 직분을 다하지 못한 탓이옵니다.

백성들이 무슨 죄가 있다고

그들로 하여금 이처럼 극한 상황에 이르도록 하시는지요!

신령께서는 귀와 눈이 밝고 장중하며 한결같으시니

귀로 듣는 것이 실제와 어긋나거나 미혹될 리 없을 것입니다.

자사가 백성들을 어질게 대하지 못했으니

그것으로 죄를 물을 수는 있으나

다만 저 무고한 백성들에게는

복을 베풀어 주셔야 하옵니다.

먹구름을 갈라 말아 올려

해와 달이 드러나게 해주시옵소서.

다행히 백성들이 입을 옷이 있고

먹을 음식을 얻을 수 있다면

신령을 위해 일할 것입니다.

위에서 바라는 요구를 충족시켜주고

형벌에서 벗어날 수 있사옵니다.

제물을 가리고 좋은 술을 빚어

신령의 은덕에 보답하고자 하여

피리 불고 북을 치며

향기롭고 정결한 제수를 바치는데

사당의 뜰에서 절하고 꿇어앉아

규정된 의식대로 따르오니

제 말이 미덥지 못하면 마땅히 그 죄를 물어

신속히 재앙을 내리고 죽여주시옵소서.
신령이시여 흠향하시옵소서!

소해제

장마 비가 초래한 재해를 서술하고 큰 호수의 신에게 비를 그치게 해
주기를 간구한 제문으로「우제지우문(又祭止雨文)」이라는 소제목이 붙은
판본도 있다.

원문 및 주석

維年月日, 潮州刺史韓愈謹以淸酌胲脩¹之奠, 祈于大湖神之靈曰:

1   胲脩(단수) : 건포. 찧어서 생강과 계피를 섞어 넣어 말린 고기. '胲脯(단포)'라고
    도 한다.

稻旣穟²矣, 而雨不得熟以穫也 ; 蠶起³且眠⁴矣, 而雨不得老以簇⁵也。歲且
盡矣, 稻不可以復種, 而蠶不可以復育也, 農夫桑婦將無以應賦稅繼衣食
也。非神之不愛人, 刺史失所職也。百姓何罪, 使至極也! 神聰明而端一⁶,
聽不可濫以惑也。刺史不仁, 可坐以罪⁷ ; 惟彼無辜⁸, 惠以福也。劃劙⁹雲陰¹⁰,
卷月日也。幸身有衣, 口得食, 給神役也。充上之須¹¹, 脫刑辟¹²也。選牲
爲酒, 以報靈德也 ; 吹擊管鼓, 侑香潔¹³也 ; 拜庭跪坐, 如法式也 ; 不信當
治, 疾¹⁴殄殛¹⁵也。神其尙饗!

2   穟(수) : 벼의 이삭이 패어 꽃이 피는 모양을 가리킨다.
3   起(기) : 누에가 허물을 벗은 뒤에 움직이며 뽕잎을 먹은 것을 가리킨다.
4   眠(면) : 누에가 허물을 벗을 때에 먹지 않고 움직이지 않는 상태를 가리킨다.
5   簇(족) : 누에섶으로 '蔟'과 같다. 여기서는 '누에섶에 올라가 고치를 짓다'는 뜻이
    다.

6 端一(단일) : 장중하고 한결같다.
7 坐以罪(좌이죄) : 그로 인해 죄를 묻다. 그 일에 연루해 죄를 다스리다.
8 無辜(무고) : 무고하다. 죄가 없다.
9 劃劃(획리) : 자르다. 갈라내다.
10 雲陰(운음) : 먹구름. 검은 구름. '陰雲(음운)'과 같다.
11 須(수) : 수요.
12 刑辟(형벽) : 형벌. 형법.
13 香潔(향결) : 향기롭고 정결한 제물.
14 疾(질) : 신속하게. 빨리.
15 殃殛(앙극) : 재앙을 내리거나 죽이다.

HS-169-3

　아무 해 아무 달 아무 날에 조주자사 한유가 삼가 양과 돼지와 맑은 술과 풍성한 음식을 제수로 성황신(城隍神)에게 제사지내나이다.

　근래에 장마 비가 주민들의 재앙이 되어 공물과 세금을 납부하고 천지신명에게 제사를 드릴 수가 없어서 하늘과 인간 세상의 처벌을 받을 까닭이 되었기 때문에, 6월 임자일(壬子日 : 6일)에 각지를 분주히 오가며 신령에게 고해 비가 그치고 날이 개도록 해주시기를 간구했나이다. 신령께서 백성들은 아무 죄가 없음을 불쌍히 여기시어 제수를 흠향하고 간구를 들어주셨습니다. 천지 산천의 검은 구름을 깨끗하게 소제하니, 시원한 바람이 때맞춰 일어나고 밝은 해가 하늘에 나타나 운행해 누에와 곡식이 풍성하게 무르익고 주민들은 다시는 탄식하지 않게 되었습니다. 신령의 은덕은 아침 일찍부터 저녁 늦게까지 생각해 잠시라도 감히 잊어버리거나 태만히 할 수 없습니다. 삼가 길일을 점쳐 몸소 장교와 관리들을 거느리고 가서, 이 제물과 맑은 술과 맛있는 음식을 바치고 음악으로 흥을 북돋아 신령의 은혜에 사의를 표하옵니다. 신령이시여 흠향하시옵소서!

소해제

성황신(城隍神)에게 장마 비를 그치게 해준 데 대해 감사를 표한 제문으로 「제성황문(祭城隍文)」이라는 소제목이 붙은 판본도 있다.

원문 및 주석

維年月日, 潮州刺史韓愈謹以柔毛¹剛鬣²清酌庶羞之奠, 祭于城隍³之神。

1 柔毛(유모) : 제사에 쓰는 양. 『예기·곡례하(曲禮下)』에 "대체로 종묘의 제례에 …… 돼지를 '강렵'이라 하고, …… 양을 '유모'라고 한다(凡祭宗廟之禮, …… 豕曰剛鬣, …… 羊曰柔毛)"라는 글귀가 보인다.
2 剛鬣(강렵) : 제사에 쓰는 돼지.
3 城隍(성황) : 중국 신화에서 영혼의 판결관이며 마을의 수호신으로 전해지는 신격. 당나라 때에 관리들이 성황과 다른 신들의 위상을 높이기 위해 오래된 신들의 계보를 만들었는데, 그 결과 요임금이 제사지냈다는 여덟 신의 하나인 수용(水庸)과 동일하게 여겨졌으며, 송대(宋代) 이후에 성황신을 모신 사당이 전국에 두루 세워지게 되었다. 지난날 선정을 베푼 지방관이 죽으면 그를 신격화해 성황으로 모시는 경우가 많았다.

間者⁴以淫雨⁴將爲人災, 無以應⁶貢賦⁷供給神明, 上下獲罪罰之故, 乃以六月壬子, 奔走分告乞晴于爾明神。明神閔⁸人之不辜, 若饗若答。糞除⁹天地山川, 清風時興, 白日顯行, 蠶穀以登¹⁰, 人不咎嗟¹¹。惟神之恩, 夙夜不敢忘怠。謹卜良日, 躬率將史, 薦茲血毛¹²清酌嘉羞¹³, 侑¹⁴以音聲, 以謝神貺¹⁵。神其饗之!

4　間者(간자) : 근래에. 근자에.
5　淫雨(음우) : 장마 비.
6　應(응) : 납부하다. 공급하다.
7　貢賦(공부) : 공물과 세금.
8　閔(민) : 불쌍히 여기다. 동정하다.
9　糞除(분제) : 소제하다.
10　登(등) : 무르익다.
11　咨嗟(자차) : 탄식하다. 원망하다.
12　血毛(혈모) : 희생제물을 가리킨다.
13　嘉羞(가수) : 맛있는 음식.
14　侑(유) : 흥을 돕는다. 음식을 들 때에 음악을 연주해 흥을 돕는 것을 말한다.
15　貺(황) : 하사. 은사(恩賜).

HS-169-4

　아무 해 아무 달 아무 날에 조주자사 한유가 덕망 있는 원로인 성우(成寓)를 사자로 파견해 맑은 술과 양과 돼지의 제물을 제수로 경계석의 신령에게 고해 제사지내나이다.

　본 고을의 관할 경내에는 산천의 신들이 주민들을 잘 보우하사, 관에서는 사당을 세우고 각종 복식과 기구를 완비해 때맞춰 제수를 차려 제사를 지내옵니다. 장마 비가 그치고 누에와 곡식이 풍성하게 무르익어 길쌈하는 아낙과 경작하는 사내들이 기뻐하고 화락한 모습들을 하고 있는데, 이는 신께서 우리 주민들을 감싸고 보호해 주신 것이니 감히 그 은택을 밝게 받지 아니하리오! 삼가 좋은 달의 길일을 가려 목욕재계한 뒤 제사를 드리오니 신령이시여 내려 살피시옵소서. 흠향하시옵소서!

소해제

경계석의 신이 백성들을 보우해 장마 비를 그치게 하고 풍년이 들게 해준 데 대해 감사를 표한 제문으로 「제계석신문(祭界石神文)」이라는 소제목이 붙은 판본도 있다.

원문 및 주석

維年月日, 潮州刺史韓愈謹遣耆壽[1]成寓以淸酌少牢[2]之奠, 告于界石神之靈曰:

1　耆壽(기수) : 덕이 있는 노인. 원로. 장로.
2　少牢(소뢰) : 양과 돼지로 된 희생제물. 소·양·돼지의 세 가지를 갖춘 희생제물을 '태뢰(太牢)'라고 한다.

惟封部[3]之內, 山川之神, 克庥[4]于人, 官則置立室宇, 備具[5]服器, 奠饗[6]以時[7]. 淫雨旣霽[8], 蠶穀以成[9], 織婦耕男, 忻忻[10]衎衎[11] : 是神之庥庇[12]于人也, 敢不明受其賜! 謹選良月吉日, 齋潔[13]以祀, 神其鑒之. 尙饗!

3　封部(봉부) : 관할 경내. 경계 안의 땅.
4　克庥(극휴) : 보호할 수 있다. 잘 보우하다.
5　備具(비구) : 다 갖추다. 완비하다.
6　奠饗(전향) : 술과 음식을 차리고 제사지내다.
7　以時(이시) : 제때에. 때맞추어. 정해진 시간에 따라.
8　霽(제) : 비가 그치고 날이 개다.
9　成(성) : 무르익다. 성숙하다.
10　忻忻(흔흔) : 마음먹은 대로 되어 기뻐하는 모양. 득의양양한 모양.
11　衎衎(간간) : 화락한 모양. 즐거운 모양.
12　庥庇(휴비) : 비호하다. 감싸고 보호하다.
13　齋潔(재결) : 재계하다. 제사를 지내기 전에 목욕하고 옷을 갈아입어 몸과 마음을 정결하게 하여 경건함을 내보이는 것을 말한다.

아무 해 아무 달 아무 날에 조주자사 한유가 맑은 술과 풍성한 음식을 제수로 큰 호수의 신령에게 제사지내나이다.

신령께서 이 땅에 강림해 계시면서 주민들을 비호하시어, 지금 이곳에는 홍수와 가뭄, 천둥과 비, 큰 바람과 불, 질병이나 전염병 따위의 재해가 나지 않아 주민들은 제각기 각자의 집에서 평안하게 살며 천자께서 시키신 일을 받들기에 이곳 수령은 그 견책을 면하게 되었사옵니다. 이는 전적으로 신령의 은덕 때문이니 아침 일찍부터 저녁 늦게까지 감히 그 은덕을 잊을 수 없사옵니다. 삼가 음식을 갖추어 직접 목욕재계한 뒤 음악을 연주해 바침으로써, 신령을 즐겁게 하여 그 은택에 사의를 표하오니 감히 더는 간구하는 것이 없사옵니다. 흠향하시옵소서!

소해제

큰 호수의 신이 백성들에게 복을 내려 각종 재해를 당하지 않게 해준 데 대해 감사를 표한 제문으로 별다른 소제목이 붙어 있지 않다.

원문 및 주석

維年月日, 潮州刺史韓愈謹以清酌庶羞之奠, 祭于大湖之神。

惟神降依[1]茲土, 以庇其人 : 今茲無有水旱雷雨風火疾疫爲災, 各寧厥宇,

以供上役;長吏免被其譴。賴神之德, 夙夜不敢忘。謹具食飲, 躬²齋洗³,
奏音聲, 以獻以樂, 以謝厥賜, 不敢有所祈。尙饗!

1 　降依(강의) : 강림하여 의탁하다.

2 　躬(궁) : 몸소. 직접.

3 　齋洗(재세) : 목욕재계하다.

「원주에서 신에게 바치는 제문」 세 편

袁州祭神文 三首

해제

원화 15년(820) 여름 원주자사(袁州刺史) 재직 시에 임지에서 성황신과 경계석의 신에게 기우제를 올리고, 비가 내린 뒤에 경계석의 신에게 감사의 뜻을 표한 제문으로 앞의 두 편은 산문체이고 마지막 작품은 압운이 되어 있다. 작자는 원화 14년 7월에 사면을 받고 10월에 원주자사로 전임해 15년 정월 8일에 임지에 도착했는데, 이해 여름에 원주에 큰 가뭄이 닥쳐 벼가 타들어가 백성들의 생계유지가 위협받는 심각한 국면에 직면했다. 이 세 편의 글은 예술적인 면에서 별다른 특색은 없지만 인간과 신의 관계를 다룬 관점이 매우 독특하다. 즉 양자가 상호 의존적인 관계에 있지만, 인간이 주도적인 역할을 한다는 점을 밝혀 신을 절대 우위적 지위에서 끌어내린 점이 주목을 끈다.

이 세 편의 취지는 「조주제신문(潮州祭神文)」과 유사하므로 그 해제를
참조하기 바란다.

아무 해 아무 달 아무 날에 원주자사(袁州刺史) 한유가 삼가 성황신에
게 고해 제사지내나이다.

자사가 백성을 잘 다스린 공적이 없고 천지신명을 기쁘게 해드리지
못해 하늘이 벌을 내려 오래도록 비가 내리지 않았기 때문에 벼의 모가
거의 다 타들어가니, 자사는 비록 신령에게 죄를 지었다고 하더라도 백
성들은 무슨 죄가 있사옵니까? 마땅히 질병과 재앙을 저의 몸에다가 내
리시되, 홀아비와 과부로 하여금 이처럼 마구 내려진 부당한 징벌을 받
지 말도록 하시옵소서!

소해제

가뭄으로 인한 재앙이 백성들에게 내려지지 않도록 성황신에게 기우
(祈雨)를 간구한 제문으로 「제성황문(祭城隍文)」이라는 소제목이 붙은 판
본도 있다.

원문 및 주석

維年月日, 袁州刺史韓愈謹告于城隍神之靈 :

刺史無治行¹, 無以媚²于神祇³, 天降之罰, 以久不雨, 苗且盡死, 刺史雖得
罪, 百姓何辜? 宜降疾咎⁴于某⁵躬身, 無令鰥寡⁶蒙茲濫罰⁷。謹告。

1   治行(치행) : 다스린 공적. 치적.
2   媚(미) : 기쁘게 하다. 환심을 사다.
3   神祇(신기) : 천지신명. 천신(天神)과 지기(地祇).
4   疾咎(질구) : 질병과 재앙.
5   某(모) : 아무개. 화자가 자신을 낮추어 하는 말.
6   鰥寡(환과) : 홀아비와 과부. 늙어서 아내나 남편이 없는 사람으로 사회적 약자
     를 가리킨다.
7   濫罰(남벌) : 마구 내려진 부당한 징벌.

HS-174-2

아무 해 아무 달 아무 날에 원주자사 한유가 삼가 양과 돼지의 제물
을 제수로 앙산(仰山)의 신령에게 제사지내나이다.

신령께서 의탁할 데는 오직 사람일 뿐이고 사람이 섬길 대상은 오직
신령일 따름입니다. 지금 큰 가뭄이 들어 잘 자란 곡식이 거의 다 말라
가니, 사람들이 장차 생명을 유지해나갈 수 없고 신령도 강림해 의탁할
데가 없게 되어 감히 신령께 이를 고하지 않을 수 없사옵니다. 만약 이
지방을 지키는 장관의 직무 수행에 죄가 있다면 마땅히 그 몸에 질병과
재앙을 받게 하시고, 백성들은 가련하오니 은덕과 긍휼을 받게 해주셔

야 마땅하옵니다. 때맞춰 비를 내려주시어 백성들로 하여금 풍성한 수확을 거두어 제사를 드리며 태만하지 말게 하시고, 신령께서도 영원토록 먹고 마실 것을 받아 드시옵소서. 삼가 고하나이다.

소해제

앙산(仰山)의 산신에게 백성들이 재앙을 당하게 되면 신도 제수를 흠향할 수 없게 되므로 백성들을 긍휼히 여겨주기를 간구한 제문으로 「제앙산신기우문(祭仰山神祈雨文)」이라는 소제목이 붙은 판본도 있다.

원문 및 주석

維年月日, 袁州刺史韓愈謹以少牢之奠, 祭于仰山¹之神曰 :

1   仰山(앙산) : 산 이름. 강서성(江西省) 의춘시(宜春市) 남쪽 80리쯤 되는 곳에 있다.

神之所依者惟人, 人之所事者惟神。今旣大旱, 嘉穀將盡, 人將無以爲命, 神亦將無所降依, 不敢不以告。若守土²有罪, 宜被疾殃於其身 ; 百姓可哀, 宜蒙恩閔。以時賜雨, 使獲承祭³不怠, 神亦永有飮食。謹告。

2   守土(수토) : 땅을 지키다. 지방관의 직무 수행을 가리킨다.
3   承祭(승제) : 제사를 받들다.

아무 해 아무 달 아무 날에 원주자사 한유가 삼가 양과 돼지의 제물을 제수로 앙산의 신령에게 제사지내나이다.

전답의 곡식이 거의 다 타들어가자
신령께서 비를 내리시어 그것들을 축축하게 젖게 해주셨고
백성들이 제사에 고할 제물이 없다고
신령께서 그들을 긍휼히 여겨주셨습니다.
자사가 죄가 있는데도 신령께서 놓아 주셨으니
감히 제사를 드리지 않을 수 있겠나이까!
흠향하시옵소서!

소해제

앙산의 산신이 관리와 백성들을 긍휼히 여기고 비를 내려서 재앙에서 구원해준 데 대해 감사를 표한 제문으로 「우제앙산신문(又祭仰山神文)」이라는 소제목이 붙은 판본도 있다.

원문 및 주석

維年月日, 袁州刺史韓愈謹以少牢之奠, 祭于仰山之神曰 :

田穀將死, 而神膏澤¹之 ; 百姓無所告, 而神恤²之 ; 刺史有罪, 而神釋之 :

敢不有薦也! 尙饗!

1   膏澤(고택) : 축축하게 젖게 하다.
2   恤(휼) : 긍휼히 여기다.

HS-177 「유자후 제문」

祭柳子厚文

　　아무 해 아무 달 아무 날에 한유가 삼가 맑은 술과 풍성한 음식을 제수로 작고한 친구 유자후(柳子厚)의 영전에 제사지내나이다.

　　아, 자후여!
　　결국 이렇게 죽고 말았는가?
　　예로부터 죽지 않는 사람이 없었으니
　　나 또한 무엇을 비탄해하리오!
　　사람이 한세상 사는 것은
　　한바탕 꿈을 꾸다 깨어나는 것과 같으니,
　　세간의 이익과 손해는
　　또 따져 무엇 하겠는가?
　　꿈을 꿀 때는
　　즐거운 일도 있고 슬픈 일도 있지만

꿈을 깨고 난 뒤에는
돌이켜 생각할 만한 게 있겠는가?

무릇 만물은 세상에 나오면서
재목감이 되기를 원치 않으니
울긋불긋 색칠을 한 소 모양의 술잔은
바로 나무의 재난이라네.
그대가 중년에 버림을 받았으나
이건 하늘이 굴레를 벗겨준 격
패옥같이 쟁쟁한 소리 나게
아름다운 문장을 크게 펼쳐 내었네.
부유하고 지위가 높더라도 재능이 없으면
명성이 마멸되어버리니 누가 기록해주겠는고?
그대는 스스로 이름이 드러나게 하여
우뚝 솟아 더욱 위대했다네.
나무를 잘 깎지 못하는 자는
손가락에 피를 내고 얼굴에 땀이 나게 하지만
솜씨 좋은 목수는 곁에서 지켜보면서
손을 오그린 채 옷소매에 넣고 있다네.
허나 그대의 문장은
세상에 쓰이지 못해
결국 나 같은 무리가
황제의 조칙을 담당하게 되었다네.
그대는 다른 사람과 비교해
스스로 자기보다 앞설 자 없다고 여겼는데
한번 배척을 받은 뒤로는 회복되지 못했고
비난하는 무수한 유언비어가 임금의 귀에까지 들어갔네.

아, 자후여!
그대 지금은 죽고 이 세상에 없지만
임종 시에 남긴 목소리는
어찌 그리도 낭랑했던지!
여러 친구들에게 두루 고해
자식들을 부탁했는데
나도 비루하다 여기지 않고
사후의 일을 부탁했네.
무릇 오늘날의 친구 사귐에는
권세가 높은지 낮은지를 살피건만
내 어찌 스스로를 잘 보전해
그대의 부탁을 받들 수 있겠는고?
내가 그대를 제대로 이해하는 것이 아닌데도
그대는 실로 내게 명했는데
그 속에 귀신이 있는 것 같으니
어찌 감히 내버려 두겠는고?
생각건대 그대가 영영 저승길로 가버리고
다시 돌아올 기약이 없기에
관 앞에 제수를 차려놓고
이 글로써 내 마음을 다짐하노라.
아, 슬프도다! 흠향하시옵소서!

해제

원화 15년(820) 원주(袁州) 임지에서 유종원(柳宗元, 773-819)의 영전에 바친 제문. 유종원은 자가 자후(子厚)로 작자와는 특별한 관계를 가진 외우(畏友)인데, 원화 14년 11월 8일(10월 5일이라고도 함)에 유주(柳州) 임지에서 죽자 작자는 이 제문 외에 묘지명과 묘비(廟碑)도 써주었다. 세 편이 글의 체재와 창작 방식은 다르지만, 모두 창작 의도가 깊이 있고 문장 표현과 정감의 흐름이 돋보이는 명작들이다. 이와 관련해 「유주나지묘비(柳州羅池廟碑)」(HS-242)와 「유자후묘지명(柳子厚墓誌銘)」(HS-246)을 참조하기 바란다.

이 글은 도입부를 제외한 전문이 4언의 운문체로 되어 있는데, 구슬픈 언어에 짙은 정감을 담고 있어 4언시와 같은 느낌을 준다. 두 사람은 정치와 사상 면에서 입장의 차이가 있었지만, 벼슬길과 인생살이에서 적지 않은 시련과 고난을 경험해 서로에 대해 깊이 이해하고 동정했다. 작자는 친구의 죽음을 진지하게 애통해하는 가운데 자신의 감개와 원한을 기탁하기도 했다. 창작기법 면에서 『장자』의 전고를 끌어오되 의미의 뒤집기를 시도해, 유종원이 비범한 재능을 가지고도 펼칠 기회를 얻지 못하고 비극적인 삶을 마감한 데 대해 불평과 울분의 정을 나타내었다. 그리고 죽은 친구가 후사를 부탁한 것을 통해 유종원 사후의 처량하고 적막함과 자신의 우정을 드러냄으로써 끝없는 슬픔을 토로했다.

원문 및 주석

維年月日[1], 韓愈謹以淸酌庶羞之奠, 祭于亡友柳子厚之靈。

1 　維年月日(유연월일) : '維元和十五年歲次庚子五月壬寅朔五日景午(유원화십오년
　 세차경자오월임인삭오일경오)'로 된 판본도 있는데, 원화 15년 5월 5일에 해당
　 한다. '景午'의 '景'은 '丙'의 피휘자다. 이에 대해서는 「제설조교문(祭說助教文)」
　 (HS-163) 주석 1 참조.

嗟嗟子厚, 而至然邪? 自古莫不然, 我又何嗟! 人之生世, 如夢一覺² ; 其間
利害, 竟亦何校? 當其夢時, 有樂有悲 ; 及其旣覺, 豈足追惟³ !

2 　如夢一覺(여몽일교) : 한바탕 꿈꾸다가 꿈에서 깨어나는 것 같다. 『장자‧제물
　 론(齊物論)』에 "한창 꿈을 꿀 때에는 그것이 꿈인 줄 알지 못하고 꿈에서 그 꿈
　 을 점치다가 깬 뒤에야 그것이 꿈인 줄 안다(方其夢也, 不知其夢也. 夢之中又占
　 其夢焉, 覺而後知其夢也)"라는 글귀가 보인다.
3 　追惟(추유) : 돌이켜 생각하다. 회상하다.

凡物之生, 不願爲材 ; 犧尊靑黃⁴, 乃木之災. 子之中棄⁵, 天脫畢羈⁶ ; 玉佩
瓊琚⁷, 大放厥辭⁸. 富貴無能⁹, 磨滅誰紀 ; 子之自著, 表表¹⁰愈偉. 不善爲
斲¹¹, 血指汗顔¹² ; 巧匠旁觀, 縮手袖間. 子之文章, 而不用世 ; 乃命吾徒,
掌帝之制¹³. 子之視人, 自以無前 ; 一斥不復¹⁴, 羣飛刺天¹⁵.

4 　犧尊靑黃(희준청황) : 이하 두 구절은 『장자‧천지(天地)』의 다음 문장에서 나온
　 표현이다. "백년 묵은 나무를 쪼개어 소 모양의 제사용 술잔을 만들려면, 나무
　 에 울긋불긋 색칠을 하고 무늬를 조각한 뒤 그 남은 부스러기는 도랑에 버린다.
　 소 모양의 제사용 술잔을 도랑에 버려진 부스러기와 견주어 보면 아름답고 추
　 함에 차이가 있지만, 그것들이 본성을 잃었다는 점에 있어서는 마찬가지다.(百
　 年之木, 破爲犧尊, 靑黃而文之, 其斷在溝中. 比其犧尊於溝中之斷, 則美惡有間
　 矣, 其於失性一也.)"
5 　中棄(중기) : 중년에 버림을 받다.
6 　畢羈(칩기) : 말의 머리나 다리에 씌운 굴레. 견제나 속박을 가하는 것을 비유한
　 다. '畢'은 '繫(집)'과 같은 뜻이다.
7 　玉佩瓊琚(옥패경거) : 옥으로 만든 장식물로 시문의 음운과 내용이 모두 아름다
　 운 것을 형용한다. 곧 패옥같이 쟁쟁한 소리가 나고 아름다운 글을 비유한다.
8 　大放厥辭(대방궐사) : 아름다운 문장을 대대적으로 펼쳐내다. 글재주를 크게 펼
　 쳐내는 것을 말한다.
9 　富貴無能(부귀무능) : 부귀하나 재능이 없다. 이는 사마천(司馬遷)의 「보임소경
　 서(報任少卿書)」에 보이는 "옛날에 부귀하면서도 이름이 닳아 없어져버린 사람
　 은 이루 다 기록할 수 없지만, 오직 뜻이 크고 기개가 있어 비범한 사람만은 칭
　 송을 받습니다(古者富貴而無名能磨滅, 不可勝記, 喩侗儻非常之人稱焉)"라고 한

글에 근거한 표현이다.

10 表表(표표) : 우뚝 솟아 두드러지는 모양.

11 不善爲斷(불선위착) : 도끼나 끌로 나무를 잘 깎지 못하다. 여기서는 글을 잘 쓰지 못하는 것을 비유한다.

12 血指汗顔(혈지한안) : 손에 피를 내고 얼굴에 땀을 내다. 손에 피가 나고 만면에 땀이 흐르다. 이는 『노자』74장에 보이는 "무릇 대목을 대신해서 나무를 찍는 사람은 자기 손을 상하게 하지 않는 경우가 드물다(夫代大匠斫者, 希有不傷其手矣)"라고 한 글에 근거한 표현이다.

13 掌帝之制(장제지고) : 황제의 조칙을 초안하는 일을 관장하다. '制'는 조칙을 가리킨다. 한유는 원화 9년(814) 12월에서 11년(816) 초까지 지제고(知制誥)의 직책을 맡았다.

14 一斥不復(일척불복) : 한번 배척을 받은 뒤로는 회복되지 못하다. 유종원이 왕숙문(王叔文) 일당의 개혁 그룹에 참여했다가 혁신 정치가 실패로 돌아간 뒤 영정원년(805)에 영주사마(永州司馬)로 좌천되어 10년을 보내고, 또 다시 유주자사(柳州刺史)로 전임했을 뿐 중앙 정계로 복귀해 중용되지 못한 것을 가리킨다.

15 羣飛刺天(군비자천) : 새나 벌레 같은 것들이 떼 지어 날아올라 하늘에까지 이르다. 비난하는 수많은 유언비어가 임금의 귀에까지 들어가는 것을 비유한다. '天'은 헌종(憲宗) 황제를 비유한다.

嗟嗟子厚, 今也則亡¹⁶；臨絶之音¹⁷, 一何琅琅¹⁸。徧告諸友, 以寄厥子；不鄙謂余, 亦託以死。凡今之交, 觀勢厚薄；余豈可保, 能承子託。非我知子, 子實命我；猶有鬼神, 寧敢遺墮¹⁹！念子永歸²⁰, 無復來期；設祭棺前, 矢心²¹以辭。嗚呼哀哉, 尚饗！

16 今也則亡(금야즉망) : 지금은 죽고 없다. 『논어』의 「옹야(雍也)」편과 「선진(先進)」편에 보이는 글귀다. 다만 그 두 곳에서는 모두 '亡'이 '없다(無)'는 뜻의 '무'로 쓰였지만, 여기서는 뒤 구절의 '琅'과 압운한 글자이므로 '망'으로 읽어야 한다.

17 臨絶之音(임절지음) : 임종 시에 남긴 목소리. 실제로는 유서(遺書)를 가리킨다.

18 琅琅(낭랑) : 낭랑하다. 소리가 똑똑하고 우렁차다.

19 遺墮(유타) : 내버려두다. 도외시하다.

20 永歸(영귀) : 죽음을 가리킨다.

21 矢心(시심) : 맹세하다. 다짐하다. '矢'는 '誓(서)'와 통한다.

HS-178 「상군·상부인 제문」

祭湘君夫人文

원화 15년(820) 경자년(庚子年) 10월 아무 날에 조산대부(朝散大夫)로 국자좨주(國子祭酒)를 맡고 있으며, 호군(護軍)으로 자주색 옷과 황금 어대(魚袋)를 하사받은 한유가 삼가 전임 원주(袁州) 군사판관(軍事判官) 장득일(張得一)을 사자로 파견해 맑은 술을 제수로 감히 상군(湘君)과 상부인(湘夫人) 두 왕비의 신령에게 밝게 고하나이다.

지난 해 봄에 제가 죄를 범한 일로 말미암아 조주(潮州)자사로 좌천되어 왔습니다. 견책을 받아 죽음에 처하게 될까봐 두려워하고, 또 바다의 파도나 안개와 산속의 나쁜 독기가 해를 끼쳐 생명을 앗아 갈까봐 우려해 배를 타고 와서 사당 아래에 정박한 뒤 신령님께 기도를 드렸습니다. 신령님께서 저의 충정을 받아들이고 길조의 점괘를 하사해 "그대의 소원대로 되리라"고 하셨습니다. 신령님께서 내리신 복을 받아 천제(天帝)의 마음을 열게 하여 조주를 떠나 원주(袁州)로 전임하고, 지금 또 조정에서 관직을 얻어 원래의 관인(官印)과 인끈을 회복하게 되었습니다. 물러나 지난 일을 돌이켜 생각해보니 현실이 꿈에서 일어난 듯하고, 무릇 30년이 지난 오늘에서야 꿈과 현실이 일치하게 되었습니다. 아침 일찍부터 저녁 늦게까지 삼가 경계하니 어떻게 감히 신령님의 큰 비호하심을 잊을 수 있겠나이까!

엎드려 생각건대 사당이 헐어져 무너지고 신상(神像)이 기대고 있는 나무 받침대와 단청 색깔이 어둡고 선명하지 못해 영명하신 신령님과 어울리지 않으며, 밖으로는 사방 주위에 담장이 없고 대청과 계단은 낡아 허물어져서 소나 양이 실내로 들어오고 주민과 행상들이 제물을 바쳐 제사지내러 오지 않기에, 제가 즉시 감히 개인 돈 십만 전으로 사당을 보수하고 건조했습니다. 옛 비석은 절단된 상태로 절반은 땅에 넘어져 있고 글자도 빠지거나 훼손이 되어서 거의 판독할 수가 없기에 삼가 손질하고 일으켜 세웠습니다. 사당의 건립이 완성된 뒤에 장차 옥돌을 구해 옛 비문을 새기고 비석 뒷면에 명문(銘文)을 새겨서 상군과 상부인 두 신령님의 위엄을 대대적으로 드러내고 영험하신 은덕에 보답하며, 백성들로 하여금 제사지내는 일을 계승해 만세토록 태만하지 않도록 하고자 하니 신령님이시여 내려 살피시옵소서! 흠향하시옵소서!

처음에 옛 비석을 보수하고 일으켜 세우고 새 돌 위에 원래의 비문을 새기려고 한 것은 비석 뒷면에 명문(銘文)을 새기고자 했기 때문입니다. 옛 비석이 대부분 깨져 떨어져나가 버리고 비문을 완전히 판독할 수가 없었기 때문에, 그대로 새 비석에 옮기면 본래의 진면목을 상실하게 될 것 같아 결국 다시 새기지는 않았습니다.

　　원화 15년(820) 9월 국자좨주(國子祭酒) 재직 시에 상군(湘君)과 상부인(湘
夫人)을 모신 사당에 바친 제문. 작자는 원화 14년 조주(潮州)자사로 좌천
되어 부임하는 길에 생명의 위협을 느끼고 불안한 마음을 달래기 위해
이비(二妃)의 사당에 들러 신령의 보우하심을 간구한 바 있었다. 전설에
따르면 이비는 순임금의 왕비인 아황(娥皇)과 여영(女英)으로 사후에 상수
(湘水)의 신이 되어 각각 상군과 상부인이 되었다고 한다. 뒤에 작자의
소망이 이루어져 그 이듬해 원주(袁州)자사로 전임하고 얼마 지나지 않
아 국자좨주에 오르게 되었다. 이에 작자는 옛 서원을 잊지 않고 장득
일(張得一)이란 사람을 파견해 상군과 상부인의 영전에 제사지내고, 개인
돈 10만 냥을 들여 사당을 보수하고 비석을 새로 세웠다. 이 글은 압운
을 하지 않은 산문체 제문으로 별다른 수식 없이 평소에 말하듯이 내심
의 마음을 있는 그대로 토해내어 신령의 보우하심에 감사하는 작자의
당시 심경을 핍진하게 나타내준다.

원문 및 주석

維元和十五年歲次庚子十月某日, 朝散大夫¹守國子祭酒²護軍³賜紫金魚袋⁴
韓愈, 謹使前袁州軍事判官張得一, 以淸酌之奠, 敢昭告于湘君湘夫人二
妃之神 :

1　朝散大夫(조산대부) : 종5품하에 해당하는 품계.
2　守國子祭酒(수국자좨주) : 국자좨주는 종3품인 국자감의 최고 행정 장관인데 낮

은 품계로 높은 관직을 맡았으므로 '守'자가 붙어 있다.

3 護軍(호군) : 당송(唐宋) 이후로 작호(爵號)만 있고 직무는 없는 훈관(勳官)의 호
칭으로 쓰였다.

4 紫金魚袋(자금어대) : 자포(紫袍)와 금어대. 3품 이상의 관리가 입고 휴대했다.
참고로 5품 이하는 비포(緋袍)와 은어대(銀魚袋)고, 6품 이하는 녹포(綠袍)에 어
대는 없었다. '魚袋'는 신표 내지 신분 표시를 위해 등급에 따라 재료나 색깔을
달리해 만든 물고기 모양의 부절을 넣어 차는 주머니다.

前歲之春[5], 愈以罪犯[6]貶守潮州。懼以讒死, 且虞海山之波霧瘴毒爲災以
殞其命, 舟次[7]祠下, 是用有禱于神。神享其衷, 賜以吉卜, 曰:"如汝志。"
蒙神之福, 啓帝[8]之心 ; 去潮卽袁[9], 今又獲位[10]於朝, 復其章綬[11]。退思往
昔, 實發夢寐, 凡卅[12]年, 於今乃合。夙夜怵惕[13], 敢忘神之大庇!

5 前歲之春(전세지춘) : 원화 14년(819) 정월을 가리킨다.
6 罪犯(죄범) : 부처 사리를 궁중으로 맞아들여 3일간 머무르게 하는 의식을 극력
반대하는 상소문을 올려 헌종 황제의 역린을 건드린 사건을 가리킨다. 「논불골
표(論佛骨表)」(HS-296) 참조.
7 次(차) : 머무르다. 정박하다.
8 帝(제) : 심흠한(沈欽韓, 1775-1831)이 '天' 곧 '천제(天帝)'라 주석한 견해에 따랐
다. '황제'로 봐도 뜻이 통한다.
9 去潮卽袁(거조즉원) : 원화 14년(819) 10월에 한유가 조주를 떠나 원주자사로 전
임한 것을 가리킨다.
10 獲位(획위) : 원화 15년 9월에 원주에서 도성으로 돌아가 국자좨주에 임명되고
'紫金魚袋'를 다시 하사받은 것을 가리킨다.
11 章綬(장수) : 관인과 인끈으로 관리직을 대칭한다.
12 卅(삽) : 삼십(三十). 이 글자는 여러 판본에서 '三(삼)'·'四(사)'·'累(누)'·'州(주)'
로 되어 있기도 하고 이하 두 구절의 풀이에 대해서도 견해 차이가 많은 편이
다. 다른 글자로 교감해야 할 확실한 근거가 없으므로 여기서는 그대로 두고 옮
겨보았다.
13 怵惕(출척) : 삼가 경계하다.

伏以祠宇毁頓[14], 憑附之質[15]、丹靑之飾, 暗昧不圭[16], 不稱[17]靈明 ; 外無四
垣, 堂陛頹落, 牛羊入室, 居民行商不來祭享[18] : 輒敢以私錢十萬修而作之。
舊碑斷折, 其半仆地, 文字缺滅, 幾不可讀 : 謹修而樹之。廟成之後, 將求
玉石, 仍刻舊文, 因銘其陰, 以大振顯君夫人之威神, 以報靈德[19] ; 俾民承

事, 萬世不怠, 惟神其鑒之。尚饗!

14 毁頓(훼돈) : 헐어져 무너지다.
15 憑附之質(빙부지질) : 신상(神像)이 기대고 있는 나무 받침대.
16 不圭(불규) : 청결하지 못하다. 선명하지 못하다. '圭'는 '蠲(견)'과 통해 '청결하다'
     는 뜻이다. 『시경・소아・천보(天保)』의 "몸을 청결히 하고 술과 음식을 장만하
     다(吉蠲爲饎)"의 '吉蠲(길견)'이 『한시외전(韓詩外傳)』에는 '吉圭(길규)'로 되어
     있는 예에서도 알 수 있듯이 옛 문헌에서 두 글자가 통용된 경우가 많았다.
17 稱(칭) : 어울리다. 격에 맞다.
18 祭享(제향) : 제수를 차려놓고 신이나 조상에게 제사를 지내다.
19 靈德(영덕) : 신령의 은덕. 신령이 내려준 은덕.

始將旣修樹舊碑, 仍刻其文於新石, 因銘其陰。舊碑石旣多破落, 文不可
盡識, 移之於新, 或失其眞, 遂不復刻。[20]

20 이 문장 42자는 옛 비석에 있던 원래의 비문을 새 비석에 그대로 옮겨 새기지
     않은 이유를 서술한 것으로 제문 본문이 아니라 부기(附記) 성격의 대목이다.

HS-179 「두사업 제문」

祭竇司業文

아무 해 아무 달 아무 날에 병부시랑(兵部侍郎) 한유가 삼가 맑은 술과
풍성한 음식을 제수로 바쳐 전임 국자사업(國子司業)으로 두씨 집안 형제
중에서 두 번째인 두모(竇牟)의 영전에 제사지내나이다.

그대는 문장과 덕행이 젊을 때부터 뛰어나
강동 지방에 이름이 자자했고
우뚝 빼어나고 중후해
덕망 있는 인격자의 풍모이셨네.
일거에 고향에서 향공(鄕貢)으로 천거되어
바로 급제하는 성과를 거두고
여러 차례 절도사를 도와
군대 일을 조화롭게 수행하셨네.
황제가 조칙을 내려 우부(虞部)를 맡기니

그대는 낭중(郎中)이 되었다가
바로 이어 낙양(洛陽)현령이 되셨는데
춘추가 마흔 여덟이셨네.
형벌을 신중하게 하고
노복들도 올바르게 관리하셨네.
택주(澤州)자사로 나갔다가
또 국자사업(國子司業)에 임명되셨네.
진홍색 웃옷과 은어대(銀魚袋)에
온갖 그림 그려진 예복으로 그대를 높이며
돌아가신 부모님께도 영광이 내려졌으니
효도를 극진히 다하셨네.
관직이 재능에 어울리지는 못했지만
순조로웠다고 할 만하고
칠순을 넘어 팔순을 바라보니
춘추가 어찌 늙은이가 아니겠는가마는
그대에게는 유감이 없으시겠으나
내 뜻에는 차지 않네.

그대의 형제 중에
세 분이 문장으로 진사과에 이름을 떨쳤고
자사와 낭중 벼슬을
넷이 이어 하고 셋이 동시에 맡으셨으니
사대부 가운데서
높은 지위에 올라 영예로우셨다 이를 만하네.
내가 그대를 뵙게 된 것은
아동 시절 때부터였는데
그대가 나를 사랑하고 격려하시니

삼밭 속의 쑥과 같으셨네.
나는 나를 아기 새로 여기고
그대를 하늘로 날아오르는 큰기러기로 우러러 봤는데
사십여 년 그대와의 교제에
지난 일이 꿈속에 있는 것 같네.

각기 하남현령과 낙양현령을 맡으니
몸을 나란히 서 있는 것이 부끄럽고
함께 국자감에서 벼슬할 때
재주 없는 내가 뛰어난 그대 위에 있으면서
베풀어준 칭송을 갚지 못하고
큰 은덕도 보답하지 못했는데
유명을 달리해 서로 통할 수 없으니
뉘라서 이내 충정을 알겠는고?
제문으로 이내 심정을 고하고
글을 지어 나를 책망하네.
아, 슬프도다! 흠향하시옵소서!

해제

장경(長慶) 2년(822) 병부시랑(兵部侍郎) 재직 시에 국자사업(國子司業) 두모(竇牟, 749-822)의 영전에 바친 제문. 작자는 그보다 19살 연하이어서 그를 자신의 스승 내지 어른으로 대했으나 그는 작자를 친구처럼 상대했다. 두 사람은 하남에서 각각 하남현령(河南縣令)과 낙양현령(洛陽縣令)을 지냈고, 작자는 국자좨주(國子祭酒)로서 국자사업 두모의 상관으로 국자감에서 함께 봉직하기도 했다. 이처럼 관계가 밀접하고 우정이 특별히 깊고 두터웠기 때문에, 그가 비록 향년 74세를 일기로 천수를 다하고 죽었지만 작자는 그의 죽음을 애석해마지 않았던 것이다.

　이 글은 먼저 그의 일생을 간략하게 회고해 젊어서부터 시문으로 이름이 나고, 인품이 돈후하고 부모에게 효도를 다했으며, 진사에 급제한 뒤 여러 관직을 비교적 순탄하게 역임했음을 서술했다. 그리고 형제들도 모두 문장으로 뛰어나 진사과에서 이름을 떨치고 높은 관직까지 올랐음을 칭송한 뒤, 어린 시절부터 40여 년 동안 지속된 자신과의 관계를 같은 지역과 부서에서 관직을 역임한 사적을 중심으로 적고 있다. 그가 작자에게 기울인 깊은 관심과 격려에 보답하지 못한 아쉬움과 흠모의 정이 일운도저(一韻到底)의 글 속에 녹아 있기도 하다. 작자는 이 제문 이외에 그에게 묘지명(HS-251)도 써주었다. 두모에 대한 더 자세한 이해를 위해서는 그의 묘지명과 함께 「송두종사서(送竇從事序)」(HS-124)를 참조하기 바란다.

원문 및 주석

維年月日, 兵部侍郎韓愈謹以清酌庶羞之奠, 祭于故國子司業竇君二兄[1]之靈。

1　二兄(이형) : 두모가 집안에서의 장유의 순서가 둘째이므로 '二'라 한 것이고, '兄'은 그에 대한 경칭이다.

惟君文行夙成[2], 有聲江東, 魁然[3]厚重, 長者[4]之風。一擧[5]於鄕, 遂收厥功;

屢佐大侯[6], 以調兵戎[7]。詔曰予虞[8], 汝爲郎中[9]; 乃令洛陽, 歲且四終[10], 惟刑之愼, 掌正隸僮[11]。命守高平[12], 命副儒宮[13]。朱衣銀魚[14], 象服[15]以崇; 錫榮[16]考妣[17], 孝道上窮。官不滿能[18], 亦云達通; 踰七望八[19], 年孰非翁: 在君無憾, 我意不充。

2 夙成(숙성) : 조숙하다. 젊은 나이에 큰 성취를 이루다.

3 魁然(괴연) : 우뚝 빼어난 모양.

4 長者(장자) : 덕망이 높은 인격자.

5 一擧(일거) : 일거에. 대번에. 이 구절은 주군(州郡)에서 시행하는 예비시험에 일거에 합격한 뒤 예부 주관의 본시험에 참가하도록 천거된 것을 말한다.

6 大侯(대후) : 본래는 큰 제후국을 뜻하지만, 여기서는 국가의 전략적 요충지를 지키는 절도사나 외직에 있는 고위관료를 가리킨다. 이 구절의 의미와 관련해 두모는 소의군(昭義軍)절도사 이장영(李長榮), 동도유수(東都留守) 최종(崔縱)과 정여경(鄭餘慶) 등의 보좌관을 역임했다.

7 兵戎(병융) : 군대 일. 군사 업무.

8 虞(우) : 우부(虞部). 공부(工部) 산하 사(司)의 하나.

9 郎中(낭중) : 우부낭중(虞部郎中). 두모는 원화 5년(810)에 우부낭중에 임명되었다.

10 四終(사종) : 48세를 가리킨다. 『좌전·양공(襄公) 9년』에 "12년을 1종이라고 하니 세성이 하늘을 한 바퀴 도는 것이다(十二年矣, 是謂一終, 一星終也)"라는 글귀가 보이는데 세성(歲星)은 목성을 가리킨다. 두모는 천보(天寶) 8년(749)생이므로 낙양현령이 되었을 때 나이 48세였다.

11 隸僮(예동) : 종. 노복(奴僕).

12 高平(고평) : 택주(澤州)의 주청 소재지로 지금 산서성(山西省) 진성현(晉城縣) 동북에 있었다.

13 副儒宮(부유궁) : 국자감의 차관으로 국자사업(國子司業)을 가리킨다.

14 朱衣銀魚(주의은어) : 진홍색 웃옷(緋袍)과 은어대(銀魚袋). 「제상군부인문(祭湘君夫人文)」(HS-178) 주석 4 참조.

15 象服(상복) : 각종 그림이 그려진 예복.

16 錫榮(석영) : 관직을 내려 영예롭게 해주다.

17 考妣(고비) : 돌아가신 부친과 모친.

18 滿能(만능) : 재능에 꽉 차다. 재능에 충분히 어울리다.

19 踰七望八(유칠망팔) : 두모의 향년이 74세므로 이렇게 표현했다.

君之昆弟[20], 三以辭雄[21]; 刺史郎中, 四繼[22]三同[23]; 於士大夫, 可謂顯融[24]。我之獲見, 實自童蒙[25]; 旣愛旣勸, 在麻之蓬[26]。自視雛䴏[27], 望君飛鴻[28];

四十年餘, 事如夢中。

19 昆弟(곤제) : 형제. 두모의 형제는 상(常) · 모(牟) · 군(羣) · 상(庠) · 공(鞏)의 5명
    이었다.

20 三以辭雄(삼이사웅) : 정원 2년(786)에 진사가 된 두모를 포함해 두상이 대력(大
    曆) 14년(779), 두공이 원화 2년(807)에 진사가 되었다. 당나라 때 진사과는 시부
    (詩賦)의 문장력이 당락을 좌우했으므로 '以辭雄'이라고 했다.

21 四繼(사계) : 두모와 두상이 이어서 택주(澤州)자사를 했고, 두군은 당주(唐州)자
    사, 두공은 낭주(朗州)자사를 지냈다.

22 三同(삼동) : 세 사람이 동시에 낭중 벼슬을 했다. 자세한 것은 미상이다.

23 顯融(현융) : 높은 지위에 올라 영예롭다. 출세해 영광스럽다.

24 童蒙(동몽) : 어린아이. 사내아이.

25 在麻之蓬(재마지봉) : 삼밭 속의 쑥. 『순자 · 권학(勸學)』에 "구부러진 쑥도 삼밭
    에 나면 붙들어 주지 않아도 곧게 자란다(蓬生麻中, 不扶而直)"라는 글귀가 보
    이는데 환경이 사람에게 끼치는 영향을 비유한다.

26 雛鷇(추구) : 새 새끼. 아기 새. 스스로 먹이를 찾아먹는 새끼는 '雛', 어미 새가
    먹이를 가져다 먹여주는 새끼는 '鷇'라고 한다.

27 飛鴻(비홍) : 하늘로 날아오르는 큰기러기. 입신출세를 비유한다.

分宰河洛²⁸, 媿立²⁹竝躬 ; 俱官於學, 以纖臨洪³⁰ ; 惠許不酬, 報德以空 ; 死
生莫接, 孰明我衷? 於祭告情, 文以自攻³¹。鳴呼哀哉, 尚饗!

28 分宰河洛(분재하락) : 각기 하남현령과 낙양현령이 되다. 한유가 하남현령, 두모
    가 낙양현령을 담당한 것을 가리킨다.

29 媿立(괴립) : 서 있는 것이 부끄럽다.

30 以纖臨洪(이섬임홍) : 재주가 보잘것없는 자신이 큰 재주를 가진 국자사업 두모
    의 윗자리인 국자좨주에 있는 것을 가리킨다.

31 自攻(자공) : 스스로를 성토하다. 자신을 책망하다.

아무 해 아무 달 아무 날에 이부시랑(吏部侍郞) 한유가 삼가 전중성(殿中省) 진마(進馬)인 아들 한길(韓佶)을 사자로 파견해 작고한 친구 전임 국자주부(國子主簿) 후희(侯喜) 군의 영전에 제사지내나이다.

아! 너의 문장과 학문은
지금 누가 능가하겠는가?
너는 곤경에 처해도
도의를 저버리지 않았네.
너를 가까이 하고 너를 아끼기로
나 같은 사람 아무도 없나니
처음부터 지금까지
어언 이십사 년.
내가 혹 글을 쓰면

붓은 너에게 잡게 하였고
나를 따라 노래 부르고 내게 화답했으며
의심쩍은 것 나에게 물었네.
내가 낚시하고 내가 유람할 때면
나를 따르지 않은 적이 없었고
내가 잠자거나 내가 쉴 적에도
너를 홀로 있게 하지 않았네.
친구와 형제를
진정으로 경애하되 각기 달리 베풀었는데
나는 너에 대해서
무엇 하나 마땅하지 않은 것이 없었네.
나를 버리고 죽으니
나의 노쇠함을 한탄하는데
서로 친애하던 모습 눈에 선하나
다 젊은 시절의 일.
세월은 흘러가니
지금 누가 내게 남아 있는가!
누군들 부귀하지 않냐마는
너 홀로 영락해 저 세상에 매인 신세.
내가 이록과 권세를 쥐고 있지 않으니
원망한들 무슨 소용이리오!

지금 너를 장사지내는 시간
나는 막 목욕재계했는데
통곡하며 보낼 수 없으니
비통한 이내 심정 그 누가 알겠는가!
아, 슬프도다! 흠향하게나!

해제

장경 2년(822) 이부시랑(吏部侍郎) 재직 시에 후희(侯喜)의 영전에 바친 일운도저(一韻到底)의 운문체 제문. 후희는 문장과 덕행을 겸비하고 고문(古文)에 특히 능한 작자의 제자로, 작자가 여주자사(汝州刺史) 노낭중(盧郎中)과 사부원외랑(祠部員外郎) 육참(陸傪)에게 추천해준 적이 있지만 중용되지 못했다. 이 글은 후희가 뛰어난 능력과 인품을 가지고도 세상에 쓰이지 못한 점을 먼저 간략히 서술한 뒤 두 사람 사이의 우정을 주로 적어놓았다. 두 사람이 비록 사제의 관계였지만 작자는 그를 동생처럼 가깝게 대한바, 글 속에 '너(子)'와 '나(我)'를 반복적으로 사용해 친밀감을 절실하게 나타내었다. 그런 관계이면서도 불우한 삶을 영위할 때 제대로 끌어주지 못하고 마지막 가는 길도 지켜주지 못한 데 대한 죄책감을 토로함으로써 슬픔을 한층 더 곡진하게 표현했다. 감정이 매우 진지하고 문장 또한 평소에 말하듯이 평이하게 서술되어 있어 독자의 심금을 울린다.

원문 및 주석

維年月日, 吏部侍郎韓愈謹遣男殿中省[1]進馬[2]佶[3], 致祭于亡友故國子主簿[4]侯君之靈。

---

1   殿中省(전중성) : 문하성(門下省) 소속의 관서로 황제의 일상생활과 관련한 일을 담당하는 부서다.
2   進馬(진마) : 궁궐 문밖에 서 있는 의장용 말을 조종하는 정7품상의 관직인데 주로 선조의 공덕으로 임명되었다.

3   佶(길) : 한유의 아들 한길로 다른 글에서는 보이지 않고 여기서만 나타난다. 한
    유의 장자는 창(昶)으로 이름이 분명히 알려져 있지만, 차자에 대해서는 자세한
    이름이 밝혀져 있지 않다. 홍흥조(洪興祖, 1090-1155)의 『한자연보(韓子年譜)』에
    서는 '佶'이 '昶'의 옛 이름이라고 했고, 『신당서(新唐書)·세계표(世系表)』에서
    는 한유의 차자를 '주구(州仇)'라 했지만 현존하는 한유의 문집이나 다른 서적에
    서는 그런 이름이 등장하지 않고 있다.
4   國子主簿(국자주부) : 국자감 주부. 국자감의 관인(官印)을 관장하고 국자감의
    서무를 담당하는 종7품하의 관직.

嗚呼! 惟子文學, 今誰過之? 子於道義, 固不捨遺[5]。我狎[6]我愛, 人莫與夷[7] ;
自始及今, 二紀[8]于玆。我或爲文, 筆俾子持 ; 唱我和我, 問我以疑。我釣
我遊[9], 莫不我隨 ; 我寢我休, 莫爾之私。朋友昆弟, 情敬[10]異施[11] ; 惟我於
子, 無適不宜。棄我而死, 嗟我之衰 ; 相好滿目, 少年之時 ; 日月云亡, 今
其有誰! 誰不富貴, 而子爲羈[12] ; 我無利權, 雖怨曷爲!

5   捨遺(사유) : 내버리다. 포기하다.
6   狎(압) : 친근하다. 가깝다.
7   夷(이) : 같다. 동등하다.
8   二紀(이기) : 24년. 12년을 '紀'라고 한다.
9   我釣我遊(아조아유) : 이하 두 구절은 정원 17년(801) 7월 22일에 한유가 후희,
    이경흥(李景興), 울지분(尉遲汾) 등과 함께 온수(溫水)에서 낚시하며 유람한 일
    을 가리킨다.
10 情敬(정경) : 진정으로 서로 경애하다. 진실한 마음으로 서로 공경하다.
11 異施(이시) : 달리 베풀다. 행하는 방법이 다르다.
12 羈(기) : 객지에서 영락해 곤궁하게 사는 것을 가리킨다. '羈'와 통한다.

子之方葬, 我方齋祠[13] ; 哭送不可 誰知我悲! 嗚呼哀哉, 尙饗!

13 齋祠(재사) : 재계하고 제사지내다.

HS-181 「죽림 신령 제문」

祭竹林神文

아무 해 아무 달 아무 날에 경조윤(京兆尹) 겸 어사대부(御史大夫) 한유가 삼가 술과 건포를 제수로 하여 재배하고 머리를 조아리며 죽림의 신령에게 고해 제사지내나이다.

천자께서는 저 한유를 어리석고 무능하다고 여기지 않으시고, 인구가 많은 이곳 23개 현의 백성들을 다스리는 경조윤에 임명하셨습니다. 그런데 지금 농부들이 부지런히 경작을 하여 새싹들이 들판에 가득한데, 하늘에서 비가 내리지 않아 거의 다 말라 죽을 형편에 놓여 있으니 농부들이 먹을 양식이 없으면 귀신들도 흠향할 제물이 없게 될 것입니다. 국가에서 천지신명에게 온갖 제사의 예를 받드는 것이 일상적인 관례를 어기지 않았고 하늘의 백성들에게 은택을 베풀어 조화로움을 잃지 않았으며, 백성들도 아무 죄가 없는데 어찌하여 이와 같은 큰 가뭄을 초래해 그들을 학대하고 징벌하시나이까? 혹시 경조윤이 어질지도 현명하지도 못한 탓에 황제의 조칙을 받들어 관할 하의 백성들을 교화하고 바르게 다스리지 못한 때문이나이까? 향내 나는 덕스런 정치는 사라지고 형벌로 인한 비린내만 나기 때문에 신령께서 은택과 징벌을 착오 없이 내려 경조윤 한유의 몸에 죄를 베푸신다면 그것을 달게 받을 것이며 마땅하게 여길 것입니다만, 비는 적합한 때에 내리도록 하여 신령께서 총명하심을 잃지 마시어 영원토록 백성들이 바치는 제물을 받아 드시고 부끄러운 마음이 들지 말게 하시옵소서. 흠향하시옵소서!

해제

장경 3년(823) 경조윤(京兆尹) 재직 시에 죽림(竹林)의 신령에게 바친 기우(祈雨)의 제문. 이해 늦여름 이후 관할 지역에 가뭄이 지속되어 농작물이 타들어가자 비를 내려달라고 간곡히 기도한 글이다. 이 글에는 가뭄으로 무고한 백성들을 학대하거나 징벌하지 말고, 책임을 묻고자 한다면 장관인 자신에게 물으라고 하여 목민관으로서 작자의 간곡한 애민의 치성이 담겨 있다. 이런 취지는 「조주제신문(潮州祭神文)」(HS-169) 및 「원주제신문(袁州祭神文)」(HS-174) 등에도 일관되게 나타난다. 이해에 비를 내려달라고 빈번히 기도한 작자의 마음은 「하우표(賀雨表)」(HS-312)에 잘 나타나 있다.

원문 및 주석

維年月日, 京兆尹兼御史大夫韓愈, 謹以酒脯之奠, 再拜[1]稽首[2]告于竹林之神曰:

---

1 再拜(재배):「석언(釋言)」(HS-038) 주석 8 참조.
2 稽首(계수):「하중부연리목송(河中府連理木頌)」(HS-041) 주석 14 참조.

天子不以愈爲愚不能, 使尹茲大衆二十三縣[3]之人[4]。今農旣勤於稼, 有苗盈野, 而天不雨, 將盡槁以死, 農將無所食, 鬼神將無以爲饗。國家之禮[5]天地百祀神祇, 不失其常; 惠天之人, 不失其和; 人又無罪, 何爲造茲旱虐以罰也? 將俾尹者不仁不明, 不能承帝之勅[6]以化正其下? 聞無香惟腥[7], 神于惠罰無差[8], 施罪瘠[9]于尹愈身, 是甘是宜; 雨則時降, 神無爽[10]其聰明, 永饗于人無媿。尚饗!

---

3 二十三縣(이십삼현): 개원(開元) 원년(713)에 옹주(雍州)를 경조부(京兆府)로 개칭했는데 관할 18개 현이던 것이 천보(天寶) 이후에 23개 현으로 늘어났다.
4 人(인): 백성(民). 당나라 태종(太宗)의 이름 이세민(李世民)을 피휘한 것이다.
5 禮(예): 제사의 예를 올리다. 제례를 받들다.
6 勅(칙): 조칙. 조서(詔書). '勅'과 같다.
7 聞無香惟腥(문무향유성):『서경・여형(呂刑)』에 "천상의 황제께서 백성들을 둘러보시니 향내 나는 덕스런 정치는 없고 형벌에서 나는 비린내만 났다오(上帝監民, 罔有馨香德, 刑發聞惟腥)"라는 글귀가 보인다.
8 差(차): 잘못. 과실.
9 罪瘠(척): 죄. 죄과.
10 爽(상): 어긋나다.

HS-182 「곡강 용 제문」

曲江祭龍文

아무 해 아무 달 아무 날에 경조윤(京兆尹) 겸 어사대부(御史大夫) 한유가 삼가 향과 과일을 제수로 감히 동방 청룡(靑龍) 신령에게 밝게 고해 제사지내나이다.

하늘이 가뭄이라는 재앙을 내려 잘 자라던 곡식이 타들어가서, 봄날에 옛날의 방법에 따라 신령의 형상을 만들고 목욕재계한 뒤 제사를 지내고 기도를 드리나이다. 신령이시여, 제물을 받아 드시고 우리들을 보우하사 제때에 단비를 내려주시어 이 백성들에게 은택을 베푸시옵소서. 법률이나 명령에 따르듯이 즉각 시행할지어다.

해제

장경 3년(823) 경조윤(京兆尹) 재직 시에 곡강(曲江)의 용에게 바친 기우제문. 곡강은 장안(長安)의 동남쪽에 있는데, 그 물굽이가 꾸불꾸불하기 때문에 이런 이름이 붙여졌다. 작품 취지 및 창작 시기가 이 글 바로 앞의 「제죽림신문(祭竹林神文)」(HS-181)과 유사하다.

원문 및 주석

維年月日, 京兆尹兼御史大夫韓愈, 謹以香果之奠, 敢昭告于東方靑龍之神。

天作旱災, 嘉穀[1]將槁；乃於甲乙[2]之日, 依准古法[3], 作神之象, 齋戒祈禱。神其享祐之, 時降甘雨, 以惠茲人。急急如律令[4]。

1　嘉穀(가곡)：원래 '조(粟)'를 가리켰으나 뒤에는 오곡의 총칭으로 쓰였다.
2　甲乙(갑을)：봄. 맹춘(孟春)·중춘(仲春)·계춘(季春)의 봄날 세 달. 『예기·월령(月令)』에 "봄날은 천간으로 갑을에 해당하는데 만물이 껍질을 뚫고 싹이 터 나오기 시작하는 때다(其日甲乙)"라는 글귀가 보인다. 천간(天干) 10개를 오행(五行)에 맞추어 배분하면 갑을(甲乙)은 목(木), 병정(丙丁)은 화(火), 무기(戊己)는 토(土), 경신(庚申)은 금(金), 임계(壬癸)는 수(水)에 속하는데, 오행을 사계절로 나누면 봄은 목, 여름은 화, 가을은 금, 겨울은 수, 중앙은 토가 되므로 갑을을 봄이라고 하는 것이다.
3　古法(고법)：동중서(董仲舒)의 『춘추번로(春秋繁露·구우(求雨)』에 고대에 기우제를 지내는 방법에 대해 소상하게 나와 있다.
4　急急如律令(급급여율령)：한(漢)나라 때에 공문의 말미에 쓰던 상투적인 문구로 법률이나 명령에 따라 즉각 처리하라는 뜻인데, '如律令', '急急如令'으로 줄여 쓰기도 한다. 여기서는 하급의 초자연물에 명령해 즉각 비를 내려달라고 요청한 것이다.

HS-183 「마복야 제문」

祭馬僕射文

아무 해 아무 달 아무 날에 이부시랑 한유가 삼가 맑은 술과 풍성한 음식을 제수로 전임 좌복야(左僕射) 마씨 집안 열두 번째 마총(馬摠) 공의 영전에 공손히 제사지내나이다.

공께서는 도량이 크고 넓으며 온화하고 겸손해
덕을 온전히 다 갖추셨으니
하늘이 공을 이 땅에 태어나게 한 데는
필시 뜻이 있었을 터
밝게 빛나고 창성할 것이나
처음 벼슬길은 실로 어려웠네.
골대(滑臺)의 막부에서 보좌관으로 있을 때
환관의 배척을 받아
천주사마(泉州司馬)로 좌천되어

진퇴양난 위태로운 지경에 처했어도
넘어져도 다리는 부러지지 않더니만
비로소 설 자리를 찾으셨네.
천주(泉州)와 건주(虔州)에서
처음으로 자사(刺史)의 부절을 쥐셨고
마침내 교주도호(交州都護)가 되셔서는
반우(番禺)에서 지조를 견지하신 끝에
해충 같은 악인들을 제거하니
남방의 월족(越族)들이 생기를 되찾았다네.

형부(刑部)의 차관으로 승진하시자
조정에서는 걸출한 인재를 얻게 되었는데
사람들은 공의 지위가 높아졌다고 했으며
저의 권세도 비로소 올라가기 시작했다네.
동쪽으로 회서(淮西)의 채주(蔡州)를 정벌할 때
재상 배도(裴度)가 절도사의 사명을 맡았는데
공께서는 어사대부를 겸하시며
부사의 책무를 수행하셨네.
저 반군의 수괴를 섬멸했으니
그 공로를 어디에 견주리.
재상이 정무를 돌보려고 회군할 때
공을 채주의 절도사로 남기셨네.
이 끝없는 수수밭이
예전에는 실로 가시덤불투성이었는데
비둘기 울고 참새가 새끼를 치는 곳엔
올빼미란 보이지 않네.
채주와 허주(許州)가

옛날에는 피맺힌 원한이 사무쳤으나
공께서 채주와 허주의 관찰사가 되고 나서는
소를 빌려 경작하게 되었고
활과 화살을 거둬들이고
예의와 겸양을 가르쳐 관대하게 만들었네.
처음 운주(鄆州) 반군을 주살했을 때
그 땅에 피비린내가 진동했으나
공께서 가서 핏자국을 씻어내시니
그곳이 낙원으로 변했네.
동쪽에는 미친개
서쪽에는 독사 같은 무리가 날뛰고 있어
인근 지역들을 전복시키니
우리 진영은 얼마나 남겠는가.
공께서 그 가운데 우뚝 솟아
반도들의 등줄기와 꼬리를 잘라내었으니
태산과 황하가 안정된 것은
오직 공의 아름다운 공로 덕이로세.

황제께서 그 공적을 생각하시어
공을 조정으로 불러들여
호부상서(戶部尙書)로 승진시키고
또 백관의 우두머리인 좌복야(左僕射)에 앉히셨네.
황제께서 저 사방을 살펴보시니
어느 곳이 편안하게 처할 만했겠소?
해서 신중하게 살피시고는 재상의 자리를
들어 맡기기로 하셨네.
다만 공께서는 장기간의 노고가 쌓인 탓에

병 기운이 완연해
조정으로 돌아오셨을 때는
이미 세상을 떠날 시점이었네.
축하하러 온 객들이 미처 돌아가기도 전에
조문객들이 공의 댁으로 몰려들고
대청에서 축하연이 열리기도 전에
이미 공의 신변에서는 곡소리가 났네.
지난날 저와 공은
실로 위험한 전쟁에 같이 종군해
생사를 함께 하며
서로 저버리지 않기로 맹세했었네.
돌아올 때마다 악수하며
환담을 나눈 것도 결국 서너 차례가 되지 않고
결국 붓에 먹을 묻혀
시문을 주고받지도 못했으며
결국 취하고 배부르도록
술과 고기를 권하지도 못했네.
제수를 차려놓고 슬픈 마음을 서술하고자 하나
어찌 이루 다 표현할 수 있으리!
아, 슬프도다! 흠향하시옵소서!

해제

장경 3년(823) 겨울 이부시랑(吏部侍郞) 재직 시에 마총(馬摠, ?-823)의 영전에 바친 제문. 마총은 용맹과 지략을 겸비한 명장으로 회서(淮西)의 채주(蔡州)를 정벌해 오원제(吳元濟)와 이사도(李師道) 등의 반란을 토벌함으로써 중원 일대를 안정시키는 데 혁혁한 전공을 세웠다. 아울러 법을 모르는 해당 지역 주민들을 예로써 교화시키기도 했다. 작자는 마총과 막역한 친구 사이로 특히 회서지방의 정벌전쟁에서 생사를 함께 한 바 그의 죽음에 비통한 심정을 금할 수 없었다. 이 글은 마총의 생애 사적을 역사의 전기보다 더 상세하게 기록한 점이 가장 두드러지는 특징이다. 그가 역임한 관직과 회서 등지를 다스린 탁월한 치적이 조리 있게 서술되어 있고, 글의 기맥도 급류가 세차게 아래로 흘러내리듯이 유창하며, 언어 표현 또한 매우 전아하다.

원문 및 주석

維年月日, 吏部侍郎韓愈, 謹以清酌庶羞之奠, 敬祭于故僕射馬公十二兄之靈。

惟公弘大溫恭, 全然德備; 天故生之, 其必有意; 將明將昌, 實艱初試[1]。佐戎[2]滑臺[3], 斥由尹寺[4]; 適[5]彼甌閩[6], 兢脆[7]跋躓[8]; 顚而不躓[9], 乃得其地。于泉于虔[10], 始執郡符[11]; 遂殿[12]交州[13], 抗節[14]番禺, 去其螟蟊[15], 蠻越[16]大蘇。

1 初試(초시) : 처음 출사(出仕)하다. 처음 벼슬길에 나오다.
2 佐戎(좌융) : 군무를 보좌하다. 군대 일을 돕다. 이 구절은 정원 13년(797) 4월에 요남중(姚南仲)이 골대(滑臺) 지방의 절도사가 되었을 때 마총을 보좌관으로 부른 것을 가리킨다.
2 滑臺(골대) : 지금 하남성 골현(滑縣).

3 尹寺(윤시) : 환관(宦官).

4 適(적) : 가다. 부임하다. 이 구절은 정원 16년(800)에 절도사 요남중과 감군사(監軍使) 설영진(薛盈珍)의 불화로 말미암아, 설영진이 요남중이 불법행위를 한다고 거짓 상주하고 마총도 한데 엮어서 천주사마(泉州司馬)로 좌천시킨 일을 가리킨다.

5 甌閩(구민) : 복건(福建) 천주(泉州)를 가리킨다. 주청 소재지가 지금 복건성 민후현(閩侯縣)에 있었다.

6 鼿卼(얼올) : 위태로운 모양. 동요해 안정되지 못한 모양.

7 跋躓(발지) : 진퇴양난이다. 「진학해(進學解)」(HS-022) 주석 48에 보이는 '跋前躓後(발전지후)' 참조.

8 踒(위) : 발을 삐다. 다리가 부러지다.

9 虔(건) : 건주(虔州). 주청 소재지가 지금 강서성(江西省) 감현(贛縣)에 있었다.

10 郡符(군부) : 자사(刺史)의 부절. 자사의 신표.

11 殿(전) : 요충지를 지키며 다스리다. 이 구절은 마총이 원화 4년(809)에 어사중승(御史中丞) 겸 영남도호(嶺南都護)·본관경략사(本管經略使)를 담당하게 된 일을 가리킨다.

12 交州(교주) : 지금 월남(越南) 중북부와 광동(廣東)·광서(廣西) 지역을 가리키는 옛 지명으로 주청 소재지가 반우(番禺) 곧 지금의 광동성 광주시(廣州市)에 있었다.

13 抗節(항절) : 지조를 지키다.

14 螟蠹(명두) : 마디충. 벼 따위의 줄기 속을 파먹는 해충으로 백성을 해치는 악인을 비유한다.

15 蠻越(만월) : 남방 월족(越族). 남방에 사는 소수민족.

擢亞[16]秋官[17], 朝得碩士[18]; 人謂其崇, 我勢始起。東征淮蔡[19], 相臣[20]是使, 公兼邦憲[21], 以副經紀[22]。殲彼大魁[23], 厥勳孰似。丞相歸治, 留長蔡師[24]。茫茫[25]黍稷[26], 昔實棘茨[27], 鳩鳴雀乳[28], 不見梟鴟[29]。惟蔡及許[30], 舊爲血仇[31]; 命公幷侯[32], 耕借之牛; 束其弓矢, 禮讓優優[33]。始誅鄆戎[34], 厥墟腥臊[35]; 公往滌之, 玆惟樂郊[36]。惟東有猘[37], 惟西有虺[38], 顚覆朋鄰[39], 我餘有幾。犨崒[40]中居, 斬其脊尾; 岱定河安[41], 惟公之諓[42]。

16 亞(아) : 차관의 직위. 이 구절은 마총이 원화 8년(813)에 형부시랑(刑部侍郎)이 된 것을 가리킨다.

17 秋官(추관) : 형법을 관장하는 관리의 통칭.

18 碩士(석사) : 걸출한 인재. 인품이 고상하고 학문이 깊은 선비를 가리킨다.

19 淮蔡(회채) : 회서(淮西) 지방의 행정 중심지인 채주(蔡州) 곧 지금의 하남성 여

남현(汝南縣). 당시 오원제(吳元濟)가 회서절도사로 있었다.

20 相臣(상신) : 재상. 대신. 이 구절은 원화 12년(817) 10월에 재상 배도(裴度)가 창의군(彰義軍)절도사로서 회서선위사(淮西宣慰使)를 담당한 것을 가리킨다.

21 邦憲(방헌) : 어사대부나 형부상서 등 법을 집행하는 관리를 가리킨다.

22 經紀(경기) : 처리하다. 돌보다. 주선하다. 이상 두 구절은 마총이 어사대부로서 회서행영제군선위부사(淮西行營諸軍宣慰副使)를 담당한 것을 가리킨다.

23 大魁(대괴) : 도적의 수괴(首魁). 원흉. 오원제(吳元濟)를 가리킨다.

24 留長蔡師(유장채사) : 마총이 채주에 남아 창의군유후(彰義軍留後)가 된 것을 가리키는데 상주해 창의를 회서로 개칭했다. 원화 12년(817) 12월에 마총이 검교공부상서(檢校工部尙書)·채주자사로서 회서절도사를 담당했다.

25 茫茫(망망) : 광활해 끝이 없는 모양.

26 黍稷(서직) : 기장. 수수. 오곡의 통칭.

27 棘茨(극자) : 가시나무. 가시덤불.

28 鳩鳴雀乳(구명작유) : 비둘기 울고 참새가 새끼를 치다. 전란이 없이 무사해 평화로운 모습을 형용한다.

29 梟鴟(효치) : 부엉이.

30 許(허) : 허주(許州). 주청 소재지가 지금 하남성 허창시(許昌市)에 있었다.

31 血仇(혈구) : 피맺힌 원수.

32 幷侯(병후) : 채주와 허주의 관찰사가 되다. 원화 13년(818) 5월에 마총이 허주자사, 충무군(忠武軍)절도사, 진허은채관찰사(陳許溵蔡觀察使)에 임명된 것을 가리킨다.

33 優優(우우) : 관대한 모양.

34 鄆戎(운융) : 동평절도사(東平節度使) 이사도(李師道)를 가리킨다. 동평절도사는 운주(鄆州) 곧 지금의 산동성 동평현(東平縣) 서북에 주둔하고 있었다. 원화 14년(819) 2월에 이사도가 살해된 뒤 3월에 마총이 검교형부상서로서 운주자사, 천평(天平)절도사. 운조복(鄆曹濮)관찰사가 된 것을 가리킨다. 「운주계당시병서(鄆州谿堂詩幷序)」(HS-049) 주석 1, 2 참조.

35 腥臊(성조) : 피비린내.

36 樂郊(낙교) : 즐거운 들녘. 낙원. 『시경·위풍(魏風)·석서(碩鼠)』에 "가리라 장차 너를 떠나 저 즐거운 들녘으로 가리라(逝將去女, 適彼樂郊)"라는 시구가 보인다.

37 猘(제) : 미친개. 미친개처럼 난폭한 무리를 비유한다. 운주의 동쪽은 기주(沂州)와 밀주(密州)로 반군의 소굴이었다.

38 虺(훼) : 살무사. 독사. 제멋대로 잔학한 짓을 하는 무리를 비유한다. 운주의 서쪽은 위박(魏博)으로 역시 반군의 소굴이었다.

39 朋鄰(붕린) : 이웃. 인근 지역.

40 崒峯(율줄) : 높이 우뚝 솟을 모양.

41 岱定河安(대정하안) : 태산과 황하 일대가 안정되다. 동평(東平)이 태산과 황하

의 사이에 있기 때문에 이렇게 말한 것이다.

42 懿(위) : 선하고 아름답다. 여기서는 그러한 공적을 가리킨다.

帝念厥功, 還公于朝, 陟于地官^{43}, 且長^{44}百僚^{45}。度^{46}彼四方, 孰樂可據;
顧瞻^{47}衡鈞^{48}, 將擧以付。惟公積勤^{49}, 以疾以憂;及其歸時, 當謝^{50}之秋。
賀門未歸, 弔廬已萃^{51};未燕^{52}于堂, 已哭于次^{53}。昔我及公, 實同危事^{54};
且死且生, 誓莫捐棄^{55}。歸來握手, 曾不三四, 曾不濡翰^{56}, 酬酢^{57}文字;曾
不醉飽, 以勤酒胾^{58}。奠以敍哀, 其何能致! 嗚呼哀哉, 尙饗!

---

43 地官(지관) : 호부상서.

44 長(장) : 우두머리가 되다. 이 구절은 마총이 장경 원년(821) 12월에 검교상서좌
복야(檢校尙書左僕射)가 된 것을 가리킨다.

45 百僚(백료) : 백관.

46 度(탁) : 헤아리다.

47 顧瞻(고첨) : 신중하게 고려하다.

48 衡鈞(형균) : 재상의 자리를 비유한다.

49 積勤(적근) : 오래도록 부지런히 근무하다.

50 謝(사) : 세상을 떠나다. 세상을 하직하다. '벼슬길에서 물러나다'는 뜻으로 풀이
하기도 한다.

51 萃(췌) : 모이다.

52 燕(연) : 잔치를 열다. 잔치를 열어 손님을 초대하다. '宴'과 통한다.

53 次(차) : 근방. 곁.

54 危事(위사) : 위험한 일. 참전한 일을 가리킨다. 한유와 마총은 함께 회서의 반군
토벌 전쟁에 가담한 바 있다.

55 捐棄(연기) : 저버리다. 포기하다.

56 濡翰(유한) : 붓에 먹을 묻히다. 붓에 먹을 묻혀 글을 쓰다.

57 酬酢(수작) : 시문을 주고받다. 본래 주객이 술잔을 주고받고 하는 것인데 주인
이 빈객에게 술잔을 돌리는 것을 '酬', 빈객이 주인에게서 받은 술잔을 도로 돌
리는 것을 '酢'이라고 한다.

58 胾(자) : 저민 고기. 여기서는 육식의 통칭이다.

HS-184 「무시어 불상화 조문」

弔武侍御所畫佛文

시어사(侍御史) 무씨(武氏)가 장년 시절에 배우자를 여의고 아내가 남긴 옷이며 빗이며 귀고리며 주머니며 수건 등의 유품을 작은 상자에 넣어두었다가, 매달 초하루와 보름날이면 모두 끄집어내어 진열한 뒤 젖먹이를 안고 울었습니다.

부처의 설법을 신봉하는 한 승려가 무씨에게 다가와 깨우쳐 말했습니다.

"이렇게 한들 망자에게 무슨 이로울 게 있겠습니까? 우리 스승께서 말씀하시기로 사람이 죽으면 귀신이 되고 귀신은 또 다시 사람이 되는데, 생전에 쌓은 선과 악에 따라 상응하는 보답을 받아 순환이 되풀이되어 끝이 없습니다. 서쪽 끝 지방에 한 부처가 있는데 그곳은 극락정토이니, 집안사람이 잠시 망자에게 도움이 되도록 그 부처를 그려 예를 올리고 극락왕생하기를 바란다면 뜻대로 되지 않을 리가 없습니다."

무씨가 망연자실한 모습으로 사양하며 말했습니다.

"나는 유학을 신봉하는 사람인데 어떻게 그와 같은 일을 할 수 있겠소!"

그 뒤에 또 초하루와 보름날이 되자 무씨는 다시 작은 상자 속에 든 유품들을 끄집어내어 진열한 뒤 젖먹이를 안고 울었습니다. 슬픔이 지나쳐서 위태로운 지경에 이르러서야 후회하며 말했습니다.

"이렇게 하는 것이 망자에게 무슨 이로울 게 있겠는가! 나는 승려의 말이 믿을 만한지 아니한지를 이해할 수 없지만, 그의 말이 과연 그러하지 않을 것이라고 또 어떻게 장담하겠는가?"

그러고 나서 아내가 남긴 옷이며 빗이며 패옥 등 몇몇 종류의 유품을 다 끄집어내어 들고 승려에게로 가서 전에 말한 불상을 그려달라고 했습니다. 그 승려는 그것들을 받은 뒤에 불상을 그려주었습니다.

내가 이 일을 들은 뒤에 조문해 말했습니다.

"망자의 모습이 눈앞에 뚜렷이 아롱거리고

목소리가 귓가에 간곡하게 울리는 듯하다가

홀연히 보이지도 들리지도 않으니

누가 아득한 생사의 본원을 다 파헤칠 수 있겠는가?

서방의 불상을 그려 자신의 은근한 심정을 나타내고

부처의 허망한 설법으로 슬픔을 억누르며 망자의 혼백을 위로하네.

아, 어찌할꼬!

이 글로 조문하나이다."

해제

　시어사(侍御史) 무씨(武氏)가 승려에게 부탁해 그린 불상에 부처 배우자를 여의고 슬픔에 잠긴 무씨를 위로한 조문(弔文). 조문은 죽은 사람의 생전의 공덕을 기리고 명복을 비는 글인데, 무씨가 누구인지 확정할 수 없는 관계로 이 글의 창작연대도 미상이다. 무씨는 본래 유학자였으나 배우자를 여읜 슬픔이 지나쳐 스스로를 억제할 수 없는 지경에 이르러 부처를 믿게 되었다. 작자는 이 일의 경과를 자세하게 서술한 뒤에, 무씨의 불교 신봉을 "허망한 설법으로 슬픔을 억누르는 것(以妄塞悲)"으로 규정하고 "아, 어찌할꼬!(嗚呼奈何)"로 마무리를 지어 그런 행위는 잘못임을 넌지시 꼬집고 있다. 다시 말해서 무씨의 불교 신봉이 슬픔을 억제하기 위한 것에서 나왔다고 하더라도, 슬픔을 억누르고 정신이 기댈 곳을 찾는 것은 이해할 수 있지만 유학자로서 사람이 죽고 사는 자연스러운 이치를 받아들이지 않고 허망한 미신에 이끌리는 행위는 잘못이라는 것이다. 다만 무씨를 직접적으로 나무라기보다는 그가 승려에게 부탁해 그린 불상을 조문하는 형식을 통해 작자 자신의 견해를 밝힘으로써, 중생을 미혹시키는 승려들의 수완이 저절로 허물어지게 하는 고도의 솜씨를 발휘하고 있다.

원문 및 주석

御史武君¹當年²喪其配, 斂其遺服櫛³珥⁴鞶⁵帨⁶于篋⁷, 月旦十五日⁸則一出而陳之, 抱嬰兒以泣。

1   武君(무군) : 이름은 미상이다.
2   當年(당년) : 장년. '丁年(정년)'과 같은 뜻이다.
3   櫛(즐) : 빗.
4   珥(이) : 옥으로 만든 귀고리.
5   鞶(반) : 수건 따위를 넣는 작은 주머니.
6   帨(세) : 수건.
7   篋(협) : 작은 상자.
8   月旦十五日(월단십오일) : 초하루와 보름날. 삭망(朔望). '月旦'은 '月朔(월삭)'과
    같은 뜻이다. 옛 예법에 공경대부(公卿大夫)들은 상을 당하면 장사지내기 전에
    초하루와 보름날에 추모제를 지냈다.

有爲^{9}浮屠^{10}之法者, 造^{11}武氏而諭^{12}之曰 : "是豈有益耶? 吾師云 : 人死則爲
鬼, 鬼且復爲人, 隨所積善惡受報, 環復^{13}不窮也. 極西之方有佛^{14}焉, 其
土大樂^{15}, 親戚^{16}姑能相爲^{17}圖^{18}是佛而禮^{19}之, 願其往生^{20}, 莫不如意." 武
君憮然^{21}辭曰 : "吾儒者, 其可以爲是!"

9   爲(위) : 신봉하다.
10 浮屠(부도) : 부처. '浮圖'로도 적는다.
11 造(조) : 이르다. 다가가다.
12 諭(유) : 이치로 깨우치다. 이치로 일깨우다.
13 環復(순복) : 순환 왕복하다. 순환이 되풀이되다. 이상 두 구절은 인과응보의 윤
    회가 되풀이됨을 뜻한다.
14 佛(불) : 아미타불(阿彌陀佛)을 가리킨다. 무량수불(無量壽佛)로 무량광불(無量
    光佛) 또는 감로불(甘露佛)이라고도 한다.
15 其土大樂(기토대락) : 극락세계 곧 정토(淨土)를 말한다.
16 親戚(친척) : 부자·부부·형제 등 자기 집안사람을 가리킨다.
17 相爲(상위) : 돕다. 망자에게 유익한 일을 도모하는 것을 가리킨다.
18 圖(도) : 그리다.
19 禮(예) : 예를 올리다. 공물을 바쳐 제사를 지내거나 예배하는 따위를 가리킨다.
20 往生(왕생) : 극락왕생하다. 윤회의 고통에서 벗어나는 것을 뜻한다.
21 憮然(무연) : 망연자실한 모양.

旣又逢月旦十五日, 服出其篋實^{22}而陳之, 抱嬰兒以泣, 且殆^{23}而悔曰 : "是
眞何益也! 吾不能了^{24}釋氏之信不^{25}, 又安知其不果然乎?" 於是悉出其遺服
櫛佩^{26}合若干種, 就浮屠師^{27}請圖前所謂佛者. 浮屠師受而圖之.

22 篋實(협실) : 작은 상자 속에 든 유품.
23 且殆(차태) : 무씨가 슬픔이 지나친 나머지 거의 위태로운 지경에 다다른 것을
  가리킨다.
24 了(요) : 이해하다. 깨닫다.
25 信不(신부) : 믿을 만한지 믿을 만하지 않은지. '信否'와 같고 '信不信(신불신)'의
  뜻이다.
26 佩(패) : 패옥이나 수건.
27 浮屠師(부도사) : 승려. 중.

韓愈聞而弔之曰 : 晢晢²⁸兮目存, 丁寧²⁹兮耳言。忽不見兮不聞, 莽³⁰誰窮
兮本源? 圖西佛兮道予懃³¹, 以妄³²塞悲³³兮慰新魂³⁴。嗚呼奈何兮, 弔以玆
文!

28 晢晢(제제) : 반짝반짝 빛나는 모양. 이 구절은 망자의 모습이 눈앞에 완연하게
  나타나는 것을 말한다. 『시경·진풍(陳風)·동문지양(東門之楊)』에 "샛별은 반
  짝반짝 빛나네(明星晢晢)"라는 시구가 보인다.
29 丁寧(정녕) : 말이 간절한 모양. 이 구절은 망자의 목소리가 귓가에 들리는 것
  같음을 말한다.
30 莽(망) : 아득해 가물가물하는 모양으로 사후(死後)의 일을 형용한다. '茫'과 통한
  다. 이 구절은 사람이 죽고 사는 것은 자연스러운 일이므로 미신에 홀려 쓸데없
  이 끝까지 파헤칠 필요가 없음을 말한다.
31 道予懃(도여근) : 자신의 은근한 심정을 말로 해내다. 자신의 은근한 심정을 표
  현하다.
32 妄(망) : 허망. 망상.
33 塞悲(색비) : 슬픔을 막다. 슬픔을 그치게 하다.
34 新魂(신혼) : 새로 죽은 혼백. 망자 곧 무시어(武侍御)의 죽은 아내를 가리킨다.

HS-185 「고 섬부 이사마 제문」

祭故陜府李司馬文

아무 해 아무 달 아무 날에 국자좨주(國子祭酒)로 자주색 옷과 황금 어대(魚袋)를 하사받은 한유가 삼가 맑은 술을 제수로 고 섬주좌사마(陜州左司馬) 이병(李邴) 공의 영전에 제사지내나이다.

공께서는 학문을 경작하는 본업으로 삼고, 문장을 자신의 수확물로 여겼습니다. 부친을 일찍 여윈 고아의 신세에 홀로 분발해 다시 자기 집안을 일으켜 세웠습니다. 이부(吏部)에서 선발이 되고서 여러 차례 과거시험에 급제했습니다. 큰 고을의 현령을 역임하며 뛰어난 치적으로 명성이 났습니다. 그리하여 마침내 종정승(宗正丞)이 되어 매일 조정에 가서 황제 폐하를 알현했습니다. 외지로 나가 섬주(陜州)의 좌사마가 되니 아전들이 경외하고 동료 관리들이 우러러보았습니다. 아들과 며느리와 여러 손자들이 집안에 가득 했습니다. 공의 고모도 기뻐하시니 오복이 다 갖추어져 있었습니다. 그러니 사대부 집안 중에 어느 가문인들

흠모하지 않았겠습니까? 그런데 어찌하여 뜻밖에도 공께서 세상을 떠나게 되었나이다. 아, 슬프도다!

제가 관직에 몸이 매여 장지에 직접 가서 조문하지 못하니, 혼인으로 맺은 정분에 애통하고 슬픈 심정이 북받칩니다. 삼가 변변치 못한 제물을 바치니 공께서는 받아 드시기를 바라나이다. 흠향하시옵소서!

해제

장경 원년(821) 국자좨주(國子祭酒) 재직 시에 이병(李郱)의 영전에 바친 제문. 이병은 작자의 사위 이한(李漢)의 부친으로 옹왕(雍王) 이회(李繪)의 7세손인데 장경 원년 2월에 죽었다. 1살이 채 못 되어 부친을 여의고 모친도 개가한 관계로 고모의 손에 양육되었음에도 불구하고 분발해 기울어진 집안을 일으킨 사돈의 삶을 절제된 언어 속에 꾸밈없이 있는 그대로 잘 표현하고 있다. 짧은 글이면서도 일부 구절에만 압운한 점이 색다르다고 할 수 있다. 이병의 생애에 관한 자세한 내용은 그의 묘지명(HS-256)을 참조하기 바란다.

원문 및 주석

維年月日, 守國子祭酒賜紫金魚袋韓愈, 謹以淸酌之奠, 祭于故陝府[1]左司
馬李公之靈曰 :

---

1 陝府(섬부) : 섬괵(陝虢)절도사의 막부로 행정 중심지가 섬주(陝州) 곧 지금의 하
   남성 섬현(陝縣)에 있었다.

公學以爲耕, 文以爲穫。發憤孤身[2], 復續厥家。選于吏部, 亟[3]以科進。歷
臨大邑[4], 惟政有聲。遂丞宗正[5], 日朝帝庭。出輔陝都[6], 吏畏僚慕。子婦諸
孫, 盈于室堂[7]。公姑悅喜, 五福[8]具有。大夫士家, 孰不榮羨[9]? 如何不常[10],
以至大故[11]。嗚呼哀哉!

---

2 孤身(고신) : 고아의 신세. 이병은 생후 1년이 채 되지 않았을 때 부친을 여의고
   모친마저 개가해 고모의 손에서 양육되었다.
3 亟(기) : 자주. 여러 차례. 이병은 이부의 선발 전형에 참가해 발탁된 뒤, 연이어
   서판(書判)으로 뽑는 발체과(拔萃科)에도 급제했다.
4 歷臨大邑(역림대읍) : 육혼(陸渾)과 남정(南鄭)의 현령을 역임한 것을 가리킨다.
5 丞宗正(승종정) : 종정승이 되다. 종정승은 종정시(宗正寺) 소속으로 황실 종족
   의 사무를 관리하는 종6품상에 해당하는 직책이다.
6 出輔陝都(출보섬도) : 외지로 나가 섬주의 좌사마가 되다. 섬괵절도사 위중행(衛
   中行)이 막부의 보좌관으로 불러 나간 것을 가리킨다.
7 盈于室堂(영우실당) : 이병은 7남 3녀와 15명의 내외손을 두었다.
8 五福(오복) : 다섯 가지 행복. 보통『서경・홍범(洪範)』에 근거해 '오래 사는 것
   (壽)', '부유하게 되는 것(富)', '안락한 것(康寧)', '훌륭한 덕을 닦는 것(攸好德)',
   '늙어 죽는 것(考終命)'의 다섯 가지를 오복이라고 한다. 다만 환담(桓譚)의『신
   론(新論)』에는 '수(壽)', '부(富)', '귀(貴)', '안락(安樂)', '자손중다(子孫衆多)'의 다
   섯 가지를 들고 있는데, 여기서는 문맥상 후자에 더 가까운 것으로 보인다.
9 榮羨(영흠) : 흠모하다.
10 不常(불상) : 죽음의 완곡한 말로 '無常(무상)'과 같다. 의미상 '뜻밖에 일어난 일'
   임을 말한다.
11 大故(대고) : 생사를 지칭하는 말로 여기서는 죽음을 가리킨다.

愈以守官, 不獲弔送, 昏姻[12]之好, 以哀以悲。敬致微禮, 公其歆[13]之。尚

饗!

12 昏姻(혼인) : '婚姻과 같다. 이병과 한유는 사돈지간이다.
13 歆(흠) : 흠향하다. 신령이 제사 음식의 기를 마시는 것을 말한다.

아무 달 아무 날에 아무 관직에 있는 사촌 동생 아무개가 삼가 맑은 술과 풍성한 음식을 제수로 감히 고 괵주사호참군(虢州司戶參軍) 우리 집안 열두 번째 형님 한급(韓岌)의 영전에 밝게 고하나이다.

아! 우리 조부님 슬하에
손자 여덟이 있었는데
오직 형님과 저만이
죽지 않고 뒤에까지 고아로 살아남았었지요.
어찌하여 오늘 또 형님께서
저를 버려두고 먼저 가셨소!
생전에 함께 살지도
편찮으실 때 탕약을 받들지도 못하고
염할 때 관을 어루만지지도

매장할 때 무덤가를 돌지도 못했는데
급히 달려가려해도 직무에 매인 몸이라
살아생전이나 돌아가신 뒤에나 다 의리를 저버렸나이다.
형님 딸 시집보내고 아들 교육시키며
형님 유골 선영으로 이장해
마땅히 여러 해 가기 전에
제 허물을 갚겠나이다.
길게 소리 지르고 통곡하며 저의 비통한 심정을 전하며
이 글을 올리나이다.
흠향하시옵소서!

해제

원화 원년(806) 국자박사(國子博士) 재직 시에 종형 한급(韓岌)의 영전에 바친 제문. 한급은 작자의 막내 숙부 한신경(韓紳卿)의 아들로 이해 6월에 괵주(虢州) 곧 지금의 하남성 영보현(靈寶縣)에서 죽어 9월에 그곳에 매장되었다. 짤막한 글 속에 단명한 한씨 가문에 대한 애통과 생전이나 사후에 종형에게 인간적 도리를 다하지 못한 작자 자신의 회한, 그리고 훗날 선영으로의 이장과 조카와 질녀의 교육과 출가를 담당할 것이라는 다짐을 함께 담았다. '不(불)'자를 네 구절에 걸쳐 연속적으로 써서, 관직에 얽매여 떠돌이 생활을 하느라 함께 살지도 병석에 있을 때 탕약을 받들지도 못하고, 사후에 직접 장지에도 가지 못한 애절한 심정을 긴박감 있게 표현한 대목이 특히 두드러진다. 몇 구절 되지 않는 짧은 글이지만, 친족에 대한 지극한 정이 물씬 풍긴다.

원문 및 주석

月日, 從父弟某官某乙, 謹以清酌庶羞之奠, 敢昭告于十二兄故虢州司戶府君¹之靈。

1 　府君(부군) : 망자에 대한 경칭. 본래 한(漢)나라 때 군수의 호칭이었는데, 관리가 부임하면 먼저 제사를 지낸 데서 연유한 것으로 여겨진다.

嗚呼! 維我皇祖², 有孫八人³; 惟兄與我, 後死孤存。奈何於今, 又棄而先! 生不偕居, 疾藥不親; 斂不摩⁴棺, 瘞⁵不繞墳⁶; 趨奔束制⁷, 生死虧恩。歸女敎男, 反骨⁸本原⁹; 其不有年¹⁰, 以補我愆¹¹。長號¹²送哀, 以薦¹³此文。尚饗!

2 　皇祖(황조) : 돌아가신 조부에 대한 존칭. 한예소(韓叡素)를 가리킨다.
3 　孫八人(손팔인) : 현재까지의 연구에 의하면 한예소(韓叡素)의 손자는 회(會)·개(介)·유(愈)·유(兪)·엄(弇)·급(炭)의 여섯만 이름이 확인되어 있다.
4 　摩(마) : 어루만지다.
5 　瘞(예) : 매장하다. 땅에 묻다.
6 　繞墳(요분) : 『예기·단궁하(檀弓下)』에 "봉분을 쌓은 뒤에 왼쪽 어깨를 드러내고 그 봉분가를 오른쪽으로 돌며 곡을 하고 소리 지르기를 세 차례 한다(旣封, 左袒, 右還其封且號者三)"라는 내용이 보이는데, '繞墳'은 이에 대한 공영달(孔穎達)의 소(疏)에 나오는 말이다.
7 　束制(속제) : 묶이고 억제당하다. 직무에 매여 자유롭지 못한 것을 가리킨다.
8 　反骨(반골) : 유골을 고향으로 운구하다.
9 　本原(본원) : 선영.
10 　有年(유년) : 여러 해가 쌓이다.
11 　愆(건) : 허물. 죄과.
12 　號(호) : 소리 지르며 통곡하다.
13 　薦(천) : 올리다. 바치다.

HS-187 「정씨부인 제문」

祭鄭夫人文

아무 해 아무 달 아무 날에 한유가 객사에서 제철에 나는 맛있는 음식을 제수로 차리고, 재배하며 머리를 조아린 뒤 감히 우리 집안의 여섯 째 형수이신 형양(榮陽) 정씨(鄭氏) 부인의 영전에 밝게 제사지내나이다.

아! 하늘이 우리 집안을 해쳐서 온갖 재앙을 모아 내렸나이다. 제가 길한 운명을 타고 태어나지 못해 세 살 때에 아버지를 여의고 고아가 되었으나, 세상 물정을 모르던 철부지 시절에 형님께서 저를 길러 주셨고, 죽을 지경에 처해서도 생명을 보전하게 된 것은 실로 형수님의 은덕이었나이다.

제 나이 일곱 살 때에
형님께서 왕조의 관리로 벼슬길에 나셨기에
손잡고 저를 업거나 안고서

낙양을 떠나 장안으로 가셨지요.
추워하면 제게 옷을 입혀주고
배고파하면 먹을 것을 주셨기에
병을 앓거나 물과 불의 재앙도
제 몸에 닥치지를 않았답니다.
고생하고 걱정하시며
이 어리석은 사람을 보호해주셨지요.
막 12살이 되던 해에
우리 집안에 거듭 액운이 닥쳐왔었지요.
형님께서 참소를 당해
왕명을 받들고 먼 곳으로 좌천되시더니
황량한 바다 한 모퉁이에서
일찍 생을 마감하시었나이다.
고향은 만 리 먼 곳에 있고
눈앞엔 어린 고아가 있을 뿐이라
서로 돌아보며 돌아갈 엄두조차 내지 못하고
피눈물 흘리며 하늘에 통곡했지요.
형수님의 힘이 없었던들
저는 남방 시골뜨기가 되었을 처지였지요.

물길을 떠돌고 육로를 달려
명정(銘旌) 세운 깃발 펄럭이며
지성이면 감천이라
형님을 중원 지방의 선영으로 이장했지요.
이장을 다 마치고 나니
또 어려운 시국을 만나
모든 식구가 함께 길을 나서

강남땅으로 피난했지요.
봄가을 계절이 바뀔 때면 조상님 생각에
개구리밥이나 산흰쑥을 삼가 제수로 삼아
한씨의 선조들에게 바치고 제사지내며
이것이 한씨의 가문이라고 말씀하셨지요.
저를 친자식처럼 여기시고
지성으로 타이르며 가르치셨나이다.

도성으로 왔을 때
제 나이 19세의 성인이 되었는데
저는 여러 차례 조정에 천거되어
비로소 이름이 나기 시작했지요.
생각건대 이다지도 둔하고 완고한 제가
형수님의 가르침이 아니면 무엇에 힘입었겠나이까?
서글픈 마음에 돌아갈 생각을 하니
눈물 흘러내리고 애간장이 탔나이다.
구차하게 받아들여지기를 구하며 벼슬길에 조급한 나머지
제 몸을 돌보지 않고
벼슬길에서 봉록을 받고 귀향해
가문의 영광으로 삼고자 했지요.
휴가를 내어
동서남북을 분주하게 다녔는데
누가 짐작이나 했겠습니까? 이번 걸음에
뜻밖에 형수님의 영구차를 보게 줄 될 줄을!
형수님께 보답할 뜻이 있었지만 이제 미칠 수 없으니
영원히 그 은근하신 정분을 저버리게 되었나이다.
아, 슬프도다!

전에 소주(韶州)에 있을 때

큰 형님의 유언을 받았는데,

"너는 어려서부터 형수의 손에 양육되었으니

형수가 죽으면 상복은 반드시 기복(朞服)으로 입어라!"라고 했답니다.

지금 어찌 감히 잊겠나이까?

실로 하늘이 내려다보고 있나이다!

아, 슬프도다!

아무 달 아무 날에

고향으로 돌아와 형님과 합장을 하니

끝내 이 세상과 영원히 하직하셨나이다.

제가 혼절했다가 다시 깨어나

엎드려 흠향하시옵기를 바라옵나이다!

해제

정원 10년(794)에 형수 정씨(鄭氏) 부인의 영전에 바친 제문. 이때 작자는 진사과에 세 번 응시한 끝에 급제한 뒤였으나, 박학굉사과에 두 차례 실패하고 곤궁한 처지에 놓여 있었다. 정씨는 본관이 당나라 때 5대 명족의 하나인 형양(滎陽 : 지금 하남성 형양시)인데, 작자의 맏형 한회(韓會)의 아내다. 이 글은 먼저 작자 자신이 3세에 고아가 된 정황을 말한 뒤, 바로 이어 형과 형수가 당한 불행을 서술했다. 맏형이 참소를 받아 소주(韶州 : 주청 소재지가 지금의 광동성 소관시(韶關市) 서남에 있었음)로 좌천된 뒤 그곳 임지에서 죽자, 형수가 갖은 고생 끝에 그 유해를 고향의 선영으로 이장하고, 또 전란을 만나 한씨(韓氏)의 장원(莊園)이 있는 강남 지방으로 이주해 생계를 꾸려간 일들을 소상히 적고 있다. 이 글에는 집안의 연이은 불행에 대한 비통함과 이런 어려운 환경 속에서도 자신을 친아들처럼 길러준 형수의 남다른 은덕에 대한 감사의 정이 오롯이 담겨 있다. 훗날 출세해 먹여주고 가르쳐준 형수에게 보답하려는 일념을 품고 있었지만, 그 뜻을 이루기 전에 형수가 이미 고인이 되어 이 세상에 계시지 않으니 작자의 비통함이 오죽했겠는가! 이 글은 바로 이런 회한의 정감이 소박한 언어 속에 흘러넘친다.

원문 및 주석

維年月日, 愈謹於逆旅^{1}備時羞^{2}之奠, 再拜頓首^3, 敢昭祭于六嫂滎陽鄭氏夫人之靈。

1 逆旅(역려) : 객사. 여관. '逆'은 '맞이하다', '초대하다'는 뜻으로 '逆旅'는 '여객을 맞이하는 곳' 곧 객사다.
2 時羞(시수) : 제철에 나는 맛있는 음식.
3 再拜頓首(재배돈수) : 옛날 예절의 하나로 두 차례 절하며 머리가 땅에 닿아 소리가 나도록 조아리는 것을 말한다.
4 六嫂(육수) : 한유의 맏형 한회(韓會)가 한씨 집안에서 여섯 번째이므로 이렇게 말했다.

嗚呼! 天禍我家, 降集^{5}百殃。我生不辰^6, 三歲而孤^7; 蒙幼^{8}未知, 鞠^{9}我者兄 ; 在死而生, 實維嫂恩。

5 降集(강집) : 내려서 모이다.
6 不辰(불신) : 불길하다. 운수가 좋지 못하다.
7 三歲而孤(삼세이고) : 대력 5년(770) 한유의 나이 3세에 부친 한중경(韓仲卿)이 세상을 떠난 것을 가리킨다. 어려서 아버지가 없는 것을 '孤'라고 한다.
8 蒙幼(몽유) : 몽매하고 어린 아동.

9   鞠(국) : 기르다. 양육하다. 『시경·소아·육아(蓼莪)』에 "아버님 날 낳으시고 어
     머님 날 기르셨네(父兮生我, 母兮鞠我)"라는 시구가 보이는바, 한유는 형수 정
     씨를 모친처럼 여겼음을 알 수 있다.

未齔[10]一年, 兄宦王官[11], 提攜[12]負任[13], 去洛居秦[14]。念寒而衣, 念飢而飧[15];
疾疹[16]水火[17], 無災及身。劬勞[18]閔閔[19], 保此愚庸[20]。年方及紀[21], 荐[22]及凶
屯[23]。兄罹[24]讒口, 承命遠遷, 窮荒[25]海隅[26], 天闕[27]百年[28]。萬理故鄉, 幼孤
在前;相顧不歸, 泣血號天。微[29]嫂之力, 化爲夷蠻[30]。

10   未齔(미츤) : 배냇니가 빠지고 간니가 나기 이전의 아이를 가리킨다. 『주례(周
     禮)·추관(秋官)·사려(司厲)』에 "작위가 있는 사람이나 나이가 70세 이상인 사
     람과 아직 이를 갈지 않은 7-8세 이하의 아이는 노비로 삼지 않는다(凡有爵者,
     與七十者, 與未齔者, 皆不爲奴)"라는 글귀가 보이는데, 정현(鄭玄)의 주석에 "남
     아는 8살, 여아는 7살 때 이를 간다(男八歲女七歲而毀齒)"라고 했다. 따라서 이
     구절은 한유가 이를 갈기 1년 전인 7살 때를 가리킨다.
11   王官(왕관) : 왕조의 관리. 지금 산서성(山西省) 우향현(虞鄉縣) 남쪽에 있는 지
     명을 가리킨다는 설도 있다.
12   提攜(제휴) : 이끌다. 손에 잡다. 어른들의 손을 잡고 다니는 어린아이를 가리킨
     다.
13   負任(부임) : 등에 업거나 가슴에 안다. 『국어·제어(齊語)』의 "負任擔荷(부임담
     하)"에 대한 위소(韋昭)의 주에 "등에 지는 것을 '負'라 하고, 어깨에 메는 것을
     '擔'이라 한다. '任'은 가슴에 안는 것이고, '荷'는 등에 지는 것이다(背曰負, 肩曰
     擔. 任, 抱也; 荷, 揭也)"라고 했다.
14   去洛居秦(거락거진) : 낙양(洛陽)을 떠나 장안(長安)으로 가서 살다. '洛'은 낙양
     이고, '秦'은 수도 장안을 가리킨다. 대력 9년(774)에 한회는 기거사인(起居舍人)
     이 되어 낙양에서 장안으로 전임했다.
15   飧(손) : 저녁밥. 만찬. 여기서는 '먹을 것을 주다'는 뜻의 동사로 쓰였다.
16   疾疹(질진) : 병을 앓다.
17   水火(수화) : 물불의 재앙. 물에 빠지거나 불에 데는 따위의 재앙.
18   劬勞(구로) : 애쓰다. 고생하다. 『시경·소아·육아(蓼莪)』에 "가련하신 부모님
     은 나를 낳아 기르느라 고생하셨네(哀哀父母, 生我劬勞)"라는 시구가 보이는데,
     자기를 낳아 고생하며 기른 부모의 은혜를 '劬勞之恩(구로지은)'이라고 한다.
19   閔閔(민민) : 걱정하는 모양. 근심하는 모양. '憫憫'과 같다.
20   愚庸(우용) : 어리석고 범상한 사람. 자신을 겸손하게 지칭한 말이다.
21   及紀(급기) : 만12세. '紀'는 12년을 가리킨다.
22   荐(천) : 거듭. 연이어. 여러 차례.
23   凶屯(흉준) : 흉하고 험난하다. 액운을 가리킨다. '屯'은 64괘의 하나인 준괘(屯

卦)로 험난해 전진하는 데 고생하는 모습을 상징한다.

24 罹(이) : 걸리다. 만나다. 이 구절은 대력 12년(777)에 한회가 정치적 후원자인 재상 원재(元載)의 실각과 자살로 인해 기거사인(起居舍人)에서 물러나 좌천된 일을 가리킨다.

25 窮荒(궁황) : 변방의 황량한 지방.

26 海隅(해우) : 바다 모퉁이. 도성에서 멀리 떨어진 벽지인 소주(韶州)를 가리킨다. 한회가 재차 다른 일로 인해 남방의 소주자사로 좌천되었다.

27 夭閼(요알) : 요절하다. 일찍 세상을 떠나다. 한회가 대력 14년(779) 42세를 일기로 죽은 일을 가리킨다.

28 百年(백년) : 사람의 수명을 가리킨다.

29 微(미) : 없다. 아니다. ~아니라면. ~아니고서는.

30 夷蠻(이만) : 동방과 남방의 소수민족을 지칭하던 말인데, 여기서는 문화적으로 낙후한 변방의 시골뜨기를 뜻한다.

水浮陸走, 丹旐³¹翩然³² ; 至誠感神, 返葬中原³³。旣克³⁴反葬, 遭時艱難 ; 百口³⁵偕行, 避地江濆³⁶。春秋霜露³⁷, 薦敬蘋蘩³⁸ ; 以享韓氏之祖考, 曰此韓氏之門。視余猶子, 誨化諄諄³⁹。

31 丹旐(단조) : 옛날에 상여가 나갈 때 쓴 붉은 색의 명정(銘旌) 깃발.

32 翩然(편연) : 바람에 펄럭펄럭 나부끼는 모양.

33 中原(중원) : 광의로는 황하 유역, 협의로는 하남성(河南省) 일대를 가리킨다.

34 克(극) : 이루다. 완수하다.

35 百口(백구) : 식구가 매우 많은 것을 형용한다.

36 江濆(강분) : 강 언덕. 강기슭. 넓게는 강가 유역을 지칭하는데, 여기서는 한씨(韓氏)의 장원이 있던 선주(宣州) 곧 지금의 안휘성 선주시를 가리킨다. 「복지부(復志賦)」(HS-002) 주석 12 참조.

37 霜露(상로) : 계절이 바뀜에 따라 돌아가신 부모님이나 조상 생각이 새로워짐을 말한다.

38 蘋蘩(빈번) : 식용 가능한 개구리밥과 산흰쑥 따위의 수초로 옛날에 변변치 못한 제수(祭需)를 지칭하는 말로 널리 쓰였다.

39 諄諄(순순) : 피곤한 기색 없이 지성으로 타이르는 모양.

爰來京師, 年在成人⁴⁰ ; 屢貢⁴¹于王, 名逈⁴²有聞。念茲頓頑⁴³, 非訓曷因 ; 感傷懷歸, 隕涕⁴⁴薰心⁴⁵。苟容⁴⁶躁進⁴⁷, 不顧其躬 ; 祿仕⁴⁸而還, 以爲家榮。奔走乞假, 東西北南 ; 孰云此來, 迺睹靈車⁴⁹! 有志弗及, 長負殷勤⁵⁰。嗚呼哀哉!

40 成人(성인) : 한유가 19살(786)에 진사과에 응시하기 위해 도성으로 왔으므로 이렇게 말했다.

41 貢(공) : 천거되다. 향공진사(鄕貢進士)로 예부(禮部) 주관의 진사과에 응시하도록 천거된 것을 말한다.

42 迺(내) : 비로소. '乃'와 같다.

43 頓頑(둔완) : 둔하고 완고하다. '頓'은 '鈍'과 통한다.

44 隕涕(운체) : 눈물 흘리다.

45 熏心(훈심) : 마음을 태우다. 애간장이 타들어가다.

46 苟容(구용) : 구차하게 다른 사람에게 붙어 받아들여지기를 구하다.

47 躁進(조진) : 벼슬길로 나아가기 위해 조급해하다.

48 祿仕(녹사) : 녹을 받고 벼슬살이하다.

49 靈車(영거) : 영구차.

50 殷勤(은근) : 간절하고 깊은 정분. 은근한 정.

昔在韶州之行⁵¹, 受命于元兄⁵²；曰："爾幼養于嫂, 喪服必以朞⁵³!" 今其敢忘? 天實臨之! 嗚呼哀哉, 日月有時；歸合塋封⁵⁴, 終天⁵⁵永辭。絶而復蘇, 伏惟⁵⁶尚饗！

51 行(행) : 사는 곳. 거처.

52 元兄(원형) : 맏형. 장형.

53 朞(기) : 기복(朞服). 1년 상복. 옛 예법에 따르면 형제 아내의 상에는 5개월의 소공(小功)을 입었다. 이는 일상적인 예법을 넘어서는 것으로 형수가 자식처럼 양육해준 데 대한 보은의 의미가 들어 있다.

54 塋封(영봉) : 분묘. 무덤. 여기서는 선영(先塋)을 가리킨다.

55 終天(종천) : 「제배태상문(祭裴太常文)」(HS-168) 주석 15 참조.

56 伏惟(복유) : 아랫사람이 윗사람에게 말할 때 쓰는 경어.

HS-188 「우리 집안 열두 번째 낭군 제문」

祭十二郞文

　아무 해 아무 달 아무 날에 막내 숙부인 나는 네가 죽었다는 소식을 들은 지 이레 만에야 비로소 슬픔을 머금고 성심을 다해서 건중(建中)을 시켜 먼 곳에서 제철에 나는 맛있는 음식을 제수로 차리게 하여 우리 집안 열두 번째 낭군인 너의 영전에 고하노라.

　아아! 나는 어려서 고아가 되어 장성해서도 아버지가 어떤 분인지조차 알지 못했고, 오로지 형님과 형수님만 의지하며 살았다. 형님께서 중년의 연세에 남방에서 돌아가셨을 때 나와 너는 모두 어렸고, 형수님을 따라 하양(河陽)의 선영으로 돌아가 장례를 치루고 난 뒤에, 얼마 안 있어 또 생계를 꾸려나가기 위해 너와 함께 강남 지방으로 가서 살았는데, 쓸쓸히 외롭고 힘든 처지인지라 일찍이 하루라도 서로 떨어져 지낸 적이 없었다. 나는 위로 형님 세 분이 계셨는데 모두 불행하게도 일찍 세상을 떠나시어, 돌아가신 아버님의 뒤를 이을 사람이 손자 대에서는 너

뿐이고 아들 대에는 나뿐이었으니, 두 세대에 한 사람씩밖에 없어 몸도 외톨이고 그림자도 짝이 없었다. 형수님께서 일찍이 너를 쓰다듬으면서 나를 가리키며 "한씨의 두 세대에 오직 이 아이들뿐이로구나!"라고 말씀하셨다. 너는 그때 더 어렸으니 당연히 기억하지 못할 테지만, 나는 그때를 기억은 할 수 있어도 그 말속에 담긴 뜻이 얼마나 슬픈지 알지는 못했도다!

내 나이 열아홉에 처음 수도 장안으로 올라왔고, 그로부터 4년이 지난 뒤에 고향으로 돌아가서 너를 보았다. 또 4년이 지난 뒤에 내가 선영에 성묘하러 하양에 갔을 때, 형수님의 상여를 따라 장례를 치르기 위해 온 너를 만났다. 또 2년이 지난 뒤에 내가 변주(汴州)에서 동진(董晉) 승상을 보좌하고 있을 때, 네가 나를 보러 와서 한 해를 머물고는 돌아가서 너의 처자를 데려오려고 했다가, 그 이듬해 승상께서 돌아가시어 내가 변주를 떠나는 바람에 너는 결과적으로 오지를 못했다. 그해에 나는 서주(徐州)에서 군무를 보좌하게 되었는데, 너를 데리러 간 심부름꾼이 막 떠난 뒤에 내가 또 그 자리를 그만두고 떠나게 되는 바람에 너는 또 결국 오지를 못했다. 내 생각에 네가 나를 따라 동쪽으로 와서 살았으면 하다가도 동쪽 역시 객지인지라 오래 있을 수는 없으니, 장기적인 계획을 세우려면 서쪽의 고향으로 돌아가 생활 터전을 잡은 뒤에 너를 불러오는 게 가장 나은 방도일 것으로 여겼다. 아아, 누가 짐작이나 했단 말인가, 네가 갑자기 나를 떠나 죽게 될 줄을! 나와 너는 모두 젊어서 비록 잠시 떨어져 있더라도 종국에는 마땅히 오래도록 더불어 같이 살 것이라고 여겼기에, 너를 떠나 살길을 찾아 도성으로 가서 객지생활을 하며 얼마 안 되는 봉록을 구했던 것이다. 진실로 이리될 줄 진작 알았더라면, 비록 후한 봉록을 받는 삼공(三公)이나 재상과 같은 고관이라 하더라도 나는 하루라도 너를 두고 떠나 그 자리로 나아가려 하지 않았을 것이리라!

작년에 맹동야(孟東野)가 율양(溧陽)으로 갈 때, 내가 그편에 너에게 편지를 보내 말했었다.

"내 나이가 아직 마흔이 채 되지 않았는데도 눈은 어두침침해지고 머리카락은 희끗희끗해지며 치아도 흔들거린다. 생각건대 아버지 형제분들과 여러 형님들은 모두 건강하셨는데도 일찍 세상을 떠난 것을 보면, 나같이 쇠약한 사람이 어찌 오래 살 수 있겠는가! 나는 네게로 갈 수가 없고 너는 내게로 오려 하지 않으니, 내가 어느 날 갑자기 죽게 되면 네가 끝없는 슬픔을 품게 될까 두렵구나!"

그런데 누가 짐작이나 했단 말인가, 젊은 사람이 죽고 나이 든 사람이 살아 있으며, 건강한 사람이 요절하고 병든 사람이 온전할 줄을! 아아, 정말 그러하단 말인가? 꿈이런가? 전해온 소식이 사실이 아니런가? 정말 그러하다면 우리 형님은 성대한 덕을 지니시고도 자신의 후사를 요절하게 했단 말인가? 너는 순수하고 명민한데도 선친의 은택을 입을 수 없었단 말인가? 젊고 건강한 사람은 요절하고, 나이 들고 쇠약한 사람이 온전히 살아 있단 말인가? 도무지 그러하다고 믿을 수 없다. 꿈이고 전해온 것이 사실이 아니라면, 동야의 편지와 경란(耿蘭)의 부고가 어찌하여 내 곁에 있단 말인가? 아아! 정말 그러했도다. 우리 형님은 성대한 덕을 지니시고도 자신의 후사를 요절하게 만들었도다! 너는 순수하고 명민해 가업을 잇기에 마땅했음에도 선친의 은택을 입을 수는 없었도다! 이른바 하늘이란 참으로 헤아리기 어렵고, 신명이란 진실로 이해하기 어렵도다! 이른바 이치란 미루어 짐작할 수 없고, 사람의 수명이란 알 수 없는 것이로다! 비록 그렇기는 하지만, 나도 올해부터 희끗희끗하던 머리카락이 더러는 새하얗게 변하고, 흔들거리던 치아가 간혹 빠져나가 버리기도 하며, 몸과 혈기는 날로 쇠하고 의욕과 기개는 날로 약해지니 너를 따라 죽지 않고 살아 있을 날이 얼마나 되겠는가! 죽고 나서도 지각이 있다면 우리가 떨어져 있을 날이 얼마나 되겠으며, 지각이 없다면 슬플 날은 얼마 되지 않고 슬프지 않을 날은 끝나는 기약 없이 영원하리라! 너의 아들은 이제 열 살이고 내 아들은 겨우 다섯 살인데, 젊고 건강한 사람도 목숨을 보장할 수 없거늘 이와 같이 어린 것들이 성장해 자립할 수 있기를 기대할 수 있겠는가? 아아, 슬프도다! 아아, 슬프도다!

네가 작년에 보낸 편지에서 "근래에 각기병에 걸렸는데 이따금 병세가 심해지곤 합니다"라고 했기에, 내가 "그 병은 강남 사람에게는 흔히 있는 것이다"라고 하고는 걱정거리로 여기지 않았다. 아아! 결국 그 병 때문에 네 목숨을 잃었단 말인가? 아니면 다른 병에 걸려 이 지경에 이르렀단 말인가? 너의 편지는 6월 17일자로 되어 있었는데, 동야는 네가 6월 2일에 죽었다고 하고 경란의 부고에는 날짜가 적혀 있지 않았다. 아마도 동야의 심부름꾼은 너의 집사람들에게 사망 날짜를 물을 줄 몰랐고, 경란의 부고에서는 마땅히 날짜를 말해야 한다는 것을 알지 못한 것인데, 동야가 내게 편지를 보내면서 심부름꾼에게 날짜를 묻자 심부름꾼이 아무렇게나 둘러대어 대답한 것일 따름이리라. 그러한가? 그렇지 않은가?

지금 내가 건중을 보내 네게 제사를 지내고, 너의 아들과 너의 유모에게 조문하게 했다. 그들에게 먹을 식량이 있어서 상이 끝날 때까지 지킬 형편이 되면 상이 끝나길 기다렸다가 데려오고, 만약 상이 끝날 때까지 지킬 형편이 되지 않는다면 바로 데려오도록 했다. 나머지 노비들은 모두 너의 상을 지키도록 했다. 내가 이장할 형편이 되면 최종적으로 반드시 너를 선영에 안장할 것이고, 그런 뒤에 노비들은 자신들이 원하는 대로 해주겠다. 아아! 네가 병들어도 나는 언제인지를 몰랐고, 네가 죽은 뒤에도 그 사망 일시조차 알지 못했으며, 살아생전에 서로 도우며 함께 생활하지 못했고, 사후에도 너의 관을 쓰다듬으며 애통함을 다하지 못했으며, 염해서 입관할 때엔 너의 관에 기대어 엎드리지도 못했고, 하관할 때는 너의 무덤가에 직접 가지도 못했다. 나의 행실이 천지신명을 저버리어 너를 요절하게 했고, 윗사람에게 불효하고 아랫사람에게 자애롭지 못해 너와 함께 서로 도우며 살지 못하고 죽을 때까지 지켜주지 못한 것이다. 한 사람은 하늘 한 끝에 있고, 한 사람은 땅 한 모퉁이에 있으니, 살아서는 네 그림자가 내 몸과 서로 의지하지 못했고, 죽어서는 너의 혼백마저 꿈에서조차 나와 만나지지 않는 지경인데, 이는 내가 실로 그렇게 만든 것이니 또 누구를 원망하리요? 저 푸른 하늘이여, 이내 슬픔 언제 다하리오!

오늘 이후로 나는 인간 세상에 미련을 두지 않으련다. 마땅히 이수(伊水)와 영수(穎水) 가에 몇 백 이랑의 전답을 구해 내 여생을 보내면서, 내 아들과 네 아들을 가르쳐 장성하기를 바라고, 내 딸과 네 딸을 길러 시집보내기를 기다릴 것이니 그 뿐일 따름이다. 아아! 말은 다 마쳤으나 슬픈 심정은 끝이 없으니, 너는 아는가? 모르는가? 아아, 슬프도다! 흠향하거라!

해제

정원 19년(803) 5월 사문박사(四門博士) 재직 시에 조카 한노성(韓老成)의 영전에 바친 제문. 한노성이 집안 형제들 중에서 열두 번째이기 때문에 '십이랑(十二郎)'이라고 했다. 그는 본래 작자의 둘째 형 한개(韓介)의 아들로 맏형 한회(韓會)의 양자로 들어가, 3살 때 고아가 되어 맏형과 형수에게 의지한 작자와 함께 성장했다. 두 사람은 어릴 때 고난을 함께 한 특별한 관계이기 때문에, 숙질간이면서도 친형제 이상의 깊은 정을 나누었다. 그런 까닭에 작자는 노성의 돌연한 죽음 앞에 망연자실하며, 심중의 비통함을 이 글 속에 있는 그대로 쏟아놓았다. 작자는 노성과 소년 시절을 함께 보낸 뒤 19세 때 상경해 36세에 이르기까지 과거고시와 벼슬길에서 분주했다. 둘 다 젊었기 때문에 훗날 함께 모여 살 수 있다는 생각에서 생계와 출세의 길을 찾아 나섰던 것이다. 그러던 차에 갑작스러운 노성의 죽음을 당면한지라, 조카를 제대로 돌봐주지 못한 회한이 엄습했다. 특히 노성은 바로 자신이 성장의 은덕을 입은 맏형과 형수의 아들이었기 때문에 그 회한의 골은 더욱 깊었다. 그리하여 작자는 젊고 건장한 조카가 먼저 죽은 믿기지 않는 현실에 대한 회의에서 출발해, '하늘의 의지(天)', '신의 뜻(神)', '사리(理)', '수명(壽)' 따위의 천리(天理) 내지 천명(天命)에 대한 강한 불신감까지 표출했다. 그러나 그는 곧 격정의 혼돈을 극복하고 자기 성찰로 돌아와 이처럼 돌이킬 수 없는 상황에 이른 것은 결국 모두 자신의 불찰 때문이라며 자책했다. 작자는 살아서 조카를 돌봐주지 못했을 뿐 아니라 사망 일시와 원인도 모르며 직접 장례를 치르지도 못한 죄책감에 사로잡혀, 이 모두 자신이 "천지신명을 저버리고(負神明)", "윗사람에게 불효하고 아랫사람에게 자애롭지 못한(不孝不慈)" 소치임을 솔직히 고백했다.

이 글은 애통의 진정이 저절로 흘러나와 운문의 속박에 얽매이지 않고 산문체로 된 제문의 '천고절창(千古絕唱)'으로 짤막한 여느 제문과는 달리 1,059자에 달하는 장편이다. 이런 점에서 제문으로서는 변격(變格)이요 창조적 시도인 이 글은 변려적 표현과 운문적 언어를 산문체의 리듬 속에 녹여 넣어 어구의 정제미를 꾀했을 뿐 아니라, 사실의 서술과 정서의 토로에 있어 어기의 휴지와 곡절을 통해 조화로운 율동감을 추구함으로써 운문체의 운치를 살리고 있다. 이런 점에서 4언구로 된 운문체 장편이면서 산문적 특징을 지닌 「제하남장원외문(祭河南張員外文)」(HS-165)과 좋은 대조를 이룬다. 이밖에 망자에게 내린 찬사는 '순명(純明)'이란 두 글자가 행문 중에 우연히 곁들어진 것 외에는, 주인공격인 제문의 대상

보다 작자가 주체가 되어 인간적 도리를 다하지 못한 죄책감에서 우러
나온 애통의 토로에 집중되어 있는 점도 특기할 만하다. '汝(여)'자를 42
회나 반복적으로 구사해 망자와 마주보며 대화하듯이 글을 전개하고
있는 것도 작자와 망자의 친밀한 관계만큼이나 이승의 화자와 저승의
대상을, 한 자리에 앉아 있는 듯한 착각이 들 정도로 가깝게 엮어준다.
따라서 여기에 화려한 장식적 언어가 들어설 자리는 없다. 지극한 정감
의 자연스러운 유로로 독자를 감동의 세계로 이끌기에 충분하다. 허사
(虛詞)를 많이 활용하고 동일한 허사를 꾸러미처럼 활용해 비슷한 형식
의 글에 중첩시켜 정감의 파동을 잘 드러내었을 뿐 아니라, 감정이 격
해지는 길목에 '오호(嗚呼)'를 쓰고 있는 점도 큰 특징의 하나로 감지된
다.

원문 및 주석

年月日[1], 季父[2]愈聞汝喪之七日, 乃能銜哀致誠, 使建中[3]遠具時羞[4]之奠,
告汝十二郞之靈。

1 年月日(연월일) : 제문에 쓰는 상투어인데, 『문원영화(文苑英華)』에는 '정원십구
   년오월이십육일(貞元十九年五月二十六日)'로 시일이 밝혀져 있기도 하다. 그런
   데 이는 한노성이 6월 17일에 한유에게 편지를 보냈고, 제문은 그의 사망 소식
   을 들은 지 7일 뒤에 쓰인 점을 고려하면 신빙성이 없다. 아마 옮겨 쓰는 과정
   에서 생긴 오류일 것이다.
2 季父(계부) : 막내 숙부. 옛날에 형제는 백(伯)・중(仲)・숙(叔)・계(季)로 순서를
   매겼는데, 한유는 위로 형님 세 사람을 두었기 때문에 한노성에게 '季父'가 된다.
3 建中(건중) : 한유가 한노성의 제사를 위해 파견한 심부름꾼인데 사적은 미상이
   다.
4 時羞(시수) : 제철에 나는 맛있는 음식.

嗚呼! 吾少孤[5], 及長不省所怙[6], 惟兄嫂[7]是依。中年兄歿南方[8], 吾與汝俱幼, 從嫂歸葬河陽[9], 旣又與汝就食江南[10], 零丁孤苦[11], 未嘗一日相離也。吾上有三兄[12], 皆不幸早世[13], 承先人[14]後者, 在孫惟汝, 在子惟吾;兩世一身, 形單影隻[15]。嫂常撫汝指吾而言曰:"韓氏兩世, 惟此而已!" 汝時尤小, 當不復記憶;吾時雖能記憶, 亦未知其言之悲也!

---

5 少孤(소고):어려서 아버지가 죽어 고아가 되다. 한유는 3살에 아버지를 여의었다.

6 所怙(소호):아버지를 가리킨다. 아버지를 여의는 것을 '失怙(실호)'라고도 한다. 『시경·소아·육아(蓼莪)』의 "아버지 안 계시면 누굴 의지하고, 어머니 안 계시면 누굴 기대야 하는가?(無父何怙, 無母何恃?)"에서 유래한 표현이다. 참고로 '所恃(소시)'는 어머니를 가리킨다.

7 兄嫂(형수):형과 형수. 맏형 한회(韓會)와 형수 정씨(鄭氏) 부인.

8 中年兄歿南方(중년형몰남방):한회가 42세의 나이로 영남도의 소주(韶州) 임지에서 죽은 일을 가리킨다. 「제정부인문(祭鄭夫人文)」(HS-187) 주석 24-27 참조.

9 河陽(하양):한유의 고향으로 선영이 있는 곳. 지금 하남성 맹주시(孟州市) 서쪽.

10 就食江南(취식강남):생계를 도모하러 강남으로 가다. 「복지부(復志賦)」(HS-002) 주석 12 참조.

11 零丁孤苦(영정고고):의지할 데 없이 외롭고 힘들다. 이는 이밀(李密)의 「진정표(陳情表)」에 그대로 보이는 표현으로 '零丁'은 외로운 모양을 형용하는 첩운(疊韻)의 연면사(連綿詞)다.

12 三兄(삼형):한회, 한개(韓介)와 요절해 이름이 알려지지 않은 또 한 사람의 형.

13 早世(조세):일찍 세상을 떠나다. 단명하다.

14 先人(선인):돌아가신 아버지. 선친. 선고(先考). 한중경(韓仲卿)을 가리킨다.

15 形單影隻(형단영척):몸도 외톨이고 그림자도 짝이 없다. '形影相弔(형영상조)'와 함께 의지할 곳이 없어 몹시 외로워함을 형용하는 사자성어다.

吾年十九, 始來京城[16];其後四年, 而歸視汝。又四年, 吾往河陽省墳墓, 遇汝從嫂喪來葬。又二年, 吾佐董丞相于汴州[17], 汝來省吾, 止[18]一歲, 請歸取其孥[19]。明年丞相薨[20], 吾去汴州, 汝不果[21]來。是年, 吾佐戎徐州[22], 使取汝者始行, 吾又罷去[23], 汝又不果來。吾念汝從于東[24], 東亦客也, 不可以久;圖久遠者, 莫如西歸[25], 將成家[26]而致汝。嗚呼, 孰謂汝遽[27]去吾而歿乎! 吾與汝俱少年, 以爲雖暫相別, 終當久相與處;故捨汝而旅食[28]京師, 以求斗斛之祿[29];誠知其如此, 雖萬乘[30]之公相, 吾不以一日輟[31]汝而就也!

16 始來京城(시래경성) : 한유는 19세 때인 정원 2년(786)에 과거를 보기 위해 선주(宣州)를 떠나 상경했다.

17 董丞相于汴州(동승상우변주) : 이 구절은 정원 12년(796) 7월에 동도유수(東都留守)·병부상서(兵部尙書) 동진(董晉)이 검교좌복야(檢校左伏射)·동중서문하평장사(同中書門下平章事)로서 변주자사(汴州刺史)·선무군절도사(宣武軍節度使)·송박영관찰사(宋亳潁觀察使)를 맡았을 때 한유가 그 관찰추관(觀察推官)으로 보좌한 것을 가리킨다. '汴州'는 지금의 하남성 개봉시(開封市)에 해당한다.

18 止(지) : 살다. 거주하다. '단지'의 뜻으로 풀이하는 설도 있다.

19 孥(노) : 처자. 아내와 자식.

20 薨(훙) : 돌아가다. 옛날에 제후나 2품 이상 고관의 죽음을 가리키는 말로 쓰였다. 동진이 정원 15년(799) 2월에 76세를 일기로 세상을 떠난 것을 가리킨다.

21 不果(불과) : 일이 실현되지 못한 것을 뜻한다.

22 佐戎徐州(좌융서주) : 서주에서 군무를 보좌하다. 정원 15년(799) 5월에 한유가 서사호절도사(徐泗豪節度使) 장건봉(張建封)의 절도추관(節度推官)이 된 것을 가리킨다. '徐州'는 지금 강소성(江蘇省) 서주시에 해당한다.

23 罷去(파거) : 그만두고 떠나다. 정원 16년(800) 5월에 장건봉이 죽자 한유가 서주를 떠나 낙양으로 간 것을 가리킨다.

24 東(동) : 위에서 말한 변주와 서주로 둘 다 한유의 고향 하양의 동쪽에 있었다.

25 西歸(서귀) : 고향 하양으로 돌아가는 것을 말한다.

26 成家(성가) : 가업을 이루다. 삶의 터전을 잡다.

27 遽(거) : 갑자기. 급히.

28 旅食(여식) : 객지에 머물며 생계를 도모하다. 한유는 서주를 떠난 뒤에 정원 17년(801)에 낙양으로 갔다가 다시 장안으로 돌아와 관직에 뽑히기를 기다렸는데, 그 이듬해 봄에 국자감 사문박사(四門博士)에 임명되었고, 또 그 다음해에 감찰어사(監察御史)에 발탁되었다.

29 斗斛之祿(두곡지록) : 몇 푼 되지 않는 봉록을 비유한다. '斛'은 열 말 들이 용기다.

30 萬乘(만승) : 본래 전차 만 대를 낼 수 있는 천자의 나라를 가리키지만, 전국(戰國)시대에 큰 나라들은 모두 이 정도의 국력이나 재산을 보유했다. 여기서는 후한 봉록을 지칭하는 말로 쓰였다.

31 輟(철) : 그치다. 떠나다.

去年^{32}孟東野^{33}往, 吾書與汝曰 : "吾年未四十^{34}, 而視茫茫^{35}, 而髮蒼蒼^{36}, 而齒牙動搖. 念諸父^{37}與諸兄, 皆康彊^{38}而早世, 如吾之衰者, 其能久存乎! 吾不可去, 汝不肯來, 恐旦暮^{39}死, 而汝抱無涯之戚也!" 孰謂少者歿而長者存, 彊者夭而病者全乎! 嗚呼, 其信然邪? 其夢邪? 其傳之非其眞邪? 信也, 吾兄之盛德而夭其嗣乎? 汝之純明而不克蒙其澤乎? 少者彊者而夭歿, 長者衰者而存全乎? 未可以爲信也, 夢也, 傳之非其眞也, 東野之書, 耿蘭⁴⁰之報, 何爲而在吾側也? 嗚呼! 其信然矣, 吾兄之盛德而夭其嗣矣! 汝之純明宜業其家者不克蒙其澤矣! 所謂天者誠難測, 而神者誠難明矣! 所謂理者不可推, 而壽者不可知矣! 雖然, 吾自今年來, 蒼蒼者或化而爲白矣, 動搖者或脫而落矣, 毛血⁴¹日益衰, 志氣⁴²日益微, 幾何⁴³不從汝而死也! 死而有知, 其幾何離, 其無知, 悲不幾時, 而不悲者無窮期矣! 汝之子⁴⁴始十歲, 吾之子⁴⁵始五歲, 少而彊者不可保, 如此孩提⁴⁶者又可冀⁴⁷其成立邪? 嗚呼哀哉, 嗚呼哀哉!

---

32 去年(거년) : 정원 18년(802).

33 孟東野(맹동야) : 맹교(孟郊, 751-814). '東野'는 그의 자. 한유의 막역한 친구로 유명 시인의 한 사람. 이때 맹교가 율양현위(溧陽縣尉)로 나감에 율양이 선주와 가까우므로 한유가 자신의 편지를 휴대하도록 부탁한 것이다.

34 年未四十(연미사십) : 이때 한유의 나이 35세였다. 이는 뒤에 나오는 세 구절의 표현과 연관해 나이보다 노쇠해 보이는 모습을 가리키는 말로 쓰였다.

35 茫茫(망망) : 눈이 어두침침한 모양.

36 蒼蒼(창창) : 머리가 희끗희끗한 모양.

37 諸父(제부) : 아버지 형제분. 즉 한유의 부친 한중경(韓仲卿)과 소경(少卿)·운경(雲卿)·신경(紳卿).

38 康彊(강강) : 건강하다. '彊'은 '强'과 같다.

39 旦暮(단모) : 조만간. 머지않아 갑자기.

40 耿蘭(경란) : 한유의 집안이 선주(宣州)에 살 때 부린 종의 이름.

41 毛血(모혈) : 신체와 혈기. 체질 따위의 육체적인 면을 가리킨다.

42 志氣(지기) : 의욕과 기개. 정신적인 면을 가리킨다.

43 幾何(기하) : 얼마나. 길지 않음을 뜻한다.

44 汝之子(여지자) : 한노성의 장자 상(湘)을 가리키는데 도교(道敎) 팔선(八仙)의 하나인 한상자(韓湘子)로 전해진다.

45 吾之子(오지자) : 한창(韓㫋). 정원 15년에 서주(徐州)의 부리(符離)에서 출생해 아명을 부(符)라고 불렀다.

46 孩提(해제) : 웃을 줄 알고 손으로 잡아끌거나 안을 수 있는 두세 살 사이의 어린 아이. 『맹자·진심상(盡心上)』에 '孩提之童(해제지동)'이란 표현이 보인다.

47 冀(기) : 바라다. 소망하다.

汝去年書云 : "比⁴⁸得軟脚病⁴⁹, 往往而劇⁵⁰。" 吾曰 : "是疾也, 江南之人常常有之。" 未始以爲憂也。嗚呼! 其竟以此而殞其生乎? 抑⁵¹別有疾而至斯乎?

汝之書六月十七日也；東野云：汝歿以六月二日， 耿蘭之報無月日；蓋東
野之使者不知問家人以月日，如⁵²耿蘭之報不知當言月日，東野與吾書乃
問使者，使者妄稱以應之耳。其然乎？其不然乎？

---

48 比(비)：근래에. 요즈음.
49 軟脚病(연각병)：각기병(脚氣病). 비타민 B1 부족으로 인해 말초 신경에 장애가
   생겨 다리가 붓고 마비되며 전신권태의 증상이 나타나기도 한다.
50 劇(극)：(자극이나 통증 따위가) 심하다. 극렬하다.
51 抑(억)：아니면. 선택접속사.
52 如(여)：연접접속사로 '而(이)'와 같은 뜻으로 쓰였다.

今吾使建中祭汝，弔汝之孤與汝之乳母。彼有食可守以待終喪⁵³，則待終
喪而取以來，如不能守以終喪，則遂取以來。其餘奴婢，并令守汝喪。吾力
能改葬，終葬汝於先人之兆⁵⁴，然後惟其所願⁵⁵。嗚呼！汝病吾不知時，汝歿
吾不知日，生不能相養以共居，歿不得撫汝以盡哀，斂⁵⁶不憑其棺，窆⁵⁷不
臨其穴；吾行負神明⁵⁸而使汝天，不孝不慈，而不得與汝相養以生，相守以
死；一在天之涯，一在地之角，生而影不與吾形相依，死而魂不與吾夢相
接：吾實爲之，其又何尤⁵⁹？彼蒼者天⁶⁰，曷其有極⁶¹！

---

53 終喪(종상)：거상(居喪) 기간을 마치다.
54 先人之兆(선인지조)：선영(先塋). '兆'는 '무덤'의 뜻이다.
55 惟其所願(유기소원)：한노성의 상례를 다 마친 뒤에 노비들의 거취는 그들이 원
   하는 대로 들어주는 것을 가리킨다. 일설에는 한유가 자기의 소원을 모두 달성
   하다는 뜻으로 풀이하기도 한다.
56 斂(염)：염습해 입관하다. '殮'과 같다.
57 窆(폄)：하관(下棺)하다.
58 神明(신명)：천지신명. 신령의 총칭.
59 何尤(하우)：누구를 원망하는가?
60 彼蒼者天(피창자천)：저 푸른 하늘. 『시경 · 진풍(秦風) · 황조(黃鳥)』에 보인다.
61 曷其有極(갈기유극)：언제 끝장이 날 것인가!『시경 · 당풍(唐風) · 보우(鴇羽)』에
   "아득한 푸른 하늘이여, 언제면 끝장이 날 건가!(悠悠蒼天, 曷其有極)"란 시구가
   보인다.

自今已往，吾其無意於人世矣。當求數頃⁶²之田於伊潁⁶³之上，以待餘年，

教吾子與汝子幸⁶⁴其成, 長吾女與汝女待其嫁：如此而已。嗚呼! 言有窮而
情不可終, 汝其知也邪? 其不知也邪? 嗚呼哀哉, 尚饗!

---

62   頃(경) : 100묘(畝)에 해당하는 지적(地積) 단위.

63   伊穎(이영) : 이수(伊水)와 영수(穎水). 모두 하남성 경내를 흐르는 강으로 여기
       서는 한유의 고향을 가리킨다.

64   幸(행) : 바라다. 희망하다.

HS-189 「주씨에게 출가한 질녀 제문」

祭周氏姪女文

아무 해 아무 달 아무 날에 우리 집안 열여덟 번째 숙부와 숙모가 제철에 나는 맛있는 음식과 맑은 술을 제수로 차리고, 주씨(周氏)에게 출가한 우리 집안 스무 번째 낭자의 영전에 제사지내노라.

시집을 가서 자식을 낳은 것은
여자의 경사고
중년이 못 되어 병마에 시달린 건
명이 길지 않은 까닭이다.
지금 영원히 돌아가
이 세상과 하직해야 하니
너의 모든 친척들
누가 슬퍼하지 않겠는가?
이 술과 밥을 마련하고

너에게 이별을 고하려 하니
너는 알고 있는가?
내 그리워함이 언제 끝날 줄을.
흠향하거라!

해제

원화 11년(816) 중서사인(中書舍人) 재직 시에 질녀 한호(韓好)의 영전에
바친 제문. 그녀는 이름이 어떤 판본에서는 호호(好好)라고 된 데도 있는
데 작자의 종형 한유(韓愈)의 장녀로 원화 3년(808)에 진사에 급제한 사문
박사(四門博士) 주황(周況)에게 시집을 간 뒤 1남 1녀를 낳고 27세를 일기
로 요절했다. 이 글은 일상적인 언어로 아무런 수식 없이 단명한 질녀
의 죽음을 애도하는 진정을 토로했다. 작자는 이 글 외에 질녀를 위해
묘지명(HS-264)도 써주었다. 한호에 대한 좀 더 자세한 이해를 위해서는
그 글을 참조하기 바란다.

원문 및 주석

維年月日, 十八叔、叔母具時羞清酌之奠, 祭于周氏二十娘子之靈。

嫁而有子, 女子之慶 ; 纏疾¹中年², 又命不永。今當長歸³, 與一世⁴違 ; 凡汝親戚, 孰能不哀? 撰⁵此酒食, 以與汝訣 ; 汝曾知乎, 我念曷闋⁶。尚饗!

1 纏疾(전질) : 병마가 달라붙어 오래 낫지 않다.
2 中年(중년) : 특별한 기준은 없지만 통상 40대를 전후해 50대까지를 중년이라고 한다고 볼 때, 한호의 경우는 27세에 죽었으므로 차이가 너무 커서 '중년이 못 되어'로 옮겨 보았다. 일설에는 이를 '오랜 세월이 지나다'(經年)로 보아, 이 구절을 '오랫동안 병마에 시달리다'로 풀이하기도 하는데 취하지 않는다.
3 長歸(장귀) : 세상을 떠나다. 죽다.
4 일세(一世) : 이 세상. 온 천하.
5 撰(찬) : 가지다. 마련하다.
6 闋(결) : 끝나다. 마치다. 다하다.

HS-190 「한방 제문」

祭滂文

아무 해 아무 달 아무 날에 우리 집안 열여덟 번째 종조부와 종조모 노씨(盧氏)가 맑은 술과 풍성한 음식을 제수로 우리 집안 스물세 번째 낭군 한방(韓滂)의 영전에 제사지내노라.

너는 총명하고 영리하며 온화하고 양순해 나이나 신분이 비슷한 무리들 중에서 출중했으며, 기억력이 뛰어나고 문학을 애호함에 있어서도 견줄 만한 사람이 드물었다. 장차 장성하게 되면 우리 가문을 흥하게 할 것이라고 여겼는데, 어찌하여 불행하게도 약관의 나이도 되기 전에 요절했는가! 나와 노씨가 애통하고 상심한 마음을 어떻게 말로 다할 수 있으리오! 어머니의 은혜를 생각해 연달아 소리 지르며 숨을 거두었다. 네 형의 손을 잡고 슬퍼하지 말라고 했지. 정은 어찌 이다지도 길며 목숨은 어찌 이다지도 짧은가! 먼 곳에 임시로 가매장하니 외로운 혼백이 의지할 데가 없을 테다. 술을 부어 이내 심정을 고하니 슬픔이 언제 끝나겠는가! 흠향하거라!

해제

　원화 15년(820) 봄에 원주(袁州)에서 종손자 한방(韓滂)의 영전에 바친 제문. 한방은 한노성(韓老成)의 둘째 아들로 작자가 조주(潮州)자사로 좌천되었을 때 따라갔다가 원주자사로 옮긴 해에 19세의 나이로 요절했다. 작자가 조주로 추방되어 길을 떠난 뒤, 한방은 종조모 일행과 함께 약 8천 리에 달하는 길을 석 달여 동안 뒤쫓아 동행한 관계로 종조모와의 정이 남달랐다. 그런 때문인지 짤막한 글 속에 노씨가 두 차례나 언급되어 있기도 하다. 이 글은 요절한 한씨 가문의 비속들의 영전에 고한 다른 제문과 마찬가지로 빼어난 자질과 성품을 지닌 가문의 기대주가 요절한 데 대한 애석함이 물씬 풍긴다. 같은 해에 써준 묘지명(HS-265)을 참조하기 바란다.

원문 및 주석

維年月日, 十八翁¹及十八婆²盧氏³, 以淸酌庶羞之奠, 祭于二十三郞滂之靈曰 :

1　十八翁(십팔옹) : 열여덟 번째 종조부. '十八'은 집안에서 장유의 순서고 '翁'은 할아버지로 여기서는 종조부다.

2 婆(파) : 할머니. 종조모
3 盧氏(노씨) : 한유의 부인인 노씨. 범양(范陽) 사람으로 범양 노씨는 당나라 때 5
   대 명족의 하나였다.

汝聰明和順, 出於輩流[4] ; 彊記[5]好文, 又少與比。將謂成長, 以興吾家, 如
何不祥, 未冠而夭[6]! 吾與盧氏, 痛傷可言! 思母之恩, 連呼以絶。執兄[7]之
手, 勉以無悲。情一何長, 命一何短。權葬[8]遠地, 孤魂無依。瀝[9]酒告情,
哀何有極[10]。尙饗!

4 輩流(배류) : 나이나 신분이 서로 같거나 비슷한 사람.
5 彊記(강기) : 기억력이 뛰어나다. '彊'은 '强'과 같다.
6 未冠而夭(미관이요) : 미처 약관이 되기 전에 요절하다. 묘지명에 따르면 한방
   (韓滂)은 19세에 죽었다.
7 兄(형) : 한상(韓湘)을 가리킨다.
8 權葬(권장) : 임시로 매장하다. 가매장하다.
9 瀝(역) : 술을 따르다. 술을 붓다.
10 極(극) : 다함. 끝.

「이씨에게 출가한 스물아홉 번째 낭자 제문」
祭李氏二十九娘子文

아무 해 아무 달 아무 날에 우리 집안 열여덟 번째 종조부와 종조모 노씨(盧氏)가 아들 한창(韓昶)을 보내어 풍성한 음식을 제수로 이씨에게 출가한 우리 집안 스물아홉 번째 낭자의 영전에 제사지내노라.

너의 기민하고 민첩하며 온화하고 얌전함은
아무도 미칠 수 없고
자태와 용모가 풍만하고 단정해
모자라는 점이 보이지 않았는데
어려서 아버지를 여의고 고아가 되었으니
어찌하여 그렇게 되었는고?
남의 집에 시집가서
부군과 화목하고 즐겁게 살아가더니만
또 갑자기 요절하니

신령이 헐뜯는 것은 무슨 까닭인가!
생사와 수명이 줄거나 늘어나는 것은
도대체 누가 주관하는가?
우리는 네 모친을 긍휼히 여기니
누가 곤궁에 처한 과부를 위로하리요?
우리는 네 아들을 가련하게 여기니
누가 안아주고 보호하겠는가?
이런 생각을 하니 더욱 가슴이 아파
여기서 떠나갈 수가 없는지라
제수를 차려서 너에게 보내니
너는 아는가? 모르는가?
흠향하거라!

해제

정확한 창작연대는 미상이나 국자좨주로 재직하던 장경 초엽에 종손녀의 영전에 바친 제문. 이씨(李氏)는 태학박사(太學博士) 이우(李于)의 아내로 이름과 부모 및 생몰년이 모두 불분명한데 최근에 장저초(蔣箸超)는 한노성(韓老成)의 딸로 추측한 바 있다. 이 역시 요절한 종손녀를 애통하는 진정이 담긴 작품이다. 이우의 묘지명(HS-261)을 참조하기 바란다.

維年月日, 十八叔翁¹及十八叔婆²盧氏遣昶³以庶羞之奠, 祭于李氏二十九娘子之靈曰:

1   叔翁(숙옹) : 종조부.
2   叔婆(숙파) : 종조모.
3   昶(창) : 한창(韓昶). 한유의 장자로 자가 유지(有之)고 소자(小字)는 부(符)다. 정원 15년(799)에 서주(徐州) 부리현(符離縣)에서 태어났고, 장경 4년(824)에 26세의 나이에 진사에 급제했다.

汝之警敏⁴和靜⁵, 人莫及之 ; 姿相⁶豐端⁷, 不見闕虧⁸ ; 幼而孤露⁹, 其然何爲¹⁰? 出從¹¹于人, 旣相諧熙¹² ; 又暴以夭, 神何所疵! 生殺減益, 竟誰主尸¹³? 我哀汝母, 孰慰窮嫠¹⁴? 我憐汝兒, 誰與抱持? 念此傷心, 不能去離 ; 奠以送汝, 知乎不知? 尙饗!

4   警敏(경민) : 기민하고 민첩하다.
5   和靜(화정) : 온화하고 얌전하다.
6   姿相(자상) : 자태와 용모.
7   豐端(풍단) : 풍만하고 단정하다.
8   闕虧(궐휴) : 빠지거나 모자라다.
9   孤露(고로) : 외로워 감싸줄 사람이 없다. 아버지나 어머니 또는 부모를 모두 여의는 것을 말한다. 여기서는 아버지를 여읜 것을 뜻하는데 한노성(韓老成)의 죽음으로 보는 견해도 있다.
10 其然何爲(기연하위) : 어찌하여 그렇게 되었는가? '何爲其然'의 도치.
11 出從(출종) : 출가해 남편을 따르다.
12 諧熙(해희) : 화목하고 즐거워하다.
13 主尸(주시) : 주관하다. 담당하다.
14 窮嫠(궁리) : 곤궁한 과부.

祭張給事文

아무 해 아무 달 아무 날에 병부시랑(兵部侍郞) 한유가 삼가 맑은 술을
제수로 전임 전중시어사(殿中侍御史)로 급사중(給事中)에 추증된 장철(張徹)
의 영전에 제사지내나이다.

그대의 선조는
유학으로 집안의 이름을 날렸고
선친 때에 이르러
다시 그 빛나는 재주를 떨치셨네.
향공진사로 천거되니
고시위원장이 급제를 시켰고
막부에서 절도사를 보좌할 때는
삼가 심력을 다해 직무에 충실하셨네.
마침내 낭관(郞官)에 임명되어

국법을 다스리는 일을 담당했는데
수명이 길지 못해
재능을 다 펼치지 못하셨네.
급사중인 그대를 낳으니
소나무처럼 곧고 옥처럼 굳세어
부친의 유업을 계승해
글을 써는데 빛을 발했네.
여러 차례 절도사의 막부로 초빙되었다가
또 변주(汴州)의 선무군(宣武軍)을 보좌하니
그대 선친과 하도 닮아
나이 든 아전들이 모두 탄복했다네.
어사대(御史臺)에 결원이 생기자
그대를 조정으로 뽑아 올렸는데
큰 건물의 골조를 얽으면서
도끼는 아직 손에 쥐지도 않은 격이었네.
유주(幽州)절도부로 전임되자
완고한 반역자들이 믿고 복종하지 않음에
신임 절도사가 그대의 힘에 의지하고자
조정에 상주해 유임을 요청했네.
바로 전중시어사로 승진해
붉은 관복 입고 상아로 만든 홀을 손에 쥐었는데
오직 의로운 데로 달려갈 뿐
어찌 이익을 좇았겠는가?

살무사나 승냥이 같은 반군들이 분쟁거리를 만들어
막부의 관료들을 도륙해
자기네의 원한을 발산했지만

그대 홀로 고매해 벗어날 수 있었네.
노천에 늘린 칼들이 숲을 이루었고
활과 화살이 무수히 벌여져 있었던 가운데
수천수만의 반군들이
시끌벅적 광란의 작태를 하고 있었네.
그대 홀로 그들을 꾸짖어
"천자께서 너희들을 저버리지 않았거늘
이런 불길한 짓을 하니
죽어도 묻힐 땅조차 없을 것이라"고 하셨네.
비록 어리석어 무엇을 알겠는가만
부끄러워 안색이 변했나니
그대는 의롭게 굴욕을 당하지 않고
목숨을 바쳐 어진 덕을 이루었네.
천자께서 가상히 여기시어
측근에서 시중드는 관직을 추증하셨는데
어차피 한번 죽을 목숨 의롭게 바쳤으니
청사에 기록되어 만고에 전해지리.

내 질녀가
그대의 아내인데
그대가 집안에 끼친 행실은
실로 세상 범인을 우뚝 능가하네.
매장할 곳이 없어
혼백만 수레에 싣고 동으로 돌아올 수밖에 없는지라
뇌사(誄詞)를 지어 보내니
이내 슬픔을 아무도 모르리.
아, 슬프도다!

흠향하시옵소서!

해제

　장경 3년(823) 병부시랑(兵部侍郞) 재직 시에 질녀 사위이자 친한 벗인 장철(張徹)의 영전에 바친 제문. 장철은 유학을 신봉하는 명문 출신으로 명리를 탐하지 않고 인의 도덕을 추구한 인물이었다. 그는 선친과 마찬가지로 재능이 출중하고 맡은 바 직무에 충실했으며, 막부에서의 업무 처리에도 뛰어난 능력을 발휘했다. 작자는 인척이자 친구로 남다른 친분을 유지하던 그가 뜻하지 않게 피살된 것을 깊이 애도하는 가운데, 군란 속에서도 정의를 지키다가 장렬하게 목숨을 바친 영웅적인 행위를 부각시켰다. 이 글은 '의(義)'를 핵심으로 하여 가문의 전통을 계승하고 그것을 몸소 실천한 장철의 의거를 칭송하고, 명분 없이 반란을 일삼는 무리들을 매도해 선명한 대비 속에 양자에 대한 애증을 분명하게 드러내었다. 장철의 생애에 대한 좀 더 자세한 이해를 위해서는 작자가 장경 4년에 써준 그의 묘지명(HS-257)을 참조하기 바란다.

원문 및 주석

維年月日, 兵部侍郞韓愈謹以淸酌之奠, 祭于故殿中侍御史贈給事中張君之靈：

惟君之先, 以儒名家；逮君皇考[1], 再振厥華。鄉貢進秀[2], 有司[3]第[4]之；從事[5]元戎[6], 謹職以治。遂拜郎官[7], 以職[8]王憲[9]；不長其年, 飛不盡翰[10]。乃生給事[11], 松貞玉剛；幹[12]父之業, 纂文有光。屢辟[13]侯府[14], 亦佐梁師[15]；前人是似, 耊吏[16]嗟咨。御史闕人, 奪之於朝[17]；大廈之構, 斧斤未操。府遷幽都[18], 頑悖[19]未孚[20]；繄[21]君之賴, 乃奏乞留[22]。乃遷殿中[23], 朱衣[24]象版[25]；惟義之趨, 豈利之踐。

---

1 皇考(황고) : 돌아가신 아버지에 대한 존칭. 장철의 선친 장휴(張休)로 선무군(宣武軍)에서 보좌관을 지내고 감찰어사로 승진한 바 있다.

2 鄕貢進秀(향공진수) : 향공진사로 천거되다. '鄕貢'은 당나라 때 인재 선발의 한 방식으로, 학관(學館)에서의 고시를 거치지 않고 주현(州縣)에서 천거되어 예부(禮部)에서 주관하는 진사과에 응시하는 것을 말한다.

3 有司(유사) : 담당 관리. 여기서는 고시담당관 곧 고시위원장.

4 第(제) : 합격자의 등차를 매기다.

5 從事(종사) : 종사관. 보좌관. 삼공(三公)이나 주군(州郡)의 장관이 임의로 부른 속관.

6 元戎(원융) : 사령관. 원수. 여기서는 절도사를 가리킨다.

7 郎官(낭관) : 「상정상서상공계(上鄭尙書相公啓)」(HS-081) 주석 12 참조.

8 職(직) : 담당하다. 주관하다. 관장하다.

9 王憲(왕헌) : 천자의 법제. 국법.

10 飛不盡翰(비불진한) : 새가 날아오르면서 타고난 날개를 충분히 펼치지 못하는 것으로 사람이 자신의 재능을 발휘하지 못함을 비유한다. '翰'은 '새의 깃' 곧 '날개'를 뜻한다.

11 給事(급사) : 급사중(給事中)으로 추증된 장철을 가리킨다. 급사중은 문하성(門下省)의 간의대부(諫議大夫) 밑에 둔 관리로 정5품상에 해당하는데, 황제의 측근에서 자문에 응하고 정사를 의논하는 일에 종사했다.

12 幹(간) : 주관하다. 종사하다.

13 辟(벽) : 부르다. 초빙하다.

14 侯府(후부) : 제후의 관부(官府). 지방 고관의 관부. 여기서는 절도사의 막부를 가리킨다.

15 梁師(양사) : 선무군(宣武軍). 선무군의 막부 소재지가 변주(汴州) 곧 지금의 하남성 개봉시(開封市)에 있었다. '梁'은 대량(大梁)으로 개봉시의 옛 명칭이다.

16 耊吏(질리) : 나이든 아전. 늙은 관리. 7, 80대의 노인을 '耊'이라고 했다.

17 奪之於朝(탈지어조) : 우승유(牛僧孺)가 어사중승(御史中丞)이었을 때 장철이 어

사의 인선에 적합한 인물임을 알고 천자에게 아뢰어 그를 어사로 불러간 것을 말한다.

18 幽都(유도) : 유주(幽州). 지금 북경시(北京市) 서남이다.

19 頑悖(완패) : 완고하고 패덕한 무리. 유주 막부내의 모반한 군인들을 가리킨다. 유주(幽州)의 노룡군도지병마사(盧龍軍都知兵馬使) 주극융(朱克融)이 반군의 수괴였다.

20 未孚(미부) : 반군(叛軍)들이 신임 절도사를 믿고 복종하지 않다.

21 繄(예) : 어조사로 별 뜻이 없다.

22 乃奏乞留(내주걸류) : 장경 원년(821) 3월에 장홍정(張弘靖)이 유주 노룡군절도사가 되었을 때 장철을 판관(判官)으로 초빙했는데, 우승유가 어사로 부르자 장홍정이 그를 보내었다가 은밀히 상주해 유주가 오래 전부터 조정의 지시를 따르지 않고 통제하기 어려운 상태에 있으므로 장철과 같은 강한 보좌관이 유주에 남는 것이 필요하다고 건의해 천자의 윤허를 받은 일을 가리킨다.

23 殿中(전중) : 전중시어사(殿中侍御史). 어사대 소속의 종7품하에 해당하는 관직으로 궁궐 내에서 받드는 의식 절차를 처리하고 규찰하는 일을 담당했다.

24 朱衣(주의) : 「제두사업문(祭竇司業文)」(HS-179) 주석 14와 「제상군부인문(祭湘君夫人文)」(HS-178) 주석 4 참조.

25 象版(상판) : 상아로 만든 홀. 홀은 고관들이 조회할 때 손에 쥐고 기록을 하는 데 쓰던 물건이다. '朱衣'와 '象版'은 본래 전중시어사가 입거나 손에 들기에 어울리지 않는 것인데, 이들을 하사받은 것은 지극히 영예로운 예우에 해당한다.

豺豹²⁶發釁²⁷, 閤府屠割²⁸；償其恨犯, 君獨高脫²⁹。露刀³⁰成林, 弓矢穰穰³¹；千萬爲徒, 譟讙³²爲狂。君獨叱之：上不負汝, 爲此不祥, 將死無所！雖愚何知？懟屈變色；君義不辱, 殺身就德³³。天子嘉之, 贈官近侍³⁴；歸於一死, 萬古是記。

26 豺豹(훼시) : 살무사와 승냥이. 독사와 맹수로 여기서는 유주(幽州)의 반군들을 비유한다.

27 發釁(발흔) : 분쟁거리를 만들다. 사단을 만들다.

28 閤府屠割(합부도할) : 유주(幽州) 막부의 관리들을 전부 도륙하다. 장홍정이 유주의 절도사로 부임한 뒤 오만하고 엄하게 대하자, 이에 반발한 군인들이 반란을 일으켜 장홍정과 장철을 구금하고 나머지 관리들을 모두 죽인 것을 말한다.

29 高脫(고탈) : 반군들이 장철의 고매한 인품을 흠모해 해를 가하지 않은 것을 말한다.

30 露刀(노도) : 노천에 늘린 칼.

31 穰穰(양양) : 매우 많은 모양.

32 譟讙(조환) : 시끌벅적 떠들다.

34 近侍(근시) : 황제의 측근에서 시중드는 관직으로 급사중을 가리킨다.

我之從女, 爲君之配 ; 君於其家, 行實高世[35]。無所於葬, 輿魂東歸 ; 誄[36]
以贈之, 莫知我哀。嗚呼哀哉, 尙饗!

35 高世(고세) : 세상의 범인들보다 우뚝 뛰어나다.
36 誄(뇌) : 뇌사(誄詞). 망자가 살았을 때의 공덕을 찬양해 조문하는 글.

HS-193 「딸 한나 제문」

祭女挐女文

아무 해 아무 달 아무 날에 아빠와 엄마가 너의 유모를 보내어 맑은 술과 제철에 나는 과일과 풍성한 음식을 제수로 우리 넷째 딸 한나(韓挐)의 영전에 제사지내노라.

아아! 전에 너의 병이 위독할 때 내가 마침 남방으로 쫓겨나게 되어, 황급하게 헤어지느라 너를 놀라게 하고 걱정하게 만들었다. 나는 너의 낯을 보고 마음속으로 생사를 갈라놓을 줄 알았고, 너는 나의 얼굴을 보고 슬퍼 소리 내어 울지도 못했다. 내가 남쪽으로 길을 떠난 뒤에 가족들도 나를 따라 견책을 받고 추방되어, 너를 부둥켜 수레에 태우고 아침에 길을 나서 저녁까지 달렸다. 하늘에는 눈이 내리고 날씨는 얼음처럼 차가워 너의 쇠약한 몸을 상하게 했다. 험하고 막힌 길에 흔들리면서 잠시도 쉬지 못했고, 먹지도 마시지도 못해 또 너의 목이 마르고 배가 고프게 했다. 외진 산속에서 죽었는데 이는 실로 너의 명이 아니다. 물불의 재난을 면하지 못한 것은 부모의 죄다. 너를 이 지경에 이르게 한 것은 어찌 나 때문이 아니겠는가!

길가에 너를 대충 묻어두느라 관도 관다운 것을 쓰지 못했고, 너의 시신을 매장한 뒤 곧장 길을 재촉했으니 누가 너의 무덤을 지키고 살폈겠는가? 너의 혼백도 외롭고 유골도 차가워 의탁할 곳이 없었으니, 사람이 누군들 죽지 않느냐마는 너에게는 정녕 억울하다. 내가 남방에서 도성으로 돌아오는 길에 비로소 너의 무덤에 임해 곡을 한다. 너의 눈과 너의 얼굴이 내 눈앞에 선하고, 너의 마음과 너의 뜻이 선명하게 보이는 듯하니 어찌 잊을 수 있으리오!

길한 해를 만나
너의 유골을 선영으로 옮기니
너는 놀라지도 두려워도 말고
이제 안심하고 길을 떠나거라.
맛있는 먹을 것 차리고
아주 아름다운 관과 상여를 마련해
선조의 묘역으로 돌아왔으니
만고에 길이 편안하리라.
부디 흠향하거라!

해제

장경 3년(823)에 넷째 딸 한나(韓挐, 808-819)의 유골을 선영에 이장할 때 쓴 제문. 작자는 궁궐 내에 부처 사리를 맞아들이는 의식을 반대하는 상소를 올렸다가 원화 14년(819) 정월 14일 조주(潮州)자사로 좌천되는 명령을 받아 당일 출발했고, 그의 가족들도 추방되어 뒤 따라 장안을 떠날 수밖에 없었다. 그때 위독한 병으로 앓고 있던 어린 딸은 남행길의 추위와 여독을 이기지 못하고, 12세의 어린 나이로 상주(商州) 곧 지금의 섬서성 상현(商縣)의 층봉(層峰)이라는 작은 역사(驛舍)에서 죽고 말았다. 딸의 죽음을 감지한 이별의 정경은 중병의 어린 딸이 부친과 헤어지는 것이 슬퍼 소리 내어 울지도 못했다고 하는 표현에서 끝없는 애통을 더한다. 작자는 딸이 12살의 꽃다운 나이로 비참한 최후를 맞게 된 것은 운명 탓이 아니라 자신 때문이라고 자책하며 극도의 애절한 슬픔을 내뱉고 있다. 자신이 황제의 귀에 거슬리는 상소를 올리지 않아 좌천되지 않았더라면 딸의 생명은 어떻게 되었을까? 유학을 신봉하고 불교를 반대하는 자신의 신념 견지와 그로 말미암은 가족의 불행이라는 모순으로 사랑하는 어린 딸을 가슴에 묻은 아비의 심정이 소박한 언어 속에 무르녹아 있어 독자의 심금을 울린다.

「여나광명(女挐壙銘)」(HS-266)에 딸의 사망 날짜(819년 2월 2일)와 장소(層峰驛), 발인일(823년 10월 4일)과 안장일(823년 11월 11일) 등이 상세하게 기록되어 있으니 참고하기 바란다.

원문 및 주석

維年月日, 阿爹¹阿八²使汝嬭³以淸酒時果⁴庶羞之奠, 祭于第四小娘子⁵挐子之靈。

1 阿爹(아다) : 아빠. 아버지. '阿'는 호칭 앞에 쓰인 접두사로 친밀감을 나타낸다.

'爹'는 본래 형초(荊楚) 지방의 방언에서 '아버지'의 뜻으로 쓰였다.

2 阿八(아팔) : 엄마. 어머니. 심흠한(沈欽韓)의 보주(補注)에 '八'은 촉(蜀) 지방의
방언에서 어머니를 뜻하는 '姐(저)'의 옛 글자인 '毑(저 / 좌)'의 잘못이라고 고증
한 바 있다. 다만 이 문제에 대해서는 미심쩍은 점이 있으므로 더 자세한 고증
이 필요하다고 생각된다.

3 嬭(내) : 유모(乳母).

4 時果(시과) : 제철에 나는 신선한 과일.

5 小娘子(소낭자) : 소녀의 통칭.

嗚呼! 昔汝疾極⁶, 値⁷吾南逐⁸. 蒼黃⁹分散, 使女驚憂. 我視汝顔, 心知死
隔. 汝視我面, 悲不能啼. 我旣南行, 家亦隨譴¹⁰. 扶汝上輿, 走朝至暮.
天雪冰寒, 傷汝羸肌¹¹. 撼頓¹²險阻¹³, 不得少息, 不能食飮, 又使渴飢. 死
于窮山, 實非其命. 不免水火¹⁴, 父母之罪. 使汝至此, 豈不緣¹⁵我!

6 疾極(질극) : 병이 위독하다.

7 値(치) : 만나다. 걸리다.

8 南逐(남축) : 남방으로 쫓겨나다. 원화 14년(819) 정월에 한유가 조정에 부처 사
리를 맞아들이는 예식을 반대하는 상소를 올렸다가 조주(潮州)자사로 좌천된
일을 가리킨다.

9 蒼黃(창황) : 황급해 경황이 없는 모양.

10 隨譴(수견) : 따라 견책을 받아 쫓겨나다. 가족들도 죄인의 신분으로 좌천된 한
유를 따라 추방된 것을 가리킨다.

11 羸肌(이기) : 쇠약한 몸.

12 撼頓(감돈) : 흔들리다. 동요하다.

13 險阻(험조) : 험준하고 가로막힌 길.

14 水火(수화) : 깊은 물과 뜨거운 불. 모진 재난이나 험난함을 비유한다. 『곡량전
(穀梁傳) · 소공(昭公) 19년』에 "자식이 태어난 뒤에 물불의 재앙에서 벗어나지
못하는 것은 부모의 잘못이다(子旣生, 不免於水火, 父母之罪也)"라는 글귀가 보
인다. 『곡량전』의 원문은 "母之罪也"라고 되어 있지만 의미상 '父母'로 보는 것
이 더 타당하다고 생각된다. 이에 대해서는 종문증(鍾文烝)의 『곡량보주(穀梁補
注)』(臺1版; 臺北 : 商務印書館, 1968. 12), 614쪽 참조.

15 緣(연) : 때문이다.

草葬¹⁶路隅¹⁷, 棺非其棺 ; 旣瘞¹⁸遂行, 誰守誰瞻? 魂單骨寒, 無所託依, 人
誰不死, 於汝卽寃. 我歸自南, 乃臨哭汝 : 汝目汝面, 在吾眼傍 ; 汝心汝意,
宛宛¹⁹可²⁰忘!

16 草葬(초장) : 대충 묻다. 가매장하다.
17 路隅(노우) : 길가.
18 瘞(예) : 묻다. 매장하다.
19 宛宛(완완) : 똑똑한 모양. 분명하게 보이는 모양. 『시경 · 진풍(秦風) · 겸가(蒹葭)』에 "물결 따라 그에게로 가려니 분명히 물가 저쪽에 있네(遡遊從之. 宛在水中央)"라는 시구가 보인다.
20 可(가) : 어찌.

逢歲之吉, 致²¹汝先墓 ; 無驚無恐, 安以卽路²²。飮食芳甘, 棺輿華好, 歸于其丘, 萬古是保。尙饗!

21 致(치) : 옮기다. 보내다. 이르게 하다.
22 卽路(즉로) : 길을 나서다. 여정에 오르다.

제6권

비지(碑誌)

李元賓墓銘

이관(李觀)은 자가 원빈(元賓)이고 선조는 농서(隴西) 사람이다. 그가 처음 강동(江東) 지방에서 도성으로 와서 24세 때에 진사과에 응시하도록 천거되어 3년 뒤에 상등의 좋은 성적으로 진사에 급제했고, 또 박학굉사과(博學宏詞科)에 응시하도록 천거되어 합격한 뒤에 1년 동안 태자교서랑(太子校書郎)으로 근무하다가 29세를 일기로 수도 장안에서 병으로 객사했다. 입관한 지 사흘이 되는 날 그의 친구인 박릉(博陵) 사람 최홍례(崔弘禮)가 그를 도성의 동문 밖 7리 되는 곳에 있는 경의향(慶義鄕)의 숭원(嵩原)에 장사지내 주었다. 친구인 한유가 그를 위해 묘지명을 써서 돌에 기록했는데 명문(銘文)은 다음과 같다.

끝났구려, 원빈이여!
장수하는 것도 부러워할 것인지 나는 모르겠고
요절하는 것도 싫어할 것인지 나는 모르겠소.

살아생전에 선량한 일을 하지 않았다면
누가 그를 장수했다고 할 것이며
죽은 뒤에도 영원히 전해져 불후하다면
누가 그를 단명했다고 하겠는가?
끝났구려, 원빈이여!
그대의 재능은 세상 사람들보다 우위에 있었고
그대의 품행은 옛 사람들보다 뛰어났도다.
끝났구려, 원빈이여!
도대체 어찌 이렇게 되었단 말인가?
도대체 어찌 이렇게 되었단 말인가?

해제

　정원 11년(795) 박학굉사과 응시 차 장안에 머무르고 있을 때 지은 친
구 이관(李觀, 766-794)의 묘지명. 이 글이 지어진 시기는 원래 정원 10년
(794)이고, 이듬해인 정원 11년은 돌에 새겨진 때라고 보는 견해도 있다.
이관은 자가 원빈(元賓)이며, 27세인 정원 8년(792)에 진사에 급제한 뒤 같
은 해 박학굉사과(博學宏詞科)를 통과해 태자교서랑(太子校書郎)에 임명되
었다. 그가 정원 10년에 29세를 일기로 요절하자 동년 진사로 막역한
사이였던 작자는 그의 재주가 세상에 쓰이지 못한 것을 아쉬워하며 이
묘지명 속에 비통한 심정을 담았다. 이는 '지(誌)' 90자와 '명(銘)' 65자에
불과할 정도의 짧막한 글인데, '지'에서는 관직과 사망 및 장례 일자만
적고, 문학과 품행에 대한 평가는 '명' 속에 "재능이 세상 사람보다 우
위에 있었고, 품행이 옛 사람보다 뛰어났다(才高乎當世, 而行出乎古人)"라는

두 구절로 함축적으로 표현했다. 친구 이관이 뛰어난 재능과 품행을 펼치지 못하고 요절한 데 대한 통절한 아쉬움을 고도로 절제된 언어 속에 담음으로써, 이 글은 '말은 다 마쳤으나 슬픈 심정은 끝이 없다'(言有窮而情不可終)'고 작자 스스로 토로한 「제십이랑문(祭十二郎文)」(HS-188)과 작품 분위기가 상통한다는 평가를 받는다. 이관의 생애와 그에 대한 작자의 평가는 「답이수재서(答李秀才書)」(HS-091)에 자세하게 나와 있으므로 참고하기 바란다.

원문 및 주석

李觀字元賓, 其先隴西[1]人也. 始來自江之東[2], 年二十四擧[3]進士, 三年登上第[4], 又擧博學宏詞[5] 得太子校書一年, 年二十九, 客死于京師. 旣歛[6]之三日, 友人博陵[7]崔弘禮[8]葬之于國東門之外七里, 鄕曰慶義, 原曰嵩原. 友人韓愈書石以誌之, 辭曰:

1 隴西(농서) : 군(郡) 이름. 군청 소재지가 지금 감숙성(甘肅省) 농서현(隴西縣) 동남쪽에 있었다. 농서 이씨는 당나라 때 5대 명문가의 하나였다.
2 江之東(강지동) : 강동 지방. 장강이 무호(蕪湖)와 남경(南京) 사이에서 서남남과 동북북 방향으로 흐르는데, 수당(隋唐) 때에 여기서부터 시작되는 하류 지역의 장강 남쪽 지방을 강동으로 불렀다.
3 擧(거) : 응시하다. 향공(鄕貢)으로 천거를 받아 시험에 참가하다.
4 上第(상제) : 상등(上等). 이관이 정원 8년(792)에 석차 4등의 좋은 성적으로 진사과에 급제했기 때문에 이렇게 말했다.
5 博學宏詞(박학굉사) : 박학굉사과(博學宏辭科). 「답최입지서(答崔立之書)」(HS-087) 주석 18 참조.
6 歛(염) : 상례의 일종으로 망자를 목욕시킨 뒤 수의를 입히고 이불을 덮어주는 '小歛(소렴)'과 염습을 마친 시신을 입관하는 '大歛(대렴)'으로 나누어진다. '歛'은 '殮'과 같다.
7 博陵(박릉) : 한(漢)나라 때의 군(郡) 이름. 군청 소재지가 지금 하북성(河北省)

정현(定縣)에 있었다. 박릉 최씨는 당나라 때 명문가의 하나였다.

8　崔弘禮(최홍례) : 자가 종주(從周)고 관직이 시어사(侍御史)에 이르렀다. 『신당
　　서・최홍례전(崔弘禮傳)』에 의하면 친구 이관이 병으로 죽자 그는 자기 주머니
　　를 다 털어 장례를 치룬 뒤에 장안을 떠났다고 했다.

已乎⁹元賓! 壽也者吾不知其所慕, 夭也者吾不知其所惡。生而不淑¹⁰, 孰
謂其壽? 死而不朽¹¹, 孰謂之夭? 已乎元賓! 才高乎當世, 而行出乎古人。
已乎元賓! 竟何爲哉, 竟何爲哉!

9　已乎(이호) : 끝났구려. 끝이로구나. '乎'는 감탄어기사로 '乎'와 통한다. '已乎'란
　　표현은 『좌전・소공(昭公) 12년』에 보이는데, 양백준(楊伯峻)은 그 부분의 주석
　　에서 '已乎'를 『논어』에 쓰인 '已矣乎(이의호)' 및 「이소(離騷)」의 '已矣哉(이의
　　재)'와 함께 '절망'을 나타내는 말이라고 했다. '已乎'를 감탄사로 보고 '아!'로 풀
　　이하는 설도 있으나 취하지 않는다.

10　淑(숙) : 인품과 덕성이 선량하다. 정숙하다. 『시경・용풍(鄘風)・군자해로(君子
　　偕老)』에 "그대는 정숙하지 못하니 어찌하겠는가?(子之不淑, 云如之何?)"라는
　　시구가 보인다.

11　不朽(불후) : 썩어 없어지지 않다. 『좌전・양공(襄公) 24년』에 보이는 것으로 입
　　덕(立德)・입공(立功)・입언(立言)을 '삼불후(三不朽)'라고 했다.

HS-195 「최평사 묘명」

崔評事墓銘

　　최씨(崔氏)는 이름이 한(翰)이고 자가 숙청(叔淸)이며 박릉(博陵) 안평(安平) 사람이다. 그의 증조부 최지도(崔知道)는 벼슬이 대리사직(大理司直)에까지 이르렀고, 조부 최현동(崔玄同)은 형부시랑(刑部侍郞)을 지낸 뒤 외지로 나가 서주(徐州)와 상주(相州) 자사(刺史)를 역임했으며, 부친 최의(崔倚)는 진사고시에 참가했다가 천보(天寶)의 난리로 말미암아 은둔해 살다가 세상을 떠났다.

　　그는 부친상을 당하자 아이를 이끌고 노인을 부축해 장강 남쪽으로 이주해 기거했다. 탈상을 하고서는 유가의 경전에 통달했다. 5언시를 잘 지었으며, 부모에게 효도하고 형제들과 돈독했을 뿐 아니라 때로는 유머 감각이 뛰어나 실없는 농담도 거리낌 없이 잘했고, 보통 사람과 달리 유별나서 세상의 자질구레한 예법에 얽매이지 않았다. 게다가 술까지 잘 마셔 강남 지방의 많은 문인 학사들이 그와 교유했다.

정원 8년(792) 최씨의 나이 47세 때에 절도사 왕서요(王栖曜)의 부름에 응해 강남에서 부주(鄜州)로 갔다. 그가 그곳에 도착하자 왕서요가 조정에 표문을 올려 우위주조참군(右衛冑曹參軍)에 임명했는데 실제로는 절도사 막부의 사무를 담당했다. 그는 정직하게 도를 지키고 말을 바르게 하여 막부의 사무에 도움이 되고 이로운 점이 매우 많았다. 참군의 자리에서 사직을 한 뒤에도 여주(汝州)에 정착을 하고 살았는데, 여주자사 오군(吳郡) 사람 육장원(陸長源)이 그를 방위판관(防禦判官)에 임명하고 조정에 표문을 올려 그에게 시대리평사(試大理評事)의 직함을 수여했다. 정원 12년(796)에 재상 농서공(隴西公)이 변주(汴州)절도사로 부임하고 육장원이 행군사마(行軍司馬)가 되자, 농서공은 육장원의 수하 보좌관이 현명한 인재라고 생각하고 그를 관찰순관(觀察巡官)에 임명했다. 그는 실제 군대의 전답에 관한 사무를 관장해 관개 수로를 뚫고 온갖 잡초를 베어낸 뒤 밭 1,200경(頃)과 논 500경을 개간했는데, 여러 해 계속 대풍이 들어 군량이 몹시 풍족해졌다. 절도사의 막부에서 그의 공적을 장계로 올려 조정에 보고했는데, 임무를 맡아 간 사자가 미처 복명하기 전에 정원 15년(799) 정월 5일에 그의 자택에서 병사하니 향년 56세였다. 농서공이 유가족에게 재물을 더 많이 보내주고 위로했다. 그가 병에 걸린 이후로 육장원이 막부의 속관들을 대동하고 매일 그의 집을 찾아가 문병했고, 그의 병이 위독해지자 그들은 하루에 두 차례씩 찾아가 문병했으며, 그가 숨을 거두자 그들은 또 집으로 방문해 곡을 하고, 염습을 한 뒤 입관할 때에는 세 차례 곡을 했다. 입관을 한 지 20일 뒤에 그의 아내와 아들이 그의 시신을 여주(汝州)에 잠시 매장해두었다가, 그해 2월 아무 날에 마침내 그를 아무 현(縣) 아무 향(鄕) 아무 들판에 장사지냈다.

최씨는 안으로 구족(九族)을 자애롭게 대하고 밖으로 빈객들을 예를 다해 접대하였기에 그가 거처하는 곳에 빈객들이 와서는 제집에 돌아온 것 같이 편하게 느꼈다. 친척이라면 설령 현명하지 못한 사람이라고 하더라도 현인 같이 거두어주었고, 현인이라면 설령 가난하거나 지위가 낮은 사람이라고 하더라도 신분이 고귀한 사람처럼 대했다. 이런 까닭에 그가 죽은 뒤에 와서 조문을 하거나 곡을 한 사람들의 우는 소리가 지극히 구슬펐다. 그의 아내는 정씨(鄭氏)고 아들 둘과 딸 한 명이 있다. 내가 듣자하니 직위가 덕행에 맞게 합당하지 못한 사람은 후손이 잘 난다고 했다. 아아! 최한 씨는 아마도 필경 후손이 잘 날 것이로다! 명문(銘文)은 다음과 같다.

아침에 서로 희희낙락 담소하고
저녁에 화기애애하게 이야기 나누었네.
함께 관아로 들어가서 나란히 말을 타고 외출하곤 했는데
어느 날 갑자기 보이지 않더니만 그대 돌아갔구려.
아, 슬프도다!

해제

정원 15년(799) 변주(汴州)에서 선무군(宣武軍) 관찰추관(觀察推官)으로 있을 때 지은 최한(崔翰) 묘지명. 최한은 관찰순관(觀察巡官)으로 동진(董晉)의 선무군 막부에서 근무했는데 평사는 그가 겸한 직함이다. 작자와 최한은 동료로서 동진의 막부를 함께 드나들며 조석으로 같이 지냈기 때문에 매우 친밀한 사이였다. 특히 작자는 최한이 와병중일 때 육장원(陸長源)을 따라 자주 문병을 다닌 터인지라, 그의 죽음 앞에 비통한 심정을 금할 수 없었다. 최한은 충효와 인의를 중시한 선비였지만 예법에 너무 구애되지 않았으며, 유머 감각이 풍부하고 친구들과 음주도 즐겼다. 만

년에 벼슬길로 들어서서는 정직하고 진지하게 업무를 처리했고, 특히 동진의 막부에서 근무할 때 군대의 경작지를 개간해 군량미를 풍족하게 한 공적이 두드러졌다. 작자는 최한의 치적에 대해 서술하면서 동진 막부에서의 근무 경력을 중심에 놓은 뒤 그 중에서 또 군전을 관장한 일을 중점적으로 부각시키고, 나머지 업적은 "정직하게 도를 지키고 말을 바르게 하여 막부의 사무에 도움이 되고 이로운 점이 매우 많았다(直道正言, 補益弘多)"라는 추상적인 말로 간략히 개괄하고 넘어갔다. 이로써 글의 중점이 부각되고 구체적 서술과 추상적 개괄이 적절하게 조화를 이루고 있으며, 전후의 호응 관계도 원활해 전체적으로 작품의 구성이 매우 우수하다. 이밖에 언어 구사 또한 간결하고 명쾌하며 생동감이 있다.

원문 및 주석

君諱翰, 字叔清, 博陵安平¹人。曾大父²知道, 仕至大理司直³; 大父玄同, 爲刑部侍郎, 出刺⁴徐相州⁵; 父倚, 擧⁶進士, 天寶之亂⁷, 隱居而終。

1 安平(안평) : 정주(定州)에 속하는 고을. 정주는 박릉군(博陵郡)인데, 이에 대해서는 「이원빈묘명(李元賓墓銘)」(HS-194) 주석 7 참조.
2 曾大父(증대부) : 증조부.
3 大理司直(대리사직) : 대리시(大理寺) 소속 관직으로 재판 업무를 담당했다. 대리시에는 종6품상에 해당하는 사직(司直) 6명을 두었다.
4 出刺(출자) : 지방으로 나가 주(州)의 자사가 되다.
5 徐相州(서장주) : 하남도(河南道)의 서주(徐州 : 지금 강소성 서주시)와 하북도(河北道)의 상주(相州 : 지금 하남성 안양현(安陽縣)].
6 擧(거) : 주군(州郡)의 공거(貢擧)로 예부 주관의 고시에 참가하다.
7 天寶之亂(천보지란) : 안사의 난을 가리킨다.

君旣喪厥父, 攜扶⁸孤老, 託⁹于大江之南。卒喪¹⁰, 通儒書。作五字句詩, 敦行孝悌, 詼諧縱謔¹¹, 卓詭¹²不羈¹³; 又善飲酒, 江南人士多從之遊。

8　攜扶(휴부) : 이끌거나 부축하다.
9　託(탁) : 기거(寄居)하다.
10　卒喪(졸상) : 탈상하다. 복상(服喪)을 마치다.
11　詼諧縱謔(회해종학) : 유머 감각이 뛰어나고 농담을 거리낌 없이 잘하다.
12　卓詭(탁궤) : 보통 사람과 달리 유별나다.
13　不羈(불기) : 거리낌이 없다. 얽매이지 않다.

貞元八年¹⁴, 君生四十七年矣, 自江南應¹⁵節度使王栖曜¹⁶命于鄜州¹⁷。旣至, 表授¹⁸右衛冑曹參軍, 實參幕府¹⁹事。直道正言, 補益弘多。旣去職, 遂家于汝州²⁰, 汝州刺史吳郡陸長源²¹引爲防禦判官, 表授試²²大理評事。十二年, 相國隴西公²³作藩²⁴汴州²⁵, 而吳郡²⁶爲軍司馬, 隴西公以爲吳郡之從則賢也, 署²⁷爲觀察巡官。實掌軍田²⁸, 鑿澮溝²⁹, 斬茭茅³⁰, 爲陸田千二百頃, 水田五百頃, 連歲大穫³¹, 軍食以饒。幕府以其功狀聞³², 使者未復命。以³³十五年正月五日寢疾³⁴終于家, 年五十有六矣。隴西公賻贈³⁵有加³⁶。自始有疾, 吳郡率幕府寮屬³⁷日一至其廬問焉; 其旣甚也, 日再往問焉; 其終也, 往哭焉, 比³⁸小歛³⁹大歛⁴⁰三哭焉。於歛之二十日, 其妻與其子以君之喪旋葬⁴¹于汝州; 其二月某日, 遂葬于某縣某鄕某原。

14　八年(팔년) : 『한집거정(韓集擧正)』에서 사망 일시에 따라 마땅히 '六年(육년)'으로 되어야 한다고 지적했는데 타당한 듯하다. 다만 바로 뒤의 '四十七(사십칠)'이 '四十九(사십구)'의 잘못일 수도 있다.
15　應(응) : 응하다. 받아들이다.
16　王栖曜(왕서요) : 복주(濮州) 복양(濮陽 : 지금 산동성 복현) 사람으로 관직이 검교예부상서(檢校禮部尙書) 겸 어사대부(御史大夫)에까지 이르렀다. 정원 4년(788)에 좌용무대장군(左龍武大將軍) 왕서요가 부주자사(鄜州刺史) 겸 부방단연절도사(鄜坊丹延節度使)로 부임했다.
17　鄜州(부주) : 주청 소재지가 지금 섬서성(陝西省) 부현(富縣)에 있었다.
18　表授(표수) : 황제에게 표문을 올리고 나서 수여하다.
19　幕府(막부) : 군정(軍政)을 맡은 대신의 부서를 널리 가리킨다.
20　汝州(여주) : 주청 소재지가 지금 하남성(河南省) 임여현(臨汝縣)에 있었다.
21　陸長源(육장원) : 자가 영지(泳之)고 오군(吳郡 : 지금 강소성 소주시(蘇州市)] 사람으로 관직이 검교예부상서(檢校禮部尙書)와 선무군행군사마(宣武軍行軍司馬)

에까지 이르렀다.

22 試(시) : 당나라 때 관제의 하나로 공식 임명을 받지 않고 관직을 수행하는 것을 말한다.

23 隴西公(농서공) : 동진(董晉, 723-799)을 가리킨다.

24 作藩(작번) : 절도사가 되다.

25 汴州(변주) : 주청 소재지가 지금 하남성(河南省) 개봉시(開封市)에 있었다.

26 吳郡(오군) : 육장원(陸長源, ?-799)을 가리킨다.

27 署(서) : 위임하다. 임명하다.

28 軍田(군전) : 군인들이 개간한 토지로 둔전제(屯田制)의 산물이다.

29 澮溝(회구) : 크고 작은 도랑. 전답 사이의 수로. '구(溝)'보다 크고 '하(河)'보다 작은 것을 '회(澮)'라고 한다. 『맹자·이루하(離婁下)』에 "빗물이 모여서 크고 작은 도랑들이 모두 가득 차다(雨集, 溝澮皆盈)"라는 글귀가 보인다. 또한 이것을 하남성에서 발원해 안휘성을 거쳐 회수(淮水)로 흘러 들어가는 회하(澮河)로 보는 설도 있다.

30 茭茅(교모) : 수륙 잡초를 가리킨다.

31 大穰(대양) : 크게 풍년이 들다.

32 狀聞(장문) : 공문으로 상급 기관에 보고하다. 장계(狀啓)를 올려 보고하다.

33 以(이) : 시간전치사로 '어(於)'와 같은 용법이다.

34 寢疾(침질) : 와병중이다. 병으로 자리에 눕다.

35 賻贈(부증) : 상을 당한 집에 재물을 보내다. 부의(賻儀)로 상가(喪家)에 재물을 보내다.

36 有加(유가) : 또 더 보태주다. '有'는 '又(우)'와 같다.

37 寮屬(요속) : 관속(官屬). 속관. 이 속에 작자 한유도 포함되어 있다.

38 比(비) : ~할 때에.

39 小歛(소렴) : 상례의 일종으로 망자를 목욕시킨 뒤 수의를 입히고 이불을 덮어주는 것을 말한다. '歛'은 '殮'과 같다.

40 大歛(대렴) : 상례(喪禮)의 일종으로 염습을 마친 시신을 입관하는 것을 말한다.

41 旋葬(선장) : 임시로 가매장하다.

君內仁九族[42], 外盡[43]賓客, 於其所止[44], 其來如歸。苟親矣, 雖不肖收之如賢 ; 苟賢矣, 雖貧賤待之如貴人 : 是故其歿也, 其弔者與其哭者, 其聲也必哀盡焉。妻, 鄭氏也 ; 有子二人, 女一人。吾聞位不稱[45]德者有後, 嗚呼! 君其終有後乎! 銘曰 :

42 九族(구족) : 고모의 자녀, 자매의 자녀, 딸의 자녀, 자기의 동족 등 부계 친족 넷, 외할아버지, 외할머니, 이모의 자녀 등 모계 친족 셋, 장인과 장모 등 처족 둘을 가리킨다. 이 밖에 자기를 중심으로 위로 4대인 고조(高祖)까지와 아래로

4대인 현손(玄孫)까지를 가리키기도 한다. 문맥상 전자의 설이 더 어울리는 것
으로 여겨진다.

43 盡(진) : 예를 다하다. 극진한 예로써 빈객을 접대하다. 이를 '賮(신)' 곧 '신(贐)'
     으로 읽고 빈객에게 '노자 또는 물건을 주다'는 뜻으로 풀이하는 설도 있다.

44 所止(소지) : 거처하는 곳.

45 稱(칭) : 어울리다.

朝之言嘻嘻⁴⁶, 夕之言怡怡⁴⁷ ; 偕入而出乘馬馳, 一日不見⁴⁸而死 : 吁⁴⁹其悲!

46 嘻嘻(희희) : 즐겁고 화락한 모양. 『역경 · 가인괘(家人卦)』의 구삼(九三) 효사(爻
     辭)에 "부녀자들이 좋다고 희희낙락거린다(婦子嘻嘻)"라는 글귀가 보인다.

47 怡怡(이이) : 화기애애한 모양. 기뻐하는 모양. 『논어 · 자로(子路)』편에 "형제들
     간에는 화기애애해야 한다(兄弟怡怡)"라는 글귀가 보인다.

48 一日不見(일일불견) : 하루를 못 보다. 어느 날 갑자기 보이지 않다. 『시경 · 왕
     풍(王風) · 채갈(采葛)』에 "하루를 못 보면 삼년이나 된 듯하네(一日不見, 如三歲
     兮)"라는 구절이 보인다.

49 吁(우) : 아. 탄식을 뜻하는 감탄사.

施先生墓銘

정원 18년(802) 10월 11일에 태학박사(太學博士) 시사개(施士丐) 선생께서
돌아가시자, 그의 동료 관리인 태원(太原) 사람 곽항(郭伉)이 돌을 사서 그
의 무덤에 기록을 남기려고 하므로 창려 사람 한유가 그 묘지명을 다음
과 같이 쓰게 되었다.

선생께서는 『모시고훈전(毛詩故訓傳)』과 『모시전전(毛詩傳箋)』에 밝고 『춘
추좌씨전(春秋左氏傳)』에 정통해 그것들에 대한 강의와 해설을 매우 잘하
셨다. 따라서 조정의 현명한 사대부들이 찾아와서 경전을 들고 의문 나
는 것을 해결하기 위해 그의 문전에 줄을 이었고, 태학생 중에서 『모시
고훈전』과 『모시전전』 및 『춘추좌씨전』을 배우는 사람들은 모두 그의
제자였다. 높은 지위에 있는 집안의 자제들도 선생께서 『시경』과 『좌
전』 두 경전을 강설할 때면 태학으로 와서 고분고분한 태도로 여러 학
생들의 뒤에 앉아 선생의 강의를 끝까지 다 듣지 못할까봐 걱정할 정도

였다. 선생께서 돌아가셨으니 두 경전을 배우던 학생들은 스승을 잃었고 태학에서 벼슬살이하던 학관(學官)들은 친구를 잃게 되었다. 따라서 현명한 사대부와 태학의 노학자 및 수양이 깊은 유생들로부터 신진 후학에 이르기까지 선생의 서거 소식을 듣고는 모두 곡을 하며 울고 조문한 뒤 의복과 재물을 보내주었다.

선생은 향년 69세였는데 태학에서만 19년을 근무하셨다. 사문조교(四門助教)에서 태학조교(太學助教)가 되고, 태학조교를 거쳐 태학박사(太學博士)가 되셨다. 태학에서 임직 기한이 만료되어 규정에 따라 마땅히 떠나야 했거늘, 모든 학생들이 상소를 올려 계속 유임하시도록 요청했다. 유임되기도 하고 승진하기도 하며 전후 19년 동안 태학을 떠나지 않으셨던 것이다.

선생의 조부는 시욱(施旭)으로 원주(袁州) 의춘현위(宜春縣尉)를 지냈고, 부친은 시착(施婼)으로 호주(豪州) 정원현승(定遠縣丞)을 역임했다. 아내는 태원(太原) 왕씨(王氏)인데 선생보다 먼저 세상을 떠났으며, 맏아들 시우직(施友直)은 명주(明州) 무현주부(鄞縣主簿)를, 둘째 아들 시우량(施友諒)은 태묘재랑(太廟齋郞)을 지냈다. 명문(銘文)은 다음과 같다.

선생의 시조는
노(魯)나라 대부 시보(施父)에서 비롯되었다.
그 뒤에 시지상(施之常)은
공자를 스승으로 받든 일로 인해 이름이 났다.
시수(施讎)는 한(漢)나라 선제(宣帝) 때 박사가 되었고
시연(施延)은 한나라 순제(順帝) 때 태위(太尉)가 되었다.
태위의 손자 때에
처음으로 오(吳)나라 사람이 되었다.

주연(朱然)과 시적(施績)이라는 사람도
그들의 사적이 역사서에 기록되어 있다.
선생께서 등용되신 것은
조정에서 관용 수레로 초빙한 것인데
이전부터 들은 것을 차례대로 서술해
그 광채를 더욱 빛내었기 때문이었다.
고대 성인의 언론은
그 의미가 정밀하고 미묘하기 때문에
주석들이 어지럽게 늘려져 있고
옳고 그른 것이 뒤바뀌기도 했지만
선생의 강의와 해설을 들으면
나그네가 고향으로 돌아가는 것과 같았다.
선생은 겸양하고 정성스러웠으며
말솜씨 또한 매우 빼어났는데
지금 선생께서 돌아가시니
누가 그분을 계승해 일대의 지도자가 되겠는가?
선생이 안장된 곳은 현 이름은 만년(萬年)이고
언덕 이름은 신화(神禾)인데
높이가 네 자 남짓한 것이
선생의 무덤이다.

해제

정원 18년(802) 10월 국자감 사문박사 재직 시에 지은 시사개(施士丐)

선생 묘지명. 시사개는 태학(太學)에서만 19년간 봉직한 학자로 『신당서·유학전(儒學傳)』에 그의 전기가 실려 있다. 시사개는 『시경(詩經)』과 『좌전(左傳)』 전문가로 당시의 노학자와 학생들뿐만 아니라 사대부 관료나 귀족의 자제들까지 그의 강의와 해설을 즐겨 들었다. 『당어림(唐語林)』에는 한유와 유종원(柳宗元) 및 유우석(劉禹錫) 같은 당시의 준재들도 그의 『시경』 강론을 들었다고 기록하고 있다. 시사개는 『시경』과 『좌전』 두 경전에 정통한 것 외에는 후세에 전할 만한 별다른 사적이 없었기 때문에, 이 글은 시종일관 그의 학자로서의 생애를 기복의 변화를 곁들인 문장 속에 담고 있다. 즉 신분이나 나이의 고하를 막론하고 인기를 끈 경전 강의, 사후에 그의 명강의를 아쉬워하는 각계 인사들의 조문, 학생들의 청원에 따라 임기 규정을 넘어서까지 태학에서 봉직한 일로 점철된 그의 학문 생애를 글귀의 장단에 많은 변화를 줌으로써 다채롭게 표현하고 있는 것이다. 그의 향년을 19년간 태학에서 보낸 구절 속에 넣어 표현하고, 또 명문(銘文)에서 원적지를 오(吳)나라 사람이 된 글귀 내에 포함시켜 서술한 점도 이채롭다. 그리고 조부와 부친 및 처자식을 '지(誌)'에서 먼저 언급하고, 뒤에 '명(銘)'에서 선조의 족보를 거론한 점도 묘지명으로서는 특이한 양식에 속한다.

원문 및 주석

貞元十八年十月十一日, 太學博士施先生士丐[1]卒, 其寮[2]太原郭伉[3]買石誌其墓, 昌黎韓愈爲之辭, 曰 :

---

1   施先生士丐(시선생면) : 시사개(施士丐) 선생. 『교주(校注)』에는 '丐(면)'으로 되어 있으나, '丐(개)'자로 된 판본이 많고 『신당서·유학전』에도 '匄(개)'로 되어

있어, '丐'로 옮겼다.

2 寮(요) : 관직 동료. '僚'와 통한다.

3 郭伉(곽항) : 태원(太原 : 지금 산서성 태원시) 사람. 다른 사적은 미상이다.

先生明毛鄭詩[4], 通春秋左氏傳, 善講說。朝之賢士大夫從而執經考疑者繼
于門, 太學生習毛鄭詩春秋左氏傳者皆其弟子。貴游[5]之子弟時[6]先生之說
二經, 來太學帖帖[7]坐諸生下, 恐不卒得聞[8]。先生死, 二經生喪其師, 仕於
學者亡其朋 ; 故自賢士大夫老師[9]宿儒[10]新進小生[11]聞先生之死, 哭泣相弔,
歸[12]衣服貨財。

4 毛鄭詩(모정시) : 『모시고훈전(毛詩故訓傳)』 30권과 『모시전전(毛詩傳箋)』. 전자
는 노(魯)나라 사람 모공(毛公)이 선진(先秦) 시대 학자들의 의견에 의거해 편찬
한 것으로 옛 뜻을 많이 보존하고 있어 『시경』 연구에 매우 귀중한 자료며, 후
자는 동한(東漢)의 대유학자 정현(鄭玄, 127-200)이 『모시고훈전』을 바탕으로 금
문(今文) 삼가(三家)의 시에 대한 견해를 두루 받아들여 풀이한 책이다.

5 貴游(귀유) : 본래 일정한 관직이 없는 왕공 귀족들을 뜻하는 말인데 지위가 높
은 사람들을 두루 지칭하기도 한다.

6 時(시) : 틈보다. 틈타다.

7 帖帖(첩첩) : 마음속으로 복종하는 모양. 고분고분한 모양.

8 不卒得聞(부졸득문) : 끝까지 다 듣지 못하다. '不得卒聞(부득졸문)'으로 된 판본
도 있는데 그것이 한문의 어순에 더 잘 부합한다.

9 老師(노사) : 연배가 가장 높은 학자. 「독순(讀荀)」(HS-016)에 '老師大儒(노사대
유)'라는 어구가 보이는데 그 작품의 주석 10 참조.

10 宿儒(숙유) : 수양이 깊은 유생.

11 小生(소생) : 새로 배움의 세계에 들어온 후진. 후학.

12 歸(귀) : 물건을 보내다. '饋(궤)'와 통한다.

先生年六十九, 在太學者十九年。由四門助敎爲太學助敎, 由助敎爲博士[13] ;
太學秩滿[14]當去, 諸生輒拜疏乞留 : 或留或遷, 凡十九年不離太學。

13 이상 두 구절의 관직과 관련해 『구당서·직관지(職官志)』에 의하면 '四門助敎
(사문조교)'는 종8품상, '太學助敎(태학조교)'는 종7품상, '太學博士(태학박사)'는
정6품상이다.

14 秩滿(질만) : 관리의 임기가 만료되다.

祖曰旭, 袁州宜春尉 ; 父曰婿, 豪州[15]定遠丞 ; 妻曰太原王氏, 先先生卒 ;

子曰友直, 明州鄞縣[16]主簿 ; 曰友諒, 太廟齋郎。系[17]曰 :

15 豪州(호주) : '豪'는 원화 3년(808)에 '濠'로 고쳐 썼다. 주청 소재지가 지금 안휘성
    (安徽省) 봉양현(鳳陽縣) 동북에 있었다.
16 鄞縣(무현) : 지금 절강성(浙江省) 은현(鄞縣) 동쪽으로 명주(明州)의 주청 소재
    지였다.
17 系(계) : 묘지명 중의 '명(銘)'의 별칭. 대부분 운문으로 되어 앞에 나오는 내용을
    요약하는데 '사(辭)' 또는 '송(頌)'으로 부르기도 한다.

先生之祖, 氏自施父[18]。其後施常[19], 事孔子以彰。讎[20]爲博士, 延[21]爲太
尉。太尉之孫, 始爲吳人。曰然[22]曰績[23], 亦載其跡。先生之興, 公車[24]是
召 ; 纂序[25]前聞, 于光有曜。古聖人言, 其旨密微[26] ; 箋注紛羅[27], 顚倒是
非 ; 聞先生講論, 如客得歸。卑讓[28]肫肫[29], 出言孔揚[30] ; 今其死矣, 誰嗣爲
宗! 縣曰萬年[31], 原曰神禾 ; 高四尺者, 先生墓邪!

18 施父(시보) : 춘추시대 노(魯)나라 대부. 그의 사적은 『좌전·환공(桓公) 9년』조
    에 보인다.
19 施常(시상) : 시지상(施之常). 자는 자환(子桓)이고 공자의 제자로 『사기·중니
    제자열전(仲尼弟子列傳)』에 보인다.
20 讎(수) : 시수(施讎). 자가 장경(長卿)이고 『한서·유림전(儒林傳)』에 의하면 한
    나라 선제(宣帝) 때에 박사가 되었다.
21 延(연) : 시연(施延). 자가 군자(君子)고 한나라 순제(順帝) 양가(陽嘉) 2년(133) 8
    월에 태위(太尉)가 되었다가 4년에 그만두었다.
22 然(연) : 주연(朱然). 자가 의봉(義封)이고 본성은 시씨(施氏)였다.
23 績(속) : '績(적)'의 잘못이다. 주적(朱績)은 주연(朱然)의 아들로 본성인 시씨를
    회복했으며, 자가 공서(公緖)고 관직이 좌대사마(左大司馬)에 이르렀다.
24 公車(공거) : 한(漢)나라 때에 과거시험에 응시하는 사람들에게 제공한 관용 수
    레로 후대에 지방 시험을 통과한 뒤 수도로 과거를 보러 가는 것으로 널리 쓰였
    다. 여기서는 시사개가 조정의 부름을 받고 벼슬하러 나가는 것을 말한다.
25 纂序(찬서) : 관련 자료를 모아서 차례대로 조리 있게 서술하다.
26 密微(밀미) : 정밀하고 미묘하다.
27 紛羅(분라) : 어지럽게 늘려져 있다.
28 卑讓(비양) : 겸손하고 양보하다.
29 肫肫(순순) : 지극히 정성스러운 모양.
30 孔揚(공양) : 우뚝 빼어나다.
31 萬年(만년) : 경조부(京兆府) 소속의 현 이름.
32 高四尺(고사척) : 높이가 4척인 무덤. 『예기·단궁상(檀弓上)』에 공자가 "옛날에

는 무덤을 만들었을 뿐이고 봉분은 만들지 않았다고 하지만, 지금 나는 사방으로 떠돌아다니는 사람이라 표지를 해두지 않을 수 없다고 하면서 봉분을 만들었는데 높이가 4척이었다(古者墓而不墳, 今丘也, 東西南北之人也, 不可以弗識也, 於是封之, 崇四尺)"라는 기록이 보인다.

나 한유의 맏형이신 고 기거사인(起居舍人) 한회(韓會)는 도덕과 문장으로 당시 사람들을 탄복시켰다. 형님의 친구 네 사람 중에 한 분이 범양(范陽) 사람 노동미(盧東美) 공이다. 그들 네 사람은 젊은 시절에 벼슬길로 나가지 않고 모두 장강과 회수(淮水) 일대에 살았는데, 천하의 사대부들이 그들을 '사기(四夔)'라고 불렀다. 이 말의 의미는 그들이 견지하고 있는 도덕이 옛날의 기(夔)나 고요(皐陶)에 비견될 만하기 때문에 그렇게 부른 것이라고 한다. 혹자는 말하길 기(夔)가 일찍이 재상을 지냈기에 세상 사람들이 '상기(相夔)'라고 불렀는데, 그들 네 사람은 비록 은거하며 나가 벼슬하지는 않았지만 천하에서 그들을 재상감이라고 인정했기 때문에 그렇게 부른 것이라고 했다.

대력(大曆) 초에 어사대부(御史大夫) 이서균(李栖筠)이 공부시랑(工部侍郎)에서 절서관찰사(浙西觀察使)로 전직되어 나갔는데, 그때에 중원 지역은

막 안사의 난이 평정된 뒤라서 벼슬아치들이 대부분 난리를 피해 장강과 회수 일대에 살고 있었다. 일찍이 고관을 지내고 좋은 평판을 받으며 어른스럽고 듬직해 오래 사귄 친구로 자처하는 사람들이 수천 수백 명에 달했지만, 어사대부께서는 그들 중에 아무도 취하지 않고 홀로 이른 아침에 관복을 차려 입고 말을 탄 관리를 대동한 채 향촌의 시골집으로 들어가서 노동미 공에게 벼슬길로 나오도록 청했다. 노공은 그때 막 관례를 치른 스무 살의 청년으로 『시경』과 『서경』에 정통해 자기 친구들과 함께 매일 주공(周公)과 공자(孔子)의 말씀에 대해 강론하면서 서로 절차탁마하고 훈도하며 이리저리 거닐며 즐겁게 놀러 다니기도 하던 중이라, 평소에 하던 일을 팽개치고 다른 사람을 위해 일하고자 하는 뜻이 전혀 없었다. 그러던 그가 떨쳐 일어나 어사대부를 따라나서자 세상에서 노공을 알지 못하는 사람들은 어사대부께서 사람을 취하는 것이 범상하지 않음을 기이하게 생각하면서 반드시 유능한 인재를 얻었다고 여겼고, 노공을 잘 아는 사람들은 노공이 다른 사람을 따라 나간 것이 평소의 처신 방식에 맞지는 않지만 반드시 그가 따라 나갈 만한 사람을 만난 때문이라고들 했다. 그 뒤에 노공은 태상박사(太常博士)·감찰어사(監察御史)·하남부사록(河南府司錄)·고공원외랑(考功員外郎) 등을 역임했다. 향년 얼마였을 때 생을 마감했는데 관리로 재임하는 기간에는 직무에 충실했다.

부인은 이씨(李氏)로 농서(隴西) 사람이다. 노공께서 살아 계실 때 남편의 훌륭한 배필로 부덕(婦德)에 어긋남이 없었고, 노공께서 돌아가신 뒤에도 자녀들을 훈육해 현모의 도리가 깊었다. 부인은 노공께서 돌아가신 지 20년 뒤에 향년 66세를 일기로 세상을 떠났다. 합장을 하려고 할 때에 아들 노창(盧暢)이 손자 노입(盧立)에게 명해 말했다.
"네 조부님의 덕행과 공적이 사람들에게 알려지지 않은 것이 없긴 하지만, 가장 상세하고 확실하게 알고 있는 사람은 내 선친의 친구 만한 분이 없다. 선친의 친구 중에 살아 계시는 분이 없지만, 기거사인 한회 어른의 막내 동생 한유라는 사람이 있어 고문을 잘 짓고 자신의 가업을 계승하고 있는데, 그분이 반드시 내 선친의 사적에 대해 말씀해 주실 수 있을 것이다. 그러니 네가 그분께 가서 선친의 묘비명을 청하도록 하여라.”

노입은 이에 부친의 명을 받들고 급히 내게 달려와 고했다. 내가 노입에게 말했다.

“자네는 참 잘 왔소. 자네 조부님의 행적은 한두 가지로 열거할 수 있는 것이 아니라오. 게다가 나는 훨씬 뒤에 태어나 자네 조부님과 교제한 적이 없기 때문에 그분에 대한 자세한 사정은 알지 못하오. 그분의 위대한 덕행은 많은 사람들이 칭찬하고 있는 것과 꼭 같으니, 칭찬하는 사람이 많은지 적은지만 살펴도 그분의 덕행을 자세히 알 수 있소. 자네 조부님께서 벼슬길에 나가지 않고 은거하고 있을 적에 천하의 사대부들은 옛날의 기(夔)나 고요(皐陶)와 비견할 만하다고 여겼고 또 재상 감이라고 인정했으니 자네 조부님의 덕행은 이미 위대하지 않소! 주공과 공자의 말씀에 대해 강론하며 그들이 신봉한 유가의 도리를 좋아하고 세상에 나가 벼슬하는 것을 좋아하지 않았지만, 따라 나갈 만한 사람을 만나자 지방이나 도성을 가리지 않고 떨쳐 일어나 나갔으니 그분의 나가 벼슬하거나 물러나 은거하는 처신이 또한 도의에 합당하지 않소! 그분의 묘명에 이런 내용을 담았으니 지금 사람들과 후세 사람들에게 보여줄 만할 것이오!”

노입이 무릎을 꿇어 두 손을 모아 땅에 대고 머리를 숙여 절하며 “네, 네”라고 했다.

노공의 조부 노자여(盧子興)는 복주(濮州) 복양현령(濮陽縣令)을 지냈고, 부친 노동(盧同)은 서주(舒州) 망강현령(望江縣令)을 지냈다. 노공 부인의 조부 이연종(李延宗)은 운주사마(鄆州司馬)를 지냈고, 부친 이진성(李進成)은 부주(鄜州) 낙교현령(洛交縣令)을 지냈다. 노공은 아들이 셋인데 노창(盧暢)·노신(盧申)·노이(盧昜)고, 딸 셋은 모두 글공부하는 유생의 아내로 시집갔다. 노공 부부의 묘소는 하남(河南)의 구씨현(緱氏縣) 양국원(梁國原)에 있다. 합장한 때는 원화(元和) 2년(807) 2월 10일이다.

해제

원화 2년(807) 국자박사로 동도 낙양에서 근무하고 있을 때 지은 노동미(盧東美) 묘표문(墓表文). 노동미는 소싯적에 작자의 맏형 한회(韓會, 738-780)와 절친했던 사람으로 정원 초에 고공원외랑(考功員外郎)을 맡았다가 정원 3년(787)에 임지에서 죽었다. 제목의 '묘명(墓銘)'이 '묘표(墓表)'로 된 판본이 있는데, '묘표'는 묘지로 가는 길목에 세우는 비석에 새기는 것이고 '묘명'은 무덤구덩이에 묻는 글이다. 따라서 용도는 다르지만 글의 양식은 마찬가지인데, 이 글이 노동미 사후 20년 뒤에 부인과 합장할 때 지어진 것임을 고려하면 '묘표'일 가능성이 더 높다. 노동미는 특별히 내세울 만한 공덕이 없기 때문에 작자는 측면 묘사를 통해 그를 칭송하는 수법을 구사했다. 즉 당시 사람들의 좋은 평판을 들어 노동미의 덕행을 높이 치켜세움으로써 독자에게 깊은 인상을 남기고 있는 것이다. 이렇게 쓴 글이 내용 없이 공허한 찬사를 늘어놓은 것보다 훨씬 더 의의가 있어 보인다.

원문 및 주석

愈之宗兄[1]故起居舍人君[2], 以道德文學伏[3]一世。其友四人, 其一范陽[4]盧君東美。少未出仕, 皆在江淮間, 天下大夫士謂之"四夔[5]": 其義以爲道可與古之夔皐[6]者侔, 故云爾; 或曰夔嘗爲相, 世謂"相夔"; 四人者雖處以未仕, 天下許以爲相, 故云。

1. 宗兄(종형): 집안의 적출 소생의 맏형. 이는 서자가 맏형을 부를 때 쓰는 말로 한유가 그의 문집에서 모친에 대해 언급한 적이 없고, 이고(李翱, 772-841)의 행장과 황보식(皇甫湜, 777?-835?)의 묘지명에서도 한유의 모친이 아무개 부인이라고 말하지 않은 것으로 보아 한유가 서출일 가능성이 매우 높다.
2. 起居舍人君(기거사인군): 한회(韓會). 한유의 맏형으로 아내 정씨(鄭氏) 부인과 함께 3살 때 고아가 된 동생 한유를 양육했다.
3. 伏(요): 탄복시키다. 감복시키다. '服'과 통한다.
4. 范陽(범양): 당나라 하북도(河北道) 유주(幽州) 소속 현으로 지금의 하북성 탁현(涿縣)이다. 유주는 주청 소재지가 계현[薊縣: 지금 북경시(北京市) 서남에 있었는데, 대력(大曆) 4년(769)에 유주를 나누어 탁주(涿州)를 설치했을 때 '范陽'은 탁주의 주청 소재지가 되었다. 범양 노씨는 당나라 때 명문가의 하나였다.
5. 四夔(사기): 『구당서(舊唐書)』와 『신당서(新唐書)』의 「최호전(崔浩傳)」에 보이는 말로 한회(韓會)·최호(崔浩)·노동미(盧東美)·장정칙(張正則)이 대종(代宗) 영태(永泰, 765-766) 연간에 강남 지역에 거주하면서 유학을 강론하고 국가를 경륜할 책략을 연구해 임금을 잘 보필하는 것을 자신들의 임무로 여기고 있어 당시 사람들이 '四夔'라고 불렀다.
6. 夔皐(기고): 순임금의 악관(樂官) 기(夔)와 형관(刑官) 고요(皐陶 / 咎繇)로 후세 사람들이 현신의 대명사로 사용했다.

大曆初, 御史大夫李栖筠[7]由工部侍郎爲浙西觀察使[8], 當是時, 中國新去亂, 仕[9]多避處江淮間, 嘗爲顯官得名聲, 以老故[10]自任者以千百數, 大夫莫之取, 獨晨衣朝服, 從騎吏, 入下里[11]舍請盧君。君時始任戴冠[12], 通詩書, 與其羣日講說周公孔子以相磨礱浸灌[13], 婆娑嬉游[14], 未有捨所爲爲人意。旣起從大夫, 天下未知君者, 惟奇大夫之取人也不常, 必得人; 其知君者, 謂君之從人也非其常守, 必得其從。其後爲太常博士、監察御史、河南府司錄、考功員外郎。年若干而終, 在官擧其職¹⁵。

7   李栖筠(이서균) : 자가 정일(貞一)이고 조군(趙郡 : 지금 하북성 조현) 사람으로
    대력(大曆) 3년(768)에 상주자사(相州刺史)에서 소주자사(蘇州刺史) 겸 어사중
    승(御史中丞)·절서단련관찰사(浙西團練觀察使)로 부임했다.
8   浙西觀察使(절서관찰사) : 행정 중심지가 윤주(潤州) 곧 지금 강소성 진강시(鎭
    江市)에 있었다.
9   仕(사) : '士'자로 된 판본도 있다. '仕'와 '士'는 고대에 서로 통용되었다.
10 老故(노고) : 어른스럽고 듬직해 오래 사귄 친구(老成故舊).
11 下里(하리) : 향촌. 향리.
12 戴冠(대관) : 고대에 남자가 성년이 되면 관례를 거행했는데 보통 20세를 가리킨
    다.
13 磨礱浸灌(마롱침관) : 절차탁마하고 훈도하다. '磨礱'은 '갈고 다듬다'는 뜻이고,
    '浸灌'은 '浸潤(침윤)'과 같이 '물이 점점 배어 들어가다'는 뜻으로 '훈도하다', '영
    향을 미치다'로 풀이된다.
14 婆娑嬉游(파사희유) : 이리저리 서성대며 즐겁게 놀러 다니다. '婆娑'는 여러 가
    지 의미로 쓰이지만 여기서는 '배회하다'는 뜻이다.
15 擧其職(거기직) : 직위에 어울리다. 해당 직무를 충실하게 수행하다.

夫人李姓, 隴西人。君在, 配君子無違德 ; 君歿, 訓子女得母道甚。後君二
十年, 年六十六而終。將合葬, 其子暢命其孫立曰 : "乃祖¹⁶德烈¹⁷靡不聞,
然其詳而信者, 宜莫若吾先人之友。先人之友無在者, 起居丈¹⁸有季曰愈,
能爲古文, 業其家 ; 是必能道吾父事業。汝其往請銘焉。" 立於是奉其父命
奔走來告。愈謂立曰 : "子來宜也, 行不可一二擧¹⁹。且吾之生也後, 不與而
祖²⁰接, 不得詳也。其大者莫若衆所與²¹, 觀所與衆寡, 玆可以審其德矣。
乃祖¹⁶未出而處也, 天下大夫士以爲與古之夔皋者侔, 且可以爲相, 其德不
旣大矣乎! 講說周公孔子, 樂其道, 不樂從事於俗 ; 得所從, 不擇外內奮而
起 : 其進退²²不旣合於義乎! 銘如是, 可以示於今與後也歟!" 立拜手²³曰 :
"唯唯²⁴。"

16 乃祖(내조) : 너의 조부. 자네의 할아버지. 아래의 '而祖(이조)'도 같은 뜻이다.
17 德烈(덕렬) : 공덕. 도덕과 업적.
18 丈(장) : 윗사람에 대한 존칭.
19 一二擧(일이거) : 일일이 열거하다. 하나하나 나열하다.
20 而祖(이조) : 너의 조부. 자네의 할아버지. '而'는 '爾'와 같다.

21 與(여) : 칭찬하다. 지지하다.

22 進退(진퇴) : 나가 벼슬하는 것과 물러나 은둔하는 것.

23 拜手(배수) : 배례(拜禮)의 하나로 무릎을 꿇은 뒤에 두 손을 마주잡아 지면에 대고 머리를 손까지 조아리는 절을 말한다.

24 唯唯(유유) : '네, 네.' 공경과 순종을 나타내는 응답사.

君祖子輿, 濮州濮陽^{25}令 ; 父同, 舒州望江^{26}令。 夫人之祖延宗, 鄆州司馬 ; 父進成, 廓州洛交令。男三人, 暢、申、易 ; 女三人, 皆嫁爲士人^{27}妻。墓在河南緱氏縣梁國之原。其年月日, 元和二年二月十日云。

25 濮州濮陽(복주복양) : 지금 하북성 복양현 동쪽.

26 舒州望江(서주망강) : 지금 안휘성 안경시(安慶市).

27 士人(사인) : 사대부. 유생.

「시주자사 방사군 정부인 빈표」

施州房使君鄭夫人殯表

　부인의 선조는 주(周)나라에서 나왔는데 정(鄭)을 성씨로 삼게 된 것은
처음 정(鄭)나라 땅에 제후로 봉해진 연유에서다. 부인의 증조부는 이름
이 수(隨)고, 조부는 이름이 개(玠)며, 부친은 이름이 강(絳)인데, 모두 후
세에 아름다운 명성을 남겼다. 부인은 방씨(房氏)에게 시집가서 아들 아
홉을 낳았는데, 그들이 좌우에 둘러서서 매년 농작물을 들고 춘추의 제
사를 받들었다. 부인께서는 도덕이 온순하고 근엄해 명성이 나고 관대
했으니 장수하고 부귀해야 마땅한데도 지금 어찌하여 이처럼 잘못 세
상을 떠나셨는가! 영정(永貞) 원년(805) 동지 나흘 전에 임시로 이곳 타향
에 가매장을 했는데, 여기가 부인이 영원히 잠들 진정한 무덤은 아니도
다.

해제

영정(永貞) 원년(805) 겨울 강릉법조참군(江陵法曹參軍) 재직 시에 시주자사(施州刺史) 방무(房武)의 부인 정씨(鄭氏)가 죽어 강릉에 가매장할 때 써준 묘표문. 방사군(房使君)은 방무를 가리키며, 빈표(殯表)는 임시로 가매장을 한 사람에게 써주는 묘표문이다. 문장이 평이하고 간결하며 명료해 가매장용 묘표문에 합당한 글이라는 평가를 받는다.

원문 및 주석

夫人之先出於周, 以鄭爲氏因初侯。曾祖諱隨祖諱玣, 厥考諱絳咸垂休[1]。歸于房宗[2]生九子, 左右黍稷[3]祠春秋。道順德嚴顯且裕, 宜壽而富今何謬! 永貞冬至前四日, 寓殯墳[4]此非其丘。

1 垂休(수휴) : 후세에 아름다운 명성을 남기다.
2 房宗(방종) : 방씨의 선조. 여기서는 방씨 성을 가리킨다.
3 黍稷(서직) : 메기장과 차기장. 중국 고대 주요 농작물로 오곡의 하나인 동시에 오곡을 두루 가리키기도 한다.
4 寓殯墳(우빈분) : 임시로 가매장하다.

HS-199 「청변군왕 양연기 비문」

淸邊郡王楊燕奇碑文

공은 이름이 연기(燕奇)고 자도 연기(燕奇)며 홍농군(弘農郡) 화음현(華陰縣) 사람이다. 조부 지고(知古)는 기주(祁州) 사창(司倉)을 지내셨고, 훌륭하신 부친 문회(文誨)는 천보(天寶) 연간에 실제 평로군아전병마사(平盧軍衙前兵馬使)로 지내시다가 지위가 특진검교태자빈객(特進檢校太子賓客)에 올랐고 홍농군(弘農郡) 개국백(開國伯)에 봉해졌다. 대대로 이민족과의 무역 거래를 관장했는데 은덕과 신용으로 이름이 나서 이민족 사람들도 그를 흠모했다.

안녹산(安祿山)의 난이 일어났을 때 공께서는 나이가 스무 살에 가까웠는데 부친에게 진언해 말씀하셨다.

"아버님께서는 관직을 지키고 계시느라 직무를 버려두고 떠나갈 수 없사온데 왕실이 위난에 처해 있으니 제가 나라를 구하러 달려가겠사옵니다!"

부친이 그를 위해 군대 사령관에게 청한 끝에 공은 여러 장교들의 자제 각 한 사람씩 대동하고 지름길로 대궐을 향해 달려가셨는데, 평복으로 갈아입고 몰래 행군해서 하루에 이백 리 길을 갔다. 천자께서 공을 가상히 여겨 정원 외로 좌금오위대장군(左金吾衛大將軍)에 특별 임명하고 공훈으로 상주국(上柱國)이라는 관직을 하사하셨다.

보응(寶應) 2년(763) 봄에 칙령을 받고 우복야(右僕射) 전신공(田神功) 공의 휘하에서 유전(劉展)의 난을 평정하셨고, 또 그의 부하가 되어 하북(河北) 지방을 항복시켰다. 대력(大曆) 8년(773)에 군대를 이끌고 사령관 이면(李勉)을 임지인 활주(滑州)까지 호송하셨다. 대력 9년(774)에는 사령관을 호송하고 장안으로 가서 황제를 알현하셨다. 건중(建中) 2년(781)에는 변주성(汴州城)을 건설하는 공사에서 공로가 가장 컸다. 건중 3년(782)에 이희열(李希烈)을 공격하는 전투에 참가했을 적에 가장 먼저 성루에 오르셨다. 정원(貞元) 2년(786)에 사도(司徒) 유현좌(劉玄佐) 공의 부하가 되어 변주(汴州)를 수복하셨다. 정원 12년(796)에는 여러 장수들과 함께 성을 끼고 반란을 한 자들을 체포해 도성으로 압송하셨는데, 그 사태가 평정되고 난 뒤에 어사대부(御史大夫)에 임명되어 실제 1백호의 식읍을 봉록으로 받았으며 특별 하사품으로 빛깔이 화려한 비단까지 받으셨다. 정원 14년(798) 5월 아무 날에 향년 61세를 일기로 댁에서 세상을 떠나셨다. 공이 처음 좌금오위대장군에 임명된 뒤부터 대개 15차례나 승진을 거듭해 어사대부가 되셨으며, 직무는 절도압아(節度押衙)·우상병마사(右廂兵馬使) 겸 마군선봉병마사(馬軍先鋒兵馬使)였고 위계는 특진(特進)이었으며, 공훈은 상주국이었고 작위는 청변군왕(淸邊郡王)이었으며, 식읍은 명의상으로 3백호에서 3천호에 이르렀지만 실제는 5백호를 받으셨다.

공이 머리를 묶고 성년이 된 때부터 종군한 지 40여 년 동안에 적을 공격하면 무너뜨리지 못할 만큼 견고한 것이 없었고 성을 지키면 반드시 완전무결하게 수비하셨다. 위기에 봉착하고 어려움에 처하면 길게 흐느끼면서도 분발했고, 용병술에 있어서는 적합한 시기를 잘 잡아서 그 기민함이 신출귀몰하셨다. 의로운 죽음을 두려워하지 않고 요행스럽게 살아남는 것을 영광으로 여기지 않으셨다. 따라서 군왕을 모심에 있어 과단성이 있어 의심을 살 행동을 한 적이 없고, 상관을 섬김에 있어서도 말에 이견이 없으셨다.

당초 우복야 전신공 공의 모친이 기주(冀州)에 격리되어 있었던 터에 공이 홀로 가서 영접해오기를 청하셨는데, 적의 성채에 계략을 써서 죽음을 각오해야 할 땅에 들어가 결국 그 노모를 모셔왔다. 전신공 공이 공의 은덕에 감격해 부자의 연을 맺었으니, 공은 비로소 성이 전씨로 되었다가 전신공 공이 돌아간 뒤에 원래 성인 양씨를 회복하셨다. 대를 이을 아들은 통왕부(通王府)의 속관인 양정(良禎)인데, 그해 10월 경인(庚寅)에 공을 개봉현(開封縣) 노릉강(魯陵岡)에 장사지내고 농서군부인(隴西郡夫人) 이씨(李氏)를 합장했다. 이씨 부인은 청이군(淸夷郡) 태수 이우(李祐)의 손녀고, 어양군(漁陽郡) 장사(長史) 이헌(李獻)의 딸이다. 부인은 부드럽고 선량하며 현숙하고 총명한 분인데 공보다 먼저 세상을 떠나셨다. 부인은 4남 3녀를 두셨다. 두 번째 부인은 하남군부인(河南郡夫人) 옹씨(雍氏)인데 아무 관리의 손녀고 아무 관리의 딸이다. 두 번째 부인은 1남 2녀를 두셨는데 모두 탁월한 성품과 순수한 품행을 타고났다. 옹씨 부인은 자녀를 똑같이 사랑으로 감싸고 공평하게 양육했기에 친척들이 아무런 차별을 발견하지 못했다. 학덕이 있는 군자들은 이를 통해 양연기 공의 인덕이 그의 가정에서도 잘 베풀어졌음을 알 수 있을 것이다. 명문(銘文)은 다음과 같다.

올곧고 굳센 대장부
국가가 우환에 빠진 때를 만나셨네.

감분해 눈물을 흘리며 양친께 하직하고
국난을 평정하기 위해 조정으로 달려가셨네.
그로부터 줄곧
맡은 직무에 충실하셨네.
40여 년 동안
상관을 보좌하시기도 하고 홀로 감당하기도 하셨네.
견고한 성을 공격하고 위험한 땅을 보위해
작위가 이미 높이 올랐으며
현명하면서도 신중해
늘그막에도 게으름 피우지 않으셨네.
노릉(魯陵)의 언덕은
채하(蔡河) 옆에 있는데
효심이 지극한 효자들이
부친의 공훈과 업적을 드러내려고 하네.
여기 돌에 새겨 기록해
후손들에게 가르침을 내리네.

해제

정원 14년(798) 5월 선무군(宣武軍) 절도추관(節度推官) 재직 시에 지은 청변군왕(淸邊郡王) 양연기(楊燕奇, 738-798) 묘비문. 양연기는 변경 지방에서 소수민족과 무역 거래를 하여 신뢰를 쌓은 집안 출신으로 18세 때 안녹산의 난이 발발하자 군대에 투신해 용감하게 반군을 무찌르고 혁혁한 공을 세워 관직이 어사대부(御史大夫)에까지 오르고 청변군왕으로 봉해졌다. 이 글은 양연기가 국난에 즈음해 양친에게 하직하고 국가 보위에 앞장 선 내용과 인품 및 덕행은 상세하게 서술하고, 관직 생활은 매우 간결하게 압축했다. 이밖에 '德(덕)'이라는 한 글자로 전문을 개괄한 것도 돋보이는 대목이다. 글의 앞뒤 맥락이 잘 조응하고 구조도 정밀해 번잡하다는 느낌이 들지 않기 때문에 작자의 비지문(碑誌文) 중에서 걸작으로 손꼽힌다.

원문 및 주석

公諱¹燕奇, 字燕奇, 弘農華陰²人也。大父³知古, 祁州⁴司倉 ; 烈考⁵文誨, 天寶中實爲平盧⁶衙前兵馬使, 位至特進檢校太子賓客⁷, 封弘農郡開國伯, 世掌諸蕃互市⁸, 恩信⁹著明, 夷人¹⁰慕之。

1 諱(휘) : 작고한 사람의 이름 앞에 붙여 존경을 표시한다.
2 弘農華陰(홍농화음) : 홍농군(弘農郡)은 군청 소재지가 지금 하남성(河南省) 영보현(靈寶縣) 북쪽에 있었으며, 화음(華陰 : 지금 섬서성 화음현)은 그 관할 구역에 속한다.
3 大父(대부) : 조부. 할아버지.
4 祁州(기주) : 주 이름으로 주청 소재지가 지금 하북성(河北省) 무극현(無極縣)에 있었다.
5 烈考(열고) : 이미 돌아가신 부친에 대한 미칭.
6 平盧(평로) : 평로군(平盧軍). 당 현종(玄宗) 때에 설치한 10개 절도사의 하나로 막부가 영주(營州 : 지금 요녕성(遼寧省) 조양현(朝陽縣)에 있었다. 안녹산이 반란을 일으킬 때 이 지역을 근거지의 하나로 삼았다.
7 特進檢校太子賓客(특진검교태자빈객) : '特進'은 산관(散官)으로 정2품이고, '檢校'는 칙령이 있기는 했지만 실제 제수 받지는 않은 겸직 관명이며, '太子賓客'은 정3품인 동궁(東宮)의 관직이다.
8 互市(호시) : 민족 또는 국가 사이에 이루어지는 무역 활동을 가리킨다.
9 恩信(은신) : 은덕과 신의.
10 夷人(이인) : 고대 중국의 동쪽 지역에 거주하던 각 민족으로 여기서는 중국 경

내 한족 이외 다른 소수민족의 통칭으로 쓰였다.

祿山之亂^{11}, 公年幾二十^{12}, 進言於其父曰:"大人守官, 宜不得去, 王室在
難, 某^{13}其行矣!" 其父爲之請於戎帥^{14}, 遂率諸將校之子弟各一人間道^{15}趨
闕^{16}, 變服詭行^{17}, 日倍百里. 天子嘉之, 特拜左金吾衛大將軍^{18}員外置^{19},
賜勳^{20}上柱國^{21}.

11　祿山之亂(녹산지란) : 안녹산의 난. 안녹산은 본명이 강알형산(康軋滎山)인데 모
　　친이 돌궐 사람 안연언(安延偃)에게 개가함에 따라 성명을 바꾸게 되었다. 평로
　　(平盧)·범양(范陽)·하동(河東) 세 절도사를 겸하고 있던 중, 천보(天寶) 14년
　　(755) 양국충(楊國忠)을 토벌한다는 명분으로 반란을 일으켰다.
12　年幾二十(연기이십) : 양연기는 개원(開元) 26년(738)에 출생했으므로 천보 14년
　　은 그가 18세가 되던 해다. '幾'는 '거의 다 되었다'는 뜻으로 쓰였다.
13　某(모) : 자신을 지칭한다. '아(我)' 또는 본명 대신에 쓰이는 대명사다.
14　戎帥(융사) : 군대 사령관을 가리킨다.
15　間道(간도) : 지름길. 외진 오솔길.
16　闕(궐) : 궁궐. 황제가 사는 곳.
17　詭行(궤행) : 몰래 행군하다. 은밀하게 서둘러 가다.
18　金吾衛大將軍(금오위대장군) : '左右金吾衛大將軍(좌우금오위대장군)'은 정3품으
　　로 궁궐과 수도의 경비를 담당하는 부서의 우두머리다.
19　員外置(원외치) : 정원 이외 추가로 뽑아둔 관리.
20　賜勳(사훈) : 공훈을 하사하다.
21　上柱國(상주국) : 훈관 중에 가장 높은 것으로 정2품. 중국의 고대 관제는 본관
　　(本官)·산관(散官)·훈관(勳官)·작호(爵號) 등으로 구분되는데, 훈관은 공적
　　이 있는 사람에게 수여하는 것으로 명성과 지위는 매우 높지만 실제 직무는 없
　　다.

實應二年春, 詔從僕射田公^{22}平劉展, 又從下河北^{23}. 大曆八年, 帥師^{24}納戎
帥勉^{25}于滑州^{26}. 九年, 從朝^{27}于京師. 建中二年, 城汴州^{28}, 功勞居多. 三
年, 從攻李希烈^{29}, 先登. 貞元二年, 從司徒劉公^{30}復汴州. 十二年, 與諸將
執以城叛者^{31}歸之于京師 ; 事平, 授御史大夫, 食^{32}實封^{33}百戶, 賜繒綵^{34}有
加. 十四年, 年六十一, 五月某日終于家. 自始命左金吾大將軍, 凡十五遷
爲御史大夫, 職爲節度押衙·右廂兵馬使, 兼馬軍先鋒兵馬使, 階^{35}爲特進,
勳^{36}爲上柱國, 爵^{37}爲淸邊郡王, 食虛邑^{38}自三百戶至三千戶, 眞食五百戶

終焉。

22 田公(전공) : 전신공(田神功). 기주(冀州) 남궁(南宮 : 지금 하북성 소속) 사람.

23 河北(하북) : 황하 이북. 정관(貞觀) 초에 하북도(河北道)를 설치했는데 도청 소재지가 지금 하북성 대명현(大名縣)에 있었다.

24 帥師(솔사) : 군대를 이끌다.

25 勉(면) : 이면(李勉). 자가 현경(玄卿)이고 정왕(鄭王) 이원의(李元懿)의 증손이다. 대력(大曆) 8년(773) 3월에 공부상서(工部尚書)로서 어사대부와 활주자사(滑州刺史)를 겸임하고, 영평군(永平軍)절도사와 활박(滑亳)관찰사 등의 직무를 부여받았다.

26 滑州(활주) : 주청 소재지가 지금 하남성 활현(滑縣)에 있었다.

27 從朝(종조) : 사령관을 호송해 궁궐에 가서 황제를 알현하다.

28 城汴州(성변주) : 건중(建中) 2년(781) 3월에 변주에 성을 쌓은 일을 가리킨다. 변주는 주청 소재지가 지금 하남성 개봉시(開封市)에 있었다.

29 李希烈(이희열) : 연주(燕州) 요서[遼西 : 지금 하북성 순의현(順義縣)] 사람으로 건중 3년(782) 7월에 검교사공(檢校司空)에 임명되었지만 뒤에 반란을 일으켰다.

30 劉公(유공) : 유흡(劉洽, 730-787). 현좌(玄佐)라는 이름을 하사받았으며 활주(滑州) 광성[匡城 : 지금 하남성 장원현(長垣縣) 서남] 사람으로 관직이 검교사공(檢校司空)까지 이르렀다.

31 以城叛者(이성반자) : 이내(李迺). 정원(貞元) 12년(796) 6월에 선무군(宣武軍)절도사 이만영(李萬榮)이 병으로 죽자 그의 아들 이내가 스스로 병마사(兵馬使)에 올랐지만, 다른 군인들이 그를 체포해 장안으로 압송한 일을 가리킨다.

32 食(식) : 식읍으로 받다. 봉록을 누리다.

33 實封(실봉) : 실제로 받은 봉호(封戶).

34 繒綵(증채) : 빛깔이 화려한 비단. 색깔이 곱게 들어 있는 견직물.

35 階(계) : 관계(官階). 위계.

36 勳(훈) : 공훈. 훈관의 등급. 공이 있는 관리에게 수여하는 명예 호칭으로 실제 직무는 없다.

37 爵(작) : 작위.

38 虛邑(허읍) : 명의상의 봉읍(封邑)으로 실제로 세금을 징수할 경제적 권한은 없었다.

公結髮[39]從軍四十餘年, 敵攻無堅[40], 城守必完, 臨危蹈難[41], 獻欷[42]感發[43], 乘機應會[44], 捷出神怪[45] ; 不畏義死, 不榮幸生 ; 故其事君無疑行[46], 其事上無間言[47]。

39 結髮(결발) : 머리를 묶다. 고대에 남자는 머리를 묶어 성년이 되었음을 알렸다.

40 無堅(무견) : 깨뜨려지지 않을 만큼 견고한 것은 아무 것도 없다.
41 蹈難(도난) : 어려움을 견디다. 어려움을 감내하다.
42 歔欷(허희) : 길게 탄식하며 흑흑 흐느껴 울다.
43 感發(감발) : 감격해 분발하다.
44 乘機應會(승기응회) : 임기응변하다. 적합한 때를 잘 잡다.
45 神怪(신괴) : 신출귀몰하다.
46 疑行(의행) : 과감하지 못하고 미심쩍어 하는 행위
47 間言(간언) : 이견. 사사로운 개인적인 의견.

初, 僕射田公其母隔于冀州⁴⁸, 公獨請往迎之, 經營⁴⁹賊城, 出入死地, 卒致⁵⁰
其母。田公德⁵¹之, 約爲父子, 故公始姓田氏 ; 田公終而後復其族焉。嗣子
通王⁵²屬良禎, 以其年⁵³十月庚寅葬公于開封縣魯陵岡, 隴西郡夫人李氏祔⁵⁴
焉。夫人清夷郡⁵⁵太守祐之孫, 漁陽郡⁵⁶長史獻之女。柔嘉淑明, 先公而殂⁵⁷。
有男四人, 女三人。後夫人河南郡⁵⁸夫人雍氏, 某官之孫, 某官之女。有男
一人, 女二人, 咸有至性⁵⁹純行。夫人同仁均養⁶⁰, 親族不知異焉。君子於
是知楊公之德又行於家也。銘曰 :

48 冀州(기주) : 주 이름으로 주청 소재지가 지금 하북성 기현(冀縣)에 있었다.
49 經營(경영) : 주선하다. 계략을 꾸미다.
50 致(치) : 데리고 오다.
51 德(덕) : 은덕에 감격하다.
52 通王(통왕) : 당나라 덕종(德宗)의 셋째 아들로 이름이 이심(李諶)인데 당시에 하
       동(河東)・선무군(宣武軍)절도사를 거느리고 있었다.
53 其年(기년) : 그해. 정원(貞元) 14년(798).
54 祔(부) : 합장하다.
55 清夷郡(청이군) : 군청 소재지가 지금 하북성 회래현(懷來縣)에 있었다.
56 漁陽郡(어양군) : 군청 소재지가 지금 하북성 계현(薊縣)에 있었다.
57 殂(조) : 죽다.
58 河南郡(하남군) : 군청 소재지가 지금 하남성 낙양시(洛陽市)에 있었다.
59 至性(지성) : 천부적으로 타고난 탁월한 본성.
60 同仁均養(동인균양) : 친자식과 똑같이 사랑으로 감싸고 공평하게 양육하다.

烈烈⁶¹大夫, 逢時之虞⁶²。感泣辭親, 從難于秦⁶³。維玆爰始⁶⁴, 遂勤其事。
四十餘年, 或神⁶⁵或專⁶⁶。攻牢⁶⁷保危, 爵位已隮⁶⁸ ; 旣明且愼, 終老無隳⁶⁹。

魯陵之岡, 蔡河在側; 烝烝^{70}孝子, 思顯勳績。斲石^{71}于此, 式垂^{72}後嗣^{73}。

61 烈烈(열렬) : 올곧고 굳센 모양.
62 虞(우) : 우환. 걱정.
63 秦(진) : 조정을 가리킨다. 당나라 때 경기(京畿) 지방이 지금 섬서성(陝西省) 서
    안시(西安市)에 있었으므로 습관적으로 섬서성 일대를 '秦'으로 불렀다.
64 維玆爰始(유자원시) : 지금부터. 이 이후로. '維'는 발어사고, '爰'은 '이에', '그리
    하여'의 뜻이다.
65 裨(비) : 보좌하다.
66 專(전) : 주관하다. 관장하다. 홀로 감당하다.
67 牢(뇌) : 견고하다.
68 隮(제) : 오르다. 높은 데 올라가다.
69 墮(휴) : 게으르다. 나태하다.
70 烝烝(증증) : 효심이 지극한 모양.
71 斲石(착석) : 돌에 새기다.
72 式垂(식수) : 후세 사람들에게 모범을 보이다.
73 後嗣(후사) : 후대. 자손.

HS-200 「하남소윤 배선생 묘지명」

河南少尹裴君墓誌銘

공은 이름이 복(復)이고 자가 무소(茂紹)며 하동(河東) 사람이다. 증조부 배원간(裴元簡)은 대리정(大理正)을, 조부 배광(裴曠)은 어사중승(御史中丞)과 경기채방사(京畿採訪使)를 지내셨다. 부친 배규(裴虬)는 기백과 책략을 가지고 과감하게 황제에게 간언을 하여 간의대부(諫議大夫)가 되어 정치적으로 해결하기 어려운 문제들을 끌어와 바로잡아서, 대종(代宗) 황제의 조정에서 총애를 받는 신하가 되었다. 여러 차례 관직을 사양하고 받아들이려 하지 않으시다가 사후에 공부상서(工部尙書)에 추증되었다.

공은 현량방정능직언극간과(賢良方正能直言極諫科)에 선발되어 동관현위(同官縣尉)에 임명되었다. 우복야(右僕射) 남양공(南陽公) 장건봉(張建封) 각하께서 서주(徐州)에 부임해 절도부(節度府)를 열 때 공을 불러 장서기(掌書記)에 임명했는데 두 차례 승진해 시어사(侍御史)가 되셨다. 조정에 들어가서는 전중시어사(殿中侍御史)를 지낸 뒤 여러 차례 승진해 형부낭중(刑部郎

中)이 되셨다. 병이 위독해지자 하남소윤(河南少尹)으로 전근하게 되어 수레를 타고 임지에 도착했는데, 부임한 지 며칠이 지나지 않아 세상을 떠나셨으니, 그 날은 원화(元和) 3년(808) 4월 23일로 향년 50세였다. 부인은 박릉(博陵) 최씨(崔氏)로 소부감(少府監) 최정(崔頲)의 딸이시다. 아들 셋을 두셨는데, 장남 배경(裴璟)과 둘째 배질(裴質)은 모두 이미 성인이 되었고, 막내아들은 이제 6살로 이름이 배충랑(裴充郎)이다. 장례 일자를 점치니 공이 사망한 4월 임인일(壬寅日)로 나와서 바로 그날 동도 낙양의 북망산(北邙山) 북쪽 두적촌(杜翟村)에 장사지냈다.

공은 어려서부터 문장에 뛰어나 14살 때 「제때 내리는 비(時雨)」라는 제목의 시를 지어 올리니 대종(代宗)께서 유능하다고 여기시고 그를 불러 한림학사(翰林學士)로 삼으려고 했지만, 공의 부친 상서(尙書) 공께서 그 임명을 거두어달라고 청원하며 "이 아이가 학업을 마칠 수 있기를 원하옵나이다"라고 했다. 계모의 상을 당하자 천자께서 조문 사절을 보내고 또 상서 공에게 칙령을 내려 "아버지가 충신이더니 아들도 과연 효자로군, 짐이 상을 내려 천하 사람들을 독려하고자 한다. 계모의 상이 끝나면 기필코 한림학사로 삼을 것이다"라고 했다. 서주의 절도부에서 근무할 때는 근면하고 공로가 많으셨으며, 조정에 있을 때는 공손하고 검약함으로 직무를 잘 수행하셨다. 거상 중에는 좋은 평판을 받으셨고, 여러 동생들을 우애로 대하고 잘 가르치셨으며, 과부가 된 여동생을 집에서 편안히 살게 해주고 고아가 된 조카를 거두어 부양하면서 특별히 은혜를 베풀어 주시느라, 열 한 차례 관직을 역임했음에도 도성에 집 한 칸 없고 들판에 전답이 없었으며 장례를 치를 재산도 남겨둔 게 없었으니 이것으로 공의 묘지명을 지어줄 만하도다! 명문(銘文)은 다음과 같다.

배씨는 이름난 성씨로

당나라에 들어와 더욱 번창했네.
분가를 해나간 일족들도
제각기 큰 가문을 이루었네.
오직 공의 계파만이
덕이 훌륭한데도 관직이 미천했다.
자자손손이
그 명성을 대대로 이어갔다.
진양현(晉陽縣)에 사는 일족은
화기애애하고 공경하며
서로 간에 배척하지도 편애하지도 않고서
어린이나 어른이나 한결같이 대했네.
어찌하여 수명이 길지 않고
봉록도 많지 않은지!
이런 사람은 반드시 후손이 잘 될 것이라고 하지만
진실로 그러하겠는가!

해제

원화 3년(808) 국자박사(國子博士)로서 동도에서 근무할 때 지은 배복(裴
復) 묘지명. 배복은 하남소윤(河南少尹)으로 생을 마감한 사람으로 어릴
때 「시우(時雨)」라는 시를 지어 올려 대종(代宗) 황제의 인정을 받는 등
글재주가 뛰어났지만, 역임한 11개 관직이 모두 높지 않아 세상에 크게
쓰이지 못했다. 작자는 이 점을 애석하게 생각하며, 개인적인 이익을 도
모하지 않는 청렴한 관직생활과 부모에 대한 효도 및 동생들에 대한 우

애에 이르기까지 그의 고매한 인품을 높이 평가했다. 배복의 정치적 업적에 대해 구체적으로 묘사하지 않고, "근면하고 공로가 많음(勤勞)", "공손하고 검약함(恭儉)", "집과 전답이 없음(無宅無田)", "장례를 치를 재산이 없음(無資爲葬)"과 같은 서술적인 언어로 그의 직무 태도와 고상한 인품을 설명해 독자에게 선명한 인상을 남기고 있다.

원문 및 주석

公諱復, 字茂紹, 河東¹人。曾大父元簡, 大理正。大父曠, 御史中丞、京畿²探訪使。父虬, 以有氣略³敢諫諍⁴爲諫議大夫, 引正大疑, 有寵代宗朝, 屢辭官不肯拜, 卒贈工部尚書。

1 河東(하동) : 지금 산서성 태원시(太原市).
2 京畿(경기) : 수도와 그 행정 관서가 관할하는 지역.
3 氣略(기략) : 기백과 책략. 도량과 모략.
4 諫諍(간쟁) : 잘못을 바른 말로 정중하게 타이르다.

公擧賢良⁵, 拜同官⁶尉。僕射南陽公⁷開府⁸徐州, 召公主書記, 二遷至侍御史, 入朝歷殿中侍御史, 累遷至刑部郎中, 疾病⁹, 改河南少尹, 興至官, 若干日卒, 實元和三年四月二十三日, 享年五十。夫人博陵¹⁰崔氏, 少府監頲之女。男三人, 璟質皆旣冠¹¹, 其季始六歲, 日充郎。卜¹²葬, 得公卒之四月壬寅¹³, 遂以其日葬東都芒山¹⁴之陰¹⁵杜翟村。

5 賢良(현량) : 현량방정능직언극간과(賢良方正能直言極諫科)를 가리킨다. 당나라 때 과거 과목의 하나로 천거된 자는 정치의 잘잘못을 직설적인 언어로 끝까지 간쟁해야 했다.
6 同官(동관) : 현(縣) 이름. 지금 섬서성 동천시(銅川市).
7 僕射南陽公(복야남양공) : 우복야(右僕射) 남양공 장건봉(張建封, 735-800).

8 開府(개부) : 고급 관리가 부서를 열고 소속 관리를 선발 배치하는 것을 말한다. 장건봉이 정원(貞元) 4년에 무녕군(武寧軍)절도사가 된 것을 가리킨다.
9 疾病(질병) : 병이 위독해지다.
10 博陵(박릉) : 군(郡) 이름. 하북도(河北道) 정주(定州)로 지금 하북성 정현(定縣).
11 冠(관) : 고대에 남자가 성인이 되면 관례를 거행했다. 보통 20살 때 했다.
12 卜(복) : 점치다. 날을 받다.
13 일본 사람 평강무부(平岡武夫)의 『당대의 책력(唐代の曆)』에 의하면 원화(元和) 3년(808) 4월에는 '壬寅日(임인일)'이 없고 4월 23일은 '乙亥日(을해일)'이라고 한다.
14 芒山(망산) : 북망산(北邙山). 낙양시(洛陽市) 동북방에 있다.
15 陰(음) : 산의 북쪽.

公幼有文, 年十四上時雨詩, 代宗以爲能, 將召入爲翰林學士 ; 尙書公請
免曰 : "願使卒學." 丁¹⁶後母¹⁷喪, 上使臨弔, 又詔尙書公曰 : "父忠而子果
孝, 吾加賜以屬¹⁸天下. 終喪, 必且以爲翰林." 其在徐州府, 能勤而有勞 ;
在朝, 以恭儉守其職 ; 居喪¹⁹必有聞 ; 待諸弟友以善敎 ; 館²⁰嫠妹²¹, 畜²²孤
甥²³, 能別而有恩 ; 歷十一官而無宅於都, 無田於野, 無遺資以爲葬 : 斯其
可銘也已! 銘曰 :

16 丁(정) : 당하다. 일을 만나다.
17 後母(후모) : 계모.
18 厲(여) : 격려하다. 독려하다. 권장하다. '勵'와 통한다.
19 居喪(거상) : 직계 존속의 상을 치루는 기간에 있다.
20 館(관) : 살도록 해주다. 거처를 마련해주다.
21 嫠妹(이매) : 과부가 된 여동생.
22 畜(축) : 기르다. 부양하다.
23 孤甥(고생) : 고아가 된 조카. 과부가 된 여동생의 아들을 가리킨다.

裴爲顯姓²⁴, 入唐尤盛。支分族離, 各爲大家。惟公之系, 德隆位細。曰子
曰孫, 厥聲世繼。晉陽²⁵之色, 愉愉²⁶翼翼²⁷。無外無私, 幼壯若一。何壽之
不遐, 而祿之不多! 謂必有後, 其又信然耶!

24 顯姓(현성) : 배씨는 전욱(顓頊)의 후예로 고요(咎陶)와 백익(伯益)이 먼 조상이다.
25 晉陽(진양) : 현(縣) 이름. 당나라 때에 하동도(河東道) 태원부(太原府)에 속했으며, 배씨의 조상들이 하동에 살았다. 지금 산서성 태원시에 해당한다.
26 愉愉(유유) : 유쾌하고 화락한 모양.
27 翼翼(익익) : 공경하고 삼가는 모양.

HS-201 「국자조교 하동 설선생 묘지명」

國子助敎河東薛君墓誌銘

선생은 이름이 공달(公達)이고 자가 대순(大順)이며 성은 설씨(薛氏)다. 증조부는 설희장(薛希莊)인데 무주자사(撫州刺史)를 지냈고 사후에 대리경(大理卿)에 추증되었다. 조부는 설원휘(薛元暉)인데 과주(果州) 유계현(流溪縣) 현승을 지냈고 사후에 좌산기상시(左散騎常侍)에 추증되었다. 부친은 설파(薛播)인데 상서성 예부시랑(禮部侍郎)을 역임했다. 시랑께서 선생을 자신의 가형인 설거(薛據)의 양자로 들어가게 했는데, 설거는 상서성 수부낭중(水部郎中)을 지냈고 사후에 급사중(給事中)에 추증되었다.

선생은 소싯적에 패기가 왕성했고 문장을 지음에 기세와 힘이 넘쳤으며, 신기함을 힘써 추구해 세속의 조류를 따르지 않는 글쓰기에 주력했다. 처음 도성으로 올라와 진사과에 응시했을 적에도 이미 합격을 한 선배들에게 읍양(揖讓)의 예를 표하지 않았다. 「호마(胡馬)」와 「원구(圓丘)」라는 제목의 시 두 편을 지으니, 도성 사람들이 그 시의 원고를 보기도 전에 입에서 입으로 전하며 익숙하게 외울 정도였다. 진사에 급제한 뒤에 태자가령시(太子家令寺)의 주부(主簿)에 임명되었고, 봉상관찰사(鳳翔觀察使)의 보좌관이 되었다. 관찰사가 군인인 관계로 선생이 그를 대신해 조정에 올리는 서한이나 상주문을 지었는데, 구두를 제대로 떼지 못하고 잘못 읽어서 온 관찰부에 전해져 웃음거리가 되었지만 선생은 그 때문에 자신의 문체를 바꾸지 않았다. 훗날 9월 9일에 전 군인이 다 모여서 하는 활쏘기 대회에 과녁을 설치했는데 그 높이가 백 수십 자가 넘었다. 사령관이 명령하기를 "명중을 하면 얼마간의 비단과 황금을 상으로 준다"라고 했다. 모든 군인들이 다 쏘았지만 아무도 명중시키지 못했다. 이에 선생이 활을 들고 허리에 화살 두 개를 꼽고는 손에 화살 하나를 쥐고 자리에서 일어나 사령관에게 예를 표하며 "공을 위해 흥을 돋우고자 합니다"라고 했다. 그러고 나서 활 쏘는 장소를 향해 가니 자리에 있는 모든 군인들이 일어나 선생을 따라갔다. 세 발을 쏘니 세 발이 연달아 다 명중했고, 과녁이 망가져 버려 다시 쏠 수가 없었다. 명중을 할 때마다 모든 군인들이 크게 외치며 웃었는데, 연달아 세 차례나 크게 외치고 웃자 사령관이 시간이 흐를수록 기뻐하지 않는 모양을 보였기 때문에 선생은 스스로 사직하고 떠나갔다. 훗날 하양군(河陽軍)절도사의 보좌관이 되었는데, 업무 처리에 있어 해로운 일을 없애고 이로운 사업을 일으켜 공적이 컸다. 협률랑(協律郎)에 임명된 뒤로는 점차 소싯적의 기벽한 습성을 버리고 다른 사람들과 같은 보조를 취했다. 지금 천자께서 태학의 관리들을 정비하실 때에 조정의 공경 대신 중에 어떤 사람이 선생을 천거해 황제가 칙령을 내려 국자조교에 임명하고 동도 낙양의 국자학 생도들을 가르치게 했다. 원화(元和) 4년(809) 나이 47세이던 해 2월 14일에 병을 얻어 갑자기 세상을 떠났다.

선생은 두 차례 결혼을 했는데 첫째 부인은 낭야(琅邪) 왕씨(王氏)고, 둘째 부인은 경조(京兆) 위씨(韋氏)였다. 전후로 두 부인이 도합 4남 5녀를 낳았는데, 사내아이들은 태어나자마자 바로 죽어 버렸다. 급사중 설거로부터 선생에 이르기까지 두 세대에 걸쳐 모두 후사가 끊어졌지만, 그들 두 사람은 모두 그 당시에 명성이 있었다. 선생이 임종할 때 유언하기를 "공의(公儀)의 아들 이이(已已)를 나의 후사로 삼아라"라고 했다. 그해 윤3월 21일에 시태자통사사인(試太子通事舍人)인 선생의 동생 설공의와 경조부사록(京兆府司錄)인 동생 설공간(薛公幹)이 선생의 상여를 낙양에서 고향으로 운구해 와서 5월 15일에 경조부(京兆府) 만년현(萬年縣) 소릉원(少陵原)에 안장하고 전처 왕씨 부인과 합장했다. 명문(銘文)은 다음과 같다.

벼슬길이 순조롭지 못한 것은
당시 사람들의 비난 때문이나
몸이 천수를 누리지 못한 것은
또 누구를 책망하겠는가?
두 세대에 걸쳐 후사가 끊어졌지만 다시 이어졌으니
제사는 끊이지 않으리라.

해제

원화 4년(809) 3월 국자박사로 동도 낙양에서 근무할 때 동료로 국자조교(國子助敎)로 재직하다가 급사(急死)한 설공달(薛公達)에게 바친 묘지명. 국자조교는 국자감 관할 하의 국자학에 둔 종6품상의 관직인데, 조교 2인이 박사를 보좌해 학생들을 가르쳤다. 작자는 설공달과 일찍부터 교분을 나누어 우정이 깊었기 때문에 그의 갑작스런 죽음 앞에 깊은 애도의 심정을 품었다. 그리하여 그의 죽음을 애도해 「제설조교문(祭薛助敎

文」(HS-163)을 써주고 또 이 묘지명도 지었다. 설공달은 기개가 고상하고 재능이 출중해 시속을 따르지 않는 기벽한 성품을 지녔는데, 그로 인해 세상에 크게 쓰이지는 못했다. 짤막한 글이지만 설공달이 봉상군(鳳翔軍)에 재직할 때의 활쏘기 대회 장면을 중점적으로 부각시켜 매우 생동적이고 구체적으로 묘사한 점이 돋보인다. 그의 기막힌 활 솜씨가 참가한 다른 군인들로부터는 호평을 받았지만, 진작 사령관의 환심은 사지 못하여 사직할 수밖에 없었음을 들어 세상사가 공평하지 않다는 점을 드러내고 있다.

원문 및 주석

君諱公達, 字大順, 薛姓。曾祖曰希莊, 撫州[1]刺史, 贈大理卿[2] ; 祖曰元暉, 果州[3]流溪縣丞, 贈左散騎常侍[4] ; 父曰播[5], 尚書禮部侍郎[6]。侍郎命君後[7]兄據, 據爲尙書水部郞中[8], 贈給事中[9]。

1　撫州(무주) : 주청 소재지가 지금 강서성 임천현(臨川縣)에 있었다.
2　大理卿(대리경) : 국가의 형옥(刑獄)을 관장하는 관서인 대리시(大理寺)의 장관.
3　果州(과주) : 주청 소재지가 지금 사천성 남충현(南充縣)에 있었다.
4　左散騎常侍(좌산기상시) : 문하성(門下省) 산하의 종3품에 해당하는 관직으로 황제의 좌우에서 시중들며 고문직을 담당했다.
5　播(파) : 설원휘(薛元暉)에게는 거(據)·총(摠)·파(播)의 세 아들이 있었다.
6　禮部侍郎(예부시랑) : 예부는 상서성(尙書省) 소속 6부의 하나로 국가의 예의와 교육 업무를 관장했다. 그 부서의 장관이 상서(尙書)고 시랑은 차관이다.
7　後(후) : 동사로 쓰여 '양자로 들어가다', '양자로 삼다'는 뜻이다.
8　水部郎中(수부낭중) : 수부는 상서성 공부(工部) 소속 관서로 국가의 수리 사업을 관장했는데 그 장관이 낭중으로 종5품상이다.
9　給事中(급사중) : 문하성 산하의 정5품상에 해당하는 관직으로 황제의 좌우에서 시중들며 고문직을 담당하고 문하성 내의 일을 나누어 맡았다.

君少氣高, 爲文有氣力, 務出於奇, 以不同俗爲主。始擧進士, 不與先輩[10] 揖[11]。作胡馬及圓丘[12]詩, 京師人未見其書, 皆口相傳以熟。及擢第[13], 補[14] 家令[15]主簿[16], 佐鳳翔軍[17]。軍帥[18]武人, 君爲作書奏[19], 讀不識句, 傳一幕[20] 以爲笑, 不爲變。後九月九日大會射, 設標的[21], 高出百數十尺, 令曰:"中, 酬錦與金若干。"一軍盡射, 莫能中。君執弓, 腰二矢, 指一矢以興, 揖其帥 曰:"請以爲公歡。"遂適[22]射所, 一座皆起, 隨之。射三發, 連三中, 的壞不 可復射。中輒一軍大呼以笑, 連三大呼笑, 帥益不喜, 旣自免去。後佐河陽 軍[23], 任事去害興利, 功爲多。拜協律郎[24], 益[25]棄奇, 與人爲同。今天子修 太學官, 有公卿言[26], 詔拜國子助敎, 分敎[27]東都生。元和四年年卅[28]七, 二 月十四日疾暴卒。

---

10 先輩(선배): 당나라 때에 진사시에 합격한 사람들끼리 부르던 호칭. 여기서는 자기보다 먼저 진사시에 합격한 사람을 가리킨다.

11 揖(읍): 두 손을 가슴 앞에 움켜쥐고 예를 표하다.

12 胡馬及圓丘(호마급원구): 「호마」와 「원구」의 두 시 제목. 지금 둘 다 전하지 않 는다. 참고로 '圓丘'는 '圜丘(원구)'로도 적는데, 고대에 하늘에 제사지내던 원형 의 높은 단을 가리킨다.

13 擢第(탁제): 과거고시에 급제하다.

14 補(보): 직무를 부여받다. 보임되다.

15 家令(가령): 태자가령시(太子家令寺)로 태자가 거처하는 동궁(東宮)의 관서.

16 主簿(주부): 태자가령시에서 문서나 장부를 관리하는 관리로 정9품하다.

17 鳳翔軍(봉상군): 관내도(關內道) 소속으로 막부가 지금 섬서성 봉상현에 있었 다. 중당(中唐) 이후 변방의 군사 요충지였는데, 정원(貞元) 3년에 형군아(邢君 牙)가 봉상윤(鳳翔尹)·봉상농서(鳳翔隴西)관찰사로 부임해 설공달을 보좌관으 로 불렀다.

18 軍帥(군수): 사령관으로 형군아(邢君牙)를 가리킨다.

19 書奏(서주): 서간문과 상주문(上奏文).

20 幕(막): 막부. 군대의 지휘기관. 봉상농서관찰사부(鳳翔隴西觀察使府)를 가리킨 다.

21 標的(표적): 과녁. '的'은 과녁의 중심.

22 適(적): 가다.

23 河陽軍(하양군): 하남부 소속으로 막부가 지금 하남성 맹주시(孟州市)에 있었 다. 안사의 난 이후에 중무장한 군대를 배치하고 절도사를 두었다.

24 協律郎(협률랑): 태상시(太常寺) 소속 정8품상의 관직으로 음악을 관장했다.

25 益(익): 차츰. 점차.

26 言(언) : 천거하다. 추천하다.

27 分敎(분교) : 당나라 때에 수도 장안과 동도 낙양 두 곳에 국자학(國子學)을 두
    고 생도들을 가르쳤다.

28 卌(십) : 사십(四十). 마흔.

君再娶, 初娶琅邪²⁹王氏, 後娶京兆韋氏。凡産四男五女。男生輒卽死。自
給事至君, 後再絶。皆有名。遺言曰：“以公儀之子已己³⁰後我。” 其年閏二
月³¹卄³²一日, 弟試³³太子通事舍人³⁴公儀, 京兆府司錄公幹, 以君之喪歸³⁵,
以五月十五日葬于京兆府³⁶萬年縣³⁷少陵原³⁸, 合祔王夫人塋³⁹。銘曰：

29 琅邪(낭야) : 옛 군(郡) 이름으로 군청 소재지가 지금 산동성 제성현(諸城縣)에
    있었다. '瑯琊' 또는 '琅琊'로도 적는다.

30 已己(이이) : 설공달의 동생 설공의(薛公儀)의 아들 이름. 공식 이름이 아니라 아
    명(兒名)인 듯하다.

31 卄(입) : 이십(二十).

32 閏二月(윤이월) : '閏三月(윤삼월)'로 적는 것이 옳다. 『조본(潮本)』에 '三'으로 되
    어 있고, 일본 사람 평강무부(平岡武夫)의 『당대의 책력(唐代の曆)』에도 "元和
    四年閏三月(원화사년윤삼월)"로 되어 있다.

33 試(시) : 관직을 맡고 있기는 하지만 정식 임명을 받지 못한 경우를 가리킨다.

34 通事舍人(통사사인) : 태자 동궁의 속관.

35 歸(귀) : 선영이 있는 만년현(萬年縣)으로 돌아오다.

36 京兆府(경조부) : 당나라 개원(開元) 원년(713)에 옹주(雍州)를 바꾸어 설치한 행
    정단위로 수도와 부근 현을 관할했다. 부청 소재지가 지금 섬서성 서안시(西安
    市) 부근의 장안현(長安縣)과 만년현(萬年縣)에 있었다.

37 萬年縣(만년현) : 당나라 수도의 동쪽 부분을 관할하던 현 이름.

38 少陵原(소릉원) : 지금 섬서성 서안시에 있는데 한(漢)나라 선제(宣帝)의 부인 허
    황후(許皇后)의 장지(葬地)다. 선제의 무덤 두릉(杜陵)보다 규모가 작기 때문에
    '少陵'이라고 했다.

39 塋(영) : 무덤.

宦不遂⁴⁰, 歸讒於時⁴¹。身不得年⁴², 又將尤⁴³誰? 世再絶而紹, 祭以不隳⁴⁴。

40 遂(수) : 순조롭다. 뜻대로 되다.

41 歸讒於時(귀기어시) : 당시 사람들로부터 비난받은 탓으로 돌리다.

42 身不得年(신부득년) : 천수를 누리지 못하다. 장수하지 못한 것을 말한다.

43 尤(우) : 탓하다. 나무라다. 책망하다.

44 隳(휴) : 폐기되다. 중단되다.

監察御史元君妻京兆韋氏夫人墓誌銘

부인은 이름이 총(叢)이고 자가 무지(茂之)며 성은 위씨(韋氏)다. 그녀의
선대 7대조 위통(韋通)은 용문현공(龍門縣公)에 봉해졌다. 용문현공의 후손
은 모두 대대로 서로 이어서 지위가 높은 관리가 되었다. 부인의 증조
부는 이름이 위백양(韋伯陽)인데 만년현령(萬年縣令)에서 태원소윤(太原少尹)
과 북도부유수(北都副留守)로 승진했으며 사후에 비서감(祕書監)에 추증되
었다. 조부 위초(韋迢)는 도관원외랑(都官員外郎)의 신분으로 외직으로 나
가 영남도경략사(嶺南道經略使)의 행군사마(行軍司馬)가 되었으며 사후에
동주자사(同州刺史)로 추증되었다. 부친 위하경(韋夏卿)은 관직이 태자소보
(太子少保)까지 이르렀고 사후에 좌복야(左僕射)에 추증되었다. 부친 좌복
야께서는 배고(裴皐)의 딸을 아내로 맞이하셨다. 배고는 급사중(給事中)을
지냈고 배고의 부친은 재상 배요경(裴耀卿)이다.

부인은 좌복야의 막내딸이시다. 좌복야께서 딸을 애지중지해 사위를

신중하게 골라 지금 감찰어사(監察御史)인 하남(河南) 사람 원진(元稹)을 얻었다. 원진은 그때 막 비서성(秘書省) 교서랑(校書郎)으로 천거되었고, 뒤에 능직언과(能直言科)의 시험에서 1등을 하여 좌습유(左拾遺)에 임명되었다가 과연 직언을 한 때문에 관직을 잃게 되었다. 후에 감찰어사로 다시 기용된 뒤 직무에 충실해 꺼리며 주저하는 바가 없었다. 부인은 본디 현명한 부모의 가르침을 그 전에 받았고 훌륭한 남편을 만나셨으며, 또 돌아가신 시어머니의 훈도를 접하게 되어 대개 하는 일과 말이 모두 예의와 법도에 부합하셨다.

부인은 나이 27살 때인 원화(元和) 4년(809) 7월 9일에 세상을 떠나셨다. 돌아가신 지 석 달 뒤인 그해 10월 13일에 함양(咸陽)에 장사지냈는데, 돌아가신 시부모의 묘역과 같은 곳이다. 명문(銘文)은 다음과 같다.

『시경』의 「석인(碩人)」의 노래에
그 일족의 일을 서술했는데
여자가 한 일은
자기 한 몸을 영화롭게 할 수 있었네.
부인의 선조는
여러 차례 공경(公卿)의 고관을 지냈고
혁혁하신 외조부는
우리 당나라 현종 황제의 재상을 역임하셨네.
좋은 남편을 만나 시집을 오니
남편은 남편답고 아내는 아내다웠지만
유독 천수를 누리지 못해
젊은 나이에 요절하셨네.
실제로 아들 다섯을 낳았지만
딸 하나만 생존해 있네.

아름다운 글로 새겨
후세에 길이 전해지도록 하네.

해제

원화 4년(809) 10월에 낙양에서 도관원외랑(都官員外郞)으로 재직할 때
지은 원진(元稹)의 처 위총(韋叢) 묘지명. 이 글은 부인이 27세의 나이로
요절한 탓에 집안의 내력을 상세하게 서술하고, 그녀의 사적에 대해 쓸
것이 별로 없었기 때문에 간략하게 줄였다. 그렇지만 집안 일족의 일을
주로 서술하고도 부인의 현숙한 덕이 가려지지 않고 저절로 드러나도
록 했기 때문에, 부녀자에게 써주는 묘지명으로서는 기준이 될 만한 작
품이라는 평가를 받는다.

원문 및 주석

夫人諱叢, 字茂之, 姓韋氏。其上七世祖父封龍門^{1}公。龍門之後, 世率^{2}相
繼爲顯官。夫人曾祖父諱伯陽, 自萬年令爲太原少尹^3、副留守^{4}北都^5, 卒贈
祕書監^6。其大王父^{7}迢, 以都官郞爲嶺南軍^{8}司馬, 卒贈同州^{9}刺史。王考^{10}
夏卿以太子少保^{11}卒贈左僕射。僕射娶裵氏皐女。皐爲給事中, 皐父宰相
耀卿。

---

1   龍門公(용문공) : 용문현공(龍門縣公)으로 후주(後周)의 표기장군(驃騎將軍) 진

주총관부(晉州總管府)의 장사(長史) 위통(韋通)을 가리킨다. 용문은 우문구(禹門口)로 행정 중심지가 지금 산서성 하진현(河津縣) 서북과 섬서성 한성시(韓城市) 동북에 있었다. 사마천(司馬遷)의 출생지로 유명하다.

2　率(솔) : 모두. 대부분.

3　太原少尹(태원소윤) : 하동도(河東道) 태원부 소윤. 소윤은 부윤(府尹)의 아래 관직.

4　副留守(부유수) : 개원(開元) 원년에 태원부에 부윤과 소윤을 두고 부윤을 유수, 소윤을 부유수로 삼았다.

5　北都(북도) : 태원부. 천수(天授) 원년(690) 설치. 「증장동자서(贈張童子序)」(HS-132) 주석 31 참조.

6　祕書監(비서감) : 비서성의 최고 책임자로 경전이나 도서 업무를 관장했다.

7　大王父(대왕부) : 증조부 또는 조부를 가리키는데 여기서는 조부의 뜻이다.

8　嶺南軍(영남군) : 영남도경략사(嶺南道經略使)의 막부.

9　同州(동주) : 주청 소재지가 풍익(馮翊) 곧 지금 섬서성 대려현(大荔縣)에 있었다.

10　王考(왕고) : 작고한 부친의 경칭. 원래 작고한 조부의 경칭이었는데 후에 작고한 부친으로까지 확대되어 쓰였다. '皇考(황고)'로 되어야 옳다는 견해도 있다.

11　太子少保(태자소보) : 태자를 보필하는 관직.

夫人於僕射爲季女。愛之, 選壻得今御史河南元稹[12]。稹時始以選校書祕書省中, 其後遂以能直言策第一, 拜左拾遺, 果直言失官 ; 又起爲御史, 擧職[13]無所顧。夫人固前受敎於賢父母, 得其良夫, 又及敎於先姑氏, 率所事所言皆從儀灋[14]。

12　元稹(원진) : 「답원시어서(答元侍御書)」(HS-113) 주석 1 참조.

13　擧職(거직) : 직무에 전력을 기울이다. 직무에 어울리다. '쫓겨난 관리를 기용하다'는 뜻도 있다.

14　儀灋(의법) : 예의와 법도. '灋'은 '法'과 같은 글자다.

年二十七, 以元和四年七月九日卒。卒三月, 得其年之十月十三日葬咸陽[15], 從先舅姑兆[16]。銘曰 :

15　咸陽(함양) : 경조부 소속 현(縣) 이름.

16　兆(조) : 묘지. 무덤.

詩歌碩人[17], 爰敍宗親 ; 女子之事, 有以榮身。夫人之先, 累[18]公累卿 ; 有

赫外祖, 相我唐明¹⁹。歸²⁰逢其良²¹, 夫夫婦婦²² ; 獨不與年, 而卒以夭。實
生五子, 一女²³之存。銘于好辭, 以永於聞。

---

17 詩歌碩人(시가석인) : 『시경・위풍(衛風)・석인(碩人)』에서 '존귀한 사람(碩人)'
    을 노래한 것으로 그 첫 장에 "제나라 임금의 딸이요, 위나라 임금의 아내며, 태
    자의 누이시고, 형나라 임금의 처제시고 담나라 임금은 형부가 되신다네(齊侯
    之子, 衛侯之妻, 東宮之妹, 邢侯之姨, 譚公維私)"라는 시구가 보인다.

18 累(누) : 여러 차례. 누차.

19 唐明(당명) : 당나라 명황제(明皇帝) 곧 현종(玄宗)의 묘호(廟號). 배요경(裴耀卿)
    은 현종 개원(開元) 21년(733) 12월에서 24년(736) 11월까지 재상을 역임했다.

20 歸(귀) : 시집가다. 출가하다.

21 良(양) : 남편.

22 夫夫婦婦(부부부부) : 『역경・가인괘(家人卦)』의 단사(彖辭)에 "아버지는 아버지
    답고 아들은 아들다우며, 형은 형답고 아우는 아우다우며, 남편은 남편답고 아
    내는 아내다워야 집안의 도가 바르게 된다. 집안을 바르게 하면 천하가 안정된
    다(父父子子, 兄兄弟弟, 夫夫婦婦, 而家道正. 正家而天下定矣)"라는 글귀가 보
    인다.

23 一女(일녀) : 이름이 보자(保子)인데 뒤에 교서랑 위현(韋絢)에게 출가했다.

원화 5년(801) 10월 아무 날에 범양(范陽) 사람 노은(盧殷)이 전직 등봉현
위(登封縣尉)의 신분으로 등봉현에서 죽었는데 향년 65세였다.

군은 시 짓기에 뛰어나 젊은 시절부터 노년까지 기록되어 전해질 가
치가 있는 시 작품으로 종이에 적혀 있는 것이 모두 천여 편에 달한다.
그는 읽지 않은 책이 없었지만 단지 그것을 시를 짓는 밑천으로만 사용
했다. 그는 간의대부(諫議大夫) 맹간(孟簡), 협률랑(協律郎) 맹교(孟郊), 감찰어
사(監察御史) 풍숙(馮宿) 등과 사이가 좋아서 서로 추천하고 끌어주기로 약
속했지만, 끝내 병 때문에 관리가 될 수 없었다. 그는 등봉현에 있을 때
지은 시를 다 적어서 전직 재상 동도유수(東都留守) 정여경(鄭餘慶) 공께
바친 적이 있었다. 유수께서 여러 차례 비단과 쌀로 그의 집을 도와주
었으며 재상에게 서한을 보내 천거하기도 했지만, 재상이 그를 임용하
지 않았던 탓에 결국은 춥고 배고픈 가운데 등봉현에서 죽고 말았다.

죽을 즈음에 손수 편지를 써서 유수와 하남부윤(河南府尹)에게 자기의 장례에 관한 일을 부탁했다. 또 시를 지어 늘 내왕하던 하남현령(河南縣令)인 나에게 주면서 "저를 위해 관을 준비해주십시오"라고 했다. 유수와 하남부윤이 그를 위해 장례 일체를 준비하고, 내가 그에게 관을 사주고 또 그를 위해 묘지문을 지었다. 그는 11월 아무 날에 숭산(嵩山) 아래에 있는 정씨부인(鄭氏夫人)의 무덤에 합장되었다.

군은 처음에 형양(滎陽) 정씨(鄭氏)를 아내로 맞았다가 뒤에 농서(隴西) 이씨(李氏)를 재취로 맞아들였다. 아들을 낳으니 바로 다 죽어 버려서 끝내 아들이 없었다. 딸 하나가 있었는데 부처의 법을 배워 시집을 가지 않고 비구니가 되었다고 한다.

해제

원화 5년(810) 11월 하남현령(河南縣令) 재직 시에 지은 노은(盧殷) 묘지문(墓誌文)으로 명(銘)은 없고 지(誌) 부분만 있다. 이 글은 책읽기와 시 짓기를 좋아했지만 슬하에 변변한 자식도 없이 만년에 가난과 질병에 시달리며 쓸쓸한 생을 마감한 한 인간의 불우한 처지를 간결한 필치로 서술했다. 노은은 회재불우(懷才不遇)한 문인의 전형으로 이 글을 통해 그의 처절한 삶은 '시가 사람의 처지를 궁벽하게 할 수 있음(詩能窮人)'을 보여준다는 것을 알 수 있다.

원문 및 주석

元和五年十月日, 范陽¹盧殷²以故登封縣³尉卒登封, 年六十五。

1   范陽(범양) : 「고공원외노군묘명(考功員外盧君墓銘)」(HS-197) 주석 4 참조.
2   盧殷(노은) : 한유·맹교(孟郊)와 시로써 교제했으며, 현재 『전당시(全唐詩)』에
    그의 시 13수가 남아 전한다.
3   登封縣(등봉현) : 당나라 때 하남부(河南府)에 속한 현 이름.

君能爲詩, 自少至老詩可錄傳者, 在紙凡千餘篇。無書不讀, 然止⁴用以資⁵
爲詩。與諫議大夫孟簡⁶、協律孟郊⁷、監察御史馮宿⁸好, 期相推挽⁹, 卒以病
不能爲官。在登封盡寫所爲詩抵¹⁰故宰相東都留守鄭公餘慶¹¹。留守數¹²以
帛米周¹³其家, 書薦宰相, 宰相不能用, 竟飢寒死登封。將死, 自爲書告留
守與河南尹¹⁴, 乞葬己。又爲詩與常所來往河南令韓愈。曰 : "爲我具棺。"
留守尹爲具凡葬事, 韓愈與買棺, 又爲作銘。十一月某日葬嵩¹⁵下鄭夫人
墓中。

4   止(지) : 다만. 단지.
5   資(자) : 밑거름이 되다. 밑천이 되다. 밑바탕이 되다.
6   孟簡(맹간) : 「여맹상서서(與孟尙書書)」(HS-110) 해제 참조.
7   孟郊(맹교) : 「여맹동야서(與孟東野書)」(HS-073)와 「송맹동야서(送孟東野序)」(HS-122)
    해제 참조.
8   馮宿(풍숙) : 「답풍숙서(答馮宿書)」(HS-099) 해제 참조.
9   推挽(추만) : 밀어주고 끌어주다. 추천하고 이끌어주다.
10 抵(저) : 이르게 하다. 바치다.
11 鄭餘慶(정여경) : 「여정상공서(與鄭相公書)」(HS-114) 해제 참조.
12 數(삭) : 자주. 여러 차례.
13 周(주) : 구제하다. 구휼하다. 도와주다. '賙'와 통한다.
14 河南尹(하남윤) : 방식(房式). 원화 4년(809)에 호부시랑(戶部侍郎) 방식이 하남
    윤으로 부임했다.
15 嵩(숭) : 숭산(嵩山). 오악(五嶽)의 하나인 중악(中嶽)으로 하남성 등봉시(登封市)
    서북면에 위치해 있다.

君始娶滎陽¹⁶鄭氏, 後娶隴西¹⁷李氏。生男輒死, 卒無子。女一人, 學浮屠¹⁸

法, 不嫁, 爲比丘尼¹⁹云。

16 滎陽(형양) : 행정 중심지가 지금 하남성 형양현에 있었다. 형양 정씨(鄭氏)는 당
    나라 때 명문가의 하나였다.
17 隴西(농서) : 행정 중심지가 지금 감숙성 농서현에 있었다. 농서 이씨(李氏)는 당
    나라 때 명문가의 하나였다.
18 浮屠法(부도법) : 불법(佛法). 부처의 법도.
19 比丘尼(비구니) : 구족계(具足戒)를 받은 여승(女僧).

HS-204 「흥원소윤 방선생 묘지」

興元少尹房君墓誌

　　방씨(房氏)는 본래부터 벼슬을 해온 집안으로 대대로 유명한 인물들이 나왔다고 일컬어졌다. 태위(太尉) 방관(房琯)이 덕행으로 재상이 되어 현종(玄宗)과 숙종(肅宗) 두 조정에 걸쳐 재상을 지내면서 명성이 갈수록 밝게 드러나서 세상에 널리 전해지니, 세상 사람들은 그 집안을 '태위가(太尉家)'라고 불렀다. 일족의 자제들은 모두 태위의 현명함을 본받아 배웠다. 공의 증조부는 이름이 현정(玄靜)으로 상서성 선부낭중(膳部郎中)을 지냈고, 전후로 자주(資州)·간주(簡州)·경주(涇州)·습주(隰州) 네 고을의 자사를 역임했는데 태위의 종조부다. 조부는 이름이 굉(肱)으로 괵주사마(虢州司馬)를 지냈고, 부친은 이름이 만(巒)으로 도수사자(都水使者)를 지냈다. 그들은 모두 명성이 집안의 전통을 잘 계승했다.

　　공은 이름이 무(武)고 자가 아무개인데 명경과(明經科)에 급제한 뒤 여러 관직을 거쳐 흥원소윤(興元少尹)에 이르렀다. 공은 근엄하고 삼가며 두려워하고 신중한 사람으로 향년 73세 때 소윤 재직 시에 세상을 떠나셨다. 유년과 장년 시절에는 선량한 아들이고 동생이었으며, 노년이 되어서는 현명한 아버지고 형이었으며, 12개 관직을 역임하면서 업무 처리에 있어 조금의 과오나 어긋남도 없으셨다. 공은 일찍이 전중시어사(殿中侍御史)와 단양군(丹陽軍) 부사(副使)를 역임하였고 그 뒤에 주질현령(盩厔縣令)과 시주자사(施州刺史)가 되셨는데, 단양과 주질과 시주의 관리와 백성들이 지금까지도 공을 그리워하고 있다.

공은 형양(滎陽) 정씨(鄭氏)의 딸을 아내로 맞아 아들 여섯을 두셨다. 장남은 차경(次卿)이다. 차경은 큰 재주를 가진 사람이지만 다른 사람의 비위를 맞추고 세속에 영합하려고 하지 않았기 때문에 나이가 마흔이 넘도록 아직 경조부(京兆府) 흥평현위(興平縣尉)와 같은 말단관직에 머물러 있었다. 그렇지만 공의 친구들은 한결같이 "방씨 가문에 유망한 아들이 났다"라고 했다. 그 다음 아들로는 차공(次公)·차응(次膺)·차회(次回)·차형(次衡)·차원(次元)이 있는데, 이제 학업을 시작해 아직 벼슬길에 들어서지 않았다. 딸 셋은 모두 출가해 벼슬하는 사람의 아내가 되었다.

전에 공이 시주(施州)에 계실 때 부인이 세상을 떠나시어 강릉(江陵)에 가매장을 했다. 원화 5년(801)에 차경(次卿)이 여러 동생들과 함께 공의 상여를 받들고 홍원현에서 집까지 운구해 이수(伊水)의 남쪽에 임시로 매장해두었다. 원화 6년(802) 정월에 차공(次公)이 부인의 상여를 받들어 강릉에서 집까지 운구해 와서 마침내 그 달 14일에 하남부(河南府) 구씨현(緱氏縣)의 고용원(高龍原)에 두 분을 합장했다.

공의 동생 방식(房式)은 급사중(給事中)에서 하남부윤(河南府尹)으로 승진했는데, 사람됨이 부모에 효도하고 형제에게 우애가 있으며 자애롭고 선량해 가산을 다 털어 공의 장례 준비 비용을 감당했다. 장례를 치루기 한 달 전에 칙령이 내려와 그를 하남부윤에서 어사중승(御史中丞)으로 승진시키고 선주관찰사(宣州觀察使)의 직책을 맡게 했다. 그는 출발하기 전에 하남현령인 나를 불러 울면서 말했다.

"우리 형님을 이곳에 안장하려고 하는데 내가 이 고을의 최고 책임자로 근무하고 있으니, 우리 형님께 동생의 도리를 다할 수 있다고 여겼소. 지금 황제의 칙령 때문에 할 수 없이 우리 형님의 관이 이곳의 흙속으로 들어가는 것을 볼 수 없게 되었으니 어찌 천명이 아니겠소! 그대는 내 조카인 차경과 교분이 깊고 나는 그대를 잘 알고 있으니, 우리 형님의 장례에 관한 모든 일은 그대에게 부탁하고자 하오!"

나는 사양할 수가 없어 장례의 모든 절차를 도우고 또 다음과 같이 명문(銘文)을 지었다.

지위도 있고 천수도 누렸으며
동생도 있고 자식도 있는데
선영에 안장을 했으니
이를 두고 복을 받았다고 하리라.

해제

원화 6년(811) 정월 하남현령(河南縣令) 재직 시에 지은 방무(房武) 묘지명. 방무가 벼슬길에서 큰 공적을 쌓은 것이 없기 때문에 그 부분은 극도로 간략하게 줄이고, 대대로 명성이 자자한 선조들의 사적에 대해서는 상세하게 서술했다. 아울러 작자는 방무의 아들 방차경(房次卿)과 친분이 있고 방무의 동생 방식(房式)과는 상사와 부하의 관계이기 때문에 이 부분에 대해서도 자세하게 서술했다. 이처럼 이 글은 상세하게 서술할 내용과 간략하게 처리할 부분을 적절하게 안배하고, 무덤의 주인인 방무에 대해 근거 없는 찬사를 늘어놓지 않은 점으로 높은 평가를 받는다.

원문 및 주석

房故爲官族[1], 稱世有人。自太尉琯[2], 以德行爲相[3], 相玄宗肅宗, 名聲益彰徹[4]大行, 世號其門爲"太尉家"。宗族子弟皆法象[5]其賢。公曾祖諱玄靜, 尙書膳部[6]郎中, 歷資簡涇隰[7]四州刺史, 太尉之叔父[8]也。祖諱肱, 爲虢州[9]司馬。父諱巒, 都水使者[10]。皆名能守家法[11]。

1 官族(관족) : 대대로 벼슬을 해온 집안.
2 太尉琯(태위관) : 방관(房琯)은 자가 차율(次律)이며 이부상서(吏部尙書)와 동평장사(同平章事)를 역임했고 사후인 광덕(廣德) 원년(763)에 태위에 추증되었다.
3 爲相(위상) : 천보(天寶) 15년(756) 6월 현종이 안녹산의 난을 피해 촉(蜀)으로 피신한 다음 달에 방관이 그곳으로 달려오자 현종이 크게 기뻐하며 재상에 임명했다.
4 彰徹(창철) : 밝게 드러나다. '章徹(장철)'로도 쓰인다.
5 法象(법상) : 본받고 배우다.
6 膳部(선부) : 예부(禮部) 관할 하의 부서로 능묘(陵廟)의 제사에 쓰이는 희생·콩·술·음식 등을 관장했는데, 낭중과 원외랑을 두어 해당 직무를 담당하게 했다.
7 資簡涇隰(자간경습) : 주청 소재지가 자주(資州)는 지금 사천성 간양현(簡陽縣) 동북, 간주(簡州)는 사천성 횡현(橫縣), 경주(涇州)는 감숙성 경천현(涇川縣) 북쪽, 습주(隰州)는 산서성 습현(隰縣)에 있었다.
8 叔父(숙부) : 종조부의 잘못이다. 태위 방관(房琯)의 조부는 방현기(房玄基)로 방현정(房玄靜)의 형님이므로 방현정은 방관의 종조부고 방무(房武)는 방관의 종질(從姪)이다.
9 虢州(괵주) : 주청 소재지가 홍농(弘農) 곧 지금 하남성 영보현(靈寶縣)에 있었다.
10 都水使者(도수사자) : 강과 못, 나루와 교량, 제방과 보 등에 관한 사무를 주관하

는 부서인 도수감(都水監)의 장관으로 정5품상이다.

11 　家法(가법) : 집안을 다스리는 예법. 가정의 전통.

公諱武, 字某, 以明經歷官至興元少尹¹²。謹飭¹³畏愼¹⁴。年七十三, 以其官終。幼壯爲良子弟, 老爲賢父兄, 歷十二官, 處事無纖毫¹⁵過差。嘗以殿中侍御史副丹陽軍使¹⁶, 其後爲盩厔¹⁷令、施州¹⁸刺史 ; 丹陽盩厔施州吏民至今思之。

12 　興元少尹(흥원소윤) : 흥원부(興元府) 소윤. 흥원부는 부청 소재지가 지금 섬서성 남정현(南鄭縣)에 있었고 소윤은 부윤(府尹)의 차상위직 관명이다.

13 　謹飭(근칙) : 근엄하고 삼가다.

14 　畏愼(외신) : 두려워하고 신중하다.

15 　纖毫(섬호) : 가는 털로 지극히 미세함을 뜻한다.

16 　副丹陽軍使(부단양군사) : 단양군(丹陽軍) 부사(副使). 단양군은 단양군(丹陽郡)에 설치된 군대로 막부가 지금 강소성 진강시(鎭江市)에 있었다.

17 　盩厔(주질) : 경조부(京兆府) 소속 현 이름으로 지금은 주지현(周至縣)으로 개칭되었는데 섬서성 함양현(咸陽縣) 남쪽에 있다.

18 　施州(시주) : 강남도(江南道) 소속 주 이름으로 주청 소재지가 지금 호북성 은시현(恩施縣)에 있었다.

娶滎陽鄭氏女, 生男六人。其長曰次卿。次卿有大才, 不能俯仰順時¹⁹, 年四十餘, 尙守京兆興平²⁰尉 ; 然其友皆曰 : "房氏有子也。" 次曰次公、次膺、次回、次衡、次元, 始學而未仕。女三人, 皆嫁爲士人妻。

19 　俯仰順時(부앙순시) : 아무런 주견 없이 다른 사람의 의견이나 행동을 따르다. 시속을 그대로 좇다.

20 　興平(흥평) : 경조부 흥평현. 현청 소재지가 지금 섬서성 함양현 부근에 있었다.

初, 公之在施州, 夫人卒焉, 殯于江陵²¹。元和五年, 次卿與其羣弟奉公之喪自興元至, 堂殯²²于伊水²³之南。六年正月, 次公奉夫人之喪自江陵至, 遂以其月十四日合葬河南緱氏²⁴之高龍原。

21 　殯于江陵(빈우강릉) : 방무(房武)의 부인 정씨(鄭氏)가 강릉에 가매장된 일은 「시주방사군정부인빈표(施州房使君鄭夫人殯表)」(HS-198) 참조. '江陵'은 산남동도(山南東道) 소속의 부(府) 이름으로 부청 소재지가 지금 호북성 강릉시에 있었다.

22 堂殯(당빈) : 가매장하다. 이장할 목적으로 임시로 잠시 얕게 묻어두는 것을 말한다. 옛날에는 이를 '추도(菆塗)'라고 했다.
23 伊水(이수) : 「여최군서(與崔羣書)」(HS-097) 주석 71 참조.
24 緱氏(구씨) : 하남부 소속 현 이름. 현청 소재지가 지금 하남성 구씨진(緱氏鎭)에 있었다.

公母弟²⁵式自給事中爲河南尹²⁶, 孝友慈良, 盡費其財以奉公葬。未葬之一月, 詔以河南爲御史中丞, 領宣州²⁷觀察使。將行, 召河南令韓愈泣謂曰 : "吾兄之葬於是, 而吾爲尹於是, 吾以爲得盡其道於吾兄也。今壓²⁸於上命, 不得視吾兄之棺入此土也, 豈非天邪! 子與吾兒次卿²⁹游, 我重知子, 凡吾兄之終事, 將子是託焉!" 愈旣不獲辭, 旣助其凡役事, 退又爲銘云 :

25 母弟(모제) : 같은 어머니의 배에서 태어난 동생으로 '서제(庶弟)'와 구분된다.
26 河南尹(하남윤) : 하남부윤 방식(房式). 이때 한유가 하남현령을 맡고 있었기 때문에 방식은 작자의 상사였다.
27 宣州(선주) : 강남도(江南道) 소속 주 이름으로 주청 소재지가 지금 안휘성 선주시에 있었다.
28 壓(압) : 강요당하다. 쫓기다.
29 吾兒次卿(오아차경) : '次卿'은 방무의 장자로 방식의 종질이다. 고대에는 본래 형이나 아우의 아들도 역시 '子'라고 불렀다. '조카(姪)'라고 부른 것은 속칭에 불과했다.

有位有年, 有弟有子 ; 從先人葬, 是謂受祉³⁰。

30 受祉(수지) : 복을 받다.

河南少尹李公墓誌銘

원화 7년(812) 2월 1일에 하남소윤(河南少尹) 이소(李素) 공께서 세상을 떠나셨는데 향년 58세였다. 입관을 하고 나서 3월 아무 날에 하남부(河南府) 이궐현(伊闕縣) 명고산(鳴皋山) 기슭에 안장했다. 안장하기 바로 전 달에 공의 아들 이도민(李道敏)이 곡을 하고 재배한 뒤에 사자(使者)에게 공의 행장을 건네주며 사례의 예물을 가지고 도성으로 가서 국자박사인 나 한유에게 묘지명을 의뢰하도록 하면서 말했다.

"선친 소윤을 장차 아무 달 아무 날에 장사지내고자 하니 마땅히 묘지명이 필요합니다. 공의 불초한 아들 도민이 상주용 지팡이를 짚고 장례 업무를 주선하느라 감히 상주의 자리를 떠날 수 없기 때문에 맨발로 달려가 청할 수 없나이다."

내가 말했다.

"공의 덕행은 묘지명의 기준에 합당하고 아들이 또 예법에 따라 장사를 지내려 하는데 제가 어찌 감히 승낙하고 묘지명을 써주지 않겠습니까?"

공은 이름이 소(素)고 자가 아무개다. 태어나 7살 때 아버지를 여의셨는데 빈궁해 독립적으로 집안을 꾸려나갈 수 없었기 때문에 모친께서 공을 데리고 친정으로 돌아가 외가에서 교육시켰다. 뒤에 명경과 시험에 뽑혀서 괵주(虢州) 홍농현(弘農縣) 주부(主簿)를 맡았다가 다시 섬주(陝州) 예성현위(芮城縣尉)가 되셨다. 재상 이비(李泌) 공이 섬괵도방어관찰육운사(陝虢都防禦觀察陸運使)로 부임하자 공은 자신의 재능으로 육운사(陸運使)의 보좌관에 임명되었는데, 근무평정에 따라 경조부 호현현위(鄠縣縣尉)로 승진되었다. 그 임기가 만료되자 글씨쓰기와 판결문 작성 시험에서 동료들 가운데서 뛰어났기 때문에 만년현(萬年縣) 주부(主簿)로 선발되었는데, 당시에는 모친께서 여전히 건재하시어 그 봉록으로 잘 봉양하셨다. 모친께서 돌아가신 지 삼년 째 되던 해에 장안현(長安縣) 현위로 전임했다가 감찰어사로 승진하셨는데, 상주문을 올려 대신 한 명을 좌천시키기도 했다. 태자첨사승(太子詹事丞)으로 전임했다가 전중시어사(殿中侍御史)로 옮기셨고, 탁지원외랑(度支員外郎)에서 만년현령으로 승진하셨다. 공주가 역참 부속의 전답을 탈취하려고 하자 경조윤이 만년현령에게 통첩을 보내 그 땅을 공주에게 할양하도록 했는데, 공은 주지 않고 있다가 탁지낭중(度支郎中)으로 전임되었다. 병부시랑(兵部侍郎)으로 탁지염운사(度支鹽運使)를 맡은 이손(李巽)이 권세를 믿고 강퍅하게 굴며 부하 관리들을 예우하지 않고 자기 기분대로 상벌을 내리자 공은 홀로 들어가 비판을 하고 그러한 대우를 받지 않았다. 유벽(劉闢)의 난이 평정된 뒤에 황제께서 촉(蜀) 지방을 고숭문(高崇文)에게 상으로 하사했다. 상서성(尙書省)에서는 고숭문의 막료들 간에 암염(巖鹽) 채취장에서 옛 제도를 따르는 것과 개혁을 하는 것 중에 어느 것이 유리한지를 두고 논쟁이 벌어지자 공에게 고숭문의 막부에 사절로 가도록 명했는데, 고숭문이 그의 막료들에게 공의 명령을 따르도록 명하니 당일에 그 일이 잘 마무리되었다. 황제에게 상주해 이 일의 처리 경과를 보고하니 시랑이 겉으로는 공이 유능하다고 칭찬했지만, 종국에는 공이 이전에 감히 자기에게 대항한 일 때문에 공에게 원한을 품고 있었다. 구주(衢州)에 기근이 들자 조정에서 그 고을 자사를 뽑으려고 할 때에 시랑이 "탁지낭중 이 아무개보다 나은 사람이 아무도 없습니다"라고 했다. 그리하여 구주자사로 나갔는데, 부임한 지 한 달 뒤에 소주자사(蘇州刺史)로 전임하셨다. 이기(李錡)가 모반하기 전에 여러 고을을 지키도록 임의로 파견한 장군들은 자사가 부임하자 손을 거두어들이고 감히 대항하지 않았다. 공이 부임한 지 12일 뒤에 이기가 반란을 일으키자 공은 측근의 수하들을 거느리고 반란군과 소주 성문에서 전투를 벌였지만 이기지 못하셨다. 반란군들이 환호성을 지르며 성안으로 들어오자 공은 꼿꼿하게 서서 대의로써 나무라니, 그들은 모두 무기를 거둬들이고 서서는 공에게 가까이 다가가지 못했다. 이기가 공을 형틀에 씌워 군중(軍中)으로 압송하도록 명하고는 참형에 처해 사람들에게 내보이려고 했다. 윤주(潤州)의 경계에 도달했을 즈음에 이기가 마침 패해 부하들에게 체포된 탓에 공은 형틀에서 벗어나 소주로 돌아왔다. 소주에 있던 반란군들은 창졸간에 도망갈 틈도 없이 죽었고, 고을 백성들은 어린아이를 안고 노인들을 부축해 공을 맞이하기 위해 다 나왔다. 천자께서 환관을 사자로 보내어 자주색 관복과 금어대를 가지고 가서 하사하게 했다. 공이 자사로 있는 3년 동안 고을이 잘 다스려졌다는 평판을 받았다. 하남부 소윤에 임명되어 대윤(大尹)의 직권을 행사하셨다. 여경(呂炅)이라는 사람이 자기 아내를 버리고 도사의 의복과 관을 착용하고는 모친에게 하직하기를 "왕옥산(王屋山)으로 가서 신선술을 배우고자 합니다"라고 했다. 산으로 간 지 몇 개월 뒤에 다시 세상으로 나와서 개인적으로 몰래 공을 찾아오니, 공은 그를 부의 문밖에 세워두고 아전과 병졸을 시켜 도사의 관을 벗기고는 선비들이 착용하는 관과 띠를 지급한 뒤 모친에게 돌려보냈다. 관할 현의 두 현령을 뇌물죄로 파면하고 백성들의 세금을 매년 5천만전이나 감액해 주었으며, 조정에 세금 납부 기한을 한 달 늦추어줄 것을 청원하시어 황제가 전국에 칙령을 내려 납부 기한을 한 달 연기해주었다. 공은 한결

같이 결단하는 정치를 행하고 인기에 연연하지 않았기 때문에 공이 한 일은 늘 명성보다 더 뛰어났다.

증조부 이홍태(李弘泰)는 간주자사(簡州刺史)이셨고, 조부 이건수(李乾秀)는 이궐현령(伊闕縣令)이셨으며, 부친 이섭(李燮)은 선주장사(宣州長史)를 지낸 뒤 사후에 강주자사(絳州刺史)에 추증되셨으며, 모친은 돈황(燉煌) 장씨(張氏)고 외숙 장삼(張參)은 큰 명성이 있었다. 공의 배필은 팽성(彭城) 유씨(劉氏) 부인인데 부인이 먼저 세상을 떠났기 때문에 공을 장사지낼 때 부인을 합장했다. 부인의 증조부는 유자현(劉子玄)이고 조부는 유속(劉餗)인데 모두 큰 명성을 남겼다. 공은 아들 넷을 두셨는데 장남은 도민(道敏)으로 진사시에 천거된 바 있고, 차남은 도추(道樞)고 그 다음은 도본(道本)과 도이(道易)인데 모두 학문을 좋아하고 글재주가 있었다. 딸 하나는 소주의 해염현위(海鹽縣尉) 위잠(韋潛)에게 시집갔다. 증조부가 간주자사를 지내신 이후로 모두 명고산(鳴皐山) 기슭에 안장되었다. 명문(銘文)은 다음과 같다.

그 위 봉분을 높이고 가운데를 움푹 파서 묘실을 만들어
공의 거처로 삼았는데
공은 어떠하신지!

해제

원화 7년(812) 봄에 장안에서 국자박사(國子博士)로 재직할 때 지은 이소(李素) 묘지명. 이소는 재주와 덕을 겸비한 인물로 재상 이비(李泌)에 의

해 육운사(陸運使)의 보좌관으로 발탁되어 벼슬길에 들어선 뒤 근무평정이 우수해 여러 차례 승진을 했다. 그는 특히 기개가 늠름하고 위엄이 있어 지위가 높은 사람에게도 자기의 뜻을 굽히지 않았다. 공주가 역참 부속의 전답을 탈취하려고 할 적에 상관의 지시에도 굴하지 않고 정의를 견지한 것은 그의 강직한 성격과 사람됨을 잘 보여주는 사례다. 다만 이로 인해 고위 관료들의 눈 밖에 나서 벼슬길이 순탄치 않았는데, 권세를 믿고 안하무인격인 이손(李巽)에게 대항한 일 때문에 수도 장안을 떠나 기근에 허덕이는 구주자사(衢州刺史)로 좌천되기도 했다. 소주자사(蘇州刺史) 재직 시에는 반란군에 의해 죽임을 당할 처지에 놓여서도 정의로써 훈계한 적도 있었다. 작자는 이소의 불우한 처지를 동정하고 그가 이룬 치적을 높이 평가함으로써 그의 울분을 대신 표출했다. 이 글은 이소가 역임한 여러 관직을 실마리로 하여 그의 사적을 중심으로 서술했는데, 전후 조리가 정연하고 언어 표현도 매우 통속적이며 자연스럽다는 평가를 받는다.

원문 및 주석

元和七年二月一日, 河南少尹李公卒, 年五十八。欲之三月某甲子[1], 葬河南伊闕鳴皐山[2]下。前事之月, 其子道敏哭再拜授使者公行狀[3], 以幣[4]走京師, 乞銘於博士韓愈曰："少尹將以某月日葬, 宜有銘。其不肖[5]嗣道敏杖[6]而執事[7], 不敢違次[8], 不得跣[9]以請。" 愈曰："公行應銘法[10], 子又禮葬[11], 敢不諾而銘諸?"

---

1   某甲子(모갑자) : 아무 간지(干支). 아무 날.
2   伊闕鳴皐山(이궐명고산) : 하남부(河南府) 이궐현(伊闕縣)의 명고산(鳴皐山). 이

궐현은 지금 하남성 낙양시(洛陽市) 서남쪽에 있고, 명고산은 구고산(九皐山)이
라고도 하는데 학(鶴)이 그 산에서 울었기 때문에 이런 이름이 붙여졌다고 한다.

3 行狀(행장): 죽은 사람의 가계, 본적, 벼슬, 생몰 연월일, 생애의 대략 등을 적은
문장.

4 幣(폐): 폐백. 예물. 여기서는 묘지명을 부탁하는 원고료를 가리킨다.

5 不肖(불초): 자식이 아버지와 같지 못하다는 뜻에서 나온 말로 자기 겸양의 호
칭이다.

6 杖(장): 상장(喪杖) 곧 상제(喪制)가 짚는 지팡이를 짚다. 효자는 부모가 돌아가
면 무수히 곡을 하며 3년상을 치러야 하므로 몸이 병들고 수척해지기 쉬우므로
지팡이를 사용했다. 『예기·문상(問喪)』에 의하면 부친상에는 둥근 하늘을 상
징하는 '대나무 지팡이'를, 모친상에는 네모난 땅을 본뜬 '오동나무 지팡이'를 썼
다고 한다.

7 執事(집사): 일에 종사하다. 어떤 일을 도맡아 처리하다.

8 違次(위차): 영구(靈柩)를 모시고 상례를 치르는 곳을 떠나다. '次'는 '상차(喪次)'
또는 '영차(靈次)'로 임시로 영구를 두고 상을 치르는 곳을 말한다.

9 跣(선): 맨발로 다니다.

10 法(법): 기준. 표준. 규격.

11 禮葬(예장): 예에 따라 장사를 지내다. 『논어·위정(爲政)』편에 "부모님께서 살
아 계실 때는 예에 맞게 섬기고, 돌아가시면 예에 맞게 장사를 지내고 예에 맞
게 제사를 지낸다(生事之以禮, 死葬之以禮, 祭之以禮)"라는 글귀가 보인다.

公諱素, 字某。生七歲喪其父, 貧不能家, 母夫人提以歸, 敎育于其外氏。
以明經選, 主虢之弘農簿, 又尉陝之芮城[12]。李丞相泌[13]觀察陝虢, 以材署
運使從事, 以課[14]遷尉京兆鄠[15]。考滿[16], 以書判[17]出其倫[18], 選主萬年簿, 而
母夫人固在, 食其祿。母夫人卒三年, 改尉長安, 遷監察御史, 奏貶九卿[19]
一人, 改詹事丞, 遷殿中侍御史, 由度支員外郎選令萬年。公主奪驛田[20],
京兆尹符[21]縣割畀[22]之;公不與, 改度支郎中。使侍郎介恃[23], 不禮其屬大
夫士, 擅[24]喜怒賞罰, 公獨入讓[25], 不受。劉闢[26]平, 上以蜀賞高崇文[27]。尚
書省以崇文幕府[28]爭鹽井[29]因革[30]便不便[31], 命公使崇文, 崇文命幕府唯公
命從, 卽其日事已[32]。疏奏, 侍郎外稱其能, 竟坐前敢抗己;衢州[33]飢, 擇刺
史, 侍郎曰:"莫如郎李某。" 遂刺衢州。至一月, 遷蘇州[34]。李錡[35]前反, 權
將[36]之戍諸州者, 刺史至, 欽手無敢與敵。公至十二日錡反, 公將左右與賊
戰州門, 不勝, 賊呼入, 公端立[37]責以義, 皆欽兵立, 不逼。錡命械致[38]公軍,

將斬以徇³⁹；及境, 錡適敗縛⁴⁰, 公脫械還走, 州賊急卒⁴¹不暇走死, 民抱扶迎盡出。天子使貴人⁴²持紫衣金魚⁴³以賜。居三年, 州稱治。拜河南少尹, 行大尹事。呂氏子炅棄其妻, 著道士衣冠, 謝母曰：“當學仙王屋山⁴⁴。” 去數月復出。間⁴⁵詣公, 公立之府門外, 使吏卒脫道士冠。給冠帶, 送付其母。黜屬令二人以贓, 減民賦錢歲五千萬, 請緩民輸期一月, 詔天下輸皆緩一月。公一斷治⁴⁶不收聲⁴⁷, 事常出名上。

12　陝之芮城(섬지예성) : 섬주 예성현. 지금 섬서성 예성현에 해당한다.

13　李承相泌(이승상비) : 승상 이비. 이비는 자가 장원(長源)이고 원래 요동(遼東) 양평[襄平 : 지금 요녕성 요양시(遼陽市) 북쪽 사람이다. 정원(貞元) 원년(785)에 섬주장사(陝州長史)로 섬괵도방어관찰육운사(陝虢都防禦觀察陸運使)를 맡았고, 정원 3년(787)에 중서시랑동중서문하평장사(中書侍郎同中書門下平章事)에 올랐다.

14　課(과) : 인사고과. 근무평정.

15　鄠(호) : 경조부(京兆府) 호현. 지금 섬서성 호현 북쪽에 있었다.

16　考滿(고만) : 관리의 근무평정 기한이 만료되다. '임기가 만료되다'는 뜻으로 쓰인다.

17　書判(서판) : 서예와 문리(文理). 글씨쓰기와 판결문 작성. 당나라 때의 관리 선발 제도에 의하면 예부(禮部) 주관의 진사과를 통과한 자를 대상으로 이부(吏部)에서 '신언서판(身言書判)' 곧 몸가짐의 위풍당당한 품위, 시비를 따져 바로 잡는 언어 분별력, 글씨 쓰기의 반듯함, 뛰어난 판결문 작성을 통한 판단력 등 네 가지를 시험해 관리 등용의 표준으로 삼았다.

18　出其倫(출기륜) : 무리 가운데서 우뚝 뛰어나다. 군계일학이다.

19　九卿(구경) : 본래 태상시(太常寺) 등 구시(九寺)의 장관을 말하지만, 여기서는 일반적인 '고관'의 뜻이다.

20　驛田(역전) : 당나라 때에 역참(驛站)의 비용을 대기 위해 설치한 전답(田畓).

21　符(부) : 하급 부서에 하달한 명령이나 통지. 여기서는 동사로 쓰여 '통첩을 보내다', '통지하다'는 뜻이다.

22　割畀(할비) : 떼어주다. 떼어서 다른 사람에게 주다.

23　使侍郎介恃(사시랑개시) : 병부시랑(兵部侍郎)으로 탁지염운사(度支鹽運使)를 맡은 이손(李巽)이 권세를 믿고 강퍅하게 굴다.

24　擅(천) : 제멋대로 하다.

25　讓(양) : 꾸짖다. 책망하다. 비판하다.

26　劉闢(유벽) : 자가 태초(太初). 정원(貞元) 21년(805)에 검남서천(劍南西川)절도사 위고(韋皋)가 죽자 부사(副使)인 그가 스스로 유후(留後)가 되었다가 헌종이 즉위한 뒤 촉(蜀)을 근거로 반란을 일으켰다. 원화(元和) 원년(806) 9월에 고숭문(高崇文)과 이원혁(李元奕) 등에 의해 토벌되었다.

27 高崇文(고숭문) : 원화 원년 3월에 검교공부상서(檢校工部尙書) 겸 어사대부(御史大夫)의 직함으로 좌신책행영절도사(左神策行營節度使)를 맡아 그해 9월에 유벽의 반란을 평정했다.

28 幕府(막부) : 막료. 막부의 관료들.

29 鹽井(염정) : 암염(巖鹽) 채취장.

30 因革(인혁) : 옛 제도를 따르는 것과 개혁을 하는 것을 뜻한다.

31 便不便(편불편) : 유리함과 불리함.

32 事已(사이) : 사안이 종결되다. 일이 해결되다.

33 衢州(구주) : 주청 소재지가 지금 절강성 구현(衢縣)에 있었다.

34 蘇州(소주) : 주청 소재지가 지금 강소성 오현(吳縣)에 있었다.

35 李錡(이기) : 당나라 고조(高祖) 이연(李淵)의 조부 이호(李虎)의 8대손으로 원화 2년(807) 10월 6일에 조정에 반기를 들었다가 19일에 체포되었으며, 11월에 반란이 진압된 뒤 처형되었다. 생몰년은 740?-807년이다.

36 權將(권장) : 임의로 파견한 장군. 이기(李錡)가 반란을 일으키기 전에 자신의 심복 다섯 장군을 관할 다섯 고을의 진장(鎭將)으로 삼아 고을 자사(刺史)의 동정을 살피다가 반란을 일으키면 죽이도록 한 바 있다. 다섯 장군은 소주(蘇州)의 요지안(姚志安), 상주(常州)의 이심(李深), 호주(湖州)의 조유충(趙惟忠), 항주(杭州)의 구자명(邱自明), 목주(睦州)의 고숙(高肅)이다.

37 端立(단립) : 꼿꼿이 서다. 똑바로 서다.

38 械致(계치) : 형틀에 씌워 압송하다.

39 斬以徇(참이순) : 참형에 처해 사람들에게 내보이다.

40 敗縛(패박) : 이기(李錡)가 패해 부하들에게 체포되다.

41 急卒(급졸) : 창졸간에. '卒'은 '猝'과 같다.

42 貴人(귀인) : '중귀인(中貴人)'의 약칭으로 황제의 측근 환관을 가리킨다.

43 紫衣金魚(자의금어) : 「제상군부인문(祭湘君夫人文)」(HS-178) 주석 4 참조

44 王屋山(왕옥산) : 하남성 서북부 제원시(濟源市) 소재 산 이름. 중국 고대 9대 명산의 하나고 신선이 산다는 도교(道敎) 10대 명산의 으뜸이기도 하다. '우공이산(愚公移山)'의 고사가 얽힌 곳으로도 유명하다.

45 間(간) : 개인적으로. 몰래.

46 斷治(단치) : 판단해 처리하다. 결단을 내려 처리하다.

47 收聲(수성) : 명성을 구하다. 인기를 도모하다.

曾祖弘泰, 簡州[48]刺史 ; 祖乾秀, 伊闕令 ; 父燮, 宣州[49]長史, 贈絳州[50]刺史 ; 母父人, 燉煌[51]張氏 ; 其舅參有大名。公之配曰彭城[52]劉氏夫人, 夫人先卒, 其葬以夫人祔。夫人曾祖曰子玄[53], 祖曰餗, 皆有大名。公之子男四人 : 長曰道敏, 擧進士 ; 其次曰道樞, 其次曰道本、道易, 皆好學而文。女

一人, 嫁蘇之海鹽⁵⁴尉韋潛。自簡州而下皆葬鳴皋山下。銘曰:

48 簡州(간주) : 「흥원소윤방군묘지(興元少尹房君墓誌)」(HS-204) 주석 7 참조.

49 宣州(선주) : 「흥원소윤방군묘지(興元少尹房君墓誌)」(HS-204) 주석 27 참조.

50 絳州(강주) : 하동도(河東道) 소속으로 주청 소재지가 정평(正平) 곧 지금 산서성 신강현(新絳縣)에 있었다.

51 燉煌(돈황) : 농우도(隴右道) 사주(沙州) 소속 현 이름으로 지금 감숙성 돈황시 (敦煌市)다.

52 彭城(팽성) : 하남도(河南道) 서주(徐州) 소속 현 이름으로 지금 강소성 서주시 다.

53 子玄(자현) : 유지기(劉知幾, 661-721)의 자. 당나라 때의 유명한 역사학자로『사 통(史通)』을 저술했다.

54 海鹽(해염) : 강남도(江南道) 소주(蘇州) 소속 현 이름으로 현청 소재지가 지금 절강성 해염현에 있었다.

高其上⁵⁵而坎⁵⁶其中, 以爲公之宮⁵⁷, 奈何乎公!

55 上(감) : 봉분(封墳).

56 坎(감) : 움푹 파서 묘실을 만들다.

57 宮(궁) : 집. 거처. 여기서는 산소를 가리킨다.

「집현원교리 석선생 묘지명」

集賢院校理石君墓誌銘

선생은 이름이 홍(洪)이고 자가 준천(濬川)이다. 그의 선조는 성이 오석란(烏石蘭)이었는데, 9대조 맹(猛)이란 분이 탁발씨(拓拔氏)를 따라 중원 땅으로 들어와 하남(河南) 지역에 정착해 살기 시작하면서부터 '오(烏)'와 '난(蘭)'자를 떼어버리고 '석(石)'만으로 성씨를 삼았는데 그분의 관호는 대사공(大司空)이었다. 그 뒤에 7대를 전해 석행포(石行褒)라는 분에 이르러 관직이 역주자사(易州刺史)에 이르렀는데 선생에게는 증조부가 되신다. 역주자사 석행포는 무주(婺州) 금화현(金華縣) 현령을 지낸 회일(懷一)을 낳았으며 돌아가신 뒤에 낙양의 북망산에 안장되셨다. 금화현령 석회일은 선생의 선친 석평(石平)을 낳았는데, 석평은 태자가령(太子家令)을 역임한 뒤 사후에 금화현령의 무덤 동쪽에 안장되었으며, 상서성 수부랑(水部郎) 유복(劉復)이 그를 위해 묘지명을 지었다.

선생은 7살 때 모친을 여의고 9살 때 또 부친을 여의었으나 힘써 학문과 덕행을 연마했다. 황주녹사참군(黃州錄事參軍)에서 물러난 뒤에는 벼슬하지 않고 물러나 동도(東都) 낙수(洛水) 가에 은거한 10여 년 동안 덕행은 더욱 고상해지고, 학문은 더욱 발전했으며, 교유하는 친구는 더욱 늘어나서 명성이 온 천하에 널리 전해졌다. 작고한 재상 정여경(鄭餘慶) 공께서 동도유수(東都留守)로 있을 때 석홍에게 역사를 편찬하는 직무를 맡길 만하다고 상소를 했다. 전중시어사(殿中侍御史)에 임명된 이건(李建)과 보궐(補闕)이 된 최주정(崔周楨)이 모두 석홍을 천거하며 자신들의 자리를 양보하기도 했다. 선흡지관찰사(宣歙池觀察使) 노탄(盧坦)과 절동관찰사(浙東觀察使) 설평(薛萍)이 번갈아 초청장을 보내 선생을 보좌관으로 임명했다. 그러나 하양군절도사(河陽軍節度使) 어사대부(御史大夫) 오중윤(烏重胤)이 사람을 보내 예물을 가지고 지름길로 먼저 선생의 집에 도착하도록 했기 때문에 하양군에서 선생을 얻을 수 있었다. 선생이 하양군을 보좌하니 관리들은 질서가 잡히고 백성들은 경제적으로 여유가 생겼는데, 고공원외랑(考功員外郎)이 보좌관들의 근무평정을 상주함에 있어 선생이 홀로 천하제일이었다. 원화 6년(811)에 칙령이 하남부(河南府)로 내려와 선생을 경조부(京兆府) 소응현위(昭應縣尉)와 황제의 책을 교감하고 정리하는 집현원교리(集賢院校理)로 초빙되었다. 그 이듬해 6월 갑오일(甲午日, 8일)에 병으로 세상을 떠났는데 향년 42세였다.

팽성(彭城) 유씨(劉氏)의 딸을 아내로 맞이했는데 작고한 재상 유안(劉晏)의 형님의 손녀다. 아들 둘을 두었는데 8살짜리는 석임(石壬)이고 4살짜리는 석신(石申)이다. 딸도 둘 있다. 유언하기를 "죽는 곳에 나를 장사지내라"라고 했다. 7월 갑신일(甲申日, 28일)에 만년현(萬年縣) 백록원(白鹿原)에 안장되었다. 병이 위독해지자 친구인 나에게 일러 "그대가 나를 위해 묘지명을 써주시게"라고 했다. 명문(銘文)은 다음과 같다.

자라기도 어렵고

덕행을 이루기는 더 어렵네.
장차 일을 낼 것 같았는데
여기서 그치고 말았네.

해제

　원화 7년(812) 7월에 장안에서 국자박사로 재직할 때 지은 석홍(石洪) 묘지명. 석홍은 조실부모하고 자신의 노력으로 관직에 올랐다가 얼마 안 있어 낙양의 낙수(洛水) 가로 물러나 살았다. 그는 10년에 걸친 은둔 생활 동안 철저한 자기연마를 한 덕분에 덕행・학문・교유 등에서 두루 일취월장해 천하에 명성이 자자해진 관계로 많은 고위관료들의 초빙 대상이 되었다. 이 글은 바로 이 점을 중점으로 부각시키고, 그의 선조와 가계의 대략을 곁들어 서술해 간결하고 명료하다는 평가를 받는다. 작자는 원화 5년(810)에 석홍이 오중윤(烏重胤)의 보좌관으로 부임할 때 「송석처사서(送石處士序)」(HS-150)와 「송석처사시(送石處士詩)」를 써주었고, 그의 사후에 「제석군문(祭石君文)」(HS-340)도 지어 바친 바 있다.

원문 및 주석

君諱洪, 字濬川。其先姓烏石蘭, 九代祖猛始從拓拔氏¹入夏², 居河南, 遂去"烏"與"蘭", 獨姓石氏[3], 而官號大司空。後七世至行褒, 官至易州[4]刺史, 於君爲曾祖。易州生婺州金華[5]令諱懷一, 卒葬洛陽北山[6]。金華生君之考諱平, 爲太子家令, 葬金華墓東; 而尙書水部郎劉復爲之銘。

1 拓拔氏(탁발씨) : 선비족(鮮卑族) 출신 북위(北魏) 왕족의 성씨. 효문제(孝文帝) 탁발굉(拓拔宏)이 태화(太和) 18년(494)에 낙양(洛陽)으로 천도한 뒤 성을 원(元)으로 바꾸었다.

2 入夏(입하) : 중원(中原) 땅으로 들어오다. '夏'는 '화하(華夏)'로 고대 한족(漢族)의 자칭인데 여기서는 중원 지역을 가리킨다.

3 獨姓石氏(독성석씨) : 효문제 태화 20년(496)에 복성(複姓)을 모두 단성(單姓)으로 바꾸었을 때 '烏石蘭(오석란)'을 '石(석)'으로 줄이고 하남(河南)을 군망(郡望)으로 삼았다.

4 易州(역주) : 하북도(河北道) 소속으로 주청 소재지가 지금 하북성 역현(易縣)에 있었다.

5 婺州金華(무주금화) : 강남도(江南道) 소속으로 주청 소재지가 지금 절강성 금화시에 있었다.

6 北山(북산) : 북망산(北邙山)의 별명. 낙양 북쪽에 있기 때문에 이렇게 불리기도 했다.

君生七年喪其母, 九年而喪其父, 能力學行; 去黃州錄事參軍[7], 則不仕而退處東都洛上十餘年, 行益修, 學益進, 交遊益附[8], 聲號聞四海。故相國鄭公餘慶[9]留守東都, 上言洪可付史筆[10]。李建[11]拜御史, 崔周禎[12]爲補闕, 皆擧以讓。宣歙池之使[13], 與浙東使[14]交牒[15]署君從事。河陽節度烏大夫重胤[16]間[17]以幣先走廬下, 故爲河陽得。佐河陽軍, 吏治民寬, 考功[18]奏從事考[19], 君獨於天下爲弟一。 元和六年詔下河南, 徵拜京兆昭應[20]尉、校理集賢御書。明年六月甲午疾卒, 年四十二。

7 黃州錄事參軍(황주녹사참군) : 『신당서·석홍전』에는 이렇게 되어 있지만 이고(李翶)의 「천석홍장(薦石洪狀)」에 의하면 '黃州'가 '冀州(기주)'로 되어 있다. 어느 것이 옳은지 미상이다. '黃州'는 회남도(淮南道) 소속이고 '冀州'는 하북도(河北道) 소속이다.

8 附(부) : 늘어나다. 확대되다.

9 鄭公餘慶(정공여경) : 정여경에 대해서는 「상정상서상공계(上鄭尙書相公啓)」(HS-081) 해제 참조.

10 史筆(사필) : 역사 편찬 담당관.

11 李建(이건) : 자가 표직(杓直). 원화 3년(808) 10월에 고영(高郢)이 어사대부가 되

어 이건을 전중시어사(殿中侍御史)로 부르려고 상주했을 때 그가 석홍을 자기 대신 천거했다고 한다.

12 崔周禎(최주정) : '禎'이 '楨'으로 된 판본도 있는데 자세한 생애는 미상이다.
13 宣歙池之使(선흡지지사) : 원화 3년(808)에 선주·흡주·지주 세 고을 관할 관찰사가 된 노탄(盧坦, 748-817)을 가리킨다.
14 浙東使(절동사) : 원화 3년(808)에서 5년(810) 사이에 절동관찰사를 지낸 설평(薛萍)을 가리킨다.
15 交牒(교첩) : 번갈아 초청장을 보내다. '牒'은 관직을 수여하는 문서인데 여기서는 동사로 쓰였다.
16 烏大夫重胤(오대부중윤) : 오중윤에 대해서는 「송석처사서(送石處士序)」(HS-150) 해제와 「오씨묘비명(烏氏廟碑銘)」(HS-216) 주석 3 참조.
17 間(간) : 샛길로. 지름길로.
18 考功(고공) : 고공낭중은 경관(京官)의 근무성적을, 고공원외랑은 외관(外官)의 근무성적을 평정했다.
19 考(고) : 인사고과를 하다. 근무평정을 하다.
20 昭應(소응) : 경조부 소속 현 이름으로 현청 소재지가 지금 섬서성 임동현(臨潼縣)에 있었다.

娶彭城劉氏女, 故相國晏之兄孫。生男二人 : 八歲曰壬, 四歲曰申。女子二人。顧言[21]曰 : "葬死所。"七月甲申, 葬萬年白鹿原[22]。旣病, 謂其游韓愈曰 : "子以吾銘。"銘曰 :

21 顧言(고언) : 사람이 임종할 때 하는 유언을 가리킨다. '고명(顧命)'이라고도 한다.
22 萬年白鹿原(만년백록원) : 지금 섬서성 장안시(長安市) 동쪽에 있다.

生之艱, 成之又艱。若有以爲, 而止於斯。

唐故江西觀察使韋公墓誌銘

　공은 이름이 단(丹)이고 자가 아무개며 성은 위씨(韋氏)다. 6대조 위효관(韋孝寬)은 북주(北周)에 벼슬해 공을 세워 처음으로 운국공(鄖國公)이라는 칭호를 하사받으셨다. 운국공의 자손들은 대대로 고위 관직을 지냈으나 공의 부친 위정(韋政)만이 낙현현승(雒縣縣丞)으로 세상을 떠나 사후에 괵주자사(虢州刺史)에 추증되셨다.

　공은 부친이 돌아가신 뒤에 외손자로서 태자태사(太子太師) 노군공(魯郡公) 안진경(顏眞卿)으로부터 배웠는데 태사께서 공을 애지중지하셨다. 명경과 고시에 천거되어 급제한 뒤 협주(峽州) 원안현령(遠安縣令)에 임명되셨지만 그 자리를 자기의 이복형에게 양보하고 자각산(紫閣山)에 들어가 숙부 위웅(韋熊)을 모셨다. 공은 또 오경(五經)에 정통한 사람을 뽑는 고시 과목에 합격해 교서랑(校書郎)과 함양현위(咸陽縣尉)를 역임하고 빈녕절도사(邠寧節度使)의 보좌관을 지내셨다. 감찰어사(監察御史)로 있다가 전중시어사(殿中侍御史)가 되셨고, 조정의 부름을 받아 태자사인(太子舍人)에 임명되어 더욱 명성이 났기 때문에 기거랑(起居郎)으로 승진하셨다. 오소성(吳少誠)이 허주(許州)를 습격했을 때 하양군(河陽軍) 행군사마(行軍司馬)에 임명되셨는데, 부임하기 전에 오소성이 패해 가부원외랑(駕部員外郎)으로 바뀌었다. 신라(新羅)의 국왕이 서거하시자 공은 사봉낭중(司封郎中) 겸 어사중승(御史中丞)의 신분으로 자주색 관복과 금어부(金魚符)를 착용하고 가서 조문을 하고 그 후계 왕을 세우셨다. 전례에 따르면 외국으로 사신을 가는 신하에게는 늘 주현의 관리 10명을 임용할 수 있는 권한을 하사했으므로 사신이 그 명단을 상주하고 개인 비용 관련 편리를 보았는데 이를 '사적관(私覿官)'이라고 불렀다. 공이 출발에 즈음해 말씀하셨다.

"나는 천자의 관리로 해외의 다른 나라에 사신으로 가는데, 비용이 부족하면 마땅히 조정에 청구해야 할 터인즉 어떻게 관직을 팔아 돈을 받을 수 있겠는가?"

해서 바로 이유를 자세히 적어 상소를 했다. 천자께서 그를 현명하다고 여기고 담당 관리에게 명해 필요한 경비를 지급하도록 했다. 운주(鄆州)에 이르렀을 때 마침 신라에서 왕위를 계승해야 할 임금이 서거하셨다고 보고했기 때문에, 공은 돌아와 용주자사(容州刺史)와 용관경략초토사(容管經略招討使)에 임명되셨다. 공은 처음으로 용주에 주위 13리에 달하는 성을 쌓고 24개소에 둔전(屯田)을 설치하셨다. 교화가 크게 이루어지자 황제가 칙령을 내려 태중대부(太中大夫)의 직위를 더해주셨다. 순종(順宗)이 황제의 자리를 계승한 뒤 하남소윤(河南少尹)에 임명되었다가 미처 임지에 도착하기 전에 정활행군사마(鄭滑行軍司馬)에 임명되셨다. 막양양(襄陽)에 도착하자 황제의 칙령이 내려와 공을 간의대부(諫議大夫)에 임명하셨다. 수도의 임지에 도착한 뒤에 날마다 정사를 논하고 권신들에게 아첨하지 않아, 충직하게 정직한 것으로 명성이 났기 때문에 유능하고 노련한 신하로 불렸다.

유벽(劉闢)이 반란을 일으켜 재주(梓州)를 포위하자 황제의 칙령이 내려와 공을 동천절도사(東川節度使)·어사대부(御史大夫)로 삼으셨다. 공이 한중(漢中)에 이르렀을 때 상소해 말씀하기를 "재주는 지금 포위된 상태로 있으면서 성을 지키느라 한창 전력을 다하고 있는 중이니 지휘관을 바꿀 수 없습니다"라고 했다. 부름을 받고 도성으로 돌아와 조정에 들어가 촉(蜀) 지방의 사정에 대해 논의하셨다. 유벽이 재주를 떠나자 공은 재주의 관직을 고숭문(高崇文)에게 양도하니, 조정에서는 공을 진주(晉州)·자주(慈州)·습주(隰州) 등 세 고을의 관찰방어사(觀察防禦使)로 임명하고, 부풍현남(扶風縣男)에서 승진시켜 무양군(武陽郡) 개국공(開國公)에 봉한 뒤 식읍 2천호를 하사했다. 부임할 즈음에 상주해 말씀하셨다.

"신이 다스리는 세 고을은 중요한 지역이 아닌 만큼 관찰사의 자리를 두어 국가의 재정을 낭비할 만한 곳이 못되니 차라리 하동관찰사(河東觀察使)에 소속시키는 것이 유리합니다."

황제께서 공을 충성스럽다고 여기셨고, 거기서 근무한 지 1년이 되자 조정에서는 공을 홍주자사(洪州刺史)·강남서도관찰사(江南西道觀察使)에 임명하였으며, 진주·자주·습주를 하동관찰사에 소속시켰다. 공은 홍주에 부임한 뒤에 집의 식구수를 계산해 봉록을 받고 나머지는 관에 맡겼으며, 여덟 고을에서 하는 일 없이 봉록만 축내고 있는 관리들을 파면해 관의 자금을 모았다. 처음으로 사람들에게 기와집을 짓는 법과 산에서 목재를 채벌하는 방법을 가르치고, 도공(陶工)들을 불러 사람들에게 기와 굽는 방법을 가르치게 한 뒤에 목재와 기와를 광장에 모아놓고서 비용을 헤아려 원가로만 팔고 이윤을 취하지 않았다. 대체로 관으로부터 목재와 기와를 받아간 뒤에 생업이 안정되고 나서 상환하도록 했는데 이 명령에 따르는 사람들에게는 세금의 반을 탕감해 주었고, 외지로 도망갔다가 아직 돌아오지 않은 사람들에게는 관에서 집을 지어 주었으며, 가난해 집을 지을 형편이 못되는 사람들에게는 관에서 비용을 지급했고, 공이 몸소 먹을 것과 마실 것을 들고 사람들에게 가서 집을 짓도록 권유하셨다. 그리하여 기와집 1만 3천 7백 채를 짓고 다층집 4천 7백 동을 건립하니, 백성들이 화재의 우려를 할 필요가 없었고 덥고 습하면 높은 데로 올라가 살면 되었다. 이와는 별도로 남과 북에 시장을 설치하도록 명해 모든 군대의 병영으로 쓰게 하셨다. 가뭄이 들어 땅에 파종을 할 수 없는 해에는 인부를 모집해 공사를 하도록 한 뒤에 그들에게 임금을 후하게 지급하고 먹을 것도 제공했는데, 그 사업이 잘 이루어지자 사람들은 굶주림을 걱정하지 않게 되었다. 사통팔달의 긴 거리를 만들어 남북으로 그 양쪽에 병영을 끼고 동서로 7리에 달하게 하니, 사람들은 물기가 고여 불결한 환경으로부터 벗어나게 되어 원기가 더욱 되살아났다. 다시 남창현(南昌縣) 청사를 지어 마구간을 높은 지대로 옮기고, 그곳의 방치된 창고와 큰 집을 이용하니 말들이 연달아 폐사하지 않았다. 그 이듬해에 제방을 쌓아 강물의 범람을 막으니 길이가 12리에 달했는데, 준설을 하고 갑문을 설치해서 비온 뒤에 괸 물이 빠져나가게 했다. 공이 이 자리에서 사직한 이듬해에 강물이 제방과 같은 높이까지 차오르자 노인이나 어린아이들이 울면서 공을 그리워하며 말하기를 "이 제방이 없다면 우리들의 시체가 아마도 바다로 흘러 들어갔을 게로다!"라고 했다. 제방의 물을 저수지 598개에 대두었다가 전답 1만 2천 경(頃)을 개간했다. 대체로 백성들을 위해 해로운 일은 없애고 이로운 사업은 일으키는 것이 마치 자신의 취미인 듯해서, 공의 재임 3년 동안은 강남서도(江南西道)의 여덟 고을에 백성들에게 유리한 사업으로 처리되지 않고 남아 있는 것이 없었다. 굵직굵직한 사적이 이와 같으니 기타 소소한 것들은 생략해도 그만일 것이다.

병졸 가운데 명령을 어겨서 사형에 처해져야 마땅한 자가 있었지만 공이 처형하지 않고 곤장을 친 뒤에 추방하자, 그 병졸은 도리어 공이 몇 가지 불법적인 일을 저질렀다고 고발했다. 당시 조정은 한창 의욕적으로 천하를 다스리고 있던 차고 공이 명망과 재주를 겸비한 유능한 신하로 그 치적이 천하에 널리 소문이 났으므로 명명백백하게 가리지 않으면 오명을 받을 것으로 여겼기 때문에 칙령으로 공을 면직시키고 강서에 머무르며 시비를 가릴 때까지 기다리도록 했다. 그 임무를 부여받은 칙사가 도착하기 한 달여 전에 공이 병으로 세상을 하직하셨다. 칙사가 도착해 병졸이 고발한 몇 가지 사안 모두의 시시비비를 가려보니 어느 하나 사실인 것이 전혀 없었다. 이에 칙령으로 그 병졸을 태형 1백대에 처한 뒤 영남 지방으로 추방하니 공의 유능함이 더욱 밝게 드러났다. 공은 향년 58세를 일기로 원화 5년(810) 8월 6일에 세상을 떠나셨다.

공은 베풀기를 좋아해 집안에 남아도는 재산이 없었다. 교서랑에서부터 관찰사에 이르기까지 관리나 군인을 보유하였고 강서 지방 일곱 고을의 자사들을 자신의 문하로 분주히 내달리도록 하셨지만, 빈객과 더불어 교제할 때는 평민으로 있을 시절과 같아서 스스로를 낮추는 태도가 하나도 전과 달라진 것이 없으셨다.

청하(淸河) 최씨(崔氏)를 아내로 맞이했는데 작고한 지강현령(支江縣令) 최풍(崔諷)의 딸이고 아무 관직을 역임한 아무개의 손녀였다. 위치(韋寘)라는 이름의 아들이 있는데, 나이 15세로 명경과에 급제해 집안의 전통을 계승했다. 재취 부인 난릉(蘭陵) 소씨(蕭氏)는 중서령(中書令) 소화(蕭華)의 손녀고 전중시어사 소항(蕭恆)의 딸인데, 두 부인 모두 공보다 먼저 세상을 떠나셨다. 딸이 한 명 있다. 공에게는 도합 아들 몇 명과 딸 몇명이 있다. 돌아가신 이듬해 7월 임인일(壬寅日, 10일)에 만년현(萬年縣) 소릉원(少陵原)의 선영으로 귀장되었다. 귀장을 하려고 할 때 공의 보좌관이었던 동평(東平) 사람 여종례(呂宗禮)와 아들 위치가 상의해서 말하기를 "우리 공은 강직하고 겉만 화려하지 않은 사람이기에 묘지명을 전해서 진실로 영원히 사라지지 않도록 해야 할 것이다"라고 했다. 공의 아들 위치가 묘지명을 청하기에 다음과 같이 명문(銘文)을 짓는다.

무양군 개국공 위단이 학업을 전수받기는
태사 안진경으로부터 시작했네.
공은 관직을 형에게 양보하고
스스로 기다리면서도 마음의 동요가 일어나지 않으셨네.
자각산에서 근면하게 숙부를 모시어
겸손함으로 많은 이익을 얻었는데,
공의 학업에 근원이 있다고 할 수 있으니
마침내 그로 인해 일생동안 아무런 흠이 없으셨네.
사람됨이 겸손하고
관직 생활은 출중했는데,
강서 지방에 부임한 뒤로
공적과 도덕이 모두 완전해졌다네.
명성이 나고 나니
홀로 꼿꼿이 사는 것이 어려워졌지만,
시시비비를 조사하니 사실이 더욱 분명해져
원수들조차 탄복했네.
무덤 앞에 비석을 세운 것은
아름다운 공덕을 밝히 드러내기 위함이고
명문(銘文)을 무덤 속에 넣는 것은
공의 무덤임을 표지하기 위함이라네.

해제

원화 6년(811) 하남현령(河南縣令) 재직 시에 지은 위단(韋丹, 753-810) 묘지명. 위단은 원화 5년(810)에 강서관찰사(江西觀察使)의 임지에서 세상을 떠나 그 이듬해 고향 경조부(京兆府) 만년현(萬年縣)의 선영으로 귀장되었다. 그는 일생 동안 법을 준수하고 이치를 따라 직무에 충실한 당나라를 대표하는 관리의 한 사람으로 『신당서·순리전(循吏傳)』에 전기가 실려 있다. 이 글은 위단의 생애를 비교적 상세하게 서술했는데, 세 가지 사건에 특히 중점을 두고 있다. 첫째, 국가의 대신이 외국으로 사신을 나갈 때 주현(州縣)의 관직 10자리를 팔고 여비를 충당하는 종전의 관례가 부당함을 상소해 개혁하도록 한 것이다. 그의 건의가 받아들여져 원화 7년(812)에 이 제도가 혁파되었다. 둘째, 용주자사(容州刺史) 재직 시에 둔전을 설치하고 황무지를 개간해 백성들에게 농작물 재배를 가르친 것이다. 셋째, 강서관찰사 재직 시에 기와집을 짓고 수리사업을 일으켜 백성들의 복리를 증진시킨 것이다. 특히 작자는 위단의 순리(循吏)로서의 형상을 표현함에 있어 바로 이 세 번째 사적을 중점적으로 상세하게 부각시킴으로써, 나머지 사소한 것은 생략하고도 위민 사업을 자신의 취미와 같이 여긴 그의 정신세계를 잘 나타내고 있다. 이 글은 사적이 많은 인물을 형상화함에 있어 자질구레한 것들은 극히 간략히 처리하거나 생략하고 관건적 대목을 중점적으로 드러낸 전형적인 예에 속한다. 이밖에 어떤 부분은 사실을 직설적으로 서술함에 있어 일견 자질구레하고 너무 세밀하다는 느낌을 주기도 하지만, 전체 문장 표현의 경중을 고려해 조리 정연함을 잃지 않은 점도 돋보인다.

원문 및 주석

公諱丹, 字某[1], 姓韋氏。六世祖孝寬[2], 仕周有功, 以公開號於郎[3]。郎公之子孫世爲大官⁴；唯公之父政，卒雒縣⁵丞，贈虢州⁶刺史。

1   字某(자모) : 위단은 자가 문명(文明)인데 '某' 대신에 '文明(문명)'으로 된 판본도
    있다.

2   孝寬(효관) : 이름은 숙유(叔裕)인데 자로 세상에 더 많이 알려졌다. 북주(北周)
    에 벼슬해 대사공(大司空)을 지내고 운국공(鄖國公)에 봉해졌다.

3   鄖(운) : 운주는 주청 소재지가 지금 호북성 안륙현(安陸縣)에 있었다.

4   世爲大官(세위대관) : 위효관의 아들 위진(韋津)은 내사시랑(內史侍郎)·호부시
    랑(戶部侍郎)·판상서사(判尙書事)를 역임했고, 그의 아들 위곤(韋琨)은 당나라
    에 들어와 태자첨사(太子詹事)를 지내고 무양현후(武陽縣侯)에 봉해졌으며, 그
    의 아들 위유평(韋幼平)은 기산참군(岐山參軍)을, 그의 아들 위진(韋津)은 재주
    자사(梓州刺史)를 지냈다.

5   雒縣(낙현) : 현청 소재지가 지금 사천성 광한현(廣漢縣)에 있었다.

6   虢州(괵주) : 「홍원소윤방군묘지(興元少尹房君墓誌)」(HS-204) 주석 9 참조.

公旣孤，以甥孫從太師魯公眞卿⁷學，太師愛之。舉明經⁸第，選授峽州遠安⁹
令，以讓其庶兄¹⁰，入紫閣山¹¹，事從父熊¹²。通五經¹³登科，歷校書郞、咸陽¹⁴
尉，佐邠寧軍¹⁵。自監察御史爲殿中侍御史，徵拜太子舍人，益有名，遷起
居郞。吳少誠襲許州¹⁶，拜河陽行軍司馬，未行，少誠死¹⁷，改駕部¹⁸員外
郞。新羅國君死¹⁹，公以司封郞中兼御史中丞，紫衣金魚往弔，立其嗣²⁰。
故事²¹，使外國者，常賜州縣官十員，使以名上，以便其私，號"私覿官²²"。
公將行，曰："吾天子吏，使海外國，不足於資，宜上請，安有賣官以受錢
邪？"卽具疏所以。上以爲賢，命有司與其費。至鄆州²³，會新羅告所當立君
死²⁴，還拜容州²⁵刺史、容管經略招討使。始城²⁶容州，周十三里，置屯田²⁷
二十四所，化大行，詔加太中大夫。順宗嗣位²⁸，拜河南少尹²⁹，行未至，拜
鄭滑³⁰行軍司馬。始至襄陽³¹，詔拜諫議大夫。旣至，日言事，不阿權臣，謇
然³²有直名³³，遂號爲才臣³⁴。

7   魯公眞卿(노공진경) : 안진경(顏眞卿, 709-785). 당나라의 서예가로서 자는 청신
    (淸臣)이며 산동성 낭야(琅邪) 임기(臨沂) 사람이다. 노군개국공(魯郡開國公)에 봉
    해졌기 때문에 안노공(顏魯公)이라고도 불렸다. 유명한 안지추(顏之推, 531-595?)
    와 안사고(顏師古, 581-645) 등이 그의 선조다.

8   明經(명경) : 수(隋)나라 양제(煬帝) 때부터 실시된 것으로 경의(經義)를 가지고
    관리를 선발하는 상설 고시의 하나. 당나라에 들어와서는 수나라의 명경과와

진사과의 두 과 외에 수재(秀才)・명법(明法)・명자(明字)・명산(明算)을 보태어 여섯 과의 상설 고시를 두었다.

9 峽州遠安(협주원안) : 지금 호북성 원안현 북쪽. 협주는 주청 소재지가 지금 호북성 의창현(宜昌縣) 서북에 있었다.

10 庶兄(서형) : 부친의 첩에서 난 이복형.

11 紫閣山(자각산) : 종남산(終南山)의 봉우리 이름으로 지금 섬서성 호현(鄠縣) 동남쪽에 있다.

12 熊(웅) : 『신당서』197권 위단의 전기에는 '能(능)'으로 되어 있다.

13 通五經(통오경) : 명경과 고시 세목의 하나. 자세한 것은 「송진밀서(送陳密序)」(HS-127) 주석 3 참조.

14 咸陽(함양) : 지금 섬서성 함양현 동쪽.

15 佐邠寧軍(좌빈녕군) : 정원 4년(788) 7월에 장헌보(張獻甫)가 빈녕절도사가 되었을 때 위단이 그 막부의 보좌관이 된 것을 말한다. 빈녕군은 군청 소재지가 지금 섬서성 빈현(邠縣)에 있었다.

16 吳少誠襲許州(오소성습허주) : 오소성(750-809)은 유주(幽州) 노현[潞縣 : 지금 북경시 통현(通縣)] 사람으로 스스로 회서절도유후(淮西節度留後)에 오른 뒤 직무에는 충실했지만 군벌로서 세력 확장 야심이 강해 당나라 조정의 명에 잘 따르지 않았다. 정원 15년(799) 8월에 임영현(臨穎縣)을 함락시키고 허주를 포위하는 등의 행위를 지속했지만, 관군이 토벌하지 못하자 조정에서 그를 정식으로 회서절도사로 임명했다. 허주는 주청 소재지가 지금 하남성 허창시(許昌市)에 있었다.

17 死(사) : 오소성이 죽은 때는 원화 4년(809) 11월이므로 이 글자는 '敗(패)'자로 되어야 마땅하다.

18 駕部(가부) : 병부(兵部) 소속 관서로 '천자가 타는 손수레(輿輦)', 수레와 탈 것, 역참, 소나 말 등의 가축, 마구간 등을 관할했다.

19 新羅國君死(신라국군사) : 정원 14년(798)에 신라 38대 원성왕(元聖王) 김경신(金敬信)이 승하한 일을 가리킨다.

20 立其嗣(입기사) : 원성왕을 이어 적손(嫡孫) 김준옹(金俊邕)을 신라 39대 소성왕(昭聖王)으로 세운 일을 가리킨다.

21 故事(고사) : 전례. 예전의 법률이나 제도.

22 私覿官(사적관) : 당나라 때에 외국으로 사신을 나가는 신하가 보증을 하고 천거한 주현(州縣)의 관리.

23 鄆州(운주) : 주청 소재지가 지금 산동성 동평현(東平縣) 서북쪽에 있었다.

24 所當立君死(소당립군사) : 신라 39대 소성왕이 승하한 일을 가리킨다. 위단 일행은 운주에서 이 소식을 접한 뒤 칙령을 받고 돌아갔다.

25 容州(용주) : 주청 소재지가 지금 광서성 북류현(北流縣)에 있었는데 용관경략사의 관아가 이곳에 있었다.

26 城(성) : 성을 쌓다. 축성하다.

27 屯田(둔전) : 변방을 지키는 군인이나 농민 또는 상인을 이용해 황무지를 개간하
고 농작물을 재배하는 것을 가리킨다.
28 順宗嗣位(순종사위) : 정원 21년(805) 정월에 덕종(德宗)이 승하하자 장자 이송
(李誦)이 태극전(太極殿)에서 즉위한 일을 가리킨다.
29 拜河南少尹(배하남소윤) : 정원 21년 5월에 용관경략사 위단이 하남부 소윤으로
임명된 일을 가리킨다.
30 鄭滑(정활) : 정주와 활주. 주청 소재지가 정주는 관성(管城) 곧 지금 하남성 정
주시(鄭州市)에, 활주는 지금 하남성 활현(滑縣)에 있었다.
31 襄陽(양양) : 현청 소재지가 지금 호북성 양양현(襄陽縣)에 있었다.
32 謇然(건연) : 충직한 모양.
33 直名(직명) : 정직하다는 명성.
34 才臣(재신) : 재주 있는 신하. 유능하고 노련한 대신(大臣).

劉闢反^{35}, 圍梓州, 詔以公爲東川節度使^{36}、御史大夫。公行至漢中^{37}, 上疏
言 : "梓州在圍間, 守方盡力, 不可易將。" 徵還, 入議蜀事。劉闢去梓州, 因
以梓州讓高崇文^{38}, 拜晉慈隰^{39}等州觀察防禦使, 自扶風縣男^{40}進封武陽郡
開國公, 食邑^{41}二千戶。將行上言 : "臣所治三州非要害地, 不足張職^{42}, 爲
國家費, 不如屬之河東便。" 上以爲忠 ; 一歲, 拜洪州^{43}刺史、江南西道觀察
使 ; 以晉慈隰屬河東。公旣至, 則計口受俸錢, 委其餘於官。罷八州^{44}無事
之食者, 以聚其財。始敎人爲瓦屋, 取材於山, 召陶工敎人陶, 聚材瓦於場,
度^{45}其費以爲估, 不取贏利^{46} ; 凡取材瓦於官, 業定而受其償, 從令者免其
賦之半, 逃未復者官與爲之, 貧不能者畀之財, 載食與漿親往勸之 : 爲瓦屋
萬三千七百, 爲重屋^{47}四千七百, 民無火憂, 暑濕則乘其高。別命置南北市
營諸軍^{48}。歲旱, 種不入土, 募人就功^{49}, 厚與之直^{50}而給其食, 業成, 人不
病飢。爲長衢^{51}, 南北夾兩營, 東西七里, 人去汙^{52}, 氣益蘇。復作南昌縣^{53},
徙廄于高地, 因其廢倉大屋, 馬以不連死。明年, 築堤扞江^{54}, 長十二里,
疏爲斗門^{55}, 以走潦水^{56}。公去位之明年, 江水平堤, 老幼泣而思曰 : "無此
堤, 吾屍其流入海矣!" 灌陂塘^{57}五百九十八, 得田萬二千頃。凡爲民去害興
利若嗜慾 ; 居三年, 於江西八州無遺便^{58}。其大如是, 其細可略也。

35 劉闢反(유벽반) : 정원 21년(805) 8월 이후 유벽이 조정의 명령에 불복하고 반기
를 든 것을 가리킨다. 조정 일각에서 유벽의 행위를 불문에 부치자는 주장이 제

기되었을 때, 위단이 그것을 방치하면 수도 장안과 낙양을 제외한 모든 지역에서 모반이 일어날 것임을 들어 불가함을 주장했다. 그리하여 위단을 동천절도사 겸 어사대부로 삼아 반란군을 토벌하게 했다. 보충 설명은 「하남소윤이공묘지명(河南少尹李公墓誌銘)」(HS-205) 주석 26 참조.

36 東川節度使(동천절도사) : 막부 소재지가 재주(梓州) 곧 지금 사천성 삼대현(三臺縣)에 있었다.

37 漢中(한중) : 행정 중심지가 남정(南鄭) 곧 지금 섬서성 한중시(漢中市) 동쪽에 있었다.

38 高崇文(고숭문) : 「하남소윤이공묘지명(河南少尹李公墓誌銘)」(HS-205) 주석 27 참조.

39 晉慈隰(진자습) : 진주·자주·습주. 주청 소재지가 각각 지금 산서성의 임분현(臨汾縣)·길현(吉縣)·습현(隰縣)에 있었다.

40 扶風縣男(부풍현남) : '扶風'은 지금 섬서성 보계시(寶鷄市) 동쪽에 있는 현 이름이고, '縣男'은 종5품에 해당하는 작위 이름이다.

41 食邑(식읍) : 고대에 군주가 신하에게 대대로 녹을 받아먹도록 하사한 봉지.

42 張職(장직) : 직위를 만들다. 자리를 만들다.

43 洪州(홍주) : 강남도(江南道) 소속으로 주청 소재지가 지금 강서성 남창시(南昌市)에 있었다.

44 八州(팔주) : 강남서도 관할의 여덟 고을로 지금 강서성에 속한다. 곧 홍주, 요주[饒州 : 주청 소재지 파양현(鄱陽縣)], 길주[吉州 : 주청 소재지 길안현(吉安縣)], 강주[江州 : 주청 소재지 구강시(九江市)], 원주[袁州 : 주청 소재지 의춘시(宜春市)], 신주[信州 : 주청 소재지 상요시(上饒市)] 서북, 건주[虔州 : 주청 소재지 감현(贛縣)], 무주(撫州 : 주청 소재지 무주시).

45 度(탁) : 헤아리다.

46 贏利(영리) : 이익. 이득.

47 重屋(중옥) : 다층집. 2층 또는 그 이상으로 된 집.

48 營諸軍(영제군) : 모든 군대의 병영으로 쓰다. 병영을 만들어 군인들이 그곳에 살게 함으로써 민가에 피해를 주지 않도록 조치한 것을 가리킨다.

49 就功(취공) : 공사를 하다.

50 直(치) : 값. 가격. 여기서는 품삯. 임금.

51 長衢(장구) : 긴 거리. '衢'는 사통팔달(四通八達)의 거리.

52 渫汚(설오) : 물기가 고여 불결하다.

53 南昌縣(남창현) : 현청 소재지가 지금 강서성 남창시(南昌市) 동쪽에 있었다.

54 扞江(한강) : 강물의 범람을 막다.

55 斗門(두문) : 물을 저장하거나 방류하기 위해 제방에 설치한 갑문(閘門).

56 潦水(요수) : 비온 뒤에 길바닥에 괸 물.

57 陂塘(피당) : 못. 저수지.

58 遺便(유편) : 처리되지 않고 남겨진 유리한 사업.

卒有違令當死者, 公不果於誅, 杖而遣之去, 上書告公所爲不法若干條。
朝廷方勇於治, 且以爲公名才能臣, 治功聞天下, 不辨則守垢, 詔罷官留江
西待辨。使未至月餘, 公以疾薨[59]。使至, 辨凡卒所告事若干條, 皆無絲毫
實, 詔答卒百, 流嶺南, 公能益明。春秋五十八, 薨於元和五年八月六日。

59　薨(홍) : 제후나 작위를 가진 고관의 죽음을 가리키는 말. 『신당서·백관지(百官
　　志)』에 의하면 당나라 때는 상례(喪禮)에 있어 2품 이상은 '薨', 5품 이상은 '卒
　　(졸)', 6품 이하 관리와 서민들은 '死(사)'라고 불렀다.

公好施與, 家無剩財。自校書郎至爲觀察使, 擁吏卒, 前走七州[60]刺史 ; 與
賓客處如布衣[61]時, 自持卑一不易。

60　七州(칠주) : 강남서도 8주 중에서 위단이 직접 다스리는 홍주를 제외한 일곱 고을.
61　布衣(포의) : 베옷. 고대에 벼슬하지 않은 사람들이 입는 옷으로 평민을 가리킨다.

娶清河[62]崔氏, 故支江[63]令諷之女, 某官某之孫。有子曰寊, 年十五, 明經
及弟, 嗣其家業。後夫人蘭陵[64]蕭氏, 中書令華之孫, 殿中侍御史恆之女,
皆先公終。有女一人。凡公男若干人[65], 女若干人[66]。明年七月壬寅, 從葬
萬年縣少陵原。將葬, 其從事東平呂宗禮[67]與其子寊謀曰 : "我公宜得直而
不華者銘傳於後, 固不朽矣。" 寊來請銘, 銘曰 :

62　清河(청하) : 군 이름으로 군청 소재지가 무성(武城) 곧 지금 하북성 청하현(清河
　　縣) 서북쪽에 있었다.
63　支江(지강) : 현 이름으로 현청 소재지가 지금 사천성 공현(珙縣) 동쪽에 있었다.
64　蘭陵(난릉) : 현 이름으로 현청 소재지가 지금 산동성 역현(嶧縣)에 있었다.
65　男若干人(남약간인) : 두목(杜牧)의 「유애비(遺愛碑)」에 의하면 위단은 치(寊)·
　　우(宇)·수(岫)의 세 아들을 두었다. 앞에서 "有子曰寊(유자왈치)"라 하고 또 "男
　　若干人"이라고 한 것은 아직 이름이 정해지지 않은 서자(庶子)들을 가리킨다는
　　견해도 있다.
66　女若干人(여약간인) : 이 네 글자가 없는 판본도 있다. 이 또한 그대로 읽는다면
　　앞의 "有女一人(유여일인)"과는 다른 서녀(庶女)를 가리킬 가능성이 높다고 생
　　각된다.
67　東平呂宗禮(동평여종례) : 동평(東平 : 지금 산동성 동평현) 사람 여공(呂恭, 777-813).
　　여공은 자가 경숙(敬叔)으로 여위(呂渭)의 아들이고 여온(呂溫)의 동생인데 관
　　직은 시어사(侍御史)까지 지냈다. 여온은 자가 화숙(和叔)이고 시인으로 유종원
　　(柳宗元)·유우석(劉禹錫) 등과 친했다.

武陽受業, 始於太師；以官讓兄, 自待不疑。勤于紫閣, 取益以卑；可謂有源, 卒用無疵。慊慊[68]爲人, 矯矯[69]爲官；爰及江西, 功德具完。名聲之下, 獨處爲難；辯而益明, 仇者所歎。碑于墓前, 維昭美故；納銘墓中, 以識[70]公墓。

<hr />

68 慊慊(겸겸) : 겸손한 모양. '謙謙'과 같다.
69 矯矯(교교) : 우뚝 출중한 모양. '강직한 모양'을 뜻하기도 한다.
70 識(지) : 표지로 삼다.

HS-208 「당나라 고 하남부 왕옥현위 필선생 묘지명」

唐故河南府王屋縣尉畢君墓誌銘

필씨(畢氏)는 동평(東平)에서 나왔는데 한(漢)·위(魏)·진(晉)·송(宋)·제(齊)·양(梁)·진(陳)의 왕조를 거치면서 벼슬한 사람이 끊이지 않았다. 당나라 왕조에 들어와 사위소경(司衛少卿)과 패주(貝州)·형주(邢州)·여주(廬州)·허주(許州)의 자사를 지낸 필경(畢憬)이라는 분이 계셨다. 필경의 아들은 필구(畢構)로 여러 차례 관직을 거쳐 이부상서(吏部尙書)에 이르고 사후에 황문감(黃門監)에 추증되었는데 이 분이 경공(景公)이다. 경공은 필항(畢抗)을 낳았는데, 필항은 광평군(廣平郡) 태수가 되어 안녹산(安祿山)에 저항하다가 성이 함락되는 바람에 그 일족이 전멸 당했으며 사후에 호부상서(戶部尙書)에 추증되었다. 호부상서는 필경(畢坰)을 낳으셨다. 집안이 파탄 났을 때 필경은 겨우 네 살이었고 그 동생 필증(畢增)과 함께 둘 다 어려서 호적에 오르지 않았던 탓에 피살을 면했으나 적들의 포상용 노예 신세가 되었다. 보응(寶應) 2년(763)에 하북 지방이 평정되자 일족 사람인 필굉(畢宏)이 가산을 털어 그를 되찾아 왔지만 필증은 찾지를 못했다.

필증은 성장한 뒤에 하북의 보좌관이 되고 겸하여 어사중승(御史中丞)까지 이르렀다. 필경이 장안으로 온 뒤에 필굉이 그를 집에서 부양하고 글공부를 가르치자 필경은 명경과에 급제했다. 필굉이 죽은 뒤에 필경은 더욱 장성해 비로소 스스로 필씨의 일파로 자립했고, 임환(臨渙)·안읍(安邑)·왕옥(王屋) 등 세 현의 현위를 역임하셨다. 향년 61세를 일기로 원화 6년(811) 2월 2일에 관직에 있다가 세상을 떠나셨다.

필경이 처음 임환현위에서 물러나 있을 때 서주절도사(徐州節度使) 장건봉(張建封)이 광평군 태수 필항이 절의를 지키기 위해 목숨을 바친 것을 흠모하던 차에, 그의 아들 필경이 행실이 돈독하고 유능한 관리라는 소문을 듣고 만나기를 청해 그를 보좌관에 임명하고 4년간 부리현령(符離縣令)을 겸임하도록 했다. 왕옥현위를 담당하게 되었을 때에 서주 장건봉의 보좌관 중에 하남부윤(河南府尹)이 된 사람이 있어 필경이 부임해 온다는 소식을 듣고 기뻐서 사람들에게 일러 말했다.

"하남부의 창고에는 매년 돈이 천 단위로 오륙십 만이 들어오기에 청렴한 관리를 필요로 하는데, 지금 필경 공께서 오신다니 나의 일은 잘 될 것이로다!"

하남부윤의 직무를 이어받은 사람이 여러 명이 되고 하남부의 여러 부서에도 관리들의 인사이동이 없지 않았지만 필경 공만은 고정불변하고 처음 그대로였다. 그러다가 끝내 그 자리에서 순직하셨다. 공은 친척과 화목하고 길손들을 잘 대접하면서 집에 돈이 있는지 없는지는 물어보는 법이 없었다. 공이 세상을 떠난 뒤에 집에 한 푼의 돈도 남아 있지 않아 관과 장례에 관한 모든 비용은 동료나 친구들이 마련했다.

청하(淸河) 장씨(張氏)의 딸을 아내로 맞이해 아들 넷을 낳았는데, 호(鎬)·비(釾)·구(銶)·예(銳)다. 딸이 셋인데 장녀는 부처의 법을 배워 출가해 비구니가 되었고, 두 어린 딸은 아직 출가하지 않았다. 그 달 25일에 언사현(偃師縣) 토루산(土婁山)의 선영으로 귀장되셨다. 명문(銘文)은 다음과 같다.

상고시대에는 제왕이 백성을 사랑해
관직에 어울리는 인재를 찾았다.
만약 맡길 만한 인물이라면
직위가 그 사람에게 부여되었다.
후대에는 권력을 좋아해
사람들이 스스로 관직을 찾아 나섰다.
물러나 부귀공명에 초연하면
자신은 뒤로 처지고 타인들이 앞서 갔네.
따라서 광평군 태수 필항은 절의를 위해 죽었는데도
그의 아들은 그 은택을 입지 못했고,
왕옥현위 재임 시절 삼가고 청렴했지만
신은 그의 겸손함에 복을 내려주지 않았네.
아아! 하늘이나 세상 사람들이나
공의 무덤과 봉분을 손상시키지 말기 바라네.

해제

원화 6년(811) 2월 하남현령(河南縣令) 재직 시에 지은 필경(畢埛) 묘지명. 필경은 정원 15년(799) 장건봉(張建封)의 막부에서 보좌관으로 근무할 때 작자의 동료였고, 원화 5년(810) 필경이 하남부윤(河南府尹) 방식(房式)의 부하로 사고령(司庫令)을 맡았을 때 작자도 하남현령이어서 두 사람은 또 같은 지역에서 벼슬을 한 인연이 있었다. 작자는 필경과 깊은 우정을 나눈 관계로 그의 사람됨을 잘 알고 있었기 때문에 그의 사후에 감개가 기탁된 묘지명을 써주게 된 것이다. 이 글은 필경의 가계와 관직생활에 나타난 삼가고 청렴한 면모에 중점을 두고 직설적으로 서술했다. 대대로 벼슬을 한 집안 출신이었지만 안녹산의 난으로 말미암아 집안이 파탄 난 때문에 자수성가해 명경과에 급제한 뒤 멸사봉공(滅私奉公)의 정신으로 청렴하게 직무를 수행했다. 그렇지만 그의 이런 치적이 조정에 상달되지 못하고 어린 자녀를 남겨둔 채 세상을 떠나고 말았으니, 작자는 명문(銘文)에서 출세에 급급한 사람들이 잘 되는 것과 대비해 불공평한 세상을 향해 불평의 목소리를 던지고 있다. 특히 이 글은 서사와 서정이 한데 무르녹아 있고, 명문이 세상 이치를 담은 짤막한 논문과 같아 이채를 띠는 묘지명이라고 할 수 있다.

원문 및 주석

畢氏出東平[1], 歷漢魏晉宋齊梁陳, 士大夫[2]不絶。入國朝[3]有爲司衛少卿、貝邢廬許州[4]刺史者曰憬; 憬之子構, 累官至吏部尙書, 卒贈黃門監, 是爲景公; 景公生抗, 爲廣平[5]太守, 抗安祿山, 城陷覆其宗, 贈戶部尙書; 尙書生坰。家破時, 坰生始四歲, 與其弟增以俱小漏名籍[6], 得不誅, 爲賞口[7]賊中。寶應[8]二年, 河北平, 宗人宏以家財贖出之, 求增不得。增長爲河北從事, 兼官至御史中丞。坰旣至長安, 宏養於家, 敎讀書, 明經第[9]。宏死, 坰益壯, 始自別爲畢氏。歷尉臨渙[10]安邑[11]王屋[12]。年六十一, 以元和六年二月二日卒於官。

<hr>

1   東平(동평) : 현청 소재지가 지금 산동성 동평현에 있었다.

2   士大夫(사대부) : 관리나 명성과 지위가 높은 지식인을 가리킨다.
3   國朝(국조) : 당나라 왕조.
4   貝邢廬許州(패형노허주) : 주청 소재지가 패주(貝州)는 청하(清河 : 지금 하북성
    남궁현(南宮縣) 동남, 형주(邢州)는 용강(龍岡 : 지금 하북성 형대현(邢臺縣)], 여
    주(廬州)는 지금 안휘성 합비시(合肥市), 허주(許州)는 장사(長社 : 지금 하남성
    허창시(許昌市)]에 있었다.
5   廣平(광평) : 현청 소재지가 지금 하북성 계택현(鷄澤縣)에 있었다.
6   名籍(명적) : 명부. 호적 명부.
7   賞口(상구) : 붙잡혀 포상용으로 하사된 종이나 노예.
8   寶應(보응) : 당나라 숙종(肅宗)의 연호(762-783).
9   第(제) : 급제하다. 과거고시에 합격하다.
10 臨渙(임환) : 현 이름으로 지금 안휘성 숙현(宿縣) 서남쪽에 있었다.
11 安邑(안읍) : 현 이름으로 지금 산서성 하현(夏縣) 북쪽에 있었다.
12 王屋(왕옥) : 현 이름으로 지금 하남성 제원현(濟源縣) 서쪽에 있었다.

初罷臨渙, 徐州節度張建封[13]慕廣平之節死[14], 聞君篤行能官, 請相見, 署[15]
諸從事, 攝[16]符離[17]令四年. 及尉王屋, 徐之從事有爲河南尹者[18], 聞君當
來, 喜謂人曰 : "河南庫歲入錢以千計者五六十萬, 須謹廉吏, 今畢侯來, 吾
濟[19]矣!" 繼數尹, 諸署於府者無不變, 而畢侯固如初. 竟以其職死. 君睦
親, 善事過客, 未嘗問有無. 旣卒, 家無一錢, 凡棺與墓事, 皆同官與相識
者事之.

13 張建封(장건봉) : 「서사호삼주절도장서기청석기(徐泗豪三州節度掌書記廳石
    記)」(HS-044) 주석 13 참조.
14 節死(절사) : 절의(節義)를 지키기 위해 죽다. '死節(사절)'로 된 판본도 있고 이
    글의 '명(銘)' 부분에도 '死節'로 되어 있는데 같은 뜻이다.
15 署(서) : 임명하다.
16 攝(섭) : 겸직하다. 대리하다.
17 符離(부리) : 현 이름으로 현청 소재지가 지금 안휘성 숙현(宿縣) 북쪽에 있었다.
18 爲河南尹者(위하남윤자) : 두겸(杜兼)을 가리킨다. 『구당서·헌종기(憲宗紀)』에
    의하면 두겸이 하남부윤에 재임한 기간은 원화 3년 6월에서 4년 11월까지다.
19 濟(제) : 일이 잘 이루어지다. 성공하다.

娶淸河張氏女, 生男四人 : 曰鎬、釬、錄、銳 ; 女子三人 ; 其長學浮屠法爲比
丘尼, 其季二人未嫁. 以其月二十五日從葬偃師[20]之土婁. 銘曰 :

20   偃師(언사) : 현 이름으로 지금 하남성 언사시(偃師市)에 있었다.

上古愛民, 爲官求人。苟可以任, 位加其身。其後喜權, 人自求官。退而緩
者, 身後人先。故廣平死節, 而子不荷其澤。王屋謹廉, 而神不福其謙。嗚
呼! 天與人, 苟無傷其穴與墳!

「시대리평사 호선생 묘명」

試大理評事胡君墓銘

호씨(胡氏)는
진(陳) 땅에서 갈라져 나왔는데
명윤(明允)의 선조는
하동(河東) 사람이다.
대대로 근면하고 심지가 굳어서
자기 신분을 이루었으며
문관 시험의 합격자 명부에 이름을 올리고
대를 이어 관리가 되었다.
오직 명윤은
무관의 자질을 더해
소나 호랑이 같은 힘이 있어
유약함을 보이지 않았다.
하양현(夏陽縣)에서 관리가 되어

치적을 남겼고

평양군(平陽郡)을 떠나갈 때

백성들이 그리워하며 슬퍼했다.

하동(河東) 땅

하륙(河陸)의 평원은

이 사람에게 마땅하게도

토질이 두텁고 완전한 것 같다.

향년 오십 일곱은

천수를 누린 게 못되니

아비 잃은 아이들이 울부짖는 중에

선생은 하급 관리로 죽었다.

동생인 호증(胡証)은

어사대부의 관직에 올랐는데

선생의 남긴 사적을 주워 모아

소리 내어 울면서 기록했다.

친구 한유는

사마씨(司馬氏)의 무리로

훗날 명문(銘文)을 지어

서문 뒤에 엮는다.

해제

원화 9년(814) 고공낭중(考功郎中) 겸 사관수찬(史館修撰) 재직 시에 지은 것으로 추정되는 호명윤(胡明允) 묘명(墓銘). 원화 12(817)년 배도(裴度)의 행군사마(行軍司馬)로 있을 때 지은 것이라는 견해도 있다. 이 글은 지금 '명(銘)'만 있고 서문에 해당하는 '지(誌)' 부분이 없는데, 전에 이미 '지'가 있었기 때문에 훗날 '명'만 지어 그 뒤에 붙였을 것으로 보인다. 아무튼 '지' 부분이 없기 때문에 호명윤의 자세한 사적에 대해서는 알기 어렵다. 호명윤은 대대로 벼슬한 집안 출신이지만 무관의 자질을 갖고 태어났다는 점이 부각되어 있다. 이 밖에 장지(葬地)와 묘명을 쓰게 된 내력을 간략히 부기했다.

원문 및 주석

胡之氏, 別於陳¹, 明允先, 河東²人。世勤固³, 戴厥身⁴；籍文譜, 進連倫⁵。惟明允, 加武資；牛力虎, 柔不持。吏夏陽⁶, 有施爲；去平陽⁷, 民思悲。河東土, 河陸原；宜茲人, 肖厚完⁸。五十七, 不足年；孤兒啼, 死下官⁹。母弟証¹⁰, 秩大夫；撫君遺, 哭泣書。友韓愈, 司馬徒¹¹；作後銘, 系序初。

---

1 別於陳(별어진) : 주(周)나라 무왕(武王)이 호공만(胡公滿)을 진(陳)에 봉했는데 그의 후손이 호씨(胡氏)로 자칭했다.
2 河東(하동) : 포주(蒲州)로 지금 산서성 영제시(永濟市)다.
3 勤固(근고) : 근면하고 굳세다.
4 戴厥身(대궐신) : 『조본(潮本)』에는 '戴'가 '載(재)'로 되어 있다. 동제덕(童第德)의 『한집교전(韓集校詮)』(583쪽)에 의하면 한유가 『국어(國語)』의 용례에 근거해 '載'자를 썼는데 '成(성)'의 뜻이며 '戴'는 '載'의 가차로 고대에 서로 통용되었다고 한다.
5 進連倫(진연륜) : 호명윤의 가족들이 대대로 벼슬길에 오른 것을 말한다. '連倫'은 '동류(同類)'의 뜻이다. 『구당서·호증전(胡証傳)』에 의하면 호명윤의 부친 호진(胡瑱)과 백부 호구(胡玖)가 모두 천거되어 진사과에 응시했다고 한다.
6 夏陽(하양) : 경기도 동주(同州) 소속의 현 이름.
7 平陽(평양) : 하동도(河東道) 진주(晉州) 소속의 군 이름.
8 厚完(후완) : 토질이 두텁고 완전하다. 『한집교전(韓集校詮)』(583쪽)에서는 '後昆

(후곤)'으로 된 『촉본(蜀本)』에 근거해 "宜玆人肖後昆(의자인초후곤)"을 "이 사람 호명윤이 이곳에 안장되기에 합당하듯이 그 후손들도 선조처럼 합당할 것이다" 로 풀이하고, '後昆'으로 적는 것이 의미를 더욱 분명하게 한다는 평가를 내린 바 있다.

9   下官(하관) : 하급 관리. 말단 관리.

10 母弟証(모제증) : 같은 어머니에서 난 동생 호증(胡証). 『구당서』에 전기가 실려 있는데, 호증은 대략 원화 7년에서 8년에 간의대부(諫議大夫)를 지냈고 9년에 어사대부(御史大夫) 겸 진무군절도사(振武軍節度使)가 되었다.

11 司馬徒(사마도) : 사마천(司馬遷) 부자로 '사관'을 뜻한다. 원화 12년(817)에 한유 가 배도(裴度)의 행군사마(行軍司馬)가 되어 채주(蔡州)에서 일어난 반란을 평 정하기 위해 나간 때로 풀이하는 견해도 있다.

「노양양현승 묘지명」

襄陽盧丞墓誌銘

범양(范陽) 사람 노행간(盧行簡)이 부모를 합장하려고 할 즈음에 직방원외랑(職方員外郎) 한유에게 묘지명을 부탁하면서 말했습니다.

"우리 선조는 대대로 노씨(盧氏)의 가보에 이름을 올려왔습니다. 우리는 탁발씨(跖拔氏)의 북위(北魏)에서 홍농태수(弘農太守)를 지낸 노회인(盧懷仁)의 후손이고, 태수의 4대 뒤가 우리 조부로 기주(沂州)의 녹사참군(錄事參軍)을 지내셨습니다. 태수의 5대손이 우리 부친으로 양양현승(襄陽縣丞)이 되셨습니다. 처음에 우리 부친께서 조주(曹州)의 남화현위(南華縣尉)에서 시작해 만년현위(萬年縣尉)를 지내고 양양현승에 이르셨는데, 자신의 재능으로 번다하고 막중한 업무를 잘 감당했고 청렴하다는 명성을 유지할 수 있었습니다. 양양을 떠난 뒤에는 염철사(鹽鐵使) 부서의 관리를 맡으셨는데, 전후 10년간 근무하시면서 늘 동료들 중에서 가장 으뜸이셨습니다. 정원 13년(797)에 집에서 세상을 떠나셨는데 향년 67세였고 하남부(河南府) 하음현(河陰縣)에 가매장을 했습니다. 우리 어머님은 돈황(燉

煌) 장씨(張氏)십니다. 외조부 장관(張瓘)은 연주(兗州) 금향현령(金鄕縣令)을 지내셨습니다. 선친께서 돌아가시고 나서 13년 뒤에 어머님께서 돌아가셨는데 향년 73세로 선친을 따라 하음현에 가매장해두었습니다. 자식으로 아들은 셋을 두셨는데, 거간(居簡)은 금오병조(金吾兵曹)고, 행간(行簡)은 바로 저로 차남이며 대리시주부(大理寺主簿)로 강서관찰사(江西觀察使)의 막부에서 보좌하고 있으며, 막내는 가구(可久)입니다. 딸은 부량현위(浮梁縣尉) 최숙보(崔叔寶)에게 시집갔습니다. 장차 금년 10월에 부모님의 영구(靈柩)를 하음현에서 옮겨 여주(汝州) 임여현(臨汝縣)의 여원(汝原)으로 귀장하려고 합니다."

내가 말했습니다.

"음양과 천문 역법에 대해서는 근세의 유학자들이 공부하지 않는데 유독 행간 그대만은 여력으로 공부해 당시에 아주 이름이 나 있습니다. 후에 그대는 이 방면의 공부를 버려두고 다른 사람의 보좌관으로 일하면서도 재능으로 일시에 일컬어지고 있습니다. 부모를 이장함에 있어 묘지명을 부탁해 부모의 이름이 길이 보존되기를 도모하니, 이것이야말로 진실로 자식 된 도리를 다하는 것이라 하겠습니다. 묘지명을 써줄 만합니다."

그리하여 다음과 같이 명문(銘文)을 지었습니다.

홍농태수는 이름이 회인(懷仁)이고, 기주 녹사참군은 이름이 교(璬)며, 양양현승은 이름이 아무개다. 올해는 원화 6년(811)이다.

해제

원화 6년(811) 가을 동도 낙양의 하남현령(河南縣令)에서 장안의 직방원외랑(職方員外郎)으로 전임한 이후에 지은 양양현승(襄陽縣丞) 노(盧)아무개 묘지명. 작자는 노아무개에 대해 아는 것이 별로 없었기 때문에 그 사람의 치적에 대해서는 한 글자도 언급하지 않고, 묘지명을 부탁하는 사람의 말을 통해 죽은 사람의 신세, 관직, 죽음과 장례, 처자식 등에 대해 서술했다. 그리고 묘지명을 부탁하러 온 노행간(盧行簡)의 사람됨과 학문 및 관직 생활에 대해 몇 마디 덧붙이고 있을 뿐이다. 이처럼 이 글은 내용적인 면에서는 별다른 것이 없지만, 묘지명으로서는 매우 특이한 글쓰기를 보여주고 있다는 점이 돋보인다. 아울러 이 글은 간결명료한 문장과 질박한 언어로 근거 없이 죽은 사람을 찬미하지 않는 작자의 실록 추구 정신을 잘 보여주고 있다. 명문(銘文)도 운문이 아닌 산문체로 되어 있다.

원문 및 주석

范陽^{1}盧行簡將葬其父母, 乞銘於職方員外郎韓愈, 曰 : "吾先世世載族姓書 : 吾冑^{2}於跖拔氏^{3}之弘農^{4}守 ; 守後四代吾祖也, 爲沂^{5}錄事參軍 ; 五世而吾父也, 爲襄陽^{6}丞. 始吾父自曹之南華^{7}尉歷萬年縣尉, 至襄陽丞, 以材任煩^8, 能持廉名. 去襄陽則署鹽鐵府^9, 出入十年, 常最其列. 貞元十三年, 終其家, 年六十七, 殯河南河陰^{10}. 吾母燉煌^{11}張氏也. 王父^{12}瓘, 爲兗之金鄉令^{13}. 先君歿而十三年夫人終, 年七十三, 從殯河陰. 生子男三人 : 居簡, 金吾兵曹 ; 行簡則吾, 其次也, 大理主簿佐江西軍^{14} ; 其幼可久. 女子嫁浮梁^{15}尉崔叔實。將以今年十月自河陰啓葬汝之臨汝[16]之汝原。"

1 　范陽(범양) : 「고공원외노군묘명(考功員外盧君墓銘)」(HS-197) 주석 4 참조.
2 　冑(주) : 본래 '맏아들'을 가리키는 뜻이었는데, 뒤에 '후예'의 뜻으로 쓰였다.
3 　跖拔氏(탁발씨) : 선비족(鮮卑族)에 속하며 북위(北魏) 왕족의 성씨다.
4 　弘農(홍농) : 「청변군왕양연기비문(淸邊郡王楊燕奇碑文)」(HS-199) 주석 2 참조.
5 　沂(기) : 기주(沂州)로 주청 소재지가 지금 산동성 임기현(臨沂縣)에 있었다.
6 　襄陽(양양) : 「당고강서관찰사위공묘지명(唐故江西觀察使韋公墓誌銘)」(HS-207)
　　주석 31 참조.
7 　曹之南華(조지남화) : 조주(曹州) 남화현(南華縣). 지금 산동성 동명현(東明縣)
　　동남쪽에 있었다.
8 　任煩(임번) : 번다하고 막중한 임무를 맡다.
9 　署鹽鐵府(서염철부) : 염철사(鹽鐵使) 부서의 관리에 임명되다. 염철사는 중당
　　(中唐) 이후에 특별 설치된 관직으로 소금업의 전매를 주 업무로 하고 철이나
　　동과 같은 광물의 채굴이나 제련 업무도 주관했기 때문에 재정권을 가진 중요
　　한 자리였다.
10 　河南河陰(하남하음) : 하남부(河南府) 하음현(河陰縣). 지금 하남성 하음현에 있
　　었다.
11 　燉煌(돈황) : 「하남소윤이공묘지명(河南少尹李公墓誌銘)」(HS-205) 주석 51 참조.
12 　王父(왕부) : 조부.
13 　兗之金鄕(연주금향) : 연주(兗州) 금향현(金鄕縣). 지금 산동성 제녕시(濟寧市)에
　　있었다.
14 　佐江西軍(좌강서군) : 강서관찰사 최봉(崔芃)의 막부에서 보좌한 것을 가리킨다.
　　'江西軍'의 막부는 홍주(洪州 : 지금 강서성 남창시(南昌市)에 있었다.
15 　浮梁(부량) : 현 이름으로 지금 강서성 경덕진시(景德鎭市)에 있었다.
16 　汝之臨汝(여지임여) : 여주(汝州) 임여현(臨汝縣). 지금 하남성 임여현에 있었다.

吾[17]曰 : "陰陽星曆[18], 近世儒莫學, 獨行簡以其力餘[19]學, 能名一世 ; 舍而
從事於人, 以材稱 ; 葬其父母, 乞銘以圖長存 : 是眞能子[20]矣, 可銘也。" 遂
以銘。

17 　吾(오) : 한유의 자칭.
18 　陰陽星曆(음양성력) : 음양과 일월성신 등 천체의 운행 규칙과 관련 있는 학문.
19 　力餘(역여) : '餘力(여력)'과 같다.
20 　能子(능자) : 자식 된 도리를 다하다.

弘農諱懷仁, 沂諱璬, 襄陽諱某。今年實元和六年。

HS-211 「당나라 하중부 법조참군 장선생 묘갈명」

唐河中府法曹張君墓碣銘

어떤 여종이 갓난아이를 안고 와서 자기 안주인의 말을 전해 말했다.

"소첩은 장원(張圓)의 처인 유씨(劉氏)입니다. 소첩의 낭군께서 늘 제게 말씀하기를 '나는 늘 선생님으로부터 특별한 사랑을 받아왔소'라고 하셨습니다. 또 말씀하시기를 '선생님은 문장에 능한 것으로 천하에 이름이 나신 분이니, 대체로 선생님께서 쓰신 문장은 반드시 이 세상에 전해지고 후세에 널리 퍼질 것이오'라고 하셨습니다. 지금 소첩은 불행하게도 낭군께서 길에서 강도를 만나 피살되었기 때문에 장차 아무 달 아무 날에 장례를 치르려고 합니다. 소첩은 낭군께서 살아생전에 뜻을 이루지 못했음을 심히 애통해하는데, 돌아가신 뒤에도 이름이 묻혀 버릴까봐 두려워해 주제넘게 그 어린 아들 변(忭)을 보내어 선생님을 찾아뵙게 했사오니, 명문(銘文)을 하사해주신다면 낭군께서 죽더라도 욕되지 않고 이름이 후세에 길이 보존되어서 후손들을 비호해주는 바가 될 것이옵니다. 게다가 죽어서라도 만에 하나 지각이 있다면 장차 땅속에서

나마 자신의 불행을 슬퍼하지 않을 것이옵니다!"

또 말했다.

"소첩의 낭군께서 영남(嶺南) 지방에 계실 때 일찍이 병이 위독해지자 눈물을 흘리며 우시면서 제게 말씀하시기를 '내 뜻이 옛 사람만 못하지 아니한데 내 재능이 어찌 지금 사람들보다 못해 이 지경에 이르러 이곳에서 죽게 되었단 말인가! 만약 당신이 나를 가련하게 여긴다면 반드시 선생님으로부터 명문(銘文)을 받도록 하시오. 그러면 당신과 나는 이름이 썩어 없어지지 않게 될 것이오'라고 하셨습니다."

내가 죽은 이를 위해 곡을 하고 애도의 뜻을 표한 뒤에 예에 따라 사양을 하다가 마침내 그의 집안 계보와 이름과 자 그리고 사업의 시말을 차례대로 서술하고 다음과 같이 명문(銘文)을 짓는다.

장선생은 자가 직지(直之)다. 조부 장환(張謹)과 부친 장효신(張孝新)은 모두 변주(汴州)와 송주(宋州) 일대에서 벼슬하셨다. 장선생은 일찍이 독서를 하여 문장을 지으니 글에 기세가 등등했고, 관리로서의 재능이 있어 일찍이 감정이 격해 스스로 분투노력하고 공적이나 명성을 세워 세상에 자신을 드러내고자 하셨다. 처음 공거(貢擧)로 천거되어 진사과에 응시했는데 두 차례나 급제하지 못하자 그만두고 도성을 떠나 선무군절도사(宣武軍節度使)를 보좌하고 관직이 감찰어사에 이르렀지만, 사건에 연루되어 영남 지역으로 좌천되셨다. 다시 승진해 하중부(河中府) 법조참군(法曹參軍)에 이르러 우향현령(虞鄉縣令)을 겸직하셨다. 유능하다고 명성이 나서 나아가 하동현령(河東縣令)을 겸직하셨다. 또 명성이 나서 마침내 하동관찰사의 보좌관에 임명되셨다. 강주(絳州)에 자사의 자리가 비자 강주의 업무를 겸직해 유능하다는 명성이 조정에 알려졌다. 원화 4년(809) 가을에 일이 있어 동방으로 갔다가 돌아온 뒤에 8월 임진일(壬辰日, 19일)에 변주성(汴州城) 서쪽 쌍구(雙丘)에서 돌아가셨는데 향년 47세였다. 그 이듬해 2월 아무 날에 하남부(河南府) 언사현(偃師縣)에 안장되었다.

아내는 팽성(彭城) 사람으로 대대로 벼슬살이를 한 집안 출신인데, 조부 유호순(劉好順)은 사주자사(泗州刺史)를 지냈고 부친 유영(劉泳)은 기주별가 (蘄州別駕) 재직 시에 돌아가셨다. 딸이 넷이고 아들이 하나인데 그가 바로 이 갓난아이 장변(張抃)이다. 이것이 그에게 써준 명문(銘文)이다.

해제

원화 5년(810) 봄 도관원외랑(都官員外郎) 재직 시에 지은 장원(張圓) 묘갈명. '묘갈(墓碣)'은 무덤 앞에 세우는 윗부분이 둥근 모양의 작은 비석이다. 장원은 큰 뜻과 재주를 품고 분투노력한 사람이었지만, 47세의 비교적 이른 나이에 세상을 떠난 관계로 자신의 포부를 다 이루지 못했기 때문에 작자는 이 점을 애석하게 생각하고 있었다. 이 글은 앞부분에서 장원이 뜻을 이루지 못하고 피살된 일을 중심으로 서술하고, 뒤의 명문(銘文)에서 그의 가계와 이력을 서술하고 있는 점이 우선 통상적인 묘지명과 다르다고 할 수 있다. 특히 작자 자신의 말을 직접 서술한 것이 아니라, 여종의 입을 빌어 묘갈명을 부탁하는 여주인의 말을 서술함으로써 글의 진실성을 배가시키고 있는 점도 간과할 수 없다. 그리고 언어가 질박하고 자연스러우며, 글 속에 감정적 색채가 진하게 깔려 자신의 포부를 실현시키지 못하고 비명횡사한 사람에 대한 애통의 정서를 잘 표현하고 있는 점도 돋보인다.

장원의 죽음에 대해서 이 글에서는 구체적으로 언급하고 있지 않았는데, 이조(李肇)의 『국사보(國史補)』에 의하면 장원이 자신의 상관 한홍(韓弘)에 대해 원망하는 말을 많이 하자, 한홍이 사람을 시켜 그를 변주(汴州)의 교외로 유인해 살해했다고 한다.

원문 및 주석

有女奴¹抱嬰兒來, 致其主夫人²之語, 曰：“妾³, 張圓之妻劉也。妾夫常語
妾云：‘吾常獲私⁴於夫子⁵。’ 且曰：‘夫子天下之名能文辭者, 凡所言必傳世
行後⁶。’ 今妾不幸, 夫逢盜死途中, 將以日月葬。妾重哀其生志不就, 恐死
遂沈泯⁷, 敢以其稚子⁸汙見先生, 將賜之銘, 是其死不爲辱, 而名永長存,
所以蓋覆⁹其遺胤¹⁰子若¹¹孫。且死萬一能有知, 將不悼其不幸於土中矣!” 又
曰：“妾夫在嶺南¹²時, 嘗疾病, 泣語曰：‘吾志非不如古人, 吾才豈不如今人
而至於是, 而死於是邪! 若爾吾哀, 必求夫子銘, 是爾與吾不朽也。’” 愈旣
哭弔辭¹³, 遂敍次其族世名字事始終而銘曰：

1 女奴(여노) : 시녀. 여종.
2 主夫人(주부인) : 안주인.
3 妾(첩) : 여자가 자신을 낮추어 부를 때 쓰는 말.
4 獲私(획사) : 편애를 받다. 특별한 사랑을 받다. 이 경우 ‘私’는 ‘편애’의 뜻이다.
　‘私’를 ‘私淑(사숙)’의 뜻으로 보고 이를 ‘사숙하다’ 곧 ‘직접 가르침을 받지는 않
　았으나 마음속으로 그 사람을 본받아서 도나 학문을 닦다’로 풀이해도 뜻이 통
　한다.
5 夫子(부자) : 저 분. 선생님. 여기서는 한유를 가리킨다.
6 傳世行後(전세행후) : 당시에 전해지고 후세에 퍼지다.
7 沈泯(침민) : 매몰되어 사라지다.
8 稚子(치자) : 어린아이. 남녀의 구별이 엄하던 시대의 산물로 사대부집 아낙이
　직접 외간 남자를 만날 수 없기 때문에 여종을 시켜 집안을 대표하는 사내아이
　를 안고 가서 묘지명을 부탁한 것이다.
9 蓋覆(개복) : 덮어 가리다. 여기서는 ‘비호하다’는 뜻으로 쓰였다.
10 遺胤(유윤) : 후사(後嗣). 후손. 후대.
11 若(약) : 접속사로 ‘와’의 뜻이다.
12 嶺南(영남) : 본래 오령(五嶺) 이남 지역을 가리키는데 여기서는 당나라 방진(方
　鎭)의 하나로 행정 중심지가 지금 광동성 광주시(廣州市)에 있었다.
13 辭(사) : 사양하다. 부탁을 한다고 해서 바로 넙죽 수용하지 않고 예법에 따라
　한 번 사양한 것을 가리킨다.

君字直之。祖謹, 父孝新, 皆爲官汴宋¹⁴間。君嘗讀書, 爲文辭有氣¹⁵；有

吏才, 嘗感激欲自奮拔^{16}, 樹功名以見^{17}世。初, 擧進士, 再不第, 因去, 事宣武軍節度使^{18}, 得官至監察御史, 坐事^{19}貶嶺南；再遷至河中府^{20}法曹參軍, 攝^{21}虞鄕^{22}令；有能名, 進攝河東^{23}令；又有名, 遂署河東從事^{24}。絳州^{25}闕^{26}刺史, 攝絳州事, 能聞朝廷。元和四年秋, 有事適^{27}東方, 旣還, 八月壬辰, 死于汴城西雙丘, 年四十有七。明年二月日, 葬河南偃師。妻彭城人, 世有衣冠^{28}, 祖好順, 泗州^{29}刺史；父泳, 卒蘄州^{30}別駕。女四人, 男一人, 嬰兒汴也。是爲銘。

14 汴宋(변송) : 변주(汴州)와 송주(宋州). 주청 소재지가 각각 준의[遠儀 : 지금 하남성 개봉시(開封市)]와 송성[宋城 : 지금 하남성 상구시(商丘市)]에 있었다.

15 爲文辭有氣(기) : 한유가 산문의 글쓰기에서 강조한 것으로 글을 이치에 맞게 정정당당하게 서술해 문장의 기세가 등등한 것을 가리킨다.

16 奮拔(분발) : 뭔가를 이루기 위해 분발하다. 분투노력하다.

17 見(현) : 드러내다. 나타내다. '現'과 같다.

18 宣武軍節度使(선무군절도사) : 한홍(韓弘, 765-823)을 가리킨다. 정원 15년(799) 8월에 한홍은 검교공부상서(檢校工部尙書)로서 변주자사와 어사대부 및 선무군절도사를 겸직했다. 선무군은 막부 소재지가 변주에 있었다.

19 坐事(좌사) : 사건에 연좌되다. 일로 인해 죄명이 붙여지다.

20 河中府(하중부) : 부청 소재지가 지금 산서성 영제시(永濟市)에 있었다.

21 攝(섭) : 겸직하다. 대리하다.

22 虞鄕(우향) : 당나라 하동도(河東道) 하중부(河中府) 소속 현 이름으로 지금 산서성 우향현이다.

23 河東(하동) : 당나라 하동도 하중부 소속 현 이름으로 지금 산서성 영제시 포주진(蒲州鎭)이다.

24 河東從事(하동종사) : 하동절도사의 보좌관.

25 絳州(강주) : 「하남소윤이공묘지명(河南少尹李公墓誌銘)」(HS-205) 주석 50 참조.

26 闕(궐) : 비다. 궐석이다. '缺(결)'과 통한다.

27 適(적) : 가다.

28 衣冠(의관) : 본래 '관복'으로 '벼슬하는 것'을 가리킨다.

30 泗州(사주) : 주청 소재지가 임회(臨淮) 곧 지금 강소성 사홍현(泗洪縣) 일대에 있었다.

31 蘄州(기주) : 주청 소재지가 기춘(蘄春) 곧 지금 호북성 황강시(黃岡市) 기춘현(蘄春縣) 기주진(蘄州鎭)에 있었다.

太原府參軍苗君墓誌銘

　선생은 이름이 번(蕃)이고 자가 진사(陳師)다. 그의 선조는 초(楚)나라의 왕족으로 왕실의 자제를 관장하는 업무를 담당하는 관리였는데, 진(晉)나라로 망명을 가서 묘읍(苗邑)에서 살다가 마침내 대대로 '묘'를 성씨로 삼게 되었다. 그 뒤에 상당군(上黨郡)의 태수를 지낸 선조가 백성들에게 은혜를 베풀었는데 그분이 돌아가신 뒤에 호관현(壺關縣)에 정착했다. 증조부 묘연사(苗延嗣)는 중서사인(中書舍人)을 지내셨고, 조부 묘함액(苗含液)은 진사과에 응시해 급제한 뒤 하남부 법조참군(法曹參軍)으로 재임하던 중에 세상을 떠나셨으며, 부친 묘영(苗穎)은 양주(揚州) 녹사참군(錄事參軍)을 지내셨다.

　선생은 어려서 부친을 여의고 모친으로부터 학업을 전수받으셨다. 진사과에 응시해 급제한 뒤 강서관찰사(江西觀察使)를 보좌하는 데 진력하셨는데, 3년 뒤에 그 관찰사가 세상을 떠나자 후임 관찰사가 선생을 불렀지만 유임하려고 하지 않고 홀로 작고한 관찰사의 영구를 호송해 하남(河南)으로 귀장했다. 뒤에 뽑혀서 태원참군(太原參軍)에 보임되고 나서 관찰사의 직무를 대리하니, 재판은 공평해지고 재물은 날로 늘어났으며 관리들도 행동을 삼가서 감히 나쁜 짓을 하지 못했다. 향년 42세를 일기로 원화 2년(807) 6월 신사일(辛巳日, 25일)에 급작스런 병으로 세상을 떠나셨다. 선생의 부인은 청하(淸河) 장씨(張氏)인데 그해 12월 병인일(丙寅日, 19일)에 선생을 낙양(洛陽) 평음현(平陰縣)의 언덕에 안장했다. 아들이 셋 있는데 집규(執規)·집구(執矩)·필복(必復)이다. 막내아들은 선생이 돌아가신 지 3개월 뒤에 태어났다.

선생의 친 형제자매는 모두 셋인데 다 선생보다 먼저 세상을 떠나셨다. 네 집에 남은 남녀 고아들이 모두 20명이나 다 어리고 황금 10근 정도의 유산도 없으며, 돌아갈 전답과 집도 없고 의지할 친족이나 친구도 없다. 이러하니 하늘은 장차 안락하게 베풀 것이리라! 명문(銘文)은 다음과 같다.

덕행이 있어 근본으로 삼고
글재주가 뛰어나 꽃다운 외표로 삼았네.
공손함으로 맡은 직무를 수행하고
근면함으로 집안의 전통을 이어나갔네.
지위가 낮고 천수도 누리지 못했으니
아! 이를 어찌할꼬!

해제

원화 2년(807) 권지국자박사(權知國子博士) 재직 시에 지은 묘번(苗蕃) 묘지명. 묘번은 작자의 장모 묘씨(苗氏) 부인의 종질로 정원 11년(795)에 진사에 급제했다. 이 글은 죽은 이의 선조와 치적에 대해 간략히 소개하고 있는데, 자신이 모신 상관에 대한 의리와 관리로서 업무를 공정하게 처리하고 관할 지역의 산업을 일으킨 치적을 주로 부각시키고 있다. 그속에 묘번이 42세를 일기로 일찍 세상을 떠난 점과 집안의 후손들이 모두 어리고 경제적 형편이 좋지 않은 데 대한 아쉬움의 정을 깃들이고 있다.

원문 및 주석

君諱蕃, 字陳師。其先楚之族大夫[1], 亡晉而邑於苗[2], 世遂以苗命氏。其後有守上黨[3]者, 惠于民, 卒, 遂家壺關[4]。曾大父延嗣, 中書舍人 ; 大父舍液, 擧進士第, 官卒河南法曹 ; 父穎, 揚州錄事參軍。

1   族大夫(족대부) : 왕족으로서 왕실의 자제를 관장하는 업무를 담당하는 관리.
2   苗(묘) : 고대 읍(邑) 이름으로 춘추시대에 진(晉)에 속했으며 옛터가 지금 하남성 제원현(濟源縣)에 있다.
3   上黨(상당) : 군(郡) 이름. 천보(天寶) 연간에 주(州)를 군(郡)으로 개편할 때 하동도(河東道)의 노주(潞州)를 상당군이라고 불렀다.
4   壺關(호관) : 현(縣) 이름으로 상당군의 현청 소재지. 지금 산서성 호관현이다.

君少喪父, 受業母夫人。擧進士第, 佐江西[5]使有勞 ; 三年使卒, 後辟[6], 不肯留, 獨護其喪葬河南。選補⁷太原參軍, 假⁸使職, 獄平, 貨滋息, 吏歛手⁹
不敢爲非。年四十有二, 元和二年六月辛巳暴病卒。其妻淸河張氏, 以其
年十二月丙寅葬君于洛陽平陰之原。男三人 : 執規、執矩、必復。其季生君
卒之三月。

---

5   佐江西(좌강서) : 정원 11년(795) 8월에 노환(路奐)이 강서관찰사로 부임했을 때
     묘번이 그의 보좌관이 된 것을 말한다.
6   後辟(후벽) : 후임 강서관찰사 이손(李巽)이 묘번을 보좌관으로 부른 것을 말한
     다.
7   選補(선보) : 하동절도사 엄수(嚴綬)가 묘번을 선발해 보좌관에 임명한 것을 말
     한다.
8   假(가) : 대리하다. 겸직하다.
9   歛手(염수) : 손을 움츠려 들이다. 함부로 하지 않는 것을 말한다.

君同生¹⁰昆弟姊凡三人, 皆先死。四室之孤男女凡二十人, 皆幼, 遺資無十
金, 無田無宮以爲歸, 無族親朋友以爲依也 : 天將以是安施耶! 銘曰 :

---

10   同生(동생) : 같은 어머니에게서 태어나다.

有行以爲本, 有文以爲華。恭以事其職, 而勤以嗣其家。位卑而無年, 吁,
其奈何!

「당나라 조산대부로 사후에 사훈원외랑에 추증된

공선생 묘지명」

唐朝散大夫贈司勳員外郎孔君墓誌銘

　　소의군절도사(昭義軍節度使)　노종사(盧從史)가　공(孔)선생이라는　현명한 보좌관을 두었는데, 그 사람의 이름은 감(戡)이고 자는 군승(君勝)이다. 노종사가 불법 행위를 저지르면 선생이 비공개적으로 몰래 그와 논쟁을 했고, 자신의 의견을 따르지 않으면 사람들이 모이는 공개석상에서 조금도 거리낌 없는 언사로 노종사를 힐난하여 꼼짝 못하게 했다. 노종사는 부끄러워서 얼굴과 목이 벌겋게 달아올라 고개를 숙이고 숨을 죽인 채 감히 한 마디 대꾸도 하지 못했으며, 바로 그런 자리에서 공선생 때문에 하달하는 명령이나 상주문(上奏文)의 글귀를 고친 것이 전후 누계로 수십 차례나 되었다. 같이 앉아 있을 때면 노종사에게 고금의 군신과 부자의 도리를 이야기해주었는데, 정도를 따르면 충분한 복을 받고 정도를 거스르면 위험이나 모욕 심지어는 죽을죄에 처하게 된다고 하면서 "공께서는 마땅히 저와 같이 정도에 따르는 행위를 하셔야지 이처럼 정도에 어긋나는 짓을 해서는 안 됩니다"라고 하셨다. 노종사는 늘 선생이 하는 말에 귀를 쫑긋거리며 듣고서는 숨을 헐떡거리고 진땀을 흘렸다. 그런 식으로 대여섯 해가 지났으나 노종사는 갈수록 더욱 교만해져서 반역의 뜻이 담긴 말을 내뱉기도 했다. 선생이 노종사에게 간쟁을 해도 후회하는 기색이 없으면 막부 소속의 모든 보좌관을 다 이끌고 가서 그에게 간쟁을 했다. 노종사는 부끄러워했지만 막부의 집무실에서 퇴청한 뒤에는 갈수록 더욱 교만해졌다. 그러자 선생이 울면서 자기 동료들에게 "내가 할 수 있는 것은 이 정도일 뿐 달리 더 할 수 있는 것이 없구료!"라고 했다. 마침내 병을 핑계로 사직을 하고 노종사의 막부를 떠나 동도 낙양성 동쪽에서 잠자코 지내면서 술과 가무가 있는 연회에 참석하지 않았다. 그때 천하 사람들이 선생을 현명한 인물이라고 여기고, 천자의 측근에 있어야 마땅한 인재를 논하면서 모두 "공선생, 공선생"이라고들 했다.

　마침 재상 이길보(李吉甫) 공께서 양주(揚州) 지방의 절도사 직을 담당하면서 맨 처음으로 선생을 기용하려고 주청했지만 선생은 아직도 병을 핑계로 받아들이지 않으셨다. 노종사가 황제의 칙령을 읽고 "이것은 고의로 나를 떠나 다른 사람을 따르고자 한 것이 아닌가!"라고 했다. 그러고는 곧장 상주해 선생이 전에 소의군에 있을 때 모종의 불법적인 일을 저질렀다고 무고했다. 황제께서 말씀하시기를 "내가 알았소이다"라고 했다. 노종사가 세 차례나 상주문을 올리자 조정에서 선생을 위위시승(衛尉寺丞)에 임명해 동도 낙양에서 업무를 보게 했다. 황제의 칙령이 막 하달되어 오자 문하성(門下省) 급사중(給事中) 여원응(呂元膺)이 그 칙령을 그대로 봉해 돌려보냈다. 황제께서 여원응에게 일러 "내가 어찌 공감이라는 사람을 모르겠소. 장차 그를 중용할 것이오"라고 했다. 그 이듬해 원화 5년(810) 정월에 임여현(臨汝縣)에 있는 온천에 목욕을 하러 가려고 하셨다. 다만 임자일(壬子日, 11일)에 그곳에 도착해 식사를 하고 나서 바로 세상을 떠나고 마셨는데 향년 57세였다. 공경과 사대부들은 조정에서 그를 조문했고, 처사들은 상가로 찾아가 그를 조문했다. 선생이 세상을 떠난 지 96일이 되던 날에 황제의 칙령이 내려와 노종사를 포박해 도성으로 압송하도록 하고, 조정의 명령을 어긴 죄목을 낱낱이 열거한 뒤 일남군(日南郡)으로 귀양 보냈다. 그리하여 마침내 황제의 칙령이 내려와 선생에게 상서성 사훈원외랑(司勳員外郎)을 추증했는데, 이는 아마도 일찍이 선생에게 임명하려고 했던 관직으로 그의 뜻을 실현시켜주고자 한 것이다. 그해 8월 갑신일(甲申日, 16일)에 하남부 하음현(河陰縣)의 광무원(廣武原) 선영에 안장되었다.

선생은 도의에 합당한 일을 행하는 것을 자신의 취미로 여기셨고, 용감해서 자기에게 불리한 나쁜 결과가 나오는 것을 돌아보지 않았지만, 이익과 봉록에 대해서는 두려워하고 피하는 것이 겁쟁이가 위축되어 뒤로 물러나는 것 같이 했다. 처음 진사과에 응시해 급제한 뒤 금오위(金吾衛)의 녹사참군사(錄事參軍事)를 시작으로 하여 대리평사(大理評事)를 지내다가 소의군에서 보좌관을 담당했다. 소의군절도사가 죽자 노종사가 그 군대의 부장인 병마사(兵馬使)에서 절도사의 직무를 대신하면서 선생에게 청해 말했다.

"나는 이 소의군의 군영에서 잔뼈가 굵은 사람이오. 이 막부에서 근무하는 모든 관리 중에서 오직 공만이 한 치 한 푼의 사심도 없소. 공이 만약 이곳에 머무른다면 공이 하고 싶은 대로 하도록 맡기겠소."

선생은 부득이해 1년 동안 유임하다가 두 차례 상주해 감찰어사(監察御史)에서 전중시어사(殿中侍御史)로 승진했다. 노종사가 처음에는 그의 말을 듣고 받아들여서 파멸하지 않았지만, 뒤에는 그의 말을 듣고 믿지 않고 악행으로 인해 갈수록 나쁜 소문이 나서 선생이 자리를 버리고 떠나자 바로 파멸했다.

조부 아무개는 아무 관직을 지냈고 사후에 아무 관직에 추증되셨으며, 부친 아무개는 아무 관직을 지냈고 사후에 아무 관직에 추증되셨다. 선생은 처음에 홍농(弘農) 양씨(楊氏)의 딸을 아내로 맞았는데, 그녀가 죽은 뒤에 또 자신의 외숙으로 송주자사(宋州刺史) 경조(京兆) 사람 위기(韋屺)의 딸을 재취로 맞았다. 두 부인 모두 여자가 마땅히 지켜야 할 도리를 갖추고 있었다. 합쳐서 1남 4녀를 두었는데 모두 어리다. 첫째 부인은 시부모의 무덤이 있는 선영에 안장되었다. 점쟁이가 "올해는 합장할 수 없습니다"라고 한 때문에 점쟁이의 말을 따라 합장하지 않았다. 선생의 형님 공규(孔戣)는 상서성 병부원외랑(兵部員外郎)을, 동생인 공집(孔戡)은 전중시어사를 지냈는데 문장과 덕행으로 조정에서 이름이 알려졌다. 장사를 지내려고 할 때 위씨 부인의 동생으로 진사를 지낸 위초재(韋楚材)가 쓴 행장을 나에게 건네주면서 "묘지명을 써주시기를 청합니다"라고 했다. 명문(銘文)은 다음과 같다.

성실하고 도의가 있는 선비인 공선생
여기가 바로 그분이 묻힌 곳이라네.
천만 년이 지나더라도
감히 그의 무덤을 훼손할 이 아무도 없으리라.

해제

원화 5년(810) 8월 도관원외랑(都官員外郎)으로 동도 낙양에서 재직할 때 지은 공감(孔戡) 묘지명. 공감은 공자의 36대손으로 그때 낙양에서 위위시승(衛尉寺丞)으로 재직하던 차라 작자와는 동료 관계였다. 제목의 조산대부(朝散大夫)는 종5품하의 문산관(文散官)이고, 사후에 추증 받은 사훈원외랑(司勳員外郞)은 종6품상의 품계다.

공감은 노종사(盧從史)가 소의군절도사(昭義軍節度使)에 올랐을 때 서기관으로 유임되어 그를 보좌했는데, 이 글은 '賢佐(현명한 보좌관)'라는 두 글자를 중점에 두고 문장 표현은 산만하고 자유롭지만 의미적으로 긴밀하게 이어지도록 전개한 매우 파격적인 묘지명이다. "昭義節度盧從史有賢佐曰孔君(소의절도노종사유현좌왈공군)"이라고 시작한 범상치 않은 글귀에 이미 공감에 대한 최종적 평가가 들어 있다. 이를 중심에 두고 몇 가지 사례들을 서술해 '현명한 보좌관'으로서 공감의 형상을 잘 드러내고 있다. 우선 보좌관으로 있으면서 절도사와 팽팽한 긴장을 유지하며 대립한 사실들을 통해 공감의 인물됨과 절의를 나타내었고, 자신의 상사를 올바른 길로 인도하려는 멸사봉공의 근무태도와 정신을 잘 드러내었다. 아울러 정직하고 이록을 도외시하는 마음가짐을 품고 있었기에 이록과 욕망에 눈이 먼 상사인 노종사마저도 그를 사심이 전혀 없는 사람으로 평가하였다. 그리고 또 재상 이길보(李吉甫)의 주청으로 조정에 중용될 것 같았지만 급사한 때문에 이루어지지 못한 점을 서술함으로써, 뛰어난 재능과 고상한 인품을 가진 인물이 수용되지 못한 현실세계에 대한 불평과 그런 인물의 불행에 대한 애석한 심정도 드러내고 있다. 현명한 보좌관으로서 노종사와의 관계를 중점에 두고 서술한 관계로 이 글은 가계와 가족 등은 글의 말미에 간략하게 보충 서술하는 것으로 처리했다.

이 글과 주제와 표현방식이 비슷한 묘지명으로 작자가 공감의 형 공규(孔戣)에게 바친 「당정의대부상서좌승공공묘지명(唐正議大夫尙書左丞孔公墓誌銘)」(HS-252)을 참조하기 바란다.

원문 및 주석

昭義節度盧從史[1]有賢佐曰孔君, 諱戣, 字君勝。從史爲不法, 君陰[2]爭, 不從, 則於會[3]肆言以折[4]之, 從史羞, 面頸發赤, 抑首伏氣[5], 不敢出一語以對, 立爲君更令改章辭者前後累數十；坐則與從史說古今君臣父子道, 順則受成福, 逆輒危辱誅死, 曰："公當爲彼, 不得爲此。" 從史常聳聽喘汗[6]。居五六歲, 益驕, 有悖語[7], 君爭, 無改悔色, 則悉引從事空一府[8]往爭之。從史雖羞, 退益甚。君泣語其徒曰："吾所爲止於是, 不能以有加矣!" 遂以疾辭去, 臥東都之城東, 酒食伎樂之燕不與。當是時, 天下以爲賢, 論士之宜在天子左右者, 皆曰"孔君、孔君"云。

1　昭義節度盧從史(소의절도노종사) : 소의군절도사 노종사. 소의군절도사는 막부 소재지가 상주(相州 : 지금 하남성 안양시(安陽市))에서 노주(潞州 : 지금 산서성 장치시(長治市))로 이전되었다. 노종사는 소의군절도사 이장영(李長榮) 휘하에서 병마사(兵馬使)로 있다가 그의 사후에 절도사 직을 승계했다.
2　陰(음) : 비공개적으로. 개인적으로.
3　會(회) : 사람이나 물자가 모이는 공개된 장소.
4　折(절) : 힐난하다. 반박해 꼼짝 못하게 하다.
5　抑首伏氣(억수복기) : 고개를 숙이고 숨을 죽이다. 여기서 '伏氣'는 '屛氣(병기)'의 뜻이다.
6　聳聽喘汗(용청천한) : 귀를 쫑긋거리며 듣고서는 숨을 헐떡거리고 진땀을 흘리다.
7　悖語(패어) : 중앙 조정의 지시에 따르지 않겠다는 반역의 뜻이 담긴 말.
8　空一府(공일부) : 절도사 막부의 모든 관리를 한 사람도 남기지 않고 다 동원하다.

會宰相李公鎭揚州[9], 首奏起君, 君猶臥不應；從史讀詔, 曰："是故舍我而從人耶!" 卽誣奏君前在軍有某事。上曰："吾知之矣。" 奏三上, 乃除君衛尉丞[10], 分司[11]東都。詔始下, 門下給事中[12]呂元膺[13]封還詔書[14]；上使謂呂君曰："吾豈不知戣也, 行[15]用之矣。" 明年, 元和五年正月, 將浴臨汝[16]之湯泉[17]；壬子, 至其縣食, 遂卒, 年五十七。公卿大夫士相弔於朝, 處士[18]相弔於家。君卒之九十六日, 詔縛從史送闕下, 數[19]以違命, 流于日南[20]。遂詔贈君尚

書司勳員外郎²¹, 蓋用嘗欲以命君者信²²其志。其年八月甲申, 從葬河南河
陰²³之廣武原。

9 宰相李公鎭揚州(재상이공진양주) : 원화 3년(808) 9월에 이길보(李吉甫)가 중서
   시랑(中書侍郎) · 평장사(平章事)로서 검교병부상서(檢校兵部尙書) 겸 중서시
   랑 · 양주도독부장사(揚州都督府長史) · 회남절도사(淮南節度使)가 된 것을 말
   한다. 이길보는 자가 홍헌(弘憲)이고 조군(趙郡 : 지금 하북성 조현) 사람이다.
   회남절도사의 막부 소재지가 양주(揚州 : 지금 강소성 강도현(江都縣)]에 있었기
   때문에 '鎭揚州'라고 했다.
10 衛尉丞(위위승) : 구시(九寺)의 하나로 의장(儀仗)과 장막(帳幕)을 관장하는 위위
   시(衛尉寺)의 속관으로 종6품상이다.
11 分司(분사) : 수도 장안의 관리가 동도 낙양의 분소(分所)에 파견되어 직무를 담
   당하는 것을 말한다. 동도 '分司官'은 실권이 없었다.
12 給事中(급사중) : 문하성의 속관으로 정5품상인데 백사(百司)의 장주(章奏)와 조
   령(詔令)의 잘못을 따져서 바로잡는 권한을 가졌다.
13 呂元膺(여원응) : 자가 경부(景夫)고 운주(鄆州) 동평(東平 : 지금 산동성 동평현)
   사람으로 원화 초에 간의대부(諫議大夫)와 급사중(給事中)을 담당했다.
14 封還詔書(봉환조서) : 조서를 봉해 돌려보내다. 여원응이 공감에게 내려진 관직
   이 너무 낮다고 생각했기 때문에 문하성 급사중이 가진 권한을 행사한 것이다.
15 行(행) : 장차.
16 臨汝(임여) : 임여현. 지금 하남성 임여현이다.
17 湯泉(탕천) : 온천.
18 處士(처사) : 관직이 없이 재야에서 은거하는 선비.
19 數(수) : 헤아리다. 낱낱이 열거하다.
20 流于日南(유우일남) : 노종사가 환주사마(驩州司馬)로 좌천된 것을 가리킨다. 환
   주는 주청 소재지가 구덕[九德 : 지금 월남(越南) 영시(榮市)]에 있었는데, 이 지
   역을 한(漢)나라와 수(隋)나라 때에는 일남군(日南郡)으로 불렀다.
21 司勳員外郎(사훈원외랑) : 상서성 예부(禮部) 사훈사(司勳司)의 속관으로 종6품
   상이다.
22 信(신) : 펼치다. 실현하다. '伸'과 통한다.
23 河陰(하음) : 지금 하남성 하음현이다.

君於爲義若嗜欲, 勇不顧前後²⁴ ; 於利與祿, 則畏避²⁵退處如怯夫然。始擧
進士第, 自金吾衛錄事²⁶爲大理評事, 佐昭義軍。軍帥死²⁷, 從史自其軍諸
將代爲帥, 請君曰 : "從史起此軍行伍²⁸中。凡在幕府, 唯公無分寸私。公苟
留, 唯公之所欲爲。" 君不得已, 留一歲, 再奏自監察御史至殿中侍御史。

從史初聽用其言, 得不敗 ; 後不聽信, 惡益聞, 君棄去, 遂敗。

24 不顧前後(불고전후) : 자기에게 불리한 나쁜 결과가 나오는 것을 돌보지 않다. '前後'는 편의복사(偏義複詞)로 '前'자는 의미 없이 쓰였다.

25 畏避(외피) : 두려워하고 피하다.

26 金吾衛錄事(금오위녹사) : 좌우 금오위에 정8품하의 녹사참군사(綠事參軍事)가 있었다.

27 軍帥死(군수사) : 정원 20년(804) 6월에 소의군절도사 이장영(李長榮)이 죽은 것을 가리킨다. 그해 8월에 그의 후임으로 소의군병마사이던 노종사가 검교공부상서 겸 노주장사(潞州長史) · 소의군절도사 · 택노자형명관찰사(澤潞磁邢洺觀察使)가 되었다.

28 行伍(항오) : 군대. 병졸. 고대 군대 편제단위로 병졸 5명을 '오', 5오를 '항'이라고 했다.

祖某, 某官, 贈某官 ; 父某, 某官, 贈某官。君始娶弘農[29]楊氏女, 卒 ; 又娶其舅宋州[30]刺史京兆韋屺女 : 皆有婦道。凡生一男四女, 皆幼。前夫人從葬舅姑兆次[31]。卜人曰 : "今玆歲未可以祔。" 從卜人言不祔。君母兄戡, 尙書兵部員外郎 ; 母弟戰, 殿中待御史, 以文行稱朝廷。將葬, 以韋夫人之弟前進士[32]楚材之狀[33]授愈曰 : "請爲銘。" 銘曰 :

29 弘農(홍농) : 현청 소재지가 지금 하남성 영보현(靈寶縣) 북쪽에 있었다.

30 宋州(송주) : 주청 소재지가 송성(宋城) 곧 지금 하남성 상구시(商丘市)에 있었다.

31 兆次(조차) : 묘지 옆. '兆'는 '묏자리'로 '垗'와 통한다.

32 前進士(전진사) : 당나라 때 진사고시에 급제한 사람을 부르던 칭호.

33 狀(장) : 행장(行狀).

允義[34]孔君, 玆惟其藏[35] ; 更[36]千萬年, 無敢壞傷。

34 允義(윤의) : 성실하고 도의가 있다.

35 藏(장) : 무덤. 묘지.

36 更(경) : 지나다. 경과하다.

HS-214 「고 중산대부 하남윤 두선생 묘지명」
故中散大夫河南尹杜君墓誌銘

두씨는 대후(戴侯) 두기(杜畿)로부터 분가되기 시작했다. 대후의 아들 두서(杜恕)는 유주자사(幽州刺史)를 지내셨는데, 지금 경조(京兆) 지방에 거주하는 두씨의 일족은 모두 그의 후손들이다. 대후의 막내아들 두관(杜寬)은 효렴(孝廉)으로 천거되어 낭중(郞中) 벼슬을 지내셨다. 두관의 3대손 두만(杜曼)은 하동태수(河東太守)를 지내셨으며, 자기 부친을 원수(洹水) 북쪽에 장사지낸 이후로 그의 후손들은 모두 원수 강가에 안장되었다. 두정륜(杜正倫)이 태종(太宗) 황제의 재상이 되고 또 양양군공(襄陽郡公)에 봉해지기에 이르러 태종 황제께서 비로소 칙령을 내려 경조부(京兆府)에 안장할 수 있도록 명했다. 양양군공은 아들이 없어 형님인 두정장(杜正藏)의 아들 두지정(杜志靜)을 양자로 삼아 자신의 뒤를 잇게 했다. 두지정은 두교(杜僑)를 낳았는데, 두교는 회주장사(懷州長史)를 지내다가 관직을 버리고 심수(沁水) 강가에서 노년을 한가롭게 보내며 부유한 집안을 이루었으며, 사후에 회주의 무척현(武陟縣)에 안장되었다. 회주장사는 두손(杜

損)을 낳았는데 두손은 좌사낭중(左司郎中)을 지내고 사후에 대리소경(大理少卿)에 추증되셨다. 대리소경은 두이(杜廙)를 낳았는데 두이는 정주(鄭州)녹사참군(錄事參軍)을 지내셨고 사사명(史思明)의 난리 통에 죽음을 당해 이부낭중(吏部郎中)에 추증되셨다.

공은 이름이 겸(兼)이고 자가 아무개며, 이부낭중 두이의 셋째 아들이다. 진사과에 응시해 급제하셨고, 사도(司徒) 북평왕(北平王) 마수(馬燧)가 하북(河北) 지방에서 전쟁을 할 때 그 밑에서 서기관으로 있다가 여러 관직을 거쳐 감찰어사(監察御史)에 이르렀다. 그 뒤에 서·사주군(徐泗州軍) 사령부의 보좌관을 거쳐 이윽고 호주자사(濠州刺史)에 이르렀다. 서주와 사주의 군대가 반란을 일으키자 무장한 병사 3천명으로 회수(淮水)를 방어해 뱃길이 두절되지 않도록 하는 데 공을 세워 어사중승(御史中丞)의 관직이 더 보태지고 자의(紫衣)와 금어부(金魚符)를 하사받았다. 중앙 정부로 들어가 형부낭중(刑部郎中)을 지내다가 유능한 관리로서 소주자사(蘇州刺史)에 임명되셨다. 황제에게 하직 인사를 한 뒤에 상주하기를 "이기(李錡)가 장차 반란을 일으키려고 하는데 그 전에 반드시 그의 일족을 몰살시킬 것을 주청합니다"라고 했다. 황제께서 본래 공의 재능을 아끼시던 터인지라 상주문이 올라오자 바로 이부낭중(吏部郎中)에 임명했는데, 그리하여 마침내 급사중(給事中)이 되시어 상주자사(商州刺史)와 금상방어사(金商防禦使)로 전출하셨다. 하남부 소윤(少尹)으로 전임되어 대윤(大尹)의 사무를 담당하다가 반 년 뒤에 대윤에 임명되었다. 원화 4년(809) 11월 22일에 아무런 병도 없이 급작스럽게 세상을 떠나셨는데 향년 60세였다. 그 이듬해 2월 갑오일(甲午日, 24일)에 회주(懷州)의 선영에 귀장되었다.

부인은 상산군군(常山郡君) 장씨(張氏)인데 팽주자사(彭州刺史)로 사후에 예부시랑(禮部侍郎)에 추증된 장기(張巍)의 딸이다. 아들 셋을 낳았는데 유립(柔立)은 천장주부(天長主簿)를, 사립(詞立)은 수주참군(壽州參軍)을, 의립(誼

立)은 순종(順宗)의 만랑(挽郎)을 지냈다. 딸이 한 명 있다. 장례를 치르려고 할 때 공의 형님인 태학박사(太學博士) 두기(杜冀)가 공의 부인과 아들 딸들과 상의해 "장례에 묘지명이 있어야 마땅하니 우리 동생과 교유한 이 중에 문장에 뛰어난 사람이 누구인고?"라고 하면서 마침내 나를 찾아와 묘지명을 청했다. 명문(銘文)은 다음과 같다.

두씨(杜氏)는 명문가로
대대로 유명한 인물을 배출했는데
면면이 끊이지 않고 이어져 내려와
공의 대에 이르렀네.
처음 진사가 된 뒤에
친구들과 우정이 돈독했고
고관이 됨에 이르러서는
치적도 뛰어나고 자기관리도 잘 하셨네.
붓을 들고 글을 지음에
아무 고심하지 않는 듯해도 찬란하게 빛나고
공문서가 책상 앞에 가득해도
웃고 말하면서 바로 처리하셨다네.
봉록은 구하는 자에게 나눠주고
식사는 함께 모여서 했으며
쌓아두지도 모아두지도 않아
창고나 마구간은 텅 비어 있었네.
일이란 사람에게 달려 있지만
날이 멀어질수록 잊히노라니
무엇으로써 전할 수 있으리?
이 명문(銘文)을 새겨 둠이로세.

해제

원화 5년(810) 2월에 도관원외랑(都官員外郞)으로 낙양에서 근무할 때 지은 두겸(杜兼) 묘지명. 두겸은 비교적 높은 관직을 역임한 사람으로『구당서』와『신당서』에 모두 그의 전기가 실려 있다. 역사서의 전기에 의하면 그는 호주자사(濠州刺史) 재직 시에 위상(韋賞)과 육초(陸楚)와 같은 인물에게 죄를 뒤집어 씌워 죽인 악행을 저지른 적이 있었다. 따라서 작자는 묘지명의 성질상 두겸의 악한 행적을 들추어내지는 않았지만, 그의 가계와 역임한 관직을 위주로 객관적으로 서술하고 있을 뿐이다. 즉 묘지(墓誌) 부분을 보면 두겸을 미화한 내용이 거의 없고, 묘명(墓銘) 부분은 추상적인 표현이 주를 이루고 있다. 작자는 일찍이 두겸과 같이 장건봉(張建封)의 막부에서 보좌관으로 근무한 경력이 있었기 때문에, 부득이해 묘지명을 써주지 않을 수는 없었지만 근엄한 집필 태도는 견지하고 있는 것이다.

원문 및 주석

杜氏自戴侯畿[1]始分。戴侯之子恕爲幽州[2]刺史, 今居京兆諸杜其後也。其季寬, 孝廉[3]郞中。寬後三世曼, 爲河東太守, 葬其父洹水之陽, 其後世皆從葬洹水。及正倫爲太宗[4]宰相, 猶封襄陽公[5]。太宗始詔葬京兆。襄陽公無子, 以兄正藏子志靜後, 遂嗣襄陽公。生僑, 爲懷州[6]長史, 棄官老沁水上, 爲富家, 卒葬懷州武陟[7]。長史生損, 爲左司郞中, 卒贈少大理[8]。大理生虞, 爲鄭州[9]錄事參軍, 死思明亂, 贈吏部郞中。

1   戴侯畿(대후기) : 대후 두기(杜畿, 163-224). 자가 백후(伯侯)고 경조부(京兆府)
    두릉[杜陵 : 지금 섬서성 서안시(西安市)] 사람.

2   幽州(유주) : 범양군(范陽郡)으로도 불렸으며 주청 소재지가 계북[薊北 : 지금 북
    경시 서남)에 있었다.

3   孝廉(효렴) : 한무제(漢武帝) 때 설치되어 역대에 걸쳐 시행된 찰거고시(察擧考
    試) 과목의 하나로 부모에게 효도하고 일처리가 청렴 공정하다는 뜻을 지닌다.
    통상 주(州)에서는 '수재(秀才)'를, 군(郡)에서는 '효렴'을 천거하는 것이 정해진
    관례였다.

4   太宗(태종) : '高宗'으로 되어야 옳다. 『구당서 · 고종기(高宗紀)』에 두정륜(杜正
    倫)이 고종황제의 재상이 된 기록이 보인다.

5   襄陽公(양양공) : 양양군공(襄陽郡公). 『구당서』의 「고종기」에는 두정륜이 '양양
    군공'으로 되어 있고, 두정륜의 본전에는 '양양현공(襄陽縣公)'으로 되어 있어 어
    느 것이 옳은지 가리기 어렵지만, 여기서는 잠정적으로 본기의 기록을 따라 번
    역했다. 『신당서 · 백관지(百官志)』에 의하면 국왕(國王) · 군왕(郡王) · 국공(國
    公) · 군공(郡公) · 현공(縣公) · 후(侯) · 백(伯) · 자(子) · 남(男)의 9등급의 작위
    가운데, 개국군공(開國郡公)은 4등급으로 식읍 2천호고 정2품이며, 개국현공(開
    國縣公)은 5등급으로 식읍 1천 5백호고 종2품이다. 양양군은 군청 소재지가 지
    금 호북성 양양현(襄陽縣)에 있었다.

6   懷州(회주) : 하북도(河北道) 소속의 고을 이름으로 주청 소재지가 하내[河內 : 지
    금 하남성 심양현(沁陽縣)]에 있었다.

7   武陟(무척) : 무척현. 지금 하남성 무척현이다.

8   少大理(소대리) : 대리시(大理寺)의 소경(少卿). '大理少卿(대리소경)'으로 된 판
    본도 있다.

9   鄭州(정주) : 하남도(河南道) 소속의 고을 이름으로 형양군(滎陽郡)으로도 불렸
    다. 주청 소재지가 관성(管城) 곧 지금 하남성 정주시(鄭州市)에 있었다.

公諱兼, 字某, 郎中第三子。擧進士第。司徒北平王燧[10]戰河北, 掌書記,
累官至監察御史。其後佐徐泗州軍[11], 遂至濠州[12]刺史。徐泗州軍亂, 以兵
甲三千人防淮道不絶, 有功, 加御史中丞, 賜紫衣金魚。入爲刑部郎中, 以
能官拜蘇州刺史。旣辭行, 上書曰:"李錡[13]且反, 必且奏族[14]臣。"上固愛其
才, 書奏, 卽除吏部郎中, 遂爲給事中, 出爲商州[15]刺史、金商[16]防禦使;改
河南少尹, 行大尹事[17];半歲, 拜大尹。元和四年十一月二十二日無疾暴
薨, 年六十。明年二月甲午從葬懷州。

10 司徒北平王燧(사도북평왕수) : 사도 북평왕 마수(馬燧). 마수에 대해서는 「묘상
    유(貓相乳)」(HS-050) 주석 1 참조.

11 佐徐泗州軍(좌서사주군) : 정원 4년(788) 11월에 장건봉(張建封)이 서사호절도사 (徐泗豪節度使)가 되었을 때 두겸이 그의 보좌관으로 근무한 것을 가리킨다. 장 건봉에 대해서는 「서사호삼주절도장서기청벽기(徐泗豪三州節度掌書記廳石記)」 (HS-044) 주석 13 참조.

12 濠州(호주) : 하남도 소속으로 종리군(鍾離郡)으로도 불렸다. 주청 소재지가 종 리(鍾離) 곧 지금 안휘성 봉양현(鳳陽縣) 동쪽에 있었다.

13 李錡(이기) : 이기와 그의 반란에 대해서는 「하남소윤이공묘지명(河南少尹李公 墓誌銘)」(HS-205) 주석 35 참조.

14 族(족) : 족멸하다. 씨를 말리다. 멸족시키다.

15 商州(상주) : 하북도 소속으로 업군(鄴郡)으로도 불렸다. 주청 소재지가 안양(安 陽) 곧 지금 하남성 안양시에 있었다.

16 金商(금상) : 금주(金州)와 상주(商州). 금주는 산남동도(山南東道) 소속으로 안 강군(安康郡)으로도 불렸다. 주청 소재지가 서성(西城) 곧 지금 섬서성 안강현 (安康縣)에 있었다.

17 行大尹事(행대윤사) : 하남부 소윤으로 하남부윤(河南府尹)의 사무를 대행하다. '大尹(대윤)'은 하남부윤이고 '少尹(소윤)'은 그 바로 아래 직위다. 당시 하남부윤 은 정여경(鄭餘慶)이었다.

夫人常山郡君¹⁸張氏, 彭州¹⁹刺史贈禮部侍郎翫之女。生子男三人 : 柔立爲 天長²⁰主簿, 詞立爲壽州²¹參軍, 誼立爲順宗挽郎²²。女一人。將葬, 公之母 兄太學博士冀與公之夫人及子男女謀曰 : "葬宜有銘, 凡與我弟游而有文者 誰乎?" 遂來請銘, 銘曰 :

18 常山郡君(상산군군) : '常山郡은 항산군(恒山郡)·상산국(常山國)·항주(恒州) 등 으로도 불렸으며, 지금 하북성 석가장시(石家莊市) 일대 지역이다. '郡君은 당 나라 때 공이 있는 신하의 모친이나 아내에게 내린 봉호(封號)로 6등급의 외명 부(外命婦) 중에서 4품에 해당한다.

19 彭州(팽주) : 검남도(劍南道) 소속의 고을 이름으로 몽양군(濛陽郡)으로도 불렸 으며, 주청 소재지가 구롱(九隴) 곧 지금 사천성 팽현(彭縣)에 있었다.

20 天長(천장) : 회남도(淮南道) 양주(揚州) 소속의 현 이름으로 지금 안휘성(安徽 省) 천장시다.

21 壽州(수주) : 회남도 소속의 고을 이름으로 수춘군(壽春郡)으로도 불렸으며, 주 청 소재지가 수춘 곧 지금 안휘성 수현(壽縣)에 있었다.

22 挽郎(만랑) : 출상(出喪)을 할 때 영구(靈柩)를 끌며 만가(挽歌)를 부르는 사람.

杜氏大家²³, 世有顯人²⁴ ; 承繼綿綿²⁵, 以及公身。始爲進士, 乃篤朋友 ; 及

作大官, 克施克守。篹辭奮筆, 渙若不思 ; 公牒盈前, 笑語指麾[26]。祿以給求, 食以會同 ; 不畜不收, 庫廐虛空。事在于人, 日遠日忘 ; 何以傳之, 刻此銘章。

---

23   大家(대가) : 명문대가. 본래 고대에 경대부(卿大夫)의 집안을 가리키던 말이었다.

24   顯人(현인) : 명성이 뛰어난 사람. 명인.

25   綿綿(면면) : 끊이지 않고 이어져 있는 모양.

26   指麾(지휘) : 지휘하다. 배치하다. '指揮'와 같다. 이 구절은 공무가 가득 쌓여도 즐거운 마음으로 민첩하게 처리한 것을 말한다.

「당나라 은청광록대부 좌산기상시로 벼슬을 그만둔
상주국 양양군왕 평양 노공 신도비명」
唐銀靑光祿大夫守左散騎常侍致仕上柱國襄陽郡王平陽路公神道碑銘

노씨(路氏)에게는 멀리까지 소급할 수 있는 가계가 있으니, 수(隋)나라
의 상서성 병부시랑(兵部侍郎) 노곤(路袞)에서부터 4대를 지나 기국공(冀國
公)에 이르렀다. 기국공은 이름이 사공(嗣恭)으로 작은 현인 소관현(蕭關縣)
의 현령으로 명성이 나기 시작해 개원(開元) 연간에 천자의 하사를 받아
사공이라는 새 이름으로 개명하고 그 사실이 역사책에 기록되었다. 그
의 주된 치적은 영주(靈州)에서 행해졌으며, 마지막에는 남방에서 공을
세워 큰 복을 향유하고 가업을 계승해 더욱 흥성하게 했다. 관직이 병
부상서에 이르렀고 기국공에 봉해졌으며, 돌아가신 뒤에 상서우복야(尚
書右僕射)·사공(司空)에 추증되셨다.

공은 이름이 응(應)이고 자가 종중(從衆)이며 기국공의 적자(嫡子)시다.
대신의 아들로 삼가 신중하게 행동했기 때문에 발탁되어 시어사(侍御史)
와 저작랑(著作郎)에 이르시었다. 건주자사(虔州刺史)로 선임된 뒤에 우도

현(零都縣)의 일부 여분의 땅을 분할해 안원현(安遠縣)을 설치함으로써 그곳 백성들을 편리하게 했다. 강 속의 유속이 빠른 곳의 큰 바위를 뚫어 깨뜨려 감강(贛江)이 막히는 것을 소통시키고, 벽돌을 구워 성을 쌓아 백성들이 늘 성을 보수하는 고통에 시달리지 않도록 해주셨다. 황제의 칙령이 내려와 기국공의 작위를 계승하게 하시고, 또 상서성 둔전낭중(屯田郎中)을 더 보태어 관복의 색깔을 진급시켜 주셨다. 그러고 나서 온주자사(溫州刺史)를 담당함에 있어서는 악성(岳城)과 횡양(橫陽) 두 현의 경계에 제방을 쌓아 두 현이 상등의 전답을 얻고 수해를 면하게 해주었다. 상서성 병부낭중(兵部郎中) 겸 어사중승(御史中丞)과 회남절도사(淮南節度使) 사마(司馬)에 임명되었다가, 여주자사(廬州刺史)로 전임한 뒤 또 벽돌로 그곳에 성을 쌓아 백성들이 해마다 풀로 담에 이엉을 이지 않아도 되게 했다. 중앙 정부로 들어가서는 상서성 직방낭중(職方郎中) 겸 어사중승이 되어 염철사(鹽鐵使)를 보좌하셨다. 황제로부터 임무를 받고 강동(江東) 지방으로 나가서 공을 세운 뒤 반 년 만에 상주자사(常州刺史)를 거쳐 선흡지관찰사(宣歙池觀察使)로 승진하셨고 양양군왕(襄陽君王)에 봉해지셨다. 부임한 곳마다 창고의 쌀을 방출해 가격을 반으로 낮추어 굶주리는 백성들에게 공급했다. 촉(蜀) 지방에서 반란을 일으킨 유벽(劉闢)이 주살된 뒤에 1천 5백 명의 군대를 촉 땅에 파견했다. 이기(李錡)가 반란을 일으키려고 하자 그 사실을 조정에 보고하고 향토 민병 1만 2천명을 배치했다. 이기가 반란을 일으키자 부장들에게 명해 기한을 정해두고 병졸들을 이끌고 호주(湖州)와 상주(常州)를 구원하게 한 뒤, 자신은 현장을 지켜서 강동 지방의 민심을 안정시켰다. 이기는 응원군이 없었기 때문에 전쟁에 패해 체포되었다. 공은 향산정(響山亭)을 짓고 정자 부근에 군대를 주둔하게 했는데, 승상 권덕여(權德興)가 이 조치를 좋게 평가하고 이 이야기를 향산의 바위에 기문으로 새겨놓았다. 선주(宣州)에서 5년을 근무한 뒤 병으로 관직에서 물러나셨는데, 사람들이 그의 창고를 조사해 50여 만 섬의 양곡을 발견했고 관청에서 80만 관(貫)의 돈을 찾아내었다. 공이

주(州)를 다스릴 때 수재나 가뭄의 피해를 만나면 기꺼이 헐값으로 양곡을 백성들에게 내다팔고, 풍년이 들면 양곡을 수매해 늘 여분의 이익이 있었다. 따라서 공이 다스린 곳은 백성들이 배고픈 것 때문에 괴로워하지 않았고 관청에는 비축 물량이 있었다.

원화 6년(811)에 천자께서 공이 병든 것을 딱하게 여기시어 직무로 공을 번거롭게 할 수 없다고 판단하시고는, 바로 공이 사시는 곳에 좌산기상시(左散騎常侍)로 임명하고 그 봉록으로 편안히 살게 해 주셨다. 공께서 그해 9월 보름날에 동도(東都) 낙양의 정평리(正平里)에 있는 저택에서 세상을 떠나셨는데 향년 67세였다. 이듬해에 경조부 만년현 소릉원(少陵原)에 안장하고 부인 형양(滎陽) 정씨(鄭氏)를 합장했다. 얼마 안 있어 공의 아들 임한현남(臨漢縣南) 노관(路貫)이 동생 노상(路賞) 및 노정(路貞)과 상의해 "마땅히 비석에 새길 글이 있어야 한다"라고 하고는 숙부인 어사대부·부방단연관찰사(鄜坊丹延觀察使) 노서(路恕)에게 고하니, 노서가 집안의 동생으로 진사고시 응시 자격자인 노군(路羣)의 소개를 통해 명문(銘文)을 청하러 왔기에 공의 사적에 의거해 다음과 같이 명문(銘文)을 짓는다.

기국공으로 봉해진 것은
어려운 가운데 공명을 성취한 때문이니
양양군왕(襄陽君王)께서 가업을 계승 발양시켜
스스로 큰 축복의 길을 열었네.
건주(虔州)에서 온주(溫州)까지
전인들이 시작한 사업을 완성해
직방낭중(職方郎中)에 이르고
얼마 안 있어 관찰사가 되셨네.
아침 일찍부터 저녁 늦게까지 백성들을 위해 일을 해
아래 백성들은 보전되고 국고는 충실해졌으며

고을에 향토 민병을 설치하시어
인근 반란군들을 핍박하고 굴복시키셨네.
향산에 군대를 주둔하려고
향산정(響山亭)을 얽어 세웠는데
공적을 기리고 표창해 돌에 새기니
문장은 권승상(權丞相)께서 쓰신 것이네.
직무를 내려놓고 집에서 거처하니
품계는 높지만 가까이에서 받을 수 있고
병으로 조정에 나갈 수 없으면서도
봉록을 누리고 살며 여생을 마치셨네.
대체로 세상의 명문가들
보전하기 실로 어렵나니
현달하고 원대로 되었더라도
끝내 재앙을 받지 않을까 경계해야 하는 법.
우리 양양군왕은
신중하게 유지할 수 있어서
길이 후손들에 전해주시니
따르고 지키지 않는 이가 없네.
무덤은 소릉원에 있고
비석은 길가에 세워져 있어
무궁토록 후인들에게 고하노니
박사 한유가 이 명문(銘文)을 지었네.

해제

원화 7년(812) 국자박사 재직 시에 지은 노응(路應) 신도비명. 노응은 명문가 출신으로 부친의 공적 덕택에 벼슬길로 들어섰지만, 일처리가 신중하고 성실하며 국계민생을 우선시했기 때문에 조정의 신임을 받아 중용되었으며, 기국공(冀國公)을 세습했을 뿐 아니라 양양군왕(襄陽君王)이라는 한 등급 높은 작위까지 받기에 이르렀다. '銀靑光祿大夫(은청광록대부)'는 당나라 때 산관(散官) 문계(文階)의 칭호로 쓰였는데, 은장(銀章)과 자수(紫綬)를 받은 광록대부로 종3품이다.

이 글은 노응의 치적 몇 가지를 차례대로 구체적으로 서술함으로써 그가 이룬 모든 일이 국가의 미래와 백성의 생계를 위한 위대한 사업인 까닭에 조정의 신임을 받게 되었음을 밝혔다. 하지만 작자가 결론적인 평가를 내리지 않고 독자들에게 생각할 여지를 남겨두고 있는 것이 특색이다. 또한 이 비문은 언어 구사가 전아하고 세련된 점으로 많은 논자들의 호평을 받고 있기도 하다.

원문 및 주석

惟路氏遠有代序[1], 自隋尙書兵部侍郞諱衰, 四代而至冀公。冀公諱嗣恭, 以小邑蕭關[2]令發聞[3], 開元受賜更名[4], 書于太史[5]。治行靈州[6], 終功南邦[7], 享有丕祉[8], 紹開[9]厥家。官至兵部尙書, 封冀國公[10], 薨[11]贈尙書右僕射[12]司空。

1　代序(대서) : 가족의 순서. 가계. 계보. 이 글에서는 당태종(唐太宗) 이세민(李世

民)을 피휘하기 위해 '世(세)'는 '代(대)'로 '民(민)'은 '人(인)'으로 쓰고 있다.

2 小邑蕭關(소읍소관) : 소관현. '邑'은 '縣(현)'을 가리킨다. 소관현은 지금 감숙성 고원현(固原縣) 북쪽에 있었다.

3 發聞(발문) : 이름이 알려지다. 명성이 나기 시작하다.

4 開元受賜更名(개원수사경명) : 『신당서 · 노사공전(路嗣恭傳)』에 의하면 그는 원래 이름이 검객(劍客)이었는데, 소관(蕭關) · 신오(神烏) · 고장(姑臧) 등의 현령을 지내면서 치적이 천하제일이었기 때문에 현종(玄宗)이 "한나라의 노공을 이을 만하다(可嗣漢魯恭)"라고 여기고 '嗣恭'이라는 이름을 하사했다고 한다. 노공(魯恭)은 후한(後漢) 초기의 청렴한 현신이다.

5 太史(태사) : 역사서. 본래 사관(史官)을 가리키는 말이지만 여기서는 사서(史書)의 뜻으로 쓰였다.

6 靈州(영주) : 관내도(關內道) 소속 고을 이름으로 영무군(靈武郡)으로도 불렸는데, 주청 소재지가 회락(回樂) 곧 지금 영하성(寧夏省) 영무현(靈武縣) 서남에 있었다. '靈州'는 당나라 때 삭방절도사부(朔方節度使府)가 있던 곳이다.

7 終功南邦(종공남방) : 노사공이 만년에 광주자사(廣州刺史)와 영남절도사 등을 역임한 사실을 가리킨다.

8 丕祉(비지) : 큰 복. 홍복(洪福).

9 紹開(소개) : 계승 발전시키다.

10 國公(국공) : 9등급의 작위 가운데 3등급으로 식읍이 3천호고 종1품이다.

11 薨(훙) : 「당고강서관찰사위공묘지명(唐故江西觀察使韋公墓誌銘)」(HS-207) 주석 59 참조.

12 右僕射(우복야) : 『구당서』와 『신당서』 본전에는 '左僕射(좌복야)'로 되어 있다.

公諱應、字從衆, 冀公之嫡子[13]。用大臣子謹飭[14]擢至侍御史、著作郎。選刺虔州[15], 割餘零都[16], 作縣安遠[17], 以利人屬。鑿敗灘石, 以平贛[18]梗, 陶甓[19]而城, 罷人屢築。詔嗣冀封, 又加尙書屯田郎中, 進服色[20], 遂臨于溫[21], 築堤岳城橫陽[22]界中, 二邑得上田, 除水害。拜尙書兵部郎中兼御史中丞、淮南軍[23]司馬 ; 改刺廬州[24], 又甃[25]其城, 人不歲苦[26]。入爲尙書職方郎中, 兼御史中丞, 佐鹽鐵使。使江東[27]有功, 用半歲歷常州[28]遷至宣歙池觀察使[29], 進封襄陽君王。至則出倉米, 下其估[30]半, 以廩[31]餓人。蜀闕誅[32], 行軍千五百人於蜀。李錡[33]將反, 以聞, 置鄕兵萬二千人 ; 錡反, 命將期以卒救湖常[34], 坐牢江東心。錡以無助敗縛。作響山亭[35], 營軍于左右, 權丞相[36]善之, 鑱[37]其說響山石。居宣五年, 以病去位, 校[38]其倉得石者五十萬餘, 府得錢千者

八十萬。公之爲州, 逢水旱, 喜賤出與人 ; 歲熟, 以其得收, 常有贏利 : 故
在所人不病飢, 而官府畜積。

---

13 嫡子(적자) : 정실 소생의 아들. 본처에서 난 아들.

14 謹飭(근칙) : 삼가고 신중하다.

15 虔州(건주) : 강남서도(江南西道) 소속으로 주청 소재지가 감현(贛縣) 곧 지금 강
    서성 감주시(贛州市)에 있었다.

16 割餘零都(할여우도) : 우도현(雩都縣)의 일부 여분의 땅을 분할하다.

17 作縣安遠(작현안원) : 안원현(安遠縣)을 설치하다. 지금 강서성 안원현 남쪽에
    있었다.

18 贛(감) : 감강(贛江).

19 陶甓(도벽) : 벽돌을 굽다.

20 進服色(진복색) : 당나라 때에는 관복의 색깔로 관직의 품계를 구분했는데, 종3
    품의 건주자사와 종1품의 국공이므로 관복의 색깔이 진급되어야 마땅하다. 시
    기에 따라 다소 차이가 있었지만, 정관(貞觀) 4년(630)에 내려진 칙령에 의하면
    3품 이상은 자색(紫色), 4·5품은 비색(緋色), 6·7품은 녹색(綠色), 8·9품은 청
    색(靑色)을 입도록 규정되어 있었다.

21 溫(온) : 강남도 소속의 온주. 주청 소재지가 영가(永嘉) 곧 지금 절강성 온주시
    (溫州市)에 있었다.

22 岳城橫陽(악성횡양) : 악성현과 횡양현.

23 淮南軍(회남군) : 막부가 양주(揚州)에 있었다.

24 廬州(여주) : 회남도(淮南道) 소속으로 주청 소재지가 합비(合肥) 곧 지금 안휘성
    합비시에 있었다.

25 甓(벽) : 동사로 쓰여 '벽돌로 쌓다'는 뜻이다.

26 歲苫(세점) : 해마다 띠풀이나 짚 따위를 엮어 자리처럼 만들어 성벽을 덮어 가
    리다.

27 江東(강동) : 장강은 무호(蕪湖)와 남경(南京) 사이에서 서남남, 동북북 방향으로
    흘러가는데, 통상 그곳 하류의 장강 남쪽 일대를 강동이라고 불렀다.

28 常州(상주) : 강남도 소속으로 주청 소재지가 진릉(晉陵) 곧 지금 강소성 상주시
    (常州市)에 있었다.

29 宣歙池觀察使(선흡지관찰사) : 영정 원년(805) 12월에 노응이 상주자사에서 선주
    자사 겸 선흡지관찰사로 승진했다. 선흡지관찰사의 행정 중심지가 선주 곧 지
    금 안휘성 선주시에 있었다.

30 估(고) : 값. 가격.

31 廩(늠) : 본래 곡물 창고를 가리키는데 여기서는 '관청에서 창고 양식을 방출해
    공급하다'는 뜻으로 쓰였다.

32 闢誅(벽주) : 유벽(劉闢)이 주살되다. 유벽과 그의 반란에 대해서는 「하남소윤이
    공묘지명(河南少尹李公墓誌銘)」(HS-205) 주석 26과 「당고강서관찰사위공묘지명
    (唐故江西觀察使韋公墓誌銘)」(HS-207) 주석 35 참조.

33 李錡(이기) : 이기와 그의 반란에 대해서는 「하남소윤이공묘지명」(HS-205) 주석
35 참조.

34 湖常(호상) : 강남도 소속의 호주와 상주. 호주는 주청 소재지가 오정(烏程) 곧
지금 절강성 오흥현(吳興縣)에 있었다.

35 響山亭(향산정) : 지금 안휘성 선주시 남쪽의 향산에 있었다.

36 權丞相(권승상) : 권덕여(權德興, 759-818). 자가 재지(載之)고 천수(天水) 약양(略
陽) 곧 지금 감숙성 태안현(秦安縣) 사람이다.

37 鑱(참) : 새기다. 원화 2년(807) 10월에 향산정이 완성된 뒤 3년(808) 5월에 권덕
여가 그 정자의 기문(記文)을 지었다고 한다.

38 校(교) : 조사하다. 살피다.

元和六年, 天子憫公病, 不可煩以職, 卽其處拜左散騎常侍, 以其祿居。其
歲九月望, 薨于東都正平里第³⁹, 年六十七。明年, 葬京兆萬年少陵原 ; 夫
人滎陽鄭氏祔。旣, 其子臨漢縣男⁴⁰貫與其弟賞貞謀曰 : "宜有刻也。" 告於
叔父御史大夫鄜坊丹延⁴¹觀察使怨, 因其族弟進士翬以來請銘, 遂以其事
銘曰 :

39 第(제) : 저택. 고대에 관리나 대부호의 고급 주택을 가리켰다.

40 臨漢縣男(임한현남) : 임한현의 남작. 임한현은 산남동도(山南東道) 양주(襄州)
소속이고, 현남은 9개 작위 가운데 가장 낮은 등급으로 식읍이 3백호고 종5품상
이었다.

41 鄜坊丹延(부방단연) : 관내도(關內道) 소속의 부주·방주·단주·연주. 주청 소
재지가 각각 지금 섬서성의 부현(富縣)·황릉현(黃陵縣)·의천시(宜川市)·연
안시(延安市)에 있었다.

冀公之封, 維艱就功 ; 襄陽繼大⁴², 啓慶自躬。于虔洎溫, 厥緒旣作 ; 以及
職方, 遂都邦伯⁴³。朝夕人事, 下完上實 ; 師于其鄉, 鄰寇逼屈。營軍⁴⁴響
山, 牆屋⁴⁵脩施 ; 襃功刻表, 丞相之辭。受代⁴⁶而家, 敘疏及遍⁴⁷。病不能廷,
食祿卒齒⁴⁸。凡代大家, 維難其保 ; 旣顯旣願, 戒于終咎。伊⁴⁹我襄陽, 克
愼以有 ; 延畀⁵⁰後承, 莫不率守⁵¹。有墓于原, 維樹在經⁵² ; 以告無期, 博士
是銘。

42 繼大(계대) : 계승 발양시키다.

43 都邦伯(도방백) : 한 지방을 총괄하는 관찰사가 되다. '都'는 '총괄하다'는 뜻이고,
'邦伯'은 '方伯'과 통해 '주목(州牧)' 곧 한 지방 제후의 우두머리를 가리킨다.

44 營軍(영군) : 군영을 건설해 군대를 주둔시키다.
45 牆屋(장옥) : 집으로 여기서는 '향산정'을 가리킨다.
46 受代(수대) : 고대에 관리의 임기가 만료되어 신임에 의해 교체되는 것을 가리킨다.
47 敍疏及邇(서소급이) : 산기상시(散騎常侍)가 품계는 정3품으로 높지만 실권이 없기 때문에 이렇게 표현했다. '敍'는 관직 품계의 차례와 등급을 가리킨다.
48 卒齒(졸치) : 여생을 마치다. '齒'는 사람의 나이를 뜻한다.
49 伊(이) : 뜻이 없는 어조사다.
50 延畀(연비) : 길이 주다. 영원토록 주다.
51 率守(솔수) : 따르고 지키다.
52 經(경) : 남북으로 통하는 길.

HS-216 「오씨 가묘비명」

烏氏廟碑銘

원화 5년(810)에 천자께서 말씀하셨다.

"노종사(盧從史)가 애당초 왕승종(王承宗)을 토벌하기 위해 항주(恆州)에 군대를 동원하라고 건의하더니만, 뒤에 뜻밖에도 암암리에 반란군과 내통해 오만하고 흉악스럽게 굴며 제멋대로 불경한 말을 입 밖으로 내뱉고 있으니 가서 그를 잡아 오너라!"

그해 4월에 환관 토돌승최(吐突承璀)가 곧 노종사를 유인해 포박을 했다. 그러자 노종사의 부하들이 모두 무장을 하고 뛰쳐나와 무기를 손에 들고 시끌벅적 달려왔다. 이때 아문도장(牙門都將) 오중윤(烏重胤) 공이 군영의 문을 마주하고 꾸짖으며 말했다.

"천자께서 명하셨나니 복종하는 자에게는 상을 내릴 것이고, 감히 거역하는 자는 목을 벨 것이오!"

그러자 사병들이 모두 무기를 거둬들이고 군영으로 돌아가서 마침내 노종사를 수도 장안으로 압송할 수 있었다. 임진일(壬辰日, 23일)에 황제의 칙령이 내려와 오중윤 공을 은청광록대부(銀靑光祿大夫)·하양군절도사(河陽軍節度使) 겸 어사대부(御史大夫)에 임명하고 장액군개국공(張掖郡開國公)에 봉했다. 재임 3년 동안 하양 일대는 잘 다스려졌다는 평판이 있었다. 황제의 칙령이 내려와 오중윤의 부친에게 공부상서(工部尙書)를 추증하시고, 또 "가묘(家廟)를 세워 제사를 받들도록 하라"라고 하셨기에 그해에 바로 장안 숭화리(崇化里)에 가묘를 세웠다. 하양군의 보좌관들이 나름대로 왈가왈부해 말했다.

"오공(烏公)의 부친은 지위가 대신의 반열이지만 그의 모친은 명부(命婦)로 봉해진 작위가 없어 호칭에 있어 차이가 나고 지위가 낮기 때문에 함께 배향하기에는 어울리지 않습니다."

그들의 말이 황제의 귀에 들어가 칙령이 내려와 오공의 모친 유씨(劉氏)를 패국태부인(沛國太夫人)에 추증하셨다. 원화 8년(813) 8월에 가묘가 완성이 되어 3대가 같은 건물에 모셔지게 되었고, 제사는 오공의 증조부인 좌령부군(左領府君) 이하의 선조들이 대상인지라 자택에서 위패를 만들어 을사일(乙巳日, 25일)에 가묘에 안치했다.

오씨(烏氏)는 『춘추』에 기록되어 있고, 『세본(世本)』에 계보가 들어 있으며, 『성원(姓苑)』에 성씨가 나열되어 있다. 거(莒)나라에는 오존(烏存)이 있었고, 제(齊)나라에는 오여(烏餘)와 오지명(烏枝鳴)이 있었는데 모두 대부였다. 진(秦)나라 때에는 오획(烏獲)이 있어 고관을 지냈다. 오씨의 후손으로 강남 지방의 일족은 파양(鄱陽)에서 살았고, 북방에 있는 일족은 장액(張掖)에서 살았는데 일부는 소수민족으로 들어가 그 수령이 되기도 했다. 당나라 초에 오찰(烏察)이 좌무위대장군(左武衛大將軍)이 되었는데 실제 그가 장액 출신이다. 그의 아들은 오영망(烏令望)으로 좌영군위대장군(左領軍衛大將軍)이 되었고, 손자는 오몽(烏蒙)으로 중랑장(中郞將)이 되었다. 이 사람이 사후에 병부상서에 추증된 이를 낳았는데, 그 이름이 승체(承玼)고 자가 아무개다. 오씨는 거나라와 제나라와 진나라에서 대부가 된 이후로 모두 재주와 능력으로 지위가 높아졌으며, 당나라 고조 무덕(武德) 연간 이후에 비로소 무공으로 명장의 집안이 되었다.

개원(開元) 연간에 오승체 상서께서 평로선봉군(平盧先鋒軍)을 지휘해 해(奚)와 거란(契丹)을 연속으로 격파하고 날록산(捺祿山)의 전투에 참가해 가돌간(可突干)을 패주시켰다. 발해(渤海)가 해안에서 소란을 피워 마도산(馬都山)까지 진출하는 바람에 그곳의 관리와 백성들이 도주해버려 생활 근거지를 상실하게 되었다. 이에 오승체 상서가 관할 부대의 병사들을 이끌고 가서 발해군의 전진 길목을 차단하고, 들판에 참호를 깊이 파고 돌을 포개어 쌓는 공사를 하여 장장 4백리에 달하고 깊이와 높이가 모두 세 길이나 되어 적들이 들어올 수 없었기 때문에, 백성들이 살던 집으로 돌아와 해마다 3천여만 문(文)의 해상 운임을 지출하지 않아도 되었다. 흑수(黑水)와 실위(室韋)가 기병 5천을 이끌고 상서의 휘하로 귀속해 와서 변방에서의 위세가 갈수록 확장되었다. 그 뒤에 그는 경인지(耿仁智)와 함께 사사명(史思明)이 투항하도록 설득했다. 사사명이 다시 반란을 일으키자 오승체 상서는 형님 오승은(烏承恩)과 그를 살해할 계획을 세웠다. 일이 누설되어 일족이 몰살되고 오승체 상서만 홀로 도주해 화를 면했다. 이광필(李光弼)이 이 사실을 황제에게 보고하자 칙령이 내려와 그를 관군장군(冠軍將軍)·수우위위장군(守右威衛將軍)·검교전중감(檢校殿中監)에 임명하시고 창화군왕(昌化郡王)과 석령군사(石嶺軍使)에 봉하셨다. 그는 재임 기간 동안 군량을 비축하고 무기를 날카롭게 정비하셨으며, 나가서는 전투를 하고 들어와서는 농사를 지으셨다. 뒤에 병으로 사직하셨다. 정원 11년(795) 2월 정사일(丁巳日, 19일)에 화음현(華陰縣) 고평리(告平里)에서 세상을 떠나시니 향년 얼마였는데 그곳 화음 땅에 바로 안장되었다. 아들이 둘인데 오중윤 대부가 장남이고, 작은 아들은 오중원(烏重元)으로 아무 관직에 있다. 명문(銘文)은 다음과 같다.

오씨는 당나라에서
초기부터 명문가가 되어
좌무위대장군 오찰과 좌영군위대장군 오영망
두 선조가 대를 이어 한 곳에 거주하셨네.
중랑장 오몽은 지위가 조금 낮았지만
오승체 상서로 이어졌는데
그의 공로는 충분히 보상받지 못했지만
도리어 오중윤 대부를 도와서
우리 대부에게 절도사의 부절을 내려
강토를 통치하게 하셨네.
이름과 지위가 이미 정해져 상응하는 높은 예우를 받게 하시어
가묘까지 두게 해 주셨기에
천자의 도성에 가묘를 지어
대부의 효성을 극진히 하시니
조부는 우측에서 손자는 좌측에서
응분의 제사를 흠향하시네.
누가 아들이 없고
누가 손자가 없겠소만
선조를 마주해 부끄럽지 않는 것은
오직 유능한 후손이 있기 때문.
지난날 평로군의 선봉을 맡은 때를 생각하니
어렵고 힘들었지만
오중윤 대부가 뒤를 이어
위험에 처해도 도의를 저버리지 않으셨네.
천하가 평정이 되어
선비들이 편안하고 쉴 수 있게 되니
목욕재계하고 가묘로 참배하러 와서

오곡을 제물로 바치네.

해제

원화 8년(813) 8월 비부낭중(比部郎中) 겸 사관수찬(史館修撰) 재직 시에 지은 오씨(烏氏)의 가묘(家廟) 비명(碑銘). 당나라 때에 명장 반열에 드는 오중윤(烏重胤, 761-827)이 소의군절도사(昭義軍節度使) 노종사(盧從史)의 반란 토벌과 하양군절도사(河陽軍節度使)로 있으면서 거둔 치적으로 인해, 그의 집에 가묘를 세우도록 하는 황제의 칙령이 내려와 가묘가 완성되자 작자가 이 글을 지어 바친 것이다. 이 글은 가묘를 세운 연유와 가계 및 오승체(烏承玼)의 공적에 대한 서술과 명문(銘文)의 네 부분으로 이루어져 있는데, 가묘가 세워지게 된 주된 근거가 오중윤의 공적 때문이므로 오중윤의 공적에 대한 서술을 앞에 두고, 아들의 공적으로 공부상서(工部尙書)에 추증되어 가묘에서 제사를 흠향하게 된 오승체에 대한 서술은 가계 다음에 놓아 문장 전개의 조리를 갖추었다. 그리고 오승체가 중랑장(中郎將)이라는 낮은 관직을 지낸 데 불과하고 거둔 공적도 그리 대단한 수준이 아님에도 불구하고, 그의 발자취를 비교적 소상하게 서술한 것은 이 가묘가 실질적으로 그를 위해 세워진 것과 무관하지 않다. 또한 3대가 한 건물 안에 봉안되었지만 오중윤의 증조부와 조부의 사적은 생략하고, 부친인 중랑장에 대해서만 서술해 중심이 서게 함으로써 글이 느슨해지거나 평범한 데로 빠지지 않고 간결하고 힘찬 맛을 유지하도록 배려한 솜씨도 돋보인다.

한편 이 글은 당나라와 발해(渤海) 간의 전쟁을 담고 있어 우리의 관심을 끈다. 고구려를 계승해 신흥 제국으로 발돋움하려는 발해로서는 당나라와의 충돌이 불가피했다. 발해의 2대 무왕(武王)은 육지로는 마도산(馬都山) 쪽을, 해상으로는 등주(登州) 곧 지금의 산동성(山東省) 봉래현(蓬萊縣)을 공격함으로써 당나라와 일전을 해서 상당한 전과를 올렸다고 한다. 이에 당나라에서는 마도산까지 진격한 발해군의 남하를 저지하기 위해 장장 4백리에 달하는 참호와 보루를 건설하게 된 것이다. 이 기록은 『신당서·오승체전』에도 수록되어 있다.

원문 및 주석

元和五年, 天子曰: "盧從史始立議用師于恆[1], 乃陰與寇連, 夸謾兇驕, 出不遜言, 其執以來!" 其四月, 中貴人承璀[2]卽誘而縛之。其下皆甲以出, 操兵趨譁, 牙門都將烏公重胤[3]當軍門叱曰: "天子有命, 從有賞, 敢違者斬!" 於是士皆歛兵[4]還營, 卒致[5]從史京師。壬辰[6], 詔用烏公爲銀靑光祿大夫、河陽軍節度使, 兼御史大夫, 封張掖郡開國公, 居三年, 河陽稱治[7], 詔贈其父工部尚書, 且曰: "其以廟享。" 卽以其年營廟于京師崇化里。軍佐竊[8]議曰: "先公旣位常伯[9], 而先夫人無加命[10], 號名差卑[11], 於配不宜。" 語聞, 詔贈先夫人劉氏沛國太夫人[12]。八年八月, 廟成, 三室同宇[13], 祀自左領府君而下, 作主[14]于第。乙巳, 升于廟。

---

1 立議用師于恆(입의용사우항): 항주(恆州)에 군대를 동원하도록 건의하다. 원화 4년(809) 3월에 성덕군절도사(成德軍節度使) 왕사진(王士眞)이 죽은 뒤에 그의 아들 왕승종(王承宗)이 유후(留後)를 자칭하며 반란을 일으키자 이를 토벌하도록 건의가 들어간 것을 말한다. 항주는 성덕군의 막부 소재지로 지금 하북성 정정현(正定縣)에 있었다.
2 中貴人承璀(중귀인승최): 환관 토돌승최(吐突承璀). '中貴人'은 본래 제왕이 총애하는 측근 신하인데, '황제를 시종하는 지위가 매우 높은 환관을 가리키는 뜻으로 한정되어 사용되었다.

3 烏公重胤(오공중윤) : 자가 보군(保君)이고 장액(張掖 : 지금 감숙성 장액현) 사람. 본래 소의군절도사(昭義軍節度使) 노종사(盧從史)의 도지병마사(都知兵馬使)로 있다가 원화 5년(810)에 노종사가 반란을 일으키려고 했을 때 체포한 공적으로 하양군절도사로 발탁되었고 장액군공(張掖郡公)에 봉해졌다. 뒤에 또 회서절도사(淮西節度使) 오원제(吳元濟)의 반란도 진압해 빈국공(邠國公)에 봉해졌다. 뒤에 사도(司徒)에 올랐으며, 당시의 명사인 석홍(石洪)과 온조(溫造) 및 한유(韓愈) 등이 모두 그의 막부에서 근무한 바 있다.

4 斂兵(염병) : 무기를 거두어들이다.

5 致(치) : 압송하다.

6 壬辰(임진) : 23일. 『구당서・헌종기(憲宗紀)』와 일부 판본에는 '壬申(임신)'으로 되어 있기도 하다. 그러나 『자치통감(資治通鑑)』 권238에도 '壬辰'으로 되어 있다.

7 稱治(칭치) : 잘 다스려졌다는 평판을 받다.

8 竊(절) : 제 나름대로는. 화자의 자기 겸양을 나타내는 정태부사로 쓰였다.

9 常伯(상백) : 본래 주(周)나라 때의 관직 이름으로 군주의 좌우 측근에서 백성들의 사무를 관리하는 대신인데 여기서는 공부상서(工部尚書)를 가리킨다.

10 加命(가명) : 명부(命婦)의 봉호가 더해지다.

11 差卑(차비) : 차이가 나고 지위가 낮다.

12 沛國太夫人(패국대부인) : 『신당서・선거지(選擧志)』에 의하면 당나라 때에 외명부(外命婦)의 제도에서 1품의 문무관과 국공(國公)의 모친이나 아내를 '국부인(國夫人)', 3품 이상 관리의 모친이나 아내를 '군부인(郡夫人)', 3품 관리의 모친이나 아내를 '군군(郡君)', 5품 관리의 모친이나 아내를 '현군(縣君)'에 봉했다. '太夫人'은 특히 모친에게 하사할 때 썼다.

13 三室同宇(삼실동우) : 3대가 같은 사당에 안치되는 것을 말한다. '三室'은 오중윤의 증조부와 조부 및 부친의 묘실을 가리킨다. 후한(後漢) 이후로 공사(公私)의 묘당(廟堂)은 같은 건물 내에 방을 구분하는 방식을 취했다.

14 作主(작주) : 위패를 만들다. 신위(神位)를 만들다.

烏氏著於春秋, 譜於世本[15], 列於姓苑[16], 在莒[17]者存, 在齊有餘枝鳴, 皆爲大夫。秦有獲, 爲大官。其後世之江南者, 家鄱陽[18] ; 處北者, 家張掖, 或入夷狄爲君長。唐初, 察爲左武衛大將軍, 實張掖人。其子曰令望, 爲左領軍衛大將軍。孫曰蒙, 爲中郞將 ; 是生贈尚書, 諱承玭, 字某[19]。烏氏自莒齊秦大夫以來, 皆以材力顯 ; 及武德[20]已來, 始以武功爲名將家。

15 世本(세본) : 전국(戰國)시대 조(趙)나라의 사관이 지은 것으로 전해지는 15권으로 된 책으로 황제(黃帝)부터 춘추(春秋)시대 열국의 제후와 경대부들의 성씨와 계보를 기록하고 있다.

16 姓苑(성원) : 남조 유송(劉宋)의 유명한 학자인 하승천(何承天, 370-447)이 지은 10권으로 된 책으로 성씨의 원류에 대해 서술하고 있다.

17 莒(거) : 춘추시대 읍(邑) 이름으로 원래 거나라의 영지였는데 뒤에 노(魯)와 제(齊)에 예속되었다. 지금 산동성 거현(莒縣) 일대다.

18 鄱陽(파양) : 강남도 소속의 군 이름으로 요주(饒州)로도 불렸다. 군청 소재지가 지금 강서성 파양현에 있었다. 중국 최대의 담수호인 파양호(鄱陽湖)로 인해 붙여진 지명이다.

19 字某(자모) : 『신당서』 본전에는 자가 덕윤(德潤)으로 되어 있다.

20 武德(무덕) : 당나라 고조(高祖) 이연(李淵)의 연호로 618-626년간에 사용되었다.

開元中, 尚書管平盧先鋒軍[21], 屬破[22]奚契丹[23] ; 從戰捈祿[24], 走可突干[25]。渤海[26]擾海上, 至馬都山[27], 吏民逃徙失業, 尚書領所部兵塞其道, 塹原累石[28], 綿四百里, 深高皆三丈, 寇不得進, 民還其居, 歲罷運錢三千萬餘。黑水室韋[29]以騎五千來屬麾下[30], 邊威益張。其後與耿仁智[31]謀說[32]史思明[33]降。思明復叛, 尚書與兄承恩謀殺之。事發, 族夷[34], 尚書獨走免。李光弼[35]以聞, 詔拜"冠軍將軍", 守石威衛將軍, 檢校殿中監, 封昌化郡王、石嶺軍使。積粟厲兵[36], 出入耕戰。以疾去職。貞元十一年二月丁巳薨于華陰告平里, 年若干, 卽葬於其地。二子 : 大夫爲長, 季曰重元, 爲某官。銘曰 :

21 平盧先鋒軍(평로선봉군) : 막부가 청주(青州)의 익도(益都) 곧 지금 산동성 익도현에 있었다. 청주는 북해군(北海郡)으로도 불렸다.

22 屬破(촉파) : 연속해 격파하다.

23 奚契丹(해거란) : 해(奚)와 거란(契丹)으로 바로 뒤에 나오는 발해(渤海)·흑수(黑水)·실위(室韋)와 함께 당나라 때 5대 북방 소수민족에 속한다. '奚'는 남북조 시대에는 고막해(庫莫奚)로 불렸으며 지금 내몽고자치구 서랍목륜하(西拉木倫河) 유역에서 유목생활을 하던 민족이다. '契丹'은 동호(東胡)에서 나온 고대 민족 국가로 북위(北魏) 이후 지금 요하(遼河) 상류에서 유목생활을 했다. '奚'와 '契丹'은 당나라 때에 '양번(兩蕃)'으로 불리기도 했다.

24 捈祿(날록) : 지금 요녕성(遼寧省) 흥성현(興城縣) 경역에 있는 산 이름.

25 可突干(가돌간) : 거란국의 수령(?-734).

26 渤海(발해) : 고구려 장군 출신 대조영(大祚榮, 698-719 재위)이 고구려 유민을 상류 지배계층으로 하고 말갈족(靺鞨族)을 하류층으로 하여 중국 동북 지방과 러시아의 연해주 및 한반도 북부 일대에 걸쳐 세운 고대 국가로 229년간(698-926) 지속되었다. 중국에서는 말갈족을 주체로 한 변방 민족정권으로 규정하고 있다.

27 馬都山(마도산) : 요서(遼西) 지방의 승덕(承德) 곧 지금 하북성 승덕현 부근에 있는 산 이름. 이 구절은 발해의 2대 무왕(武王) 대무예(大武藝)가 직접 군대를 이끌고 친당파(親唐派)로서 당나라에 망명한 동생 대문예(大文藝)의 송환을 요청하며 요서를 거쳐 마도산까지 진격한 일을 가리킨다. 당나라에서 이를 방어하기 위해 장장 4백리에 달하는 참호와 보루를 건설하는 북새통을 한 것이다. 한편 대무예는 해상으로도 장문휴(張文休) 장군을 파견해 등주(登州)를 공격해서 그곳 자사 위준(韋俊)을 살해하고 초토화시킨 일이 있었다. 등주는 지금 산동성 연대(煙臺)·위해(威海) 등지를 관할하던 당시 해상 교통과 물자 교역의 중심지였다.

28 塹原累石(참원누석) : 들판에 참호를 깊이 파고 돌을 포개어 쌓는 공사를 하다.

29 黑水室韋(흑수실위) : '黑水'는 말갈(靺鞨)로 지금 흑룡강 지구에 있었고, '室韋'는 거란의 별종으로 몽골 동쪽과 흑룡강 북쪽 일대에 있었다.

30 屬麾下(속휘하) : 장군의 휘하에 예속되어 들어오다. '麾下'는 '장군의 깃발 아래'를 뜻한다.

31 耿仁智(경인지) : 사사명(史思明)의 판관(判官).

32 謀說(모세) : 상의해 설득하다. '說'는 '유세하다', '설득하다'는 뜻이다.

33 史思明(사사명) : 돌궐 사람으로 초명이 줄간(崒干)이었는데 현종으로부터 '思明'이라는 새 이름을 하사받았다. 뒤에 안녹산과 함께 반란을 일으켜 당나라 왕조를 뿌리 채 뒤흔든 장본인이기도 하다. 생몰년은 703-761년이다.

34 族夷(족이) : 족멸하다. 멸족하다. 씨를 말리다.

35 李光弼(이광필) : 영주(營州) 유성[柳城 : 지금 요녕성 조양현(朝陽縣)] 사람으로 당시에 범양대도독부장사(范陽大都督府長史)와 범양절도사를 맡고 있었다.

36 厲兵(여병) : 무기를 숫돌에 갈아 날카롭게 하다. '厲'는 '礪(려)'와 통한다.

烏氏在唐, 有家於初；左武左領, 二祖紹居。中郞少卑, 屬³⁷于尙書；不償其勞, 乃相大夫；授我戎節³⁸, 制有壇墟³⁹。數備禮登⁴⁰, 以有宗廟；作廟天都⁴¹, 以致其孝；右祖左孫, 爰饗⁴²其報。云誰無子, 其有無孫；克對無羞, 乃惟有人。念昔平盧, 爲艱爲瘁⁴³；大夫承之, 危不棄義。四方其平, 士有迨息⁴⁴；來覯來齋⁴⁵, 以饋黍稷⁴⁶。

---

37 屬(촉) : 이어지다.

38 戎節(융절) : 병부(兵符). 절도사의 부절(符節)로 '병권' 곧 군대 통솔권을 가리킨다.

39 壇墟(강허) : 강토. 지경. '壃'은 '疆'과 같다.

40 數備禮登(수비예등) : 이름과 지위가 이미 정해져 있어 상응하는 높은 예우를 받게 되다.

41 天都(천도) : 제왕이 있는 도성. 수도 장안.

42　饗(향) : 흠향하다. 향유하다. 누리다.
43　瘁(췌) : 고달프다. 수고롭다.
44　迨息(태식) : 편안하게 쉬다.
45　來覲來齋(내근내재) : 목욕재계하고 참배하러 오다.
46　饋黍稷(궤서직) : 오곡을 제물로 바치다. '饋'는 '제수를 차려놓고 제사를 지내다' 는 뜻이고, '黍稷'은 '메기장과 차기장'으로 '오곡'을 가리킨다.

하동절도사(河東節度使)로 사후에 상서우복야(尙書右僕射)에 추증된 정담
(鄭儋) 공이 형양(榮陽)의 색수(素水) 가에 안장되었는데, 원화 8년(813) 6월
경자일(庚子日, 20일)에 태사(太史)인 상서성 비부낭중(比部郎中) 호군(護軍) 한
유가 그 묘비에 다음과 같이 새겨 말한다.

사마씨(司馬氏)의 진(晉)나라가 강남으로 나라를 옮겨왔을 때 정활(鄭豁)
이라는 사람이 모용수(慕容垂)의 후연(後燕)에서 벼슬을 하여 태자소보(太
子少保)가 되셨다. 그의 손자 정간(鄭簡)은 탁발씨(拓拔氏)의 후위(後魏) 때에
형양군(榮陽郡) 태수가 되셨다. 정간의 후손은 그 일족을 '남조(南祖)'라고
불렀다. 남조의 정씨(鄭氏) 중에는 당나라에 들어와 이주(利州) 경곡현령
(景谷縣令)이 된 정가범(鄭嘉範)이란 사람이 있었는데 공에게는 증조부가
되신다. 그분이 정무속(鄭撫俗)을 낳았는데 사주(泗州) 서성현령(徐城縣令)이
되셨다. 서성현령이 공의 부친 정홍(鄭洪)을 낳았는데, 공의 부친께서는

양주(凉州)의 호조참군(戶曹參軍)으로 재직하던 중에 세상을 떠나셨다.

공은 이름이 담(儋)이고 어렸을 때 농서(隴西) 이씨(李氏) 외가에 의탁해 사셨는데, 행동거지가 보통 아이들과 달라서 그의 외숙 이부시랑(吏部侍郎) 이계경(李季卿)이 그를 일러 반드시 정씨 가문을 다시 일으켜 세울 것이라고 했다. 조금 성장하자 스스로 학업을 도모할 줄 알아서『춘추좌씨전(春秋左氏傳)』에 통달했고, 진사과 고시에 급제한 신분으로 태원부(太原府)의 참군사(參軍事)가 되셨다. 군모월중과(軍謀越衆科)의 특별시험을 통해 경조부의 고릉현위(高陵縣尉)에 임명되었다. 경조부에서 주관하는 진사과의 고시위원이 되셨을 때는 참된 재능과 실제적인 학문에 따라 상하의 순서를 정하고 옳지 않은 일을 하지 않으셨다. 우복야 번택(樊澤)이 양양(襄陽)의 군대를 이끌고 회서(淮西)에서 전쟁을 할 때 공이 그의 참모로서 군대의 사령부에 남아 해야 할 사무를 잘 감당하시었다. 부친 양주(凉州) 호조참군(戶曹參軍) 정홍(鄭洪)께서 그때 양주에 가매장되어 있었는데, 양주 땅이 멀리 서융(西戎)인 토번(吐蕃)의 경내에 있었기 때문에 증조부 경곡현령 정가범과 조부 서성현령 정무속부터 3대가 모두 형양으로 귀장되지 못하고 있었다. 공이 관직에서 물러나신 뒤에 다섯 대의 유골을 거두어 세 개의 무덤으로 만들고 색수 동쪽에 안장하시었다. 서성현령을 가매장한 무덤에는 모표(墓表)가 없었지만, 공이 어려서부터 장성할 때까지 애통하게 여겨 마음속으로 내버려두지 않고 찾고 있으시자 그곳에서 오래 산 사람이 그 무덤이 있는 곳을 가리켜 주었다. 그 뒤에 그는 대리시승(大理寺丞)과 태상박사(太常博士)가 되었다가 기거랑(起居郎)과 상서성 사봉낭중(司封郎中) 및 이부낭중(吏部郎中)으로 승진해 유능한 관리로 이름을 떨쳤다. 덕종(德宗) 황제가 만년에 군대 내에 부사령관 재목을 두면서 공을 하동군사마(河東軍司馬)로 삼으시자, 무심코 피차간에 의심한 것 때문에 생긴 나쁜 감정을 잘 처리해 끝내 임무를 완수했다. 정원 16년(800)에 사령관 이열(李說)이 죽자 바로 황제의 칙령이 내려와 사마에게 사령관의 부절을 수여하고 하동군절도사로 삼으신 뒤 공부상서(工部尚書)·태원부윤(太原府尹) 겸 어사대부(御史大夫)·북도유수(北都留守)에 임명하셨다.

공께서 사마로 재직하시는 동안 관대하고 청렴하며 공평하고 정의로웠기 때문에 관리와 병사들의 마음을 얻었으며, 사령관으로 승진하신 뒤에도 변치 않고 이런 도리를 유지했다. 부하 장수 중에 환관을 통해 요직을 청탁하는 자가 있으면 공은 그 자들을 임용하지 않고, 도리어 나이가 들고 공적이 있지만 기댈 세력이 없어 소외된 사람들을 임용하셨다. 사방의 이웃 절도사들과 교제하는 비용을 삭감하고, 시끌벅적 즐기며 노는 큰 연회를 줄였으며, 민원을 심리 조정하였고 법령은 시행할 것은 시행하고 폐지할 것은 폐지해 시일을 끌지 않고 바로바로 처리하셨다. 이와 같이 하셨기 때문에 10개월 내에 치적을 이룰 수 있었으니, 백성들의 조세 징수는 가벼워지고 군대의 보급도 풍족해졌다. 정원 17년(801)에 병에 걸려 집무를 볼 수 없더니 8월 경술일(庚戌日, 20일)에 세상을 떠나셨는데 향년 61세였다. 천자께서 그 일 때문에 사흘 연속 조정에 나오시지 않으시다가 그에게 상서우복야(尚書右僕射)를 추증하셨다. 바로 그해 10월 신묘일(辛卯日, 2일)에 색수 가에 안장되셨다. 병이 위독해져 임종이 임박해지자 의사와 문병객들이 길을 오고갔으며, 장례를 치를 때에는 조문객 또는 물품이나 어사품을 전하기 위해 찾아온 사자들이 서로 이어졌다. 하동군의 병사, 태원부의 백성과 관리, 인근 아홉 개 군과 수많은 현의 홀아비와 과부, 태원부의 통치를 받고 있는 바깥 이민족들까지 모두 공의 서거 소식을 듣고 곡하기를 "우리들은 이제 어떻게 한단 말인가!"라고 했다.

공은 빈객들이나 벗들과 술을 마시면 반드시 거나하게 취하고 투호나 쌍륙이나 바둑 따위 놀이를 하시면서 밤을 꼬박 지새워 즐기기를 싫증내지 않는 것 같았다. 평소에는 누각의 창에 발을 드리운 채 탁자 앞에 앉아서는 부지불식간에 하루를 다 보내고 다른 사람이 있는지도 알지 못하여서 스스로 '백운옹(白雲翁)'이라는 별호를 붙이셨다. 유명 인사와 걸출한 인재들은 공과 더불어 친하지 않는 이가 없었고, 공은 후배들과 교유하기를 좋아하시어 문 앞에서 그들을 맞아들이고 누구에게나 은혜를 베푸셨다.

처음에 범양(范陽) 노씨(盧氏)의 딸을 아내로 맞이하시어 인본(仁本) · 인약(仁約) · 인재(仁載)를 낳았는데 모두 문장과 품행이 뛰어났다. 둘째와 셋째의 두 작은 아들은 진사과에 응시하도록 천거되었지만 모두 일찍 죽었다. 인본이 장자로서 홀로 살아남았는데, 과거고시에 참가하는 것을 좋아하지 않아서 나이 30여 세에 비로소 하양군의 보좌관이 되었다. 재취는 조군(趙郡) 이씨(李氏)인데 딸 셋을 낳았다. 두 부인에게서 모두 3남 5녀를 두시었다. 장녀는 요동(遼東)의 이번(李繁)에게 시집갔는데, 이번 또한 명신(名臣)의 아들로서 재능과 학문이 뛰어났다. 공의 유언에 두 부인을 각기 별도로 무덤을 쓰게 하셨기에 공과 합장하지 않았다. 명문(銘文)은 다음과 같다.

선비는 늘 권세가 미미해서 공덕을 다른 사람에게 미치게 할 수 없을까봐 걱정하고, 늘 가난해 타인이 얻고자 하는 것을 받들 수 없을까봐 걱정한다. 정공과 같은 분은 일생동안 근면해 높은 자리를 얻었지만 잠깐이라도 그 지위를 향유하시지는 못했다. 비록 이와 같지만 그가 세운 공적을 살피면 그 사람을 알 수 있다. 아! 슬프도다!

해제

　원화 8년(813) 6월 비부낭중 겸 사관수찬 재직 시에 지은 정담(鄭儋) 묘비명. 정담은 정원 17년(801) 8월에 태원부윤(太原府尹) 겸 하동절도관찰사(河東節度觀察使)의 임소에서 죽었으며, 12년 뒤인 원화 8년에 비석이 세워졌다. 이 글은 그의 선조, 관직 경력, 죽음과 장례, 덕행, 아내의 순으로 서술되어 있는데, 관직과 덕행의 전형적인 사적을 중점에 두고 분명하고 적절한 서사를 하고 있음이 두드러진다. 이 글은 그가 관직생활을 성공적으로 수행한 비결이 "일생동안 근면한(勤一生)" 데 있음을 밝히고, 여러 단락에 걸쳐 반복적으로 사용한 '能'자를 그 실마리로 제시해 실제로 뛰어난 재능이 그 근저에 깔려 있음을 분명히 하고 있기도 하다. 그리고 자신의 몸가짐과 타인을 대하는 태도 또한 천성에서 자연스럽게 우러나온 덕성이지 억지로 하고자 한 것이 아님을 잘 나타내고 있다.

원문 및 주석

河東節度使贈尙書右僕射鄭公葬在滎陽索上[1], 元和八年六月庚子, 太史尙書比部郎中護軍韓愈刻其墓碑曰:

1　索上(색상) : 색수(索水) 가. 색수는 하남도(河南道) 정주(鄭州) 형양현(滎陽縣)에 있는 강 이름.

司馬氏[2]遷江南, 有鄭豁[3]者, 仕慕容垂[4]國, 爲其太子少保。其孫簡, 當拓拔魏爲滎陽太守。後簡者號其族爲"南祖[5]"。南祖之鄭, 入唐有爲利之景谷[6]令

者曰嘉範, 於公爲曾祖;是生撫俗, 爲泗之徐城[7]令;徐城生公之父曰洪,
卒官涼[8]之戶曹參軍。

2 司馬氏(사마씨):이 구절은 서기 317년에 사마예(司馬睿)가 장강 이남으로 건너
　　와 동진(東晋)을 세우고 건강(建康) 곧 지금 강소성 남경시(南京市)에 도읍한 것
　　을 가리킨다.
3 鄭鸞(정활):자가 군명(君明)이고 제남공(濟南公)에 봉해졌다.
4 慕容垂(모용수):16국 시대 선비족(鮮卑族) 출신 정치가로 서기 384년에 후연(後
　　燕)을 세우고 성무제(成武帝)가 되었다. 생몰년은 326-396년이다.
5 南祖(남조):정활(鄭鸞)의 아들 정온(鄭溫)에게 도(濤)·엽(曄)·간(簡)·염(恬)
　　의 네 아들이 있었는데, 정도는 농서(隴西)에 살았고, 정엽은 후위의 건위장군
　　(建威將軍)으로 남양공(南陽公)에 봉해지고 북조(北祖)가 되었으며, 정간은 남
　　조(南祖), 정염은 중조(中祖)가 되었다.
6 利之景谷(이지경곡):산남도(山南道) 이주(利州) 경곡현(景谷縣). 이주는 주청
　　소재지가 금곡(錦谷) 곧 지금 사천성 광원시(廣元市)에 있었다.
7 泗之徐城(사지서성):사주(泗州) 서성현(徐城縣). 사주는 주청 소재지가 임회(臨
　　淮) 곧 지금 강소성 사홍현(泗洪縣) 동남에 있었다.
8 涼(양):농우도(隴右道) 양주(涼州)로 주청 소재지가 고장(姑臧) 곧 지금 감숙성
　　무위현(武威縣)에 있었다.

公諱儋, 少依母家隴西李氏, 擧止異凡兒, 其舅吏部侍郎季卿謂其必能再
立鄭氏。稍長, 能自課[9]學, 明左氏春秋, 以進士選[10]爲太原參軍事。對直言
策[11], 拜京兆高陵尉。考府之進士, 能第[12]上下以實不姦。樊僕射澤[13]以襄
陽兵戰淮西, 公以參謀留府, 能任後事。戶曹[14]殯于涼, 涼地入西戎[15], 自
景谷、徐城三世皆未還滎陽葬。公解官[16], 擧五喪[17]爲三墓, 葬索東。徐城
墓無表, 公能幼長哀感, 心求不置, 以得舊人指告其處。其後爲大理丞太
常博士, 遷起居郎、尚書司封吏部二郎中, 能官擧其名。德宗晚節儲將[18]於
其軍, 以公爲河東軍司馬, 能以無心處嫌間[19], 卒用有就。貞元十六年, 將
說[20]死, 卽詔授司馬節, 節度河東軍, 除其官爲工部尚書、太原尹, 兼御史大
夫、北都[21]留守。

9 自課(자과):스스로 도모하다. '課'는 '謀(모)'자로 된 판본도 있는데 뜻이 서로
　　통한다.
10 以進士選(이진사선):정담은 대력(大曆) 4년(769)에 진사과에 급제했다.
11 對直言策(대직언책):정담이 건중(建中) 원년(780)에 군모월중과(軍謀越衆科)에

급제한 것을 가리킨다. 『등과기고(登科記考)』에 의하면 건중 원년에는 이밖에도 현량방정능직언극간과(賢良方正能直言極諫科)·문사청려과(文辭淸麗科)가 있었다고 하는데, 정담이 급제한 것은 군모월중과로 이 역시 대책(對策)의 방식으로 시행되었다.

12 第(제) : 순서를 매기다. 석차를 정하다.

13 樊僕射澤(번복야택) : 우복야(右僕射) 번택(樊澤)으로 『구당서』와 『신당서』에 모두 그의 전기가 들어 있다.

14 戶曹(호조) : 정담의 부친 정홍(鄭洪)을 가리킨다.

15 西戎(서융) : 토번(吐蕃). 당나라 숙종(肅宗) 지덕(至德, 756-758) 이후에 하서(河西) 지방의 주현(州縣)들은 모두 토번에 예속되었다.

16 解官(해관) : 관직을 사퇴하다. 관직에서 물러나다.

17 五喪(오상) : 증조부모와 조부모 및 부친의 유골을 가리킨다. 이로써 당시에 모친은 생존해 있었음을 알 수 있다.

18 儲將(저장) : 부장(副將). 여기서는 동사로 쓰여 '부사령관을 두다'는 뜻이다.

19 嫌間(혐간) : 서로 간에 의심한 때문에 생긴 악감. 서로 간에 의구심을 가진 때문에 생긴 나쁜 감정.

20 說(열) : 이열(李說)로 자가 엄보(嚴甫)고 하동절도사를 지냈다.

21 北都(북도) : 당나라 때 삼도(三都)의 하나로 태원부(太原府)를 가리킨다.

公之爲司馬, 用寬廉平正得吏士心 ; 及昇大帥[22], 持是道不變。部將有因貴人[23]求要職者, 公不用 ; 用老而有功無勢而遠者。削四鄰[24]之交賄, 省姱嬉[25]之大燕[26], 校講[27]民事, 施罷[28]不竢日[29] : 用能以十月成政[30], 氓征就寬, 軍給以饒。十七年, 病廢[31]朝夕[32], 八月庚戌薨, 享年六十一, 天子爲之不能臨朝者三日, 贈尙書右僕射。卽以其年十月辛卯葬槀上。疾比薨, 醫問交道 ; 比葬, 弔贈賜使者相及。凡河東軍之士, 與太原之氓吏, 及旁九郡[33]百邑之鰥寡, 外夷狄之統於府者, 聞公之薨, 皆哭曰 : "吾其如何!"

22 大帥(대수) : 사령관. 하동절도사를 가리킨다.

23 貴人(귀인) : 중귀인(中貴人)의 준말로 환관을 말한다. 당나라에서는 숙종 이후로 군중에 감군사(監軍使)를 두었는데 환관이 그 일을 담당했다.

24 四鄰(사린) : 하동과 이웃한 절도사들의 관할 지역을 가리킨다.

25 姱嬉(과희) : 지나칠 정도로 놀다. 시끌벅적 즐겁게 놀다. '姱'는 '誇(과)'로 된 판본도 있는데 '과분하다', '지나치다'는 뜻이다.

26 大燕(대연) : 큰 연회. '燕'은 '宴'과 통한다.

27 校講(교강) : 심리하고 조정하다. 심사처리하고 중재하다.

28 施罷(시파) : 시행할 것은 시행하고 폐지할 것은 폐지하다.

29 不竢日(불사일) : 날을 기다리지 않다. 날을 거르지 않다. 시일을 끌지 않고 당일
로 처리하다.

30 成政(성정) : 치적을 이루다. 정치적 업적을 달성하다.

31 廢(폐) : 멈추다. 그만두다.

32 朝夕(조석) : 아침저녁으로 정사를 돌보다. 아침 일찍부터 저녁 늦게까지 사무를
처리하다.

33 九郡(구군) : 하동절도사는 태원부 이외에 요주(遼州) 낙평군(樂平郡), 석주(石
州) 창화군(昌化郡), 남주(嵐州) 누번군(樓煩郡), 분주(汾州) 서하군(西河郡), 대
주(代州) 안문군(雁門郡), 흔주(忻州) 정양군(定襄郡), 삭주(朔州) 마읍군(馬邑
郡), 울주(蔚州) 흥당군(興唐郡), 운주(雲州) 운중군(雲中郡)의 아홉 개 고을을
관할했다. 그리고 이들 아홉 개 군에 소속된 현(縣)은 44개이므로 바로 뒤에 나
오는 '百邑(백읍)'은 실제 수가 아니다.

公與賓客朋遊飮酒, 必極醉, 投壺博弈³⁴, 窮日夜, 若樂而不厭³⁵者。平居³⁶
簾閣³⁷, 據几終日, 不知有人, 別自號"白雲翁"。名人魁士³⁸鮮不與善, 好樂
後進, 及門接引³⁹, 皆有恩意。

34 博弈(박혁) : 쌍륙(雙六)이나 바둑 내기를 하다.

35 樂而不厭(낙이불염) : 즐기기를 싫증내지 않다. 『논어·술이(述而)』편의 "배우기
를 싫증내지 않다(學而不厭)"와 비슷한 구조의 어구로 지금도 4자성어로 널리
쓰이고 있다.

36 平居(평거) : 평소. 『논어·선진(先進)』편에 보이는 것처럼 선진(先秦) 시대에는
'평소'라는 뜻으로 '居'자 한 글자로 썼는데, 당송(唐宋) 때에 와서 '平居'로 표현
했다. 「진사책문(進士策問)」(HS-051-6) 주석 2 참조.

37 簾閣(염각) : 누각의 창에 모두 발을 드리워 놓다. 칩거하거나 은거하는 것을 나
타낸다.

38 魁士(괴사) : 걸출한 인재.

39 接引(접인) : 맞아들이다. 가까이 이끌어 들이다.

始娶范陽盧氏女, 生仁本、仁約、仁載, 皆有文行。二季擧進士, 皆早死 ; 仁
本爲後子⁴⁰獨存, 不樂擧選, 年三十餘始佐河陽軍。後娶趙郡李氏, 生三
女。二夫人凡三男五女。長女嫁遼東李繁⁴¹, 繁亦名臣子, 有才學。遺命二
夫人各別爲墓, 不合葬。系⁴²曰 :

40 後子(후자) : 사자(嗣子). 장자. 적사(嫡嗣). 장자는 부친의 뒤이므로 이렇게 말한
다.

41 李繁(이번) : 요동(遼東) 양평(襄平) 사람으로 덕종(德宗) 때의 재상 이비(李泌)의
   아들이다. 『구당서』와 『신당서』의 「이비전(李泌傳)」에 그의 전기가 붙어 있다.
42 系(계) : 묘비명이나 묘지명의 말미에 놓이는 것으로 '銘(명)' 또는 '辭(사)'라고도
   한다. 통상 운문체이지만 이 글과 같이 산문체인 경우도 가끔 있다.

士常患勢卑, 不能推功德及人 ; 常患貧, 無以奉所欲得。若鄭公勤一生以
得其位, 而曾不得須史有焉。雖然, 觀其所旣立, 其可知已。嗚呼哀哉!

魏博節度觀察使沂國公先廟碑銘

　　원화 8년(813) 11월 임자일(壬子日, 3일)에 헌종 황제께서 승상 무원형(武元衡), 승상 이길보(李吉甫), 승상 이강(李絳)에게 명해 태사(太史)인 상서성 비부낭중(比部郎中) 한유를 정사당(政事堂)으로 불러 다음과 같은 칙령을 전달하시었다.

　　"전홍정(田弘正)은 당초 도성에 가묘가 있는데, 짐이 생각건대 전홍정의 작고한 조부와 부친은 그들의 마음이 황실을 향하지 않은 적이 없었지만 끝내 그 뜻을 실현하지는 못하고서 자손에게 유업으로 가르치고 부탁했다. 전홍정은 그 가르침을 명심하고 선대의 사업을 계승하고자 아침부터 저녁까지 게으름을 피우지 않아, 그로 말미암아 하늘이 내리는 복록을 받아들여 현저한 큰 공을 세울 수 있었다. 그들 부자가 대를 이어 충효를 다하니 내가 그들을 특별히 가상하게 여기노라! 이로 인해 너 한유에게 비명을 짓도록 명하노니 삼가 받들라!"

　　그때 신 한유는 명을 받잡고 마음속으로 황공하고 불안했다. 그 다음

날 선정전(宣政殿)의 좌측에 있는 동상합(東上閣)의 문으로 나아가서 상소문을 올려 사양했으나 황제의 윤허를 받지 못했다. 집으로 돌아와 엎드려 생각해보니 예전에 노(魯)나라 희공(僖公)이 자기 조상 백금(伯禽)의 공적을 잘 따랐기에, 주(周)나라 천자가 실로 자신의 역사 기록 담당 신하인 사극(史克)에게 명해 「경(駉)」·「유필(有駜)」·「반수(泮水)」·「비궁(閟宮)」 등의 시를 지어 종묘에서 노래 불러 노나라 선대 임금들의 영령이 강림하도록 하게 하신 일이 있었다. 지금 천자께서 전홍정 공이 부친의 유훈을 따르고 어기지 않음으로써 우리 국가를 평강하고 안정되게 한 것을 가상히 여기시어, 아마도 특별한 은총을 내려 비명을 지어줌으로써 전홍정의 선조를 편안하게 해주려고 하시는 것이다. 신이 마침 붓을 잡고 태사의 관직에 속해 있으니 성명한 칙령을 어찌 받들지 않고 사양할 수 있겠는가?

삼가 생각건대 위박절도사(魏博節度使)·은청광록대부(銀青光祿大夫)·검교공부상서(檢校工部尚書) 겸 위주대도독부장사(魏州大都督府長史)·어사대부(御史大夫)·기국공(沂國公) 전홍정은 북평(北平) 노룡(盧龍) 사람이다. 본래 위박절도사 휘하의 선임 부관으로 충성스럽고 효성스러우며 매사에 두려워하고 신중하셨다. 전계안(田季安)이 죽었을 때 그의 아들이 어리고 나약한 탓에 전례에 따라서 부친의 관직을 대신하게 하려고 하자 그곳 백성들과 관리들이 복종하지 않고 전홍정의 집으로 가서 그를 맞이해 군대를 통솔하고 군무를 주관하게 했다. 전홍정이 군대 장병의 숫자와 여섯 고을 백성들을 장부에 기록해 조정에 송부하고, 왕명을 따르지 않고 부자끼리 세습하는 하북(河北) 번진들의 관례를 완전히 없애고 다른 주(州)와 같게 하니 그로 인해 위박절도사로 임명되었다. 얼마 안 있어 조정에서 다시 전홍정의 부친 창주자사(滄州刺史) 고 전정개(田廷玠)에게 병부상서를, 모친 정씨(鄭氏)에게 양국태부인(梁國太夫人)을 추증하고 가묘를 세워 삼대를 제사지낼 수 있게 해주었다. 증조부 도수사자(都水使者)

부군(府君)은 제1 묘실에서 제사지내고, 조부 안동사마(安東司馬)로 양주자사(襄州刺史)를 추증 받은 부군은 제2 묘실에서 제사지냈으며, 부친 병부상서 부군은 동실(東室)에서 제사지냈다. 명문(銘文)은 다음과 같다.

당나라가 고대 제왕의 사업을 계승해
온 천하가 다 통치를 받고 있다.
오랜 태평성대에 젖어 안일에 빠지자
연(燕) 지방의 도적이 세상을 놀라게 했다.
수많은 도당들이 서로 결탁을 하니
하북(河北) 지방은 평화를 잃어버렸다.
연호가 원화(元和)로 바뀌고
위대한 성군이 정사를 주관하셨다.
산들바람이 불고 따스한 햇살이 비치자
천하가 모두 천자의 지령에 복종했다.
산 높고 땅 넓은 위주(魏州) 땅에
어린아이가 군대의 병권을 쥐고 희롱하니
관리와 병사들이 근심하고 원망해
생명을 보장하기 어려워졌다.
사람들이 모두 전홍정 공을 외치고
그의 덕에 의지할 만하다고 하면서
시끌벅적 떠들며 그의 집으로 달려가
그 집 문에 올라서 나와 군대를 통솔하도록 요청했다.
전홍정 공이 군무를 통솔해
우리 천자의 밝은 덕을 받들어
활과 창 같은 무기를 모두 묶고
인사고과의 기준을 마련했다.
관할 강역을 정리하고 호구대장을 만들어

국가의 법도를 회복했다.
황제께서 어진 신하를 존중해
네게 상을 하사하노라고 하셨다.
아! 이제 우리 여섯 고을이
비로소 원래의 모습을 회복하게 되었도다.
종묘에 경사스러운 소식을 고하고
황제의 칙령을 내렸다.
깃발과 부절은 주머니 속에 들어 있는데
사령관의 깃발에는 표범의 꼬리 무늬가 장식되어 있고
활집, 투구, 긴 창, 큰 깃발 따위의 병장기는
위박 군대 사령관의 위엄을 나타낸다.
전홍정 공은 머리를 조아리고
"신은 어리석고 못난 탓에
오늘에 이르러서야 이런 성취를 이루었는데
이는 선조의 가르침 덕분입니다"라고 했다.
황제가 말씀하셨다. "그렇도다!
네가 충성스럽고 효성스럽다.
짐이 경의 부친을 그리워해
병부상서의 관직을 추증한다.
경의 모친은 덕 있는 사람의 배필이 되어 현명한 아들을 낳고
양국태부인에 봉해지는 영광을 누렸다."
전홍정 공이 가묘를 세우기 위해
방위를 관찰하고 터를 살폈는데
시초와 거북 등껍질로 점을 쳐 길조를 얻으니
선조들이 모두 기뻐하셨다.
과단성 있고 굳센 전홍정 공은
문무를 겸비했다.

지방관의 임기가 만료되자
조정에 들어가 천자를 보좌하는 재상이 될 만했다.
아! 전홍정 공이여!
급히 서두르지도 꾸물대지도 말고
제때에 가묘에 가서 제사를 드려
그대의 선조를 추모할지라.

해제

원화 8년(813) 11월 비부낭중 겸 사관수찬 재직 시에 헌종 황제의 칙명을 받들어 전홍정(田弘正, 764-821)의 선조 가묘(家廟)에 바친 비명. 전홍정은 본명이 홍(興)이었으나, 당나라 조정에 귀순한 뒤에 헌종으로부터 '홍정'이라는 이름을 하사받았다. 헌종은 그가 솔선해 귀순한 것을 가상하게 여겨 수도 장안에 선조의 가묘를 짓도록 허락하고 작자에게 그 비명을 쓰도록 한 것이다.

실제 작자는 번진 할거를 반대하고 중앙 집권을 옹호하는 입장을 견지한 관계로 전홍정의 가문에 대해 호감을 갖고 있지 않았다. 전홍정의 부친 전정개(田廷玠)와 숙부 전승사(田承嗣) 및 종형 전열(田悅)이 모두 위박(魏博) 지방을 점거하고 당나라 황제의 명을 따르지 않고 있었기 때문이다. 따라서 작자는 이 비명을 씀에 있어서 전홍정이 귀순한 사건만 칭송하고 있을 뿐 그 선조의 공적에 대해서는 구체적으로 한 마디도 언급하지 않았다. 선조 가묘의 비명을 쓰면서도 죽은 사람이 아닌 살아 있는 전홍정에 대해 주로 서술하고 있는바, 이런 글쓰기는 실제 매우 거북하고 붓을 대기가 쉽지 않다. 그럼에도 불구하고 작자가 이 글에서 전홍정에게 내린 '충효(忠孝)'라는 평가가 전홍정의 추후 사적을 통해 어긋나지 않았다는 사실로 볼 때, 작자의 역사 인물에 대한 평가가 매우 예리하고 정확했음을 알 수 있다. 전홍정은 50세 때인 원화 8년에 조정에 귀순한 뒤, 원화 10년(815)에는 아들 전포(田布)를 보내어 회서(淮西) 지방의 오원제(吳元濟)를 토벌하는 데 힘을 보태도록 했고, 이어서 성덕군절도사(成德軍節度使) 왕승종(王承宗)을 압박해 당나라에 귀순하도록 했으며, 치청절도사(淄靑節度使) 이사도(李師道)의 반란을 토벌하는 전쟁에 참가하기도 했다. 그리고 원화 15년(820)에 성덕군절도사로 나갔다가 그 이듬해인 장경(長慶) 원년(821) 7월에 58세를 일기로 성덕군의 도지병마사(都知兵馬使) 왕정주(王庭湊)에게 살해될 때까지 당나라 조정에 반기를 들지 않았다.

또한 이 글은 서문이 짧은 편인데, 그것마저도 대부분 작자가 이 비명을 쓰게 된 과정을 서술하는 데 할애하고 있는 점도 주목할 만하다. 이는 시국을 바라보는 자신의 입장과 다른 번진의 일탈행위에 대해 언급하지 않으려는 작자의 의도에서 나온 것이다. 비교적 길게 씌어진 명문(銘文)도 왕조에 반기를 든 하북(河北) 지방 번진을 책망하고 전홍정의 귀순을 칭송하는 내용이 주를 이루고 있다.

원문 및 주석

元和八年十一月壬子, 上命丞相元衡[1]、丞相吉甫[2]、丞相絳[3], 召太史尚書比部郎中韓愈至政事堂[4], 傳詔曰: "田弘正始有廟京師, 朕惟弘正先祖父, 厥心靡不嚮帝室, 訖不得施, 乃以敎付厥子;維弘正銜訓事嗣[5], 朝夕不怠, 以能迎天之休[6], 顯有丕功[7];維父子[8]繼忠孝, 予維寵嘉之。是以命汝愈銘。

欽哉!" 惟時臣愈承命悸恐[9]。明日, 詣東上閤門[10]拜疏[11]辭謝, 不報[12]。退, 伏念昔者魯僖公能遵其祖伯禽之烈[13], 周天子[14]實命其史臣克[15]作爲駉駜泮閟[16] 之詩, 使聲于其廟, 而假[17]魯靈。今天子嘉田侯服父訓不違, 用康靖[18]我國 家, 蓋寵銘之, 所以休寧[19]田氏之祖考; 而臣適[20]執筆隷[21]太史, 奉明命[22], 其可以辭?

1　元衡(원형) : 무원형(武元衡, 758-815). 자가 백창(伯蒼)이고 구씨[緱氏 : 지금 하남 성 언사현(偃師縣) 동남 사람. 원화 10년(815) 재상 재임 시절에 평로절도사(平 盧節度使) 이사도(李師道)가 보낸 자객의 손에 피살되었다.

2　吉甫(길보) : 이길보(李吉甫, 758-814). 자가 홍헌(弘憲)이고 조군(趙郡 : 지금 하 북성 조현) 사람. 재상 재임 시절인 원화 9년(814)에 죽었다.

3　絳(강) : 이강(李絳). 자가 심지(深之)고 조군(趙郡) 찬황(贊皇 : 지금 하북성 찬황 현) 사람이다.

4　政事堂(정사당) : 당송(唐宋) 시대 재상의 집무실. 당나라 초에 이런 이름으로 불 리기 시작했으며, 본래 문하성(門下省)에 설치되었다가 뒤에 중서성(中書省)으 로 옮겨졌다.

5　銜訓事嗣(함훈사사) : 가르침을 받들고 사업을 계승하다. 선대의 가르침을 명심 하고 선대의 사업을 계승하다. '事嗣'는 '嗣事'로 된 판본에 따라 풀이했다.

6　休(휴) : 복록.

7　丕功(비공) : 큰 공. 현저한 공적.

8　父子(부자) : 전정개(田廷玠)와 전홍정(田弘正) 부자.

9　悸恐(계공) : 황공하고 불안하다.

10　東上閤門(동상합문) : 선정전(宣政殿)의 좌측에 있는 문.

11　拜疏(배소) : 상소문을 올리다. 상주문을 올리다.

12　不報(불보) : 윤허를 받지 못하다. 황제의 동의를 얻지 못하다.

13　伯禽之烈(백금지열) : 주공(周公)의 맏아들 백금(伯禽)의 공적. 주나라 성왕(成 王)이 주공의 공적을 기리기 위해 아들 백금을 노(魯)에 봉하고 천자의 예악을 하사했다. 노나라 희공은 백금의 19대손이다.

14　周天子(주천자) : 주나라 성왕(成王).

15　克(극) : 역사 기록 담당 신하인 사극(史克).

16　駉駜泮閟(경필반비) : 「경(駉)」・「유필(有駜)」・「반수(泮水)」・「비궁(閟宮)」으로 『시경・노송(魯頌)』에 들어 있는 네 편의 시 작품이다.

17　假(격) : 이르다. 강림하다.

18　康靖(강정) : 평강하고 안정되게 하다.

19　休寧(휴녕) : 편안하게 하다.

20　適(적) : 마침. 때마침.

21　隷(예) : 속해 있다. 예속되어 있다.

謹案 : 魏博節度使、銀青光祿大夫、檢校工部尚書, 兼魏州大都督府長史、御史大夫、沂國公田弘正, 北平盧龍[23]人. 故爲魏博諸將, 忠孝畏愼. 田季安卒[24], 其子幼弱[25], 用故事[26]代父, 人吏不附, 迎弘正於其家, 使領軍事. 弘正籍[27]其軍之衆與六州[28]之人, 還之朝廷, 悉除河北故事[29], 比諸州, 故得用爲帥. 已而復贈其父故滄州[30]刺史兵部尚書, 母夫人鄭氏梁國太夫人, 得立廟祭三代 : 曾祖都水使者府君祭初室, 祖安東[31]司馬贈襄州[32]刺史府君祭二室, 兵部府君[33]祭東室. 其銘曰 :

---

23 北平盧龍(북평노룡) : 지금 하북성 노룡현 일대.
24 田季安卒(전계안졸) : 전승사(田承嗣)의 손자고 전서(田緒)의 셋째 아들인 전계안이 원화 7년(812) 부친 사후에 유후(留後)로 추대되었다가 위박절도사와 동중서문하평장사(同中書門下平章事)에 임명되었는데 32세의 나이로 급사했다.
25 其子幼弱(기자유약) : 전계안이 급사한 뒤에 아들 전회간(田懷諫)이 뒤를 이었지만 나이가 11세에 불과해 군정(軍政)의 대사를 가동(家僮) 장사칙(蔣士則)에게 위임한 것을 가리킨다.
26 故事(고사) : 전례. 선례.
27 籍(적) : 등기하다. 기록하다. 장부에 올리다.
28 六州(육주) : 위박절도사 관할 지역인 위주(魏州)・박주(博州)・상주(相州)・위주(衛州)・패주(貝州)・전주(澶州)의 여섯 고을.
29 河北故事(하북고사) : 왕명을 따르지 않고 부자끼리 세습하는 하북 번진(藩鎭)들의 관례.
30 滄州(창주) : 주청 소재지가 지금 하북성 창현(滄縣) 동남쪽에 있었다.
31 安東(안동) : 안동도호부(安東都護府)로 부청 소재지가 지금 하북성 노룡현(盧龍縣)에 있었다.
32 襄州(양주) : 주청 소재지가 지금 호북성 양번시(襄樊市)에 있었다.
33 府君(부군) : 이미 고인이 된 사람에 대한 경칭.

唐繼古帝, 海外[34]受制. 狃于太寧[35], 燕盜[36]以驚. 羣黨相維[37], 河北失平. 號登元和, 大聖載營[38]. 風揮日舒[39], 咸順指令. 業業[40]魏土, 嬰兒戲兵[41] ; 吏戎愁毒[42], 莫保腰頸[43]. 人曰田侯, 其德可倚, 叫譟奔趨[44], 乘門[45]請起. 田侯攝事[46], 奉我天明[47] ; 束縛弓戈, 考校[48]度程[49] ; 提壇[50]籍戶, 來復邦經[51].

帝欽良臣, 曰維錫予[52]；嗟我六州, 始復故初；告慶[53]于宗, 以降命書[54]。旌節有韜[55], 豹尾神旗[56]；橐兜戟纛[57], 以長魏師。田侯稽首[58], 臣愚不肖；迨茲有成, 祖考之教。帝曰兪[59]哉, 維汝忠孝。予思乃父[60], 追秩[61]夏卿[62], 媲德[63]娠賢[64], 梁國是榮。田侯作廟, 相方[65]視阯[66]；見于著龜[67], 祖考咸喜。暨暨[68]田侯, 兩有文武；詎其外庸[69], 可作承輔[70]。咨[71]汝田侯, 勿亟勿遲；覲饗[72]式時[73], 爾祖爾思。

---

34 海外(해외)：‘海內'로 된 판본에 따라 풀이했다.

35 狃于太寧(압우태녕)：오랜 태평에 젖어 안일에 빠지다. ‘太寧'은 ‘태평', ‘안정'의 뜻이다.

36 燕盜(연도)：연(燕) 지방의 도적으로 안녹산(安祿山)의 반군을 가리킨다. 안녹산이 범양(范陽) 곧 옛 연 지방에서 반란을 일으켰기 때문에 이렇게 말했다.

37 羣黨相維(군당상유)：수많은 도당들이 서로 결탁을 하다. ‘維'는 ‘이어지다', ‘잇닿다'는 뜻이다.

38 大聖載營(대성재영)：위대한 성군이 정사를 주관하다. ‘大聖'은 당나라 헌종(憲宗)을 가리킨다.

39 風揮日舒(풍휘일서)：산들바람이 불고 따스한 햇살이 비치다. 정치가 맑고 깨끗하며 사회가 안정된 것을 형용한다.

40 嶪嶪(업업)：산이 우뚝 높이 솟은 모양.

41 嬰兒戲兵(영아희병)：전계안 사후에 아들 전회간이 11세의 어린 나이에 위박절도사를 세습한 것을 가리킨다.

42 愁毒(수독)：근심하고 원망하다.

43 莫保腰頸(막보요경)：생명을 보장하기 어렵다.

44 叫譟奔趨(규조분추)：전회간이 군정의 대사를 장사칙에게 맡기자 위박절도부의 관리와 군인들이 이를 수용하지 않고 군인 수천 명이 전홍정의 집으로 가서 절도사가 되어 줄 것을 요청했는데, 전홍정이 문을 닫고 거절하자 사람들이 왁자지껄 소리 지르며 자신들의 옹립에 응하도록 시위한 것을 가리킨다.

45 乘門(승문)：문에 오르다.

46 攝事(섭사)：일을 처리하다. 군무를 통솔하다.

47 天明(천명)：하늘의 밝은 도. 여기서는 당나라 천자의 밝은 덕.

48 考校(고교)：살피고 비교하다. 인사고과를 하다.

49 度程(도정)：격식. 기준.

50 提壃(제강)：관할 강역을 정리하다. ‘壃'은 ‘疆'과 같다.

51 邦經(방경)：국가의 법도.

52 錫予(석여)：하사하다.

53 告慶(고경)：경사스러운 일을 보고하다.

54 命書(명서)：조서(詔書). 황제의 칙령.

55 旌節有韜(정절유도) : 깃발과 부절이 자루 속에 들어 있다. '韜'는 본래 '활집' 곧 '활을 넣어 두는 자루'다.

56 豹尾神旗(표미신기) : 표범의 꼬리 무늬가 장식되어 있는 사령관의 깃발.

57 櫜兜戟纛(고두극독) : 활집, 투구, 긴 창, 큰 깃발. 이는 앞의 '旌節(정절)'과 '神旗(신기)'와 함께 모두 의장대용 병장기다.

58 稽首(계수) : 머리가 땅에 닿도록 절하는 고대의 인사 예법.

59 兪(유) : 그렇다고 승낙하다. 응답과 수긍을 표시한다.

60 乃父(내부) : 너의 아버지.

61 追秩(추질) : 관직을 추증하다. '秩'은 '관직'의 뜻인데 여기서는 동사로 쓰였다.

62 夏卿(하경) : 병부상서의 별칭. 주(周)나라 때에 하관(夏官)이 군사업무를 관장해 육경(六卿)의 하나가 된 데서 유래한 관직 이름이다.

63 媲德(비덕) : 덕 있는 사람과 결혼하다. 덕 있는 사람의 배필이 되다. 전홍정의 모친을 가리킨다.

64 娠賢(임현) : 현명한 인물을 잉태하다. 현명한 아들을 낳다.

65 相方(상방) : 방위를 관찰하다.

66 視阯(시지) : 터를 살피다. 기지를 살피다. '阯'는 '址'와 통한다.

67 見于蓍龜(현우시귀) : 시초(蓍草)와 거북 등껍질로 점을 쳐 길조를 얻다.

68 暨暨(기기) : 과단성 있고 굳센 모양. 굳세고 용감한 모양.

69 外庸(외용) : 지방관 근무 시의 치적.

70 承輔(승보) : 보좌하다. 여기서는 '천자를 보좌하는 자리에 오르다'는 뜻이다.

71 咨(자) : 탄식하다. 여기서는 '탄식하는 소리'를 나타내는 감탄사로 쓰였다.

72 觀饗(근향) : 배알하고 제사를 올리다.

73 式時(식시) : 제때에. '式'은 어조사로 뜻이 없다.

HS-219 「유통군 비문」

劉統軍碑

당나라의 고 진허군절도사(陳許軍節度使)·금자광록대부(金紫光祿大夫)·
검교상서좌복야(檢校尙書左僕射) 겸 어사대부(御史大夫)·우용무통군(右龍武
統軍)·팽성군(彭城郡) 개국공(開國公), 식읍 2천호로 사후에 노주대도독(潞
州大都督)에 추증된 유(劉)공은 이름이 창예(昌裔)고 자가 광후(光後)인데, 공
이 세상을 떠나자 매장을 한 뒤에 제상(祭床)을 설치해 우제(虞祭)를 지내
고 상주가 신주를 받들어 도성에서 곡을 거행하기 위해 무덤가에서 묵
었다. 전에 수하에서 일했던 문관과 무관들이나 문하생들이 조문객을
송별하고 장례 절차를 다 마치고나서 함께 모여 한 차례 곡을 한 뒤 떠
나가기 전에 다 서로 되돌아보며 헤어지기가 아쉬워 차마 떠나지 못하
면서 이구동성으로 말했다.

"우리 공께서 세상을 떠난 때부터 장례를 마칠 때까지 그 덕행을 밝
히고 치적을 드러낼 수 있는 일들은 대체로 다 이루어졌습니다. 공의
서거를 애통해하며 후하게 대한 것은 노주대도독을 추증한 조서에 나

와 있고, 날마다 행한 일과 계절마다 상주(上奏)한 공적은 근거 없이 함부로 드러낼 수 없기 때문에 태사(太史)와 태상(太常)에게 올린 행장이 있고 시호(諡號)도 있고 뇌사(誄辭)도 있고 무덤 속에 묻는 묘지명도 있습니다. 또 만약 바깥에 세우는 비석에 글을 새겨 그를 드러내고 기록으로 남긴다면 영원토록 전해질 테니, 어찌 훨씬 더 확실하다고 할 수 있지 않겠습니까?"

그리하여 모두 다 찬성을 해서 이 일을 상주인 유종(劉縱)에게 고했다. 유종이 곡을 한 뒤에 상장(喪杖)을 던지고 나서 절을 하면서 "제가 감히 여러분의 호의를 어기겠습니까"라고 하고는 함께 묘비명을 새겼다. 명문(銘文)은 다음과 같다.

유씨(劉氏)가 팽성(彭城)에 거주한 것은
본래 초(楚) 원왕(元王) 때부터였다.
양곡(陽曲)으로 분가한 것은
공의 조부께서 이주하신 때부터였다.
공의 증조부 유승경(劉承慶)은
삭주자사(朔州刺史)가 되셨고
조부 유거오(劉巨敖)는 태원(太原)의 진양현령(晉陽縣令)이 되시어
대대로 북방의 국경지대에 사셨다.
그곳의 지대가 높아서 날씨가 시원한 것을 좋아해
초(楚) 땅을 버리고 돌아가지 않으셨다.
공의 세대까지 이르니
이미 3대가 진(晉) 땅 사람이 되었다.

공은 태어났을 때 아주 특이했으니
범상치 않은 위엄 있는 얼굴에 우뚝 솟은 큰 코
어릴 때는 느긋하게 틀어박혀 사는 성품이었지만

점점 성장한 뒤에는 적극적으로 일 꾸미기를 좋아하셨다.
토번족(吐蕃族)이 틈을 타고 위세를 부려서
황하 서편의 땅을 도적질해 차지하자
공은 비록 벼슬하지 않고 집에서 살고 있었지만
나라 걱정으로 심정이 울적하셨다.
그러던 중 국경 방어 사령관을 찾아가 고하기를
"적을 격파할 수 있는 계책입니다"라고 했다.
양자림(楊子琳)이 무리하게 방자한 짓을 하여
파촉(巴蜀) 지방이 쓰러져 쇠잔해지자
공은 정처 없이 떠돌아다니던 차에
배 한 척에 몸을 싣고 그곳으로 가서 투항하도록 권유하셨다.
그 독이 있는 꼬리를 꺾어놓았기 때문에
그들은 꼼짝달싹할 수가 없었다.
양자림이 나중에 항복해왔지만
공은 공적에 따른 포상을 받지 못하셨다.
마지막으로 양자림이 죽자
공은 백성들이 사는 마을로 돌아가 유유자적하며 지내셨다.
예로부터 내려오는 말에
"사람은 자신의 직무만큼 걱정을 한다"라고 했는데
공은 아무런 직무를 맡고 있지 않으면서도
나라를 위해 노심초사하셨다.

덕종 황제 초기에
곡환(曲環)을 위해 벼슬길로 나섰는데
붓을 휘둘러 격문을 짓자
강한 도적떼들도 기가 꺾였다.
승패를 결정하는 책략을 짜내니

손가락으로 꼽을 짧은 시간에 효과가 나타났다.
곡환이 진허(陳許) 지방의 군대를 통솔하는 절도사가 되자
공이 마침내 그의 보좌관이 되셨다.
백성을 소생시키고 적을 격파하는 것은
대부분 공의 계책에서 나왔다.
여러 차례 관직을 옮겨 낭중에 임명되었다가
진급해 또 어사중승을 겸직하셨다.
공은 비록 절도사의 보좌관이었지만
천자가 믿고 의지하는 사람이었다.
채주(蔡州)의 군대가 허주(許州)의 상사(喪事)를 틈타서
우리 허주의 성곽을 포위했는데
신임 사령관 상관세(上官涗)는 군대가 견고하지 못해
몹시 황급하여 도망가려고 했다.
공이 그 때문에 성을 지킬 방책을 피력하고
사태에 적응해 성채를 세워서
그것을 위아래로 나누어주니
적들은 기댈 데가 없어서
마침내 패배해 도망갈 수밖에 없었다.
공적으로 인해 진주자사(陳州刺史)로 승진하셨지만
실은 진허절도사(陳許節度使) 관할의 반에 불과했다.
명성이 절도사를 능가했기 때문에
그 위세를 스스로 꺼리며 조심하셨다.
다시 허주로 들어가 살면서
진허군(陳許軍)의 행군사마(行軍司馬)가 되셨다.
권력을 내던지고 위세를 늦추었는데도
부하 병사들의 마음은 더욱 공에게 귀의해왔다.
공은 마침내 곡환의 관직을 계승해

악을 버리고 덕을 따랐다.
그리하여 채주(蔡州)와 교통을 열고
두 고을 사이의 잡목과 가시덤불을 제거하셨다.
두 고을의 어린이와 노인들이 모두 놀고 즐기며
손에 손을 잡고 노래를 불렀다.
위로는 원한을 가진 자도 없고
밖으로는 원수가 된 사람도 없었다.

오래 검교공부상서로 있다가
금자광록대부로 진급하셨는데
그 보상이 충분하지 않다고 하여
검교우복야에 임명되셨다.
계사년(癸巳年, 813)에 이르러
가을에 홍수가 넘쳐나서
공의 관할 지역을 흘러 지나가
백성들의 가옥을 파괴했다.
공은 즉각 상소해서 아뢰었다.
"이것은 모두 저의 불찰입니다.
제방이 끊어져도 보수를 하지 않아
백성들을 홍수 속에 잠기게 했습니다.
신은 늙어 정신이 혼몽하고 병들었으니
마땅히 큰 벌을 내려주시옵소서."
황제께서 말씀하시기를 "자연 재해다.
대신이여 조정으로 오시라.
진실로 짐이 생각건대
인력으로 어떻게 멈출 수가 있겠는가?"
역참의 인부가 떠들며 다니니

조정에서 파견한 환관이 칙사로 온 것이다.
공이 역참으로 가서 칙사를 영접하고
결국 함께 조정으로 가서 돌아오지 않았다.
유월은 찌는 듯이 무더운지라
아래 위가 모두 지글지글 끓는 열기로 가득했다.
공은 채찍을 휘두르며 말을 몰다가
말에서 내려 가마에 올라탔다.
공의 병은 날로 악화되어서
궁궐로 가서 황제를 알현할 수도 없었다.
집에서 병으로 쓰러져 드러누워 있으니
황제께서 긍휼히 여기고 더 많이 하사해
통군에 임명하니
우용무통군(右龍武統軍)이다.
검교상서좌복야를 겸직하게 하니
백관의 우두머리다.

겨울 11월에
태양이 남쪽 끝으로 갈 무렵
공이 마침내 돌아가시니
향년 62세였다.
상소해서 보고하니 황제께서 몹시 애통하시어
칙사를 보내어 조문하셨다.
슬퍼하신 나머지 조회도 그만두시고
노주대도독을 추증하셨다.
살아 있을 때와 돌아갔을 때에 하사한 것이
예법으로 보아 매우 우대한 셈이다.
그 이듬해 9월에

동쪽 금곡(今谷)에 안장을 했다.
이는 공이 이전에 유언을 남긴 때문으로
후인들이 점을 쳐서 장지를 정한 것은 아니었다.

해제

원화 9년(814) 비부낭중 겸 사관수찬 재직 시에 지은 유창예(劉昌裔) 묘
비명. 첫 단락인 서문은 장례와 비문을 새기게 된 경과를 서술했고, 나
머지는 명문(銘文) 속에 유창예의 선조와 일생 동안의 사적을 소상하게
읊고 있다. '문(文)'으로 표현한 명문의 길이가 꽤 긴 점을 제외하면, 내
용은 이보다 약간 앞서 지어진 묘지명과 대동소이하다. 「당고검교상서
좌복야우용무군통군유공묘지명(唐故檢校尚書左僕射右龍武軍統軍劉公墓誌
銘)」(HS-233)을 참조하기 바란다.

원문 및 주석

唐故陳許軍[1]節度使, 金紫光祿大夫、檢校尚書左僕射, 兼御史大夫、右龍武
統軍、彭城郡開國公, 食邑二千戶, 贈潞州[2]大都督劉公諱昌裔, 字光後, 薨
旣葬, 將反机[3]于京, 舍于墓次。故吏文武士門人送客記事, 會哭將退, 咸
顧戀牽連[4], 一口言曰:"自我公薨至葬, 凡所以較德煒勤[5]者莫不粗完。隱

卒崇終[6]，有都督之詔；日事[7]時功[8]，以著不可誣，有太史之狀、太常之狀[9]，有諡，有誄[10]，有幽堂之銘[11]；又如卽外碑刻文以顯詩[12]之，其於傳無已，豈不益可保?" 於是相許諾，以告其孤縱。縱哭，捨杖拜曰："縱不敢違。" 則相與刻銘。文曰：

1 陳許軍(진허군) : 정원 2년(786)에 설치되었다가 정원 10년(794)에 충무군(忠武軍)으로 명칭이 바뀌었다. 주청 소재지는 허주(許州) 곧 지금 하남성 허창시(許昌市)에 있었고, 허주와 진주陳州 : 지금 하남성 회양현(淮陽縣)] 두 고을을 관할했다.

2 潞州(노주) : 하동도(河東道) 소속으로 주청 소재지가 지금 산서성 장치시(長治市)에 있었다.

3 反机(반궤) : 가묘가 도성에 있기 때문에 반곡(反哭)의 예를 행하기 위해 제상을 차려놓고 우제(虞祭)를 지내는 것을 말한다. 반곡은 장지에서 집에 돌아와 신주(神主)와 혼백상자를 영좌(靈座)에 모시고 곡하는 고대 상례(喪禮)의 하나다. '机'는 '几'와 같다.

4 顧戀牽連(고련견련) : 되돌아보며 헤어지기가 아쉬워 차마 떠나지 못하다. '牽連'은 여기서 '留連(유련)'의 뜻으로 쓰였다.

5 較德焯勤(교덕작근) : 덕행을 밝히고 치적을 드러내다. '較'와 '焯'은 같이 '밝히 드러내다'는 뜻이다.

6 隱卒崇終(은졸숭종) : 공의 서거를 애통해하며 후하게 처리하다. '隱'은 '애통해하다', '崇'은 '후하게 하다'는 뜻이고, '卒'과 '終'은 모두 '사망'을 뜻한다.

7 日事(일사) : 날마다 행하는 일.

8 時功(시공) : 계절마다 상주(上奏)하는 공적.

9 狀(장) : 행장(行狀). 죽은 사람의 가계·고향·관직·덕행·치적·향년·자손 등등을 상세하게 기록한 글로 태상시(太常寺)와 국사관(國史館)에 보고되어 시호를 정하고 전기를 편찬하는 밑 자료로 쓰였다.

10 誄(뇌) : 뇌사(誄辭). 죽은 사람의 명복을 신에게 비는 제문의 일종.

11 幽堂之銘(유당지명) : 묘지명(墓誌銘). '幽堂'은 '무덤'을 가리킨다. 한유는 이 묘비에 앞서 「당고검교상서좌복야우용무군통군유공묘지명(唐故檢校尚書左僕射右龍武軍統軍劉公墓誌銘)」(HS-233)을 써주었다.

12 詩(시) : 기록하다. 기재하다.

劉處彭城[13]，本自楚元[14]。陽曲[15]之別，繇公祖[16]遷。公曾祖考[17]，爲朔州[18]守。祖令太原[18]，仍世北邊。樂其高寒，棄楚不還。逮于公身，三世晉人。

13 彭城(팽성) : 하남도 소속으로 서주(徐州) 곧 지금 강소성 서주시의 주청 소재지.

14 楚元(초원) : 초(楚) 원왕(元王). 한(漢)나라 고조(高祖) 유방(劉邦)의 막내 동생

유교(劉交)가 초 원왕에 봉해진 이후로 유씨가 팽성에 살기 시작했다.

15 陽曲(양곡) : 하동도(河東道) 태원부(太原府) 소속의 현(縣) 이름으로 지금 산서성 태원시 남쪽에 있었다.

16 祖(조) : 조부로 유거오(劉巨敖)다.

17 曾祖考(증조고) : 증조부로 유승경(劉承慶)이다.

18 朔州(삭주) : 하동도 소속으로 지금 산서성 삭현(朔縣) 일대다.

19 令太原(영태원) : 태원(太原)의 진양현령(晉陽縣令)이 되다. 진양현은 지금 산서성 태원시 남쪽에 있었다.

公生而異, 魋顔²⁰鉅鼻 ; 幼如舒退²¹, 少長好事²² 。西戎²³乘勢, 盜有河外²⁴ ; 公雖家居, 爲國暗噫²⁵ ; 來告邊帥, 可破之計。楊琳²⁶爲橫, 巴蜀²⁷靡彫²⁸ ; 公由游寄²⁹, 單船諭招³⁰ ; 折其尾毒, 不得動搖。琳後來降, 公不有功。終琳之已, 還臥民里。蓋古有云 : "人職其憂³¹" ; 無事於職, 而與國謀。

20 魋顔(퇴안) : 범상치 않은 위엄 있는 얼굴. '魋'는 여기서 '장대하다', '범상치 않다'는 뜻의 '魁(괴)'와 통한다.

21 舒退(서퇴) : 느긋하게 틀어박혀 살며 재빠르지 않다.

22 好事(호사) : 뭔가 이루기 위해 적극적으로 일 꾸미기를 좋아하다.

23 西戎(서융) : 토번족(吐蕃族)을 가리킨다. 토번족은 오늘날의 티베트(Tibet).

24 河外(하외) : 황하 서쪽 지방. 이는 토번족이 안사의 난이 아직 평정되지 않은 틈을 타고 대진관大震關 : 지금 섬서성 농현(隴縣) 서쪽) 이서 지역의 여러 고을을 차지한 것을 가리킨다.

25 暗噫(음애) : 근심을 품고 탄식하는 것으로 심정이 울적함을 나타낸다.

26 楊琳(양림) : 양자림(楊子琳). 『구당서』에는 '楊琳', 『신당서』에는 '양혜림(楊惠琳)'으로 되어 있다. 사천(四川) 사람으로 대력(大曆) 3년(768) 노주자사(瀘州刺史) 재임 시에 성도(成都)를 습격해 파촉 지방을 혼란 속으로 빠뜨린 바 있다.

27 巴蜀(파촉) : 당나라 때 검남도(劍南道)의 통칭으로 쓰였다.

28 靡彫(미조) : 쓰러져 쇠잔해지다.

29 游寄(유기) : 얽매이는 관직이 없어 정처 없이 떠돌아다니는 것을 말한다. 「여악주유중승서(與鄂州柳中丞書)」의 「우일수(又一首)」(HS-117) 주석 39의 '浮寄(부기)'와 같은 뜻이다.

30 諭招(유초) : 설득해 불러들이다. 투항하도록 권유하다.

31 人職其憂(인직기우) : 사람은 자신의 직무로 인해 걱정을 한다. 이는 『시경·당풍(唐風)·실솔(蟋蟀)』에 나오는 "너무 지나치게 즐기지만 말고 마땅히 직무에 합당한 걱정도 해야 한다(無已大康, 職思其憂)"에서 유래한 표현이다.

德宗之始, 爲曲環³²起 ; 奮筆爲檄³³, 强寇氣死 ; 決敗籌成³⁴, 效於屈指³⁵。

環有許師³⁶, 公遂佐之。蘇民軋³⁷敵, 多出公畫。累拜郎中, 進兼中丞 ; 雖在陪貳³⁸, 天子所憑。蔡卒幸³⁹喪, 圍我許郛⁴⁰, 新師⁴¹不牢⁴², 劻勳⁴³將遺。公爲陳方⁴⁴, 應變爲械⁴⁵ ; 與之上下 ; 寇無所賴, 遂至遁敗。以功遷陳, 實許之半。聲駕元侯⁴⁶, 以勢自憚。復入居許, 爲軍司馬。脫權下威, 士心益歸。卒嗣⁴⁷環職, 棄惡從德。乃與蔡通, 塗其榛棘⁴⁸。稚耋⁴⁹嬉遨, 連手歌謳 ; 上無可怨, 外無與讎。

32　曲環(곡환) : 섬주(陝州) 안읍[安邑 : 지금 산서성 하현(夏縣) 서북 우왕성(禹王城)] 사람으로 안사의 난을 위시한 번진의 반란 진압과 토번족(吐蕃族)과의 전쟁에서 많은 공을 세웠다. 생몰년은 725-799년이다.

33　奮筆爲檄(분필위격) : 붓을 휘둘러 격문을 짓다. 평로치청절도사(平盧淄青節度使) 이정기(李正己)의 아들 이납(李納)이 건중(建中) 2년(781) 7월 부친 사후에 유후(留後)를 자칭하며 당나라 조정에 반기를 들었을 때, 유창예가 빈농양군도지병마사(邠隴兩軍都知兵馬使) 곡환의 판관으로 있으면서 이납을 성토하는 격문을 지은 것을 말한다.

34　決敗筭成(결패산성) : 실패를 예측하고 성공을 꾀하다. 성패를 결정하는 책략을 짜내다.

35　屈指(굴지) : 손가락을 꼽다. 짧은 시간을 나타낸다.

36　環有許師(환유허사) : 이하 두 구절은 정원 2년(786) 7월에 곡환이 진허절도사가 되어 유창예를 보좌관으로 삼은 것을 가리킨다.

37　軋(알) : 짓밟다. 쳐부수다.

38　陪貳(배이) : 조수. 속관. 고대에 제후의 대부를 '배신이부(陪臣貳副)'라고 한 데서 나온 말이다.

39　幸(행) : 틈타다. '다른 사람이 재앙을 당한 일로 인해 기뻐하다'는 '幸災(행재)'의 '幸'과 같은 뜻이다.

40　郛(부) : 외성(外城). 성의 외곽.

41　師(사) : '師'는 '帥(수)'로 적힌 판본에 따라 '사령관', '절도사'로 풀이했다. 상관세(上官涗)를 가리킨다.

42　不牢(불뢰) : 견고하지 못하다.

43　劻勳(광황) : 몹시 황급한 모양. 썩 급한 모양.

44　陳方(진방) : (성을 지킬) 방책을 피력하다.

45　爲械(위계) : 성채를 세우다. 여기서 '械'는 '목책(木柵)' 곧 자그마한 성채로 풀이했다.

46　聲駕元侯(성가원후) : 명성이 절도사를 능가하다. '駕'는 '윗사람을 능가하다'는 뜻이고, '元侯'는 여기서 상관세(上官涗)를 가리킨다.

47　卒嗣(졸사) : 정원 19년(803) 6월에 진허절도사 상관세가 죽자 유창예가 그 자리를 계승한 것을 가리킨다.

48 塗其榛棘(도기진극) : 잡목과 가시덤불을 제거하다. '塗'는 '도말하다', '없애다'는
    뜻이다.
49 稚耋(치질) : 어린아이와 노인.

旣長事官[50], 峻[51]之大夫 ; 其償未塞, 僕射以都[52]。及癸巳歲, 秋涌水出 ; 流
過其部, 破民廬室。公卽疏言, 此皆臣愆[53] ; 防斷[54]不補, 漬[55]民於泉。臣耄[56]
且疾, 宜卽大罰。上曰烖害[57], 大臣其來 ; 允余之思, 其可止哉? 驛隷[58]走
呼, 有中使[59]來 ; 公迎于驛, 遂行不迴。六月隆熱[60], 上下歊歔[61]。公鞭公驅,
去馬[62]以興。公病日惡, 不能造闕[63] ; 仆臥[64]在宅, 閔[65]有加錫。命爲統軍,
龍武之右 ; 兼官左相, 百僚長首[66]。

50 長事官(장사관) : 오래 관직에 있다. 여기서는 검교공부상서의 직위에 오래 있은
    것을 가리킨다.
51 峻(준) : 오르다. 승진하다.
52 都(도) : 경상(卿相)의 자리에 있다.
53 愆(건) : 허물. 죄과. '愆'으로 된 판본도 있는데 같은 글자다.
54 防斷(방단) : 제방이 끊어지다.
55 漬(지) : 물에 잠기다.
56 耄(모) : 늙어서 정신이 혼몽해지다. 늙다.
57 烖害(재해) : 재해. '烖'는 '災'와 같다.
58 驛隷(역례) : 역참의 인부.
59 中使(중사) : 궁중에서 파견한 칙사. 주로 환관이 담당했다.
60 隆熱(융열) : 찌는 듯이 무덥다.
61 歊歔(효혁) : 지글지글 열기로 들끓다.
62 去馬(거마) : 말에서 내리다.
63 造闕(조궐) : 대궐로 나아가다. 궁궐로 가서 황제를 알현하다.
64 仆臥(부와) : 병으로 쓰러져 드러눕다.
65 閔(민) : 긍휼히 여기다. '憫'과 통한다.
66 長首(장수) : 우두머리.

冬十一月, 日將南至[67] ; 公遂薨殂[68], 年六十二。奏聞怛悼[69], 俾官臨弔。悲
不聽朝, 贈督潞州。存歿之賚, 於數[70]爲優。明年九月, 東葬金谷[71] ; 公往
有命, 匪後人卜[72]。

67 南至(남지) : 태양이 남쪽 끝에 도달하는 때로 동지(冬至)를 가리킨다.
68 薨殂(훙조) : 고대에 제후의 죽음을 이렇게 표현했다.

69 怛悼(달도) : 몹시 애통해하다.
70 數(수) : 예법.
71 金谷(금곡) : 하남부 낙양에 있던 지명.
72 卜(복) : 장지를 정하다. 이상 두 구절은 유창예가 태원 사람인데 하남 땅에 장
    사를 지낸 때문에 나온 것으로 그가 평소에 자신의 장지와 관련해 유언을 남겼
    음을 알 수 있다.

HS-220 「구주 서언왕 가묘비」

衢州徐偃王廟碑

서(徐)나라와 진(秦)나라는 모두 백예(柏翳)의 가계에서 나왔기에 성이 영씨(嬴氏)인데, 두 나라는 하(夏)·은(殷)·주(周) 시대에 모두 큰 공을 세운 바 있다. 진나라는 서쪽의 변방에 위치해 있으면서 오로지 무력으로 압도했는데, 세상 형편이 험악해 현명한 천자가 없었던 탓에 마침내 사나운 호랑이처럼 모든 나라를 집어 삼키고 천하의 패자가 되었다. 다른 나라들이 모두 진나라에 편입되어 속국이 되고 나니 진나라는 더 이상 이익을 취할 데가 없게 되었기 때문에 위아래가 서로 해치다가 끝내 나라는 전복되어 망하고 종족은 사라져 없어지게 되었다. 서나라는 국토가 천하의 중앙에 위치해 있으면서 예악과 교화로써 나라를 다스렸는데, 언왕(偃王) 영탄(嬴誕)이 나라를 담당함에 이르러 더욱 형벌이나 투쟁과 같은 말단적인 일을 없애고, 임금의 자리에 있으면서 나라를 다스리고 백성들을 자식처럼 아끼며 사방의 인근 국가들을 대하는 것이 모두 인의에서 나왔다. 이때 주(周)나라 천자 목왕(穆王)이 도리에 어긋나서 천하를 다스리는 데 뜻을 두지 않고, 도사의 설법을 좋아해 여덟 마리 준마를 구해 타고 서쪽으로 유람을 가서 서왕모(西王母)와 요지(瑤池)에서 연회를 열어 노래 부르고 노느라 돌아가는 것을 잊어버렸다. 사방의 제후국들 간에 논쟁거리가 발생했을 때 옳고 그름을 가려 줄 곳이 없자 모두 빈객의 신분으로 서나라로 가서 큰 제사에 참가했는데, 옥이나 비단 및 살아 있거나 죽은 짐승 따위의 물건을 예물로 가지고 와서 서나라의 궁전 뜰에서 바친 나라가 36개 국가에 달했다. 서언왕은 또 땅속에서 붉은활이나 적색 화살과 같은 상서로운 물건도 얻었다. 목왕이 이 소식을 듣고 놀라서 마침내 자신이 천명을 받은 천자라고 말하며 조보(造父)에게 명해 마차를 몰게 하여 먼 거리를 달려 나라 안으로 돌아와서 초(楚)나라와 연합해서 서나라를 토벌할 계획을 꾸몄다. 서언왕은 차마 백성들을 전쟁에 휘말리게 할 수 없어서 북쪽 팽성(彭城) 무원산(武原山) 아래로 도망치셨는데, 그를 따라 수행해간 백성들이 만 여 가구나 되었다. 언왕이 죽은 뒤에 백성들이 그 산을 서산(徐山)이라고 부르고, 산의 바위를 뚫고 집을 지어서 언왕을 제사지냈다. 언왕은 비록 도망쳐 나와 죽었고 나라도 잃어버렸지만, 백성들이 그의 후손을 종전과 같이 임금으로 떠받들었다. 구왕(駒王)에서 장우(章禹)에 이르기까지 선조와 후손이 서로 대를 이어 계승했으며, 진(秦)나라로부터 지금에 이르기까지 서씨(徐氏) 성을 가진 이름난 인물과 위인들이 선조의 공적을 계승해 역사서에 기록되었다. 서씨의 10대 명문가 가운데 아홉 집안이 모두 서언왕의 후대들이고, 진나라의 후예 중에는 오늘날까지 명망이 있는 집안이 없었다. 하늘이 백예의 후손들에 대해서 치우쳐서 한쪽은 후하게 대하고 다른 한쪽은 야박하게 대했을 리 없었던바, 이는 인의를 베풀거나 폭력을 행사한 보답이 자연적으로 다르게 나타난 결과인 것이다.

구주(衢州)는 예전 회계(會稽)의 태말(太末)이다. 그곳 백성들의 대부분이 서씨 성이고, 그 속현인 용구현(龍丘縣)에 전대부터 내려온 서언왕의 사당이 있었다. 어떤 사람이 말했다.

"서언왕이 전쟁을 피해 도망갈 때 팽성(彭城)으로 간 것이 아니라 월성(越城)의 변방 지역으로 갔으며, 옥으로 된 책상과 벼루를 회계의 강물 속에 버렸다."

또 어떤 사람이 말했다.

"서나라 임금 장우(章禹)가 붙잡혀 오(吳)나라에 가자 그 족속의 자제들이 서주(徐州)와 양주(揚州) 사이로 흩어져 갔으며, 그들이 거처하는 곳에 선조 서언왕의 사당을 세웠다고 한다."

개원(開元) 초에 서씨 부자 서견(徐堅)과 서교(徐嶠) 두 사람이 이어서 구주자사(衢州刺史)가 되셨는데, 관할 하에 있는 같은 성씨의 사람들을 거느리고 서언왕의 사당을 개축한 뒤에 비석에 그 일을 기록하셨다. 그로부터 90년 뒤인 원화(元和) 9년(814)에 서방(徐放)이 다시 구주자사가 되셨다. 서방은 자가 달부(達夫)고, 앞의 비석에서 지금의 호부시랑(戶部侍郎)이라고 했던 분은 그의 조부시다. 그가 봄에 농사일을 시찰하기 위해 용구현에 이르렀을 때 제사를 지내려고 사당 안으로 들어가서는 서씨 종족의 근본 뿌리를 생각하며 말씀하셨다.

"전에 건립한 사당은 모양새가 거칠고 투박하며 낮고 협소해 경건한 마음을 표하고 신령을 편안하게 하기에 부족하다. 게다가 대들보와 서까래의 붉고 흰 색깔도 떨어져 나가고 벗겨져도 보수가 되지 않았으며, 위엄 있는 화상(畵像)도 알아볼 수 없을 정도로 거무튀튀하게 거의 마멸된 상태에 있다. 울타리는 뽑혀져 있고 사당으로 올라가는 계단은 닳아서 평평해져 있었으며, 뜰 안의 나무도 가지가 앙상하고 많이 모자란다. 복을 빌기 위해 제사를 지내러 오는 백성들이 날이 갈수록 경건한 마음이 없이 태만해지자 신령도 상서로운 복을 내리지 않아서, 고을의 여러 서씨 지파들도 비호를 받지 못하고 있다. 나는 서언왕의 후손으로 윗자리에서 한 고을의 정무를 주재하고 있는데, 이곳으로 와서 중건할 계획을 하고 재원을 마련하지 않는다면 어찌 벌을 면할 수 있겠는가!"

그리하여 그분께서 옛 모습에 근거해 새로운 사당을 짓도록 명하시니 모든 일꾼들이 합심해 공사를 했다. 아무 달 아무 날에 일꾼들이 완공되었음을 보고하자 사당에서 성대한 제사를 지내니 서씨 성의 고을 관리들이 모두 차례대로 배알했다. 이해에 구주 경내에는 사나운 바람이나 폭우가 없었고, 백성들 중에 요절하거나 돌림병에 걸린 사람이 없었으며, 과일과 곡식이 알차게 여물자 백성들이 모두 "빛나는 복록이로다! 이를 없애서는 안 되도다!"라고 했다. 그리하여 함께 도성으로 와서 나에게 비문을 청하고는 돌아가 그 글을 비석에 새겼다. 명문(銘文)은 다음과 같다.

진나라는 포악해 전복되었고
서나라는 겸손한 때문에 면면이 이어졌네.
진나라 선조의 신령은 오래도록 배가 고팠지만
서나라의 선조는 사당에 모셔져 있네.
온화하고 유순한 서언왕은
오로지 도의에 심취해
나라를 인의와 바꾸어
완악한 무리들의 비웃음을 사셨네.
예초부터 명령을 제멋대로 발한 자들은
실제 몇 개 성씨가 남아 있는가?
지난 시간은 짧지만 꾸짖음은 오래 받았으니
가진 것이 잃은 것을 보상할 수 없다네.
이익과 손실을 저울질해 본다면
누가 서언왕과 필적할 수 있겠는가?
고멸(姑蔑)의 옛터는
태말(太末)의 경내니

누가 서언왕의 은덕을 사모해
사당을 세워 제사를 받들었는가?
서언왕의 명망 있는 후손들이
대대로 많이 있어서
오직 서씨가 이 고을의 수령이 되어
이 사당을 수호했네.
서견(徐堅)과 서교(徐嶠) 이후로는
달부(達夫)가 그것을 더욱 넓히셨네.
서언왕이 죽은 지 만년이 되었건만
애초에 제사지내던 때와 꼭 같네.
서언왕의 자손들은 대부분 효성스러워
대대로 그 사당에서 제사를 받들었는데
달부가 이 고을에 부임하신 뒤에
우선적으로 삼가 교화에 힘쓰셨네.
사당에 제사지내는 백성들에게 은혜를 다 베풀면서
신령을 받드는 일만 주로 하지 않았지만
생각건대 달부는
효의 근본을 아셨음이라.
태말이라는 이 지방
고멸이라는 이 성에
사당에서 제사지내는 일이 철마다 거행되니
어질고 효성스럽다는 명성이 멀리까지 드날리네.
이 고을 백성들에만 은택을 베풀 뿐만 아니라
그의 후손에까지 미치는 것이 마땅하다네.
아아! 서언왕이시여!
비록 옛날이라고 할지라도 누가 그와 맞서겠는가!
서언왕은 인의 때문에 돌아가셨고

진나라는 포악함으로 말미암아 멸망했다네.
거슬러 올라가 추도문을 지어
비석에 새겨 아득한 후대까지 알린다네.

해제

원화 10년(815) 12월 고공낭중(考功郎中) 겸 지제고(知制誥) 재직 시에 서언왕(徐偃王)의 사당에 써준 비명. 서언왕은 이름이 탄(誕)이며 주나라 5대 목왕(穆王)과 동시대의 전설상의 서(徐)나라[지금 강소성 사홍현(泗洪縣) 남쪽 소재] 34대 왕이었다. 구주는 주청 소재지가 신안[信安 : 지금 절강성 구현(衢縣)]에 있었는데, 그 경내인 지금 용유현(龍游縣) 남쪽 영산(靈山)에 서언왕의 사당이 있었다고 한다. 서언왕의 사적은 『사기』 「진본기(秦本紀)」와 「월세가(越世家)」, 『후한서・동이전(東夷傳)』, 『순자・비상(非相)』, 『한비자・오두(五蠹)』, 『박물지(博物志)』, 『원화성찬(元和姓纂)』 등에 보이는데, 대부분 기록이 상세하지 못하고 신빙성이 떨어진다. 이를테면 『후한서』에서 서나라가 주나라 목왕과 연합한 초나라 문왕(文王)에 의해 멸망되었다고 했는데, 송대 홍흥조(洪興祖)는 『초사보주(楚辭補注)』에서 주나라 목왕 때는 초나라 문왕이 없었으며, 춘추시대에 서언왕이라는 존재도 없었다고 고증한 바 있다. 아무튼 작자는 역사 전기와 소설의 단편적 기록에 근거해 이 비문을 지었기 때문에 사실에 입각한 글이라기보다는 창작에 가깝다고 할 수 있다.

이 글의 중심 사상은 인의를 행하는 자가 천하를 얻는다는 것이다. 이 글은 특히 서나라가 인의를 행해 민심을 얻었다는 사실을, 같은 뿌리에서 나왔지만 포악한 정치를 행했기 때문에 국조가 오래 가지 못한 진나라와 극명하게 대비시켜 잘 나타내었다. 통이 크고 괴이한 언어를 많이 구사하고 있는 점도 눈에 띈다. 사실의 신빙성을 위주로 해야 하는 비지류(碑誌類)의 문장에 소설이나 패사(稗史)의 기록을 이리저리 끌어와 어진 서나라와 포악한 진나라를 대비시킨 것은 유가의 인정(仁政) 사상을 천명하고자 한 작자의 특별한 의도에서 기인한다.

원문 및 주석

徐與秦俱出柏翳[1]爲嬴姓, 國於夏殷周世, 咸有大功。秦處西偏[2], 專用武勝；遭世衰, 無明天子, 遂虎吞[3]諸國爲雄；諸國旣皆入秦爲臣屬, 秦無所取利, 上下相賊害[4], 卒償[5]其國而沈[6]其宗。徐處得地中, 文德爲治, 及偃王誕當國[7], 益除去刑爭末事, 凡所以君國[8]子民[9]待四方, 一出於仁義。當此之時, 周天子穆王[10]無道, 意不在天下, 好道士說, 得八龍[11], 騎之西遊, 同王母[12]宴于瑤池[13]之上, 歌謳忘歸。四方諸侯之爭辯者無所質正[14], 咸賓祭[15]於徐：贄玉帛死生[16]之物于徐之庭者, 三十六國；得朱弓赤矢之瑞。穆王聞之恐, 遂稱受命, 命造父[17]御, 長驅而歸, 與楚連謀伐徐。徐不忍鬪其民, 北走彭城武原山[18]下, 百姓隨而從之萬有餘家。偃王死, 民號其山爲徐山, 鑿石爲室, 以祠偃王。偃王雖走死失國, 民戴其嗣[19]爲君如初。駒王[20]章禹[21], 祖孫相望[22]；自秦至今, 名公巨人繼跡[23]史書[24]。徐氏十望[25], 其九皆本於偃王；而秦後迄茲無聞家[26]。天於柏翳之緒[27], 非偏有厚薄, 施仁與暴之報[28], 自然異也。

1 　柏翳(백예)：순(舜)임금 때의 사람으로 본명은 대비(大費)고 백익(伯益)으로도 불렸다. 고요(皐陶)의 아들로 우(禹)임금을 도와 치수(治水)에 공을 세웠는데, 우임금이 그에게 자리를 물려주려고 하자 기산(箕山) 북쪽으로 피신해 살았다고 한다. 순임금을 도와 새나 짐승들을 잘 길들이자 순임금이 그에게 영(嬴)이

라는 성을 하사했다. 백예는 대렴(大廉)과 약목(若木)이라는 두 아들을 두었는데, 대렴은 진(秦)나라, 약목은 서(徐)나라의 선조가 되었다.

2 西偏(서편) : 서쪽 변방 지구.

3 虎吞(호탄) : 호랑이처럼 삼키다.

4 賊害(적해) : 해치다.

5 僨(분) : 전복되다. 멸망하다. 여기서는 사역동사로 쓰였는데 역문은 우리말에 맞게 바꾸어 옮겼다.

6 沈(침) : 가라앉다. 멸절되다. 이 역시 사역동사로 쓰였다.

7 當國(당국) : 나라를 맡다. 국정을 주재하다. 왕의 자리에 오르다.

8 君國(군국) : 임금의 자리에 있으면서 나라를 다스리다.

9 子民(자민) : 백성들을 자식처럼 아끼다. 『예기·표기(表記)』에 "(순임금이) 천하를 다스림에 있어 살아 있을 때는 조금의 사심도 없었고, 죽은 뒤에도 자기 아들이라고 특별히 우대하지도 않았으며, 백성을 대하기를 부모가 자식을 대하듯이 했다(君天下, 生無私, 死不厚其子, 子民如父母)"라는 표현이 보인다.

10 穆王(목왕) : 성명이 희만(姬滿)이며 주나라 5대 제왕으로 '목천자(穆天子)'로 불리기도 한다. 중국 역사상 전기적(傳奇的) 색채가 가장 많은 임금의 하나로 그에 관한 전설이 끊이지 않고 나왔는데 대표적으로 『목천자전(穆天子傳)』과 같은 책이 있다.

11 八龍(팔룡) : 여덟 마리 준마. 『열자(列子)·주목왕(周穆王)』에 주나라 목왕이 여덟 준마를 타고 서쪽 곤륜산(崑崙山)으로 갔다는 기록이 보인다.

12 王母(왕모) : 서왕모(西王母)와 금모(金母) 또는 요지금모(瑤池金母)로도 불린다. 본래는 재앙과 질병 및 형벌을 관장하는 사납게 생긴 신이었는데, 후대에 전해지는 과정에서 점차 아름답고 온화한 여신(女神)으로 바뀌었다. 노래를 잘 불렀으며 곤륜산의 요지에서 살면서 정원에 반도(蟠桃)라는 큰 복숭아를 심어 가꾸었는데 그것을 먹으면 불로장생한다는 전설이 있다.

13 瑤池(요지) : 전설상에 서왕모가 산다는 곳으로 곤륜산에 있다고 한다.

14 質正(질정) : 질문해서 옳고 그름을 가리다.

15 賓祭(빈제) : 빈객을 초대해 큰 제사를 지내다. 빈객의 신분으로 서나라로 와서 서나라의 선조에게 지내는 제사에 참여한다는 것은 '복종해 귀순한다'는 뜻을 나타낸다.

16 贄玉帛死生(지옥백사생) : 이 구절은 『서경·순전(舜典)』에 보이는 "공후백자남이 천자를 알현하러 갈 때의 예법, 다섯 가지 옥, 세 가지 비단과 두 종류의 산 짐승 및 한 가지 죽은 짐승 등을 제후나 경·대부·사들이 천자를 알현할 때의 공물로 제정했다(修五禮五玉三帛二生一死贄)"라는 글귀에 근거한 것이다. 한유는 '贄'자를 앞에 놓아 '예물로 바치다'는 동사로 바꾸어 썼다.

17 造父(조보) : 동이족(東夷族)으로 본래 성은 영(嬴)이고 고대에 말 모는 기술이 뛰어난 달인이었다. 주나라 목왕에게 여덟 필의 준마를 바쳐 총애를 받고 그의 수석 마부가 되었다. 서언왕이 반란을 일으켰을 때 목왕이 천리마를 타고 달려

와 대파시킨 뒤, 조보에게 조성(趙城)을 하사해 그로부터 조씨(趙氏)로 조(趙)나라의 조상이 되었다.

18 彭城武原山(팽성무원산) : 지금 강소성 서주시(徐州市) 비현(邳縣) 동쪽에 있는 산.

19 嗣(사) : 자손. 후손.

20 駒王(구왕) : 서나라가 가장 강성하던 시기의 임금. 서왕(徐王) 영의초(嬴義楚)라는 견해도 있으나 확실치 않다.

21 章禹(장우) : 서언왕의 12대손으로 서나라의 마지막 임금. 주경왕(周敬王) 8年(B.C. 512)에 오왕(吳王) 부차(夫差)와의 전투에서 패한 뒤 머리를 풀어헤치고 얼굴에 문신을 한 채 자신을 결박해 처자식을 데리고 가서 부차에게 무릎을 꿇고 나라의 보존을 요청했지만, 거절당하자 왕족들을 거느리고 초나라로 도망갔다고 한다.

22 相望(상망) : 서로 이어져 끊어지지 않다.

23 繼跡(계적) : 선조의 발자취를 이어받다. 선조의 공적을 계승하다.

24 史書(사서) : 역사서에 기록되다. '史'가 '역사서'고, '書'는 '기록하다'는 뜻의 동사로 쓰였다.

25 望(망) : 망족(望族). 명망 있는 집안. 명문가.

26 聞家(문가) : 명성이 대단하고 지위가 높은 가문.

27 緒(서) : 계파. 세계(世系).

28 報(보) : 보응. 보답.

衢州, 故會稽²⁹太末³⁰也。民多姓徐氏, 支縣龍丘³¹有偃王遺廟, 或曰 : 偃王之逃戰, 不之³²彭城, 之³²越城³³之隅 ; 棄玉几硏³⁴于會稽之水。或曰 : 徐子³⁵章禹旣執³⁶於吳, 徐之公族³⁷子弟散之³²徐揚二州³⁸間, 卽其居立先王廟云。

29 會稽(회계) : 진(秦)나라 때 설치된 군(郡) 이름으로 지금 절강성 소흥시(紹興市)다.

30 太末(태말) : 춘추시대에 '고멸(姑蔑)'로 불렸는데, 한(漢)나라 때 '太末'로 개칭되었고 당나라 때는 '龍丘(용구)'로 불렸다.

31 支縣龍丘(지현용구) : 부속 용구현. '支'는 '부속되다', '예속되다'는 뜻이다. '龍丘'는 지금 절강성 용유현(龍遊縣) 북쪽에 있었다.

32 之(지) : 가다.

33 越城(월성) : 월나라의 도성 회계(會稽) 곧 지금 절강성 소흥시(紹興市).

34 硏(연) : 벼루. '硯'과 통한다.

35 徐子(서자) : 주나라 목왕이 서언왕의 차자 영종(嬴宗)에게 자작(子爵)의 작위를 내려준 관계로 '徐子'로 불렸다.

36 執(집) : 붙잡히다. 포로가 되다.

37 公族(공족) : 군왕이나 제후의 동족. '宗族(종족)'으로 된 판본도 있다.

38 徐揚二州(서양이주) : 지금 강소성의 장강 이북 지역과 산동성 동남 지역.

開元初, 徐姓二人相屬爲刺史[39], 帥其部之同姓, 改作[40]廟屋, 載事于碑。
後九十年當元和九年, 而徐氏放復爲刺史。放字達夫 ; 前碑[41]所謂今戶部
侍郞, 其大父也。春行視農至于龍丘, 有事[42]于廟, 思惟本原, 曰 : "故制[43]
牺樸[44]下窄, 不足以揭虔[45]妥靈[46]。而又梁栭赤白, 陊剝[47]不治, 圖像之威,
黯昧[48]就滅 ; 藩拔級夷[49], 庭木秃鈌[50]。祈氓[51]日慢, 祥慶弗下 ; 州之羣支[52],
不獲陰麻[53]。余惟遺紹[54], 而尸[55]其上, 不卽不圖, 以有資聚, 罰其可辭!" 乃
命因故爲新[56], 衆工齊事[57], 惟月若[58]日, 工告訖功[59], 大祠于廟, 宗卿[60]咸序
應[61]。是歲, 州無怪風劇雨, 民不夭厲[62], 穀果完實, 民皆曰 : "耿耿[63]祉哉,
其不可誣[64]!" 乃相與請辭京師, 歸而鑱[65]之于石, 辭曰 :

39 徐姓二人相屬爲刺史(서성이인상촉위자사) : 서견(徐堅)과 그의 아들 서교(徐嶠)
    두 사람이 이어서 자사(刺史)가 되다. 서견은 자가 원고(元固)고 개원 연간에 집
    현원학사(集賢院學士)를 역임했으며, 서교는 자가 거산(巨山)이고 개원 연간에
    가부원외랑(駕部員外郞)과 집현원학사를 역임한 뒤 중서사인(中書舍人)으로 승
    진한 바 있다. 다만 『구당서』와 『신당서』 본전에도 이들이 자사를 지냈다는 기
    록은 보이지 않는다.
40 改作(개작) : 중수(重修)하다. 개축하다.
41 前碑(전비) : 조명성(趙明誠)의 『금석록(金石錄)』에 보이는 "「서언왕비」는 서안
    정(徐安貞)이 지은 것으로 대력 8년(773)에 세워졌다(「徐偃王碑」, 徐安貞撰, 大
    曆八年立)"라는 기록에 근거해 '前碑'는 이를 가리키는 것이 아닌가 하는 견해가
    있다.
42 有事(유사) : 제사를 지내다.
43 故制(고제) : 원래의 규모와 모양새.
44 牺樸(추박) : 거칠고 투박하다. '牺'는 '麤'와 같다.
45 揭虔(게건) : 경건한 마음을 표시하다. 성심을 표하다.
46 妥靈(타령) : 신령을 편안하게 하다.
47 陊剝(타박) : 떨어져 나가고 벗겨지다.
48 黯昧(알매) : 아주 검어 알 수 없다. 거무튀튀해 알아볼 수 없다.
49 藩拔級夷(번발급이) : 울타리는 뽑히고 사당으로 올라가는 계단은 닳아서 평평
    해지다. '夷'는 '평평하다'는 뜻이다.
50 秃鈌(독결) : 가지가 앙상하고 듬성듬성 모자라다. '鈌'은 '缺'과 같다.
51 祈氓(기맹) : 복을 빌기 위해 제사를 지내러 오는 백성. '氓'은 '甿'과 같다.
52 羣支(군지) : 여러 지파. 여기서는 구주 고을 내의 여러 서씨 지파를 가리킨다.

53 蔭庥(음휴) : 나무그늘. 비호(庇護).
54 遺紹(유소) : 후예. 후손. 죽은 사람의 계승자.
55 尸(시) : 주재하다. 주관하다. 여기서는 '자사의 자리에 있으면서 직책을 제대로 다하지 못하고 있다'는 뜻이 숨어 있다.
56 因故爲新(인고위신) : 옛 모습에 근거해 새것을 짓다.
57 齊事(제사) : 함께 일하다. 함께 중건 공정에 참가하다.
58 若(약) : 와. 접속사로 쓰였다.
59 訖功(흘공) : 준공하다. 완공하다.
60 宗卿(종경) : 서씨 성의 고을 관리들.
61 序應(서응) : 차례대로 배알하다.
62 夭厲(요려) : 요절하거나 돌림병에 걸다. '厲'는 '癘(려)'와 통한다.
63 耿耿(경경) : 밝게 빛나는 모습을 형용한다.
64 誣(무) : 있는 것을 없다고 하다. 없애다.
65 鑱(참) : 새기다.

秦傑[66]以顚, 徐由遜緜。秦鬼久飢, 徐有廟存。婉婉[67]偃王, 惟道之耽 ; 以國易仁, 爲笑于頑[68]。自初擅命[69], 其實幾姓。歷短[70]詈長[71], 有不償亡 ; 課[72]其利害, 孰與王當。姑蔑[73]之墟, 太末之里 ; 誰思王恩, 立廟以祀。王之聞孫[74], 世世多有 ; 唯臨茲邦, 廟上實守。堅嶠之後, 達夫廓[75]之 ; 王歿萬年, 如始祔[76]時。王孫多孝, 世奉王廟 ; 達夫之來, 先愼詔敎[77]。盡惠廟民 不主於神。維是達夫, 知孝之元。太末之里, 姑蔑之城 ; 廟事時脩, 仁孝振聲[78] ; 宜寵其人[79], 以及後生。嗟嗟[80]維王, 雖古誰亢[81] ; 王死于仁, 彼以暴喪。文追作誄, 刻示茫茫[82]。

66 傑(걸) : 포악하다. '桀'과 통한다.
67 婉婉(완완) : 온화하고 유순한 모양.
68 頑(완) : 완악한 무리들.
69 擅命(천명) : 명령을 제멋대로 발하다.
70 歷短(역단) : 진나라가 나라를 세워 유지한 시간이 짧은 것을 말한다.
71 詈長(이장) : 욕을 얻어먹는 시간이 긴 것을 말한다.
72 課(과) : 저울질하다. 조사하다.
73 姑蔑(고멸) : 고멸성(姑蔑城). 지금 절강성 용유현의 곡계(穀溪) 남쪽에 있었다.
74 聞孫(문손) : 명망 있는 후손.
75 廓(확) : 확대시키다. 넓히다.
76 祔(부) : 뒤에 죽은 사람을 선조의 위패 옆에 모셔두고 지내는 제사 이름. 여기

서는 '배향하다', '제사지내다'는 뜻으로 쓰였다.

77 詔敎(조교) : 훈계하고 교화하다.
78 振聲(진성) : 명성을 멀리까지 날리다.
79 其人(기인) : 구주 고을 백성. 서언왕 또는 서방을 가리키는 것으로 풀이한 견해
도 있다.
80 嗟嗟(차차) : 탄사. 여기서는 '찬미'의 뜻을 나타낸다.
81 亢(항) : 필적하다. 대항하다.
82 茫茫(망망) : 아득한 후대.

HS-221 「원씨 선조 가묘비」

袁氏先廟碑

　　원자(袁滋) 공이 선조의 가묘를 세우고 난 그 이듬해 2월에 형남(荊南)에서 절도사의 신분으로 도성으로 황제를 배알하러 와서 엿새 동안 머물며 임자일(壬子日, 16일) 춘분이 되기를 기다렸다가 종족의 친척과 자녀들을 거느리고 양과 돼지를 희생물로 하여 가묘 안의 세 조상을 모신 묘실에서 제사를 받들었다. 제사가 다 끝난 뒤에 가묘 밖으로 물러 나와서 말했다.

　　"아! 오래되었도다! 원씨 가문의 대대로 전해온 도덕과 유훈을 계승할 책임이 내 몸에 달려 있었거늘 오늘에서야 비로소 그 임무를 완수했다. 오늘 제사를 지냄에 있어서는 쇠북이나 경쇠와 같은 악기의 연주도 바치지 않았고 시가에 능한 사람에게 조상의 찬란한 업적을 기록하고 그 모습을 묘사하도록 하지도 않았으니, 무엇으로써 오래도록 어리고 우매한 후손들을 가르칠 수 있겠는가? 다만 다행스럽게도 삼가 양과 돼지 따위의 희생 제물을 묶어둔 돌이 있으니 거기에다 조상의 이름과 사적을 자세히 적고 시를 지어 그 글 뒤에 덧붙인다면, 도의상 그런대로 괜찮다고 할 것이다. 비록 그렇기는 해도 나는 감히 그리할 수 없으니, 반드시 옛것을 독실하게 연구하고 글에 능한 사람에게 부탁해야 할 것이다."

그러고는 나 한유에게 그 글을 쓰도록 명했는데, 나는 그 적임자가 아니라고 사양했지만 허락을 받지 못했다. 그리하여 원씨가 나온 뿌리와 가계 및 거주지를 조목조목 열거해, 주(周)에서부터 시작해 한(漢)·위(魏)·진(晉)·북위(北魏)·북주(北周)·수(隋)를 거쳐 당(唐)에 이르기까지 원자 공의 고조·증조·조부·부친이 어떻게 몸소 힘써 노력해 후손들을 비호하고 공에게 복을 내려주었는지를 삼가 진술했다. 원자 공이 어떻게 때를 잘 만나 장군이 되고 칙명을 받들어 조정에 들어오게 되었는지에 대해서는 개략적으로 적기도 하고 상세하게 적기도 했으며, 시를 지어 뒤에 덧붙였다.

비문의 내용은 다음과 같다.

주(周)나라 무왕(武王)이 순(舜)임금의 후손을 위해 진(陳)나라를 세워주었는데, 진나라 공자 중에 원향(袁鄉)이라는 땅을 식읍으로 받아 대부가 된 사람이 있었고 그의 자손이 대대로 그 땅을 잃어버리지 않고 지키며 별도로 자기들의 성을 원씨(袁氏)로 삼았다. 춘추시대에 진나라는 늘 초(楚)나라에 눌려 있어서 중원 제후국과의 교류가 더욱 소원했지만, 원씨는 그래도 업적이 뚜렷하게 눈에 띌 만해 계보를 적을 수 있었다. 그들은 늘 양하(陽夏)에 거주했는데, 양하는 진(晉)나라에 이르러 진군(陳郡)에 소속되었기 때문에 진군 원씨로 불렸다. 박사 원고(轅固)는 유가의 학설을 발전시키고 황로사상을 억눌러 앞장서서 학문을 제창하셨다. 사도(司徒) 원안(袁安)에 이르러 몸소 큰 덕을 지니고 있었기 때문에, 원씨가 그로 말미암아 크게 부각되어 대대로 인재가 연이어 나와 한(漢)나라가 망하고 위진(魏晉)으로 이어지기까지 남조(南朝)와 북조(北朝)에서 모두 벼슬했다. 처음으로 화음현(華陰縣)에 거주하면서부터 북위의 홍려경(鴻臚卿)이 되었는데, 홍려경을 지낸 분은 이름이 공(恭)으로 북주에서 양주자사(梁州刺史)를 지낸 신안현(新安縣) 효후(孝侯) 원영(袁穎)을 낳으셨다. 효후 원영은 수(隋)나라에서 좌위대장군(左衛大將軍)을 지낸 원온(袁溫)을 낳고 관직에서 물러나 화음현에서 거주하다가 무덕(武德) 9년(626)에 노령으로 세상을 떠난 뒤에 비로소 화주(華州)에 매장되셨다. 좌위대장군 원온은 남주자사(南州刺史)를 지낸 원사정(袁士政)을 낳으셨다. 남주자사 원사정은 당양현령(當陽縣令)을 지낸 원윤(袁倫)을 낳았는데 원자 공에게는 증조부가 되신다. 당양현령 원윤은 조산대부(朝散大夫)·석주사마(石州司馬)를 지낸 원지현(袁知玄)을 낳았고, 석주사마 원지현은 함녕현령(咸寧縣令)을 지내고 공부상서(工部尚書)에 추증된 원엽(袁曄)을 낳았는데 이 분이 원자 공의 부친이시다. 원씨는 유서가 깊은 가문이었고 당양현령 원윤은 경서에 통달해 유학자가 되었지만 지위는 현령에 그치셨다. 석주사마 원지현은 『춘추』를 운용해 자신을 지키고 일에 대처했지만 일개 고을의 사마로 생을 마감하셨다. 함녕현령 원엽은 모든 학문에 두루 해박하면서도 그것들을 근본 하나로 꿰고 있어서 문반이든 무반이든 간에 두루 맞게 쓰였으며, 계책을 시행하면 바로 효과가 뒤따랐고 나가 벼슬하든지 물러나 은둔하든지 간에 기준을 세우고 있었지만 조정으로부터 작위를 받지는 못하셨다. 최근의 삼대가 출세를 해야 마땅했지만 그렇지 못하고 길이 막혀 있다가, 마침내 후손에게 공적을 이루도록 해주니 그 운명이 마땅히 원자 공에게로 돌아온 셈이다. 공께서는 증조부·조부·부친의 최근 삼대가 살아 계실 때는 대부의 봉록을 누리지 못하다가 돌아가신 뒤에야 자손들의 제사를 받게 되었다고 생각하셨다. 그런데 오직 장군이나 재상들만이 제물을 갖추어 제사를 드릴 수 있고, 세대가 오래될수록 제사의 예법은 더욱 못해지기 마련이다. 따라서 이 일은 덕행과 다스리는 직무를 신중히 하여 공적을 도모하고 이름을 남겨서 황제의 인정을 받도록 기다리는 데 달려 있다. 원자 공은 큰일이건 작은 일이건 간에 감히 삼가고 두려워하지 않으심이 없었고, 아침이든 저녁이든 가리지 않고 감히 자신의 언행을 삼가지 않으신 적이 없었다. 집안에서 덕을 이루고 밖으로 나가 벼슬하다가 조정에서 공적을 세우기에 이르렀다. 시어사(侍御史)에서 시작해 공부원외랑(工部員外郞)·사부낭중(祠部郞中)·간의대부(諫議大夫)·상서우승(尙書右丞)·화주자사(華州刺史)·금오대장군(金吾大將軍) 등을 두루 역임했는데, 지위가 낮은 데서 높은 데로 올라갔고 맡은 관직이 직무에 어울리지 않는 것이 없었다. 마침내 재상이 되어 황제를 보좌해 백관의 잘잘못을 가려 드러냈으며, 그러고 나서 부절을 손에 들고 나가 촉(蜀)·활(滑)·양(襄)·형(荊) 지방을 통솔하는 절도사가 되셨다. 그리하여 다스리는 강역이 온 강산을 다 포괄했으며 관직의 품계가 오르고 봉록이 많아져서 조상의 사당을 세우고 제사를 받들 수 있게 되었으니 모든 것이 뜻대로 실현되었다. 또 조상의 공적을 비석에 새겨 드러내어 후세에 남김으로써 후손들에게 잊지 말도록 가르쳤으니 큰 효성이라고 이를 만하다. 시는 다음과 같다.

원씨는 진(陳)나라에서 갈라져 나왔는데
처음에는 매우 어렵고 곤궁했다.
진(秦)나라를 지나 한(漢)나라에 이르러
박사 원고(袁固)가 유학의 논지를 펼쳐내셨다.
사도 원안(袁安)은 도덕으로 자부해
차마 사람들을 감옥에 가두지 못하셨다.
후손들이 그 공덕을 거둬들여
다섯 공께서 연이어 높은 자리에 오르셨다.
진(晉)나라가 남방으로 옮겨가자
원씨는 화음(華陰) 지방으로 내려와 거주했다.
홍려경(鴻臚卿) 원공(袁恭)과 효후(孝侯) 원영(袁穎)은
임용에 있어 사람을 뽑는 기준에 적합하셨다.

남주자사(南州刺史) 원사정(袁士政)은 다스리는 일에 부지런해
근무평정에서 일등을 하고도 태만해하지 않으셨다.
당양현령(當陽縣令) 원윤(袁倫)은 경전에 심취해
오직 대의만을 두려워하셨다.
석주사마(石州司馬) 원지현(袁知玄)은 덕행과 공적이 빛났으며
『춘추』 연구에 전념하셨다.
아름답도다! 함녕현령(咸寧縣令) 원엽(袁曄)은
한 가지 덕으로 이름나지 않고
어려운 길로 달려가고 성공의 길을 피하시며
시속을 따르면서 스스로를 과시하지 않았다.
효자 원자(袁滋) 공을 낳으시니
그분께서 천자의 재상이 되시어
절도사의 부절을 가지고 지방으로 나가시자
여러 고을에서 모두 모범으로 받들었다.
예법이 정한 등급에 따라 가묘를 세우고
봉록으로 각종 제사용 기물을 다 갖추고서
증조부부터 부친에 이르기까지
같은 사당 안에 각기 다른 묘실에 모셨는데
측백나무 판자에 소나무 기둥
자리는 나란히 배열되어 있다.
원씨의 가묘는
효성스런 자손이 세운 것
지세에 따라 알맞게 배치하고서
자문하고 또 거북점으로 길흉을 물었으며
험준한 곳은 평평하게 깎아내어
집과 담장이 모두 안정되고 위엄 있다.
효성스런 자손들이 와서 제물을 바치고

가묘의 뜰에서 배례를 하고서

대청에 오르고 묘실로 들어가

몸소 각종 제기에 제수를 올려놓았다.

짐승의 어깨뼈, 앞다리뼈, 갈비뼈, 엉덩이뼈 등이 갖추어져 있고

술잔에는 술을 대신하는 맑은 물이 담겨져 있다.

대청 아래로 내려가 절을 하고 올라가 제사지낸 고기를 받으면

경사스런 의식은 이로써 끝이 난다.

증조부와 조부님

그리고 부친이 복을 베풀었으니

너희 효성스런 후손들은

보답하고 공경할지라.

대저 우리에게 오늘이 있는 것은

조상의 은덕이 아니라면 어찌 생각할 수 있으리오?

희생물을 매었던 비석에 시를 새겨

후손들에게 고하노라.

해제

원화 11년(816) 2월 중서사인(中書舍人) 재직 시에 원자(袁滋)의 요청에 응해 지은 원씨 선조의 가묘 비문. 원자는 자가 덕심(德深)이고 채주(蔡州) 낭산[朗山 : 지금 하남성 여남현(汝南縣) 동북] 사람으로 『구당서』와 『신당서』에 모두 그의 전기가 실려 있다. 그는 원화 9년(814) 9월에 형남절도사(荊南節度使)에 임명되어 나가 있다가 10년(815)에 장안에 가묘를 세우고, 11년 2월에 황제를 알현하기 위해 내조(來朝)했을 때 작자에게 이 글을 청했다.

이 글은 비석을 세운 유래와 원자의 관직 및 공적을 주로 서술하고 있어, 선조의 가묘 비문이라기보다는 원자를 위해 써준 것이라고 보는 것이 옳다. 실제 원씨 선조의 가묘를 세울 수 있게 된 것은 원자가 장군과 재상이 된 때문이다. 따라서 이 글에서 원씨의 가계와 주소 및 선조의 업적도 서술하고 있지만, 원자 특히 그의 효성을 찬미하는 데 중점이 모아져 있다. 이 글이 효를 중점에 내세우고 충을 말하지 않은 데는 그럴만한 이유가 있었다. 즉『신당서 · 원자전』에 원자가 반란군 토벌 전쟁에 미온적인 태도를 취한 두 가지 사례가 적혀 있다. 첫째, 영정(永貞) 원년(805)에 검남서천절도사(劍南西川節度使) 유벽(劉闢)이 반란을 일으켰을 때, 원자가 칙령을 받고 검남동서천절도사(劍南東西川節度使)에 임명된 뒤 반군의 세력이 강성하자 겁을 집어 먹고 진군하지 않고 있다가 길주자사(吉州刺史)로 좌천된 일이다. 둘째, 원화 9년에 창의군절도사(彰義軍節度使) 오소양(吳少陽)이 죽은 뒤에 그의 아들 오원제(吳元濟)가 유후(留後)를 자칭하며 채주(蔡州)를 근거지로 하여 반란을 일으켰을 때, 창의군절도사에 임명된 원자가 오원제를 토벌하라는 칙명을 받고도 오소양이 채주에 있는 원자 조상의 묘를 잘 돌봐준 개인적인 친분 때문에 오원제와 우호적인 관계를 유지하고 있다가 그런 기회를 틈타고 진공해온 반군과의 전쟁에서 패하고 무주자사(撫州刺史)로 좌천된 적이 있다. 당나라 왕조의 명운이 걸린 반군 토벌 전쟁에서 원자가 국가의 이익보다 사사로운 정의(情誼)에 끌려 어중간한 태도를 취했으니 충성과는 상당한 거리가 있었다고 할 수 있다. 다만 비문이 공덕 칭송을 위주로 하는 것인만큼 작자가 이 두 가지 사례를 거론하지 않고 그의 효성만을 언급했던 것이다.

앞의 서문은『서경』의「주고(周誥)」와「은반(殷盤)」을 본떴고, 시 부분은『시경』의 작법에 매우 가까워 언어 구사가 매우 예스럽고 전아하며 유별나고 웅장하기까지 하여 읽기가 수월하지 않다.

원문 및 주석

袁公滋旣成廟, 明歲^{1}二月, 自荊南^{2}以旌節^{3}朝京師, 留六日, 得壬子^{4}春分, 率宗親子屬用少牢^{5}于三室^6. 旣事退言曰: "嗚呼遠哉! 維世傳德, 襲訓集余, 乃今有濟^7. 今祭旣不薦^{8}金石音聲, 使工歌詩載烈象容^9, 其奚以飭稚昧^{10}於長久? 唯敬繫^{11}羊豕幸有石, 如具著先人名跡, 因爲詩繫之語下, 於義其可. 雖然, 余不敢; 必屬篤古而達於詞者." 遂以命愈, 愈謝非其人, 不獲命; 則謹條^{12}袁氏本所以出, 與其世系里居; 起周歷漢魏晉拓拔魏^{13}周隋入國家以來, 高曾祖考所以劬躬燾後^{14}, 委祉^{15}于公; 公之所以逢將承應^{16}者: 有槪有詳, 而綴^{17}以詩.

1 明歲(명세) : 이듬해. 원화(元和) 11년(816).
2 荊南(형남) : 형남절도사. 막부 소재지가 강릉부(江陵府 : 지금 호북성 강릉시)에 있었다. 『구당서·헌종기(憲宗紀)』에 의하면 원자는 원화 9년 9월 13일(丙戌)에 형남절도사로 부임했다.
3 旌節(기절) : 깃발과 부절. 임금의 명령을 받은 신하임을 보증하는 신표로 쓰였는데, 여기서는 절도사로 부임한 것을 가리킨다. 당나라 제도에 의하면 절도사는 '깃발(旌)'과 '부절(節)' 각각 2개씩을 하사받았는데, 깃발은 상을 내릴 때 쓰고 부절은 사형을 집행할 때 사용했다. '旌'가 '旌(정)'으로 된 판본도 있다.
4 壬子(임자) : 원화 11년 2월 16일.
5 少牢(소뢰) : 제사 때 희생 제물로 바치는 양과 돼지. 소와 양과 돼지를 바치는 것은 태뢰(太牢)라고 했다.
6 三室(삼실) : 선조를 모신 삼묘(三廟). 본래 일소(一昭)와 일목(一穆) 그리고 가운데 시조를 모신 세 묘실로 이루어졌는데, 고대에 대부(大夫) 벼슬을 한 관리가 세울 수 있었다. 이에 반해 제후는 오묘(五廟), 천자는 칠묘(七廟)를 설치했다. 여기서는 원자의 증조부와 조부 그리고 부친을 모신 묘실을 가리킨다.
7 濟(제) : 성공하다. 완수하다.
8 薦(천) : 바치다. 드리다.
9 載烈象容(재열상용) : 조상의 찬란한 업적을 기록하고 그 모습을 묘사하다.
10 稚昧(치매) : 어리고 우매하다.
11 繫(계) : 매다. 『예기·제의(祭義)』에 의하면 고대에 제사를 지낼 때 희생으로 쓸 짐승을 비석에 매어두었다가 제사가 끝난 뒤에 그 비석에 글을 새겨 넣었다.
12 謹條(근조) : 삼가 조목조목 열거하다.
13 拓拔魏(탁발위) : 선비족(鮮卑族)의 탁발씨가 세운 나라로 북위(北魏)를 가리킨

다. '拓拔'의 '拔'은 '跋'로도 적는다. 황제(黃帝)는 토덕(土德)으로 왕이 되었는데, 선비족의 말에 '土(사)'를 '拓(탁)', '后(후)'를 '跋(발)'이라고 했기 때문에 '拓跋'을 그들의 성씨로 삼았다고 한다.

14 劬躬燾後(구궁도후) : 몸소 힘써 노력해 후손들을 비호하다.

15 委祉(위지) : 복을 내려주다.

16 逢將承應(봉장승응) : 때를 잘 만나 장군이 되고 칙명을 받들어 조정에 들어오다.

17 綴(철) : 잇다. 덧붙이다.

其語曰 : 周樹舜後陳[18], 陳公子有爲大夫食國之地袁鄕者, 其子孫世守不失, 因自別爲袁氏。春秋世陳常壓於楚, 與中國[19]相加[20]尤疏, 袁氏猶班班[21]見, 可譜。常居陽夏[22], 陽夏至晉屬陳郡[23], 故號陳郡袁氏。博士固[24], 申儒遏黃[25], 唱業於前 ; 至司徒安[26], 懷德於身, 袁氏遂大顯, 連世有人 ; 終漢連魏晉, 分仕南北。始居華陰[27], 爲拓拔魏鴻臚[28] ; 鴻臚諱恭, 生周梁州[29]刺史新縣[30]孝侯諱穎[31]。孝侯生隋左衛大將軍諱溫[32], 去官居華陰, 武德九年[33]以大耋[34]薨[35], 始葬華州[36]。左衛生南州[37]刺史諱士政。南州生當陽[38]令諱倫, 於公爲曾祖。當陽生朝散大夫石州[39]司馬諱知玄 ; 司馬生贈工部尚書咸寧[40]令諱曄, 是爲皇考[41]。袁氏舊族, 而當陽以通經爲儒, 位止縣令 ; 石州用春秋持身治事, 爲州司馬以終 ; 咸寧備學而貫以一, 文武隨用, 謀行功從, 出入有立, 不爵于朝 : 比三世[42]宜達而窒[43], 歸成後人, 數當于公。公惟曾大父、大父、皇考比三世存不大夫食, 歿祭在子孫。唯將相能致備物[44], 世彌遠[45], 禮則益不及 ; 在愼德行業治, 圖功載名, 以待上可。無細大, 無敢不敬畏 ; 無早夜, 無敢不思。成于家, 進于外[46], 以立于朝。自侍御史歷工部員外郞、祠部郞中、諫議大夫、尙書右丞、華州刺史、金吾大將軍, 由卑而鉅, 莫不官稱[47] ; 遂爲宰相, 以贊辨章[48] ; 仍持節將[49]蜀滑襄荆 : 略苞[50]河山, 秩登祿富, 以有廟祀, 具如其志 ; 又垂顯刻[51], 以敎無忘, 可謂大孝。詩曰 :

18 周樹舜後陳(주수순후진) : 『좌전·양공(襄公) 25년』에 "우어보가 주나라 도정이 되었다. …… 주나라 무왕(武王)이 장녀 태희를 호공에게 시집보내고 호공을 진 땅에 봉했다(虞閼父爲周陶正. …… 庸以元女大姬配胡公而封諸陳)"라는 기록이 보인다. 이 글에서 우어보(虞閼父)가 순(舜)임금의 후손이고, 호공(胡公)은 이름

이 만(滿)으로 우어보의 아들이다.

19 中國(중국) : 춘추전국시대 중원의 각 제후국.

20 相加(상가) : 서로 내왕하다. 서로 교류하다.

21 班班(반반) : 뚜렷한 모양. 명확하게 드러나는 모양.

22 陽夏(양하) : 한(漢)나라 때에 붙여진 현 이름으로 지금 하남성 태강현(太康縣)에 있었다.

23 陳郡(진군) : 현청 소재지가 진현(陳縣)이고 지금 하남성 회양현(淮陽縣)에 있었다.

24 博士固(박사고) : 원고(轅固). 한나라 경제(景帝) 때의 박사로 제[齊 : 지금 산동성 치박시(淄博市)] 사람이다. 고대에 '轅'과 '爰'은 통용되었다.

25 申儒遏黃(신유알황) : 유가의 학설을 발전시키고 황로사상(黃老思想)을 억누르다. 원고는 도가인 황생(黃生)과 탕왕(湯王) 및 무왕(武王)의 역성혁명에 대해 변론하고, 또 두태후(竇太后)와 유가 및 도가 두 학파 간의 우열을 변론함으로써 유가의 학설을 높이 끌어올린 바 있다.

26 司徒安(사도안) : 사도(司徒) 원안(袁安). 후한(後漢) 때 여양[汝陽 : 지금 하남성 상수현(商水縣)] 사람으로 자는 소공(邵公)이다. 정치와 법령을 엄정 투명하게 하고 정의롭게 관직 생활을 하여 사도의 자리에까지 올랐다.

27 華陰(화음) : 관내도(關內道) 화주(華州) 소속의 현으로 지금 섬서성 화음현이다.

28 鴻臚(홍려) : 조회와 외교 및 국가의 경조사 관련 업무를 담당하는 관직 이름.

29 梁州(양주) : 산남서도(山南西道) 소속으로 주청 소재지가 남정(南鄭) 곧 지금 섬서성 한중시(漢中市)에 있었다. 지금 섬서성 성고(城固) 이서의 한수(漢水) 유역에 해당한다.

30 新縣(신현) : 방성규(方成珪)는 『구당서 · 지리지(地理志)』에 '新縣'이 들어 있지 않다는 점에 근거해 『촉본(蜀本)』을 좇아 '新安縣'으로 고증한 바 있다. 지금 하남성 신안현이 바로 그곳에 해당한다.

31 穎(영) : '頻(빈)'으로 된 판본도 많이 있다.

32 溫(온) : 자가 군각(君恪)이다.

33 武德九年(무덕구년) : 서기 626년. 무덕은 618-626년에 걸쳐 사용된 당나라 고조(高祖) 이연(李淵)의 연호.

34 大耋(대질) : 노령. 고령. '팔십 노인'을 '耋'이라고 한다. '칠십 노인'이라는 견해도 있다.

35 薨(홍) : 「당고강서관찰사위공묘지명(唐故江西觀察使韋公墓誌銘)」(HS-207) 주석 59 참조.

36 華州(화주) : 관내도 소속으로 주청 소재지가 정현(鄭縣) 곧 지금 섬서성 화현(華縣)에 있었다.

37 南州(남주) : 강남도(江南道) 소속으로 주청 소재지가 남천 곧 지금 사천성 기강현(綦江縣) 북쪽에 있었다.

38 當陽(당양) : 산남도(山南道) 강릉부(江陵府) 소속 현으로 지금 호북성 당양현이다.

39　石州(석주) : 하동도(河東道) 소속으로 주청 소재지가 이석(離石) 곧 지금 산서성 이석현에 있었다.

40　咸寧(함녕) : 관내도 단주(丹州) 소속 현으로 지금 섬서성 서안시(西安市)에 있었다.

41　皇考(황고) : 돌아가신 부친의 존칭.

42　三世(삼세) : 증조부 · 조부 · 부친.

43　窒(질) : 억눌리다. 길이 막히다.

44　備物(비물) : 고위 관료가 누릴 수 있는 제사의 기물을 가리킨다.

45　彌遠(미원) : 더욱 오래되다. 『교주(校注)』에 '彌'가 '禰(녜)'로 되어 있는데 문맥이 통하도록 다른 여러 판본에 따라 바로잡았다.

46　進于外(진우외) : '밖으로 나가 벼슬하다'는 것을 가리킨다.

47　官稱(관칭) : 관직이 직무에 어울리다.

48　辨章(변장) : 백관의 잘잘못을 가려 드러내다. '辨章'은 『서경 · 요전(堯典)』의 "平章百姓(평장백성)"에서 나온 표현인데, '平'은 '가리다'는 뜻이고 '章'은 표창하다는 뜻이며, '百姓'은 '백관의 가문'을 뜻한다. '平'이 『사기 · 오제본기(五帝本紀)』에는 '便(편)', 『사기색은(史記索隱)』에는 '辨(변)'으로 되어 있다.

49　將(장) : 거느리다. 통솔하다.

50　略苞河山(약포하산) : 강역이 온 강산을 다 포괄하다. '略'은 '경계', '강역'의 뜻이고 '苞'는 '包'와 통한다.

51　顯刻(현각) : 비석에 새겨 드러내다.

袁自陳分, 初尚蹇連[52]. 越秦造[53]漢, 博士發論. 司徒任德, 忍不錮人[54]. 收功厥後, 五公[55]重尊. 晉氏于南, 來處革下[56]. 鴻臚孝侯, 用適操捨[57]. 南州勤治, 取最[58]不懈. 當陽耽經, 唯義之畏. 石州烈烈[59], 學專春秋. 懿哉咸寧, 不名一休 ; 趨難避成, 與時泛浮[60]. 是生孝子, 天子之宰 ; 出把將符[61], 羣州承楷[62]. 數[63]以立廟, 祿以備器 ; 由曾及考, 同堂異置[64] ; 柏版松楹, 其筵肆肆[65]. 維袁之廟, 孝孫之爲 ; 順勢卽宜, 以諏[66]以龜[67] ; 以平其巇[68], 屋牆持持[69]. 孝孫來享, 來拜廟庭 ; 陟堂進室, 親登籩鉶[70] ; 肩臑胉骼[71], 其樽玄淸[72] ; 降登受胙[73], 于慶爾成. 維曾維祖, 維考之施 ; 于汝孝嗣, 以報以祗[74] ; 凡我有今, 非本曷思[75] ; 刻詩牲繫[76], 維以告之.

52　蹇連(건련) : 어렵고 곤궁한 모양.

53　造(조) : 이르다.

54　忍不錮人(인불고인) : 차마 사람들을 감옥에 가두지 못하다. 『위본(魏本)』에 실린 번여림(樊汝霖)의 주석에 "한나라 명제 때 원안이 하남윤으로 있으면서 일찍

이 장물죄로 사람들을 국문하는 법이 없었다. 그는 일찍이 '대체로 공부해서 벼슬길에 오른 사람은 높게는 재상을 바라보고 낮게는 고을 수령을 바라니 어진 임금이 다스리는 세상에 사람을 가둬두는 일은 차마 할 수 없는 바다'라고 했다(漢明帝時, 安爲河南尹, 未嘗以臟罪鞫人. 嘗曰：'凡學仕者, 高則望宰相, 下則希牧守, 錮人於聖世, 所不忍爲)"라는 기록이 보인다.

55 五公(오공) : 원안(袁安) · 원탕(袁湯) · 원봉(袁逢) · 원외(袁隗) · 원창(袁敞). 『위본(魏本)』에 실린 손여청(孫汝聽)의 주석에 의하면 원안은 한나라 장제(章帝) 때 사도(司徒), 원안의 아들 원경(袁京)의 아들 원탕은 환제(桓帝) 때 태위(太尉), 원탕의 아들 원봉은 영제(靈帝) 때 사공(司空), 원봉의 동생 원외는 헌제(獻帝) 때 태부(太傅), 원경의 동생 원창은 안제(安帝) 때 사공(司空)을 지냈다. 4대에 삼공(三公)의 반열에 오른 사람이 다섯인 셈이다.

56 華下(화하) : 화산 아래로 화음(華陰) 지방을 가리킨다.

57 操捨(조사) : 취하고 버리다.

58 取最(취최) : 근무평정에서 일등을 하다.

59 烈烈(열렬) : 덕행과 공적이 찬란하게 빛나는 모양.

60 與時泛浮(여시범부) : 스스로를 과시하지 않고 조용히 시속을 따르다.

61 將符(장부) : 장수의 부절. 여기서는 절도사의 부절을 가리킨다.

62 承楷(승해) : 모범으로 받들다.

63 數(수) : 예법이 정한 등급.

64 異置(이치) : 각기 다른 묘실에 모시다. 증조부와 조부 및 부친의 위패를 같은 사당 안의 각기 다른 묘실에 모신 것을 말한다.

65 肆肆(사사) : 나란히 배열되어 있는 모양.

66 諏(추) : 자문하다.

67 龜(귀) : 거북점을 쳐서 길흉을 묻다.

68 巇(희) : 험준하다.

69 持持(지지) : 안정되고 위엄 있는 모양.

70 籩鉶(변형) : 고대에 제사 때 쓴 기물. '籩'은 과일이나 포를 담는 대나무로 만든 식기고, '鉶'은 국을 담는 그릇으로 모두 제기(祭器)다.

71 肩臑胉骼(견노박격) : 제수(祭需)로 올린 짐승의 어깨뼈 · 앞다리뼈 · 갈비뼈 · 엉덩이뼈.

72 玄淸(현청) : 제사 때 술을 대신하는 맑은 물.

73 胙(조) : 제사를 지내고 난 뒤의 고기.

74 祗(지) : 공경하다.

75 思(사) : 도덕이 완전히 갖추어져 있다. 『서경 · 요전(堯典)』의 "일처리가 신중하고 비용을 절약하며, 옳고 그름을 밝게 살피며, 우아하고 도덕이 완전하게 갖추어져 있으며, 여유롭고 온유했다(欽明文思安安)"에서 나온 표현이다.

76 牲繫(생계) : 희생물을 매다. '繫牲'으로 된 판본도 있다.

HS-222 「청하군공 방공 묘갈명」

清河郡公房公墓碣銘

공은 이름이 계(啓)고 자가 아무개며 하남(河南) 사람이다. 그의 증조부 방융(房融)과 조부 방관(房琯)은 부자가 이어서 재상이 되셨다. 방융은 측천무후(則天武后) 때에 재상을 지내셨으나 사적이 오래된 관계로 별로 전해지지 않는다. 방관은 현종과 숙종 때에 재상을 지내셨는데 어려운 시기에 처했을 때 도의에 맞게 벼슬길로 나아가거나 물러났으며, 사후에 태위(太尉)에 추증되시어 명성이 지금까지도 전해진다. 부친 방승(房乘)은 벼슬이 비서소감(祕書少監)까지 이르렀으며 태자첨사(太子詹事)에 추증되셨다.

방계 공은 어머니 태중에서부터 조상의 후광을 받았으며, 태어나 자라는 과정에서 한시라도 유가 경전의 가르침에서 벗어나지 않고 항상 눈으로 보고 귀로 들어서 감화를 받았기에 달리 배우지 않고도 저절로 잘 했다. 처음에 봉상부(鳳翔府)의 참군(參軍)이 되었을 때 아직 나이가 어렸지만, 그곳 백성들과 관리들이 그를 맞이해 멀리서 바라보고는 모두 "정말로 방태위 집안의 자손이로다!"라고 하면서 감히 공무로 공을 속이는 따위의 농간을 부리지 못했다. 동주(同州) 징성현승(澄城縣丞)으로 전임하신 뒤에는 더욱 더 스스로를 단속하고 다스리니 동료들이 두려워하며 복종했다. 위안(衛晏)이 영남출척사(嶺南黜陟使)가 되어 외지로 나가게 됨에 공을 보좌관으로 뽑아서 공의 보필 하에 훌륭한 관리를 발탁하고 간악한 관리를 잘라내자 남방지역 백성들이 크게 기뻐했으며, 공은 그곳에서 돌아온 뒤에 소응현(昭應縣)의 주부(主簿)로 승진했다. 배주(裴冑)가 호남(湖南)관찰사가 되자 표문(表文)을 올려 공을 보좌관으로 삼겠다고 아뢰었다. 이에 조정에서 공을 감찰어사의 직위에 임명해 보내니 관할 부서에 빠뜨리고 처리하지 않는 일이 없었다. 배주가 강서(江西)관찰사로 전임하고 또 강릉의 형남(荊南)절도사가 되어 나갔을 때 공은 줄곧 배주를 따라다니며 보좌했는데, 공적이 쌓여서 형부원외랑(刑部員外郞)까지 승진해 5품의 관복을 하사받고 배주의 부관으로 일하면서 그의 상급보좌관이 되었다. 황제께서 공의 명성을 들으시고는 조정으로 불러들여 우부원외랑(虞部員外郞)에 임명하시니 상서성(尙書省)에서 명성이 자자했으며, 만년현령(萬年縣令)으로 전임해가서는 과단성이 있고 분별력이 뛰어나 일처리가 더없이 신속했다.

정원(貞元) 말년에 왕숙문(王叔文)이 정권을 잡게 되자 공을 일처리에 유능한 인재로 여기고 천거해 용관경략초토사(容管經略招討使)로 삼고 어사중승(御史中丞)에 임명한 뒤 관복과 의대를 3품의 대우에 상응하게 하고서, 오령(五嶺) 이남의 13개 주를 관할하도록 했다. 그러자 숲속이나 동굴 속에 사는 남방 소수민족들도 목숨을 걸고 조목을 세워 맺은 언약을 지키며 서로 약탈하지 않았으며, 세금을 제때에 절도에 맞게 납부했기 때문에 관가나 개인에게나 모두 여분의 재물이 있었다. 공은 입을 것과 먹을 것을 줄여 절약하고 재산을 남겨두지 않고서 친척이나 친구들에게 나누어주는 것을 의로운 행위로 여기셨다. 용주(容州)에서 9년간 재직하신 뒤에 계관(桂管)관찰사로 승진하고 청하군공(清河郡公)에 봉해졌는데 식읍이 3천 호였다.

환관이 어명을 받고 공에게 임명장을 수여하려고 왔는데, 공의 접대가 예에서 벗어나 주객 사이에 말이 어긋나는 바람에 조정으로 불려 들어가 태복시(太僕寺)의 부관인 태복소경(太僕少卿)으로 옮겨가게 되셨다. 그러나 미처 장안으로 부임하기 전에 건주장사(虔州長史)로 좌천되셨으며, 환관도 그 일로 인해 처벌되었다. 공은 병환으로 그곳 임지에서 세상을 떠나셨는데 향년 59세였다. 아들 방월(房越)이 부친의 사적을 빠짐없이 수집해 부지런하게 효성을 다했다. 장례를 치룬 뒤에 묘지에 비석을 세우고 나에게 묘갈문을 청하기에 다음과 같이 명문을 짓는다.

방씨 가문에서 두 재상이 나왔으니
이로써 그 집안이 유명해졌는데
곁가지 같은 먼 친척들도 은택을 입었거늘
하물며 직손인 공이야 오죽했겠는가!
공께서 처음 관리가 되신 것도
또한 가문의 음덕 때문이었으며
남방에서 영남출척사를 보좌하셨을 때
비로소 자신의 능력을 십분 발휘하기 시작했다.
만년현령 직을 잘 수행하시고서는
먼 변방의 용주를 지키라는 명을 받았는데
이룬 공적이 탁월하니
그곳 백성들이 순순히 생업에 충실했다.
다만 환관의 뜻을 맞추지 못해
관직도 잃고 자산도 잃고 말았는데

공을 원망할 일이 아니므로
명문에 그 사실을 적어 둔다.

해제

　원화 10년(815) 고공낭중 겸 지제고 재직 시에 지은 것으로 보이는 방
계(房啓) 묘갈명. 방계는 숙종 때의 재상 방관(房琯)의 손자로 자는 개사(開
士)며 『신당서』에 전기가 들어 있다. 이 글은 먼저 선조의 사적과 방계
의 관직 생활을 서술한 뒤, 왕숙문(王叔文)이 그를 중용한 것과 환관의
박해를 받은 일을 중점에 두고 서술해 방계가 재능과 의리를 갖춘 사람
임을 부각시키고 있다. 즉 왕숙문 집단에 대해 비우호적인 작자의 입장
에서 왕숙문이 방계를 중용한 것을 특별히 부각시킨 것은 방계의 정치
적 재능이 출중함을 잘 드러내준다. 그리고 방계가 근검절약을 몸소 실
천하며 재산을 쌓아두지 않고 의로운 적선 행위를 해온 점을 부각시켜,
당시에 기고만장해 뇌물을 챙기는 관행에 젖어 있던 환관으로 인해 관
직의 좌천을 당하면서도 원망하지 않았을 것이라는 점을 넌지시 비치
고 있다. 사실을 있는 그대로 서술하면서도 마지막 부분에서는 매우 함
축적인 필치를 발휘한 글 솜씨가 곱씹을 만하다.

원문 및 주석

公諱啓, 字某[1], 河南[2]人, 其大王父融[3], 王父琯[4], 仍父子爲宰相：融相天后[5], 事遠不大傳；琯相玄宗、肅宗, 處艱難中[6], 與道進退, 薨贈太尉, 流聲于茲。父乘[7], 仕至祕書少監, 贈太子詹事。

1 字某(자모)：『신당서』 전기에는 방계의 자에 관한 기록이 없는데, 진경운(陳景雲)이 『유몽득집(劉夢得集)』에 근거해 그의 자가 개사(開士)라고 했다.
2 河南(하남)：하남부 하남현으로 지금의 하남성(河南省) 낙양시(洛陽市).
3 大王父融(대왕부융)：증조부 방융(房融). 측천무후 때에 정간대부(正諫大夫) 동봉각난대평장사(同鳳閣鸞臺平章事)를 지냈다.
4 王父琯(왕부관)：조부 방관(房琯). 자가 차율(次律)이고 안사(安史)의 난 때 현종을 수행해 문부상서(文部尚書) 동중서문하평장사(同中書門下平章事)에 임명되었으며, 뒤에 숙종을 따라 장안으로 돌아와 청하군공에 봉해지고 사후에 태위(太尉)에 추증되었다.
5 天后(천후)：측천무후(則天武后).
6 處艱難中(처간난중)：안사의 난이 일어나 당나라 왕조가 매우 어려운 처지에 놓여 있었던 것을 가리킨다.
7 父乘(부승)：부친 방승(房乘). 방관에게는 언(偃)·승(乘)·유복(孺復)의 세 아들이 있었다.

公胚胎前光[8], 生長食息[9], 不離典訓[10]之內, 目擩耳染[11], 不學以能。始爲鳳翔府[12]參軍, 尚少, 人吏迎觀望見, 咸曰："眞房太尉家子孫也。" 不敢弄[13]以事。轉同州[14]澄城[15]丞, 益自飭理[16], 同官憚伏[17]。衛晏使嶺南黜陟[18], 求佐得公, 擢摘良姦[19], 南土大喜, 還進昭應[20]主簿。裴胄領湖南[21], 表公爲佐。拜監察御史, 部無遺事。胄遷江西[22], 又以節鎭江陵[23], 公一隨遷, 佐胄, 累功進至刑部員外郎, 賜五品服, 副胄使事爲上介[24]；上聞其名, 徵拜虞部員外, 在省籍籍[25]；遷萬年[26]令, 果辨[27]憿絕[28]。

8 胚胎前光(배태전광)：어머니의 태중에 있을 때 이미 조상의 영광을 받다.
9 食息(식식)：먹고 마시거나 호흡하다. 식사하거나 휴식하다. 시시각각으로. 한시라도.
10 典訓(전훈)：유가 경전의 가르침.

11 目擩耳染(목유이염) : 항상 눈으로 보고 귀로 들어서 자연스럽게 감화를 받다. '擩'와 '染'은 모두 '젖어들다', '물들다'는 뜻으로 영향을 받는 것을 뜻하며, '擩'는 '濡(유)'로도 적는다. 지금도 사자성어로 널리 쓰인다.

12 鳳翔府(봉상부) : 부청 소재지가 천흥(天興) 곧 지금 섬서성 봉상현(鳳翔縣)에 있었다.

13 弄(농) : 농간을 부리다. 여기서는 '속이다', '사기를 치다'는 뜻이다.

14 同州(동주) : 관내도(關內道) 소속으로 주청 소재지가 풍익(馮翊) 곧 지금 섬서성 대려현(大荔縣)에 있었다.

15 澄城(징성) : 관내도 동주(同州) 소속 현 이름.

16 節理(식리) : 단속하고 다스리다.

17 憚伏(탄복) : 두려워하며 복종하다.

18 衛晏使嶺南黜陟(위안사영남출척) : 『구당서·덕종기(德宗紀)』에 의하면 건중(建中) 원년(780) 2월에 홍경륜(洪經綸)·유면(柳冕)·위안(衛晏) 등 11인을 전국에 나누어 출척사(黜陟使)로 파견했다. 위안은 이때 영남 지역으로 파견되었는데 생몰년은 미상이다. 출척사는 인재의 선발과 축출을 담당하던 관직 이름이다.

19 擢摘良姦(탁적양간) : 훌륭한 관리를 발탁하고 간악한 관리를 잘라내다. '擢良摘姦'의 뜻이다.

20 昭應(소응) : 관내도 경조부(京兆府) 소속 현 이름으로 지금 섬서성 임동현(臨潼縣)에 해당한다.

21 裴胄領湖南(배주영호남) : 『구당서·덕종기』에 의하면 정원 3년(787) 윤5월에 국자사업(國子司業) 배주(裴胄)가 담주자사(潭州刺史)·호남관찰사에 임명되었다. 배주는 자가 윤숙(胤叔)이며 하동(河東) 문희(聞喜 : 지금 산서성 문희현) 사람이다.

22 胄遷江西(주천강서) : 『구당서·덕종기』에 의하면 정원 7년(791) 정월에 배주가 호남관찰사에서 강서관찰사로 전임했다.

23 節鎮江陵(절진강릉) : 『구당서·덕종기』에 의하면 정원 8년(792) 2월에 배주가 강서관찰사에서 강릉윤(江陵尹)·형남절도사(荊南節度使)로 전임했다.

24 上介(상개) : 군정(軍政) 장관의 상급 보좌관.

25 籍籍(적적) : 이구동성으로 칭찬해 명성이 자자한 것을 형용한다.

26 萬年(만년) : 경조부 소속 현 이름으로 지금 섬서성 임동현(臨潼縣) 북쪽에 있었다.

27 果辨(과변) : 과단성이 있고 분별력이 뛰어나다.

28 憿絶(격절) : 지극히 신속하다. '憿'은 '물이 세차게 흐르다'는 뜻의 '激'의 가차자로 쓰였다.

貞元末, 王叔文²⁹用事³⁰, 材公之爲, 擧以爲容州經略使³¹, 拜御史中丞, 服佩視³²三品, 管有嶺外十三州之地。林蠻洞蜒³³, 守條死要³⁴, 不相漁劫³⁵,

稅節賦時, 公私有餘。削衣貶食, 不立資遺, 以班³⁶親舊朋友爲義。在容九年, 遷領桂州³⁷, 封淸河郡公, 食邑三千戶。

29 **王叔文(왕숙문)**: 월주(越州) 산음(山陰 : 지금 절강성 소흥시(紹興市)] 사람으로 『구당서』와 『신당서』에 모두 전기가 들어 있다. 그는 순종(順宗)이 즉위한 뒤에 병약해 정사를 돌보지 못하자, 위집의(韋執誼)를 발탁해 재상에 올려놓고 왕비(王伾)・육질(陸質)・유종원(柳宗元)・유우석(劉禹錫) 등과 함께 과감한 개혁정책을 실시한 바 있다. 비록 실패로 끝나고 헌종이 즉위한 뒤에 쫓겨나 죽임을 당했지만, 역사에서 '영정혁신(永貞革新)'으로 평가받고 있기도 하다. 생몰년은 753-806년이다.

30 **用事(용사)**: 권력을 잡다.

31 **容州經略使(용주경략사)**: 『구당서・순종기』에 의하면 정원 21년(805) 5월에 방계가 만년현령에서 용관경략초토사(容管經略招討使)로 전임했다. '容州'는 주청 소재지가 북류(北流) 곧 지금 광서성 옥림현(玉林縣)에 있었다.

32 **視(시)**: 견주다. 비견하다. 동등하게 하다.

33 **蜑(단)**: 남방 소수민족으로 물속에 들어가 해산물이나 진주조개 등을 채취하는 것을 생업으로 했다고 한다. '蜑'으로 쓰는 것이 옳다.

34 **死要(사요)**: 언약을 지키기 위해 죽다. '要'는 '언약', '서약'의 뜻이다.

35 **漁劫(어겁)**: 약탈하다.

36 **班(반)**: 나누어주다.

37 **遷領桂州(천령계주)**: 『구당서・헌종기』에 의하면 원화 8년(813) 4월에 방계가 계관관찰사(桂管觀察使)로 전임했다. '桂州'는 주청 소재지가 임계(臨桂) 곧 지금 광서성 계림시(桂林市)에 있었다.

中人³⁸使授命書³⁹, 應待失禮⁴⁰, 客主違言, 徵貳太僕⁴¹; 未至, 貶虔州⁴²長史, 而坐使者⁴³。以疾卒官, 年五十九, 其子越, 能韓父事無失, 謹謹⁴⁴致孝⁴⁵。旣葬, 碣墓⁴⁶請銘, 銘曰 :

38 **中人(중인)**: 환관. 이하 일곱 구절과 관련한 역사적 사실의 대략은 『구당서・헌종기』와 『신당서・방계전』 및 한순(韓醇)・번여림(樊汝霖)・손여청(孫汝聽) 등의 주석에 의하면 다음과 같다. 원화 8년(813) 4월에 방계가 계관관찰사(桂管觀察使)에 임명되었는데, 계주(桂州)의 관리가 이부(吏部)의 담당관에게 뇌물을 써서 임명장을 미리 받아 역말을 통해 그것을 방계에게 전달했다. 그런데 얼마 안 있어 헌종이 환관을 사자로 파견해 임명장을 방계에게 수여하도록 하자, 방계는 환관이 과도한 뇌물을 요구할까 두려워 5일 전에 이미 임명장을 받았다고 했다. 그러자 환관은 그 임명장을 가지고 조정에 돌아가 보고하니 방계가 그 해 7월에 태복소경(太僕少卿)으로 강등되었다. 방계가 부득이해 현지의 노복 15명을 환관에게 바친 일이 일어나자, 헌종이 노해 환관을 사형에 처하고 방계는 건

주장사(虔州長史)로 좌천시켰다. 이때 환관은 이건장(李建章)인데 장형(杖刑) 100대에 처해진 뒤 죽었다고 한다.

39 命書(명서) : 황제의 조서(詔書). 여기서는 '관리 임명장'을 가리킨다.
40 應待(응대) : 접대하다. 응접하다.
41 貳太僕(이태복) : 태복시(太僕寺)의 부관에 임명되다. 태복시의 부관은 태복소경 (太僕少卿)이다.
42 虔州(건주) : 강남도 소속으로 주청 소재지가 감현(贛縣) 곧 지금 강서성 감주시 (贛州市)에 있었다.
43 坐(좌) : 죄를 선고하다. 처벌하다.
44 謹謹(근근) : 근면 성실해 게으름 피우지 않는 모양. '謹'은 '勤'과 통한다. '삼가고 또 삼가는 모양으로 풀이하는 설도 있다.
45 致孝(치효) : 효성을 다하다.
46 碣墓(갈묘) : 묘지에 비석을 세우다. 묘비를 세우다.

房氏二相, 厥家以聞 ; 條葉⁴⁷被澤, 況公其孫. 公初爲吏, 亦以門庇⁴⁸ ; 佐使于南⁴⁹, 乃始已致⁵⁰. 旣辦萬年, 命屛容服⁵¹ ; 功緖卓殊, 氓僚⁵²循業⁵³. 維不順隨⁵⁴, 失署⁵⁵亡資 ; 非公之怨, 銘以著之.

47 條葉(조엽) : 곁가지와 잎사귀. 여기서는 '먼 친척'을 가리킨다.
48 門庇(문비) : 가문의 음덕으로 벼슬을 하는 것을 말한다.
49 佐使于南(좌사우남) : 남방에서 영남출척사를 보좌하다. 위안의 보좌관을 맡은 것을 가리킨다.
50 已致(이치) : 스스로의 능력을 최대한 발휘하다. 방성규(方成珪)의 『한집전정(韓集箋正)』에 의거해 '已'는 '己(기)'로 고치고 뜻풀이를 했다.
51 容服(용복) : 먼 변방 용주(容州). '服'은 주(周)나라 때 왕기(王畿) 밖 주위에서부터 5백리 마다 설치한 구역을 뜻한다.
52 氓僚(맹료) : 백성. '僚'자가 서남방 소수민족을 뜻하는 '獠'로 된 판본도 있다.
53 循業(순업) : 순종하며 생업에 종사하다.
54 順隨(순수) : 뜻에 따르다. 비위에 맞추다.
55 失署(실서) : 관직을 잃다. 실직하다. 여기서 '署'는 '관직을 맡고 있다'는 뜻이다.

「당나라 고 은청광록대부 검교좌산기상시 겸 공부상서
태원군공 신도비문」

唐故銀靑光祿大夫檢校左散騎常侍兼右金吾衛大將軍贈工部尙書太原郡公神道碑文

공은 이름이 용(用)이고 자가 사유(師柔)며 태원(太原) 사람이다. 장헌(莊憲) 황태후의 동생이며, 지금 헌종 황제의 외숙이며, 태사(太師) 왕자안(王子顔)의 아들이며, 태위(太尉) 왕난득(王難得)의 손자며, 사도(司徒) 왕사경(王思敬)의 증손자다. 원화 원년(806)에 황제께서 황태후를 남궁(南宮)에서 배알하시고, 대대적으로 외척들에게 관작을 내려주시어 외고조부 이하 외조부에 이르기까지 일일이 삼공(三公)이나 삼사(三師)의 작위에 책봉하셨는데 이 사실이 역사에 기록되어 있다. 황태후의 형제는 오직 공 한 사람밖에 없었기 때문에 공은 특별히 은청광록대부(銀靑光祿大夫)·태자소첨사(太子少詹事)에 임명되셨다가, 3개월이 채 지나지 않아 또 대첨사(大詹事)로 승진하시고 상주국(上柱國)의 훈등(勳等)과 군공(郡公)의 작위를 하사받으셨으며, 태원국(太原國)에 봉해져 황실의 마구간과 정원을 관리하는 사무가 보태졌다.

공은 황실 외척 자제 출신으로 처음에 지위가 낮고 나이도 적었지만, 1년 남짓 지나자 상급 관리 대열로 뛰어올라 관직은 높고 직무는 무겁게 되어서 아침저녁으로 황제와 태후의 두 궁전에서 시중드셨다. 공은 경건 겸양하며 일에 민첩하셨고, 자기 몸가짐을 예법에 합당하게 가지어 왕실의 외척이라는 위세에 기대지도 않고 잘난 체하지도 않으셨으며, 빈객을 대하듯이 사대부 관리들을 접대해 높은 신분의 사람이거나 낮은 지위에 있는 사람이거나 간에 법도에 맞게 대하셨고, 그 관청의 사무능력을 높이고 일하기를 매우 좋아하셨으며 시간이 지날수록 더욱더 신중해지셨다. 그리하여 조정에서는 공을 현명하다고 추켜세웠고, 공이 근무하는 곳마다 잘 다스려진다고 일컬어졌다. 뒤에 소부감(少府監)과 태자빈객(太子賓客)으로 전임하셨지만 다른 직무는 처음과 같았으며, 또 좌산기상시(左散騎常侍) 겸 우금오대장군(右金吾大將軍)으로 자리를 옮기셨다. 이는 모두 자신의 재능으로 이부(吏部)에서의 전형에 뽑혀서 승진한 것이지 오로지 황실의 근친이라는 특혜 때문인 것만은 아니었다.

　　원화 11년(816) 가을날 장차 8월에 장헌 황태후를 장사지낼 예정으로 있었다. 공이 그보다 한 달 전인 임신일(壬申日, 7월 8일)에 병환으로 돌아가셨는데 향년 47세였다. 황제께서는 이틀 동안 조정의 집무를 보지 않고 위패를 설치해 곡을 하시고서는 공을 공부상서에 추증하셨다. 공은 그해 11월 임신일(11일)에 만년현(萬年縣) 낙여원(落女原)에 안장되셨다. 부인은 하남(河南) 호씨(胡氏)로 봉호가 태원군부인(太原郡夫人)이시다. 아들 여섯과 딸 한 사람을 두셨다. 안장할 날을 정한 뒤에 공의 매형인 경조윤(京兆尹) 이소(李愬)가 태자우서자(太子右庶子) 한유에게 말했다.

　　"그대는 늘 문장으로 현명한 고관들의 묘비명을 써주고 계시니 지금 사양할 수 없을 것입니다."

　　나는 "예" 하고 대답을 하고 다음과 같이 명문(銘文)을 지었다.

유교씨(有蟜氏)의 나라는
실제로 염제(炎帝)와 헌원황제(軒轅黃帝)로부터 나왔다.
촉산씨(蜀山氏)·도산씨(塗山氏)·신국(莘國)·지국(摯國)은
정실 왕비가 나온 가문들이다.
누구라도 어떤 강이 풍성하다면
그 원천을 부러워하지 않는 이는 없을 것이다.
왕씨(王氏)는 주(周)나라의 후예로
관직과 작위를 대대로 이어왔다.
그 가문에서 실로 성스러운 여성이 태어나시어
당나라 황제의 어머니가 되셨다.
공은 황태후의 동생이시고
황제는 그의 생질이시다.
몸을 낮추고 덕행을 신중하게 하시어
총애를 믿고서 제멋대로 굴지 않으셨다.
공의 나이 한창으로 아직 노경에 이르지 않았고
황태후가 돌아가신 슬픔이 아직 새로운 때인데
어이할꼬! 불행하게도
육신의 생명을 잃고 마셨으니.
이 돌에 글을 새겨서
영원토록 기록으로 보존하련다.

해제

원화 11년(816) 11월 태자우서자(太子右庶子) 재직 시에 지은 왕용(王用)

신도비명. 왕용은 『신당서』에 전기가 있다. 왕용은 당나라 헌종의 외숙이라는 신분으로 말미암아 관직에 올라 특별히 내세울 만한 사적은 없었다. 이에 작자는 왕용이 겸손하고 신중하며 사대부 관리들을 예우하는 어진 군자라는 점만을 드러내고 있다. 이 글은 작자의 비지류(碑誌類) 문장 중에서 무덤 속의 죽은 사람에게 아첨했다는 비판을 받는 것이기도 하다. 아울러 「진왕용비문장(進王用碑文狀)」(HS-288)과 「사허수왕용남인사물장(謝許受王用男人事物狀)」(HS-289)에 의하면 작자는 이 비문을 써준 사례조로 말 1필 및 안장과 재갈 그리고 백옥으로 된 요대(腰帶)를 받은 것으로 되어 있다. 당시에 작자는 문장으로 이름이 높았기 때문에 비문이나 묘지명을 써달라는 청탁을 많이 받았으며, 그 원고료 또한 상당한 수준이었음을 짐작하게 한다.

원문 및 주석

公諱用, 字師柔, 太原人[1], 莊憲皇太后[2]之弟, 今天子之舅, 太師[3]之子, 太尉[4]之孫, 司徒[5]之曾孫。元和元年, 上朝太后南宮[6], 大裒外氏, 自外高王父而下至外王父, 咸冊登公師[7], 事載之史。皇太后昆弟[8]唯公一人, 於是特拜銀青光祿大夫[9]、太子少詹事；未三月, 因遷大詹事[10], 賜勳上柱國[11], 爵封郡公, 國于太原[12], 益掌廐苑之事。

---

1 太原人(태원인) : 왕용(王用)의 선조는 하동(河東) 태원부 태원현 사람이었는데 뒤에 기주(沂州) 임기(臨沂)로 이주했다.
2 莊憲皇太后(장헌황태후) : 순종의 왕후이고 헌종의 모친.
3 太師(태사) : 왕용의 부친 왕자안(王子顏)으로 원화 원년(806)에 태사에 추증되었다.
4 太尉(태위) : 왕용의 조부 왕난득(王難得)으로 원화 원년에 태위에 추증되었다.

왕난득은 안사의 난 때에 곽자의(郭子儀, 697-781) 장군을 따라 반군 토벌 전쟁에 가담한 바 있다.

5 司徒(사도): 왕용의 증조부 왕사경(王思敬)으로 원화 원년에 사도에 추증되었다.

6 南宮(남궁): 당나라의 홍경궁(興慶宮)으로 남내(南內)라고도 불렸다.

7 冊登公師(책등공사): 삼공(三公)이나 삼사(三師)의 작위에 책봉하다. 삼공은 주대(周代) 이후 태사(太師)·태부(太傅)·태보(太保)를 가리켰는데 북위(北魏) 이후에는 삼사라고도 칭했다. 재상급의 최고위 관료를 가리킨다.

8 昆弟(곤제): 왕자안은 장자 중영(重榮)과 차자 용(用)의 두 아들을 두었는데, 이 구절의 의미로 보아 중영은 이전에 죽었을 가능성이 높다.

9 銀靑光祿大夫(은청광록대부): 「당은청광록대부수좌산기상시치사상주국양양군왕평양노공신도비명(唐銀靑光祿大夫守左散騎常侍致仕上柱國襄陽郡王平陽路公神道碑銘)」(HS-215) 해제 참조.

10 大詹事(대첨사): 태자첨사(太子詹事)로 첨사부(詹事府)의 정직이며 정3품.

11 上柱國(상주국): 「청변군왕양연기비문(淸邊郡王楊燕奇碑文)」(HS-199) 주석 21 참조.

12 國于太原(국우태원): 왕용이 태원군공(太原郡公)에 봉해졌지만 집이 장안에 있었기 때문에 태원은 봉국(封國)의 이름이다.

公起外戚子弟, 秩卑年少, 歲餘超居上班, 官尊職大, 朝夕兩宮[13] ; 而能敬讓以敏, 持以禮法, 不挾不矜[14], 賓接[15]士大夫, 高下中度, 興官耆事[16], 滋久愈謹 : 由是朝廷推賢, 所處號治。轉少府監, 太子賓客, 別職仍初 ; 遷左散騎常侍, 兼右金吾大將軍 : 皆以選進, 不專爲恩。

13 兩宮(양궁): 황제와 태후의 두 궁전.

14 不挾不矜(불협불긍): 위세에 기대지도 않고 잘난 체하지도 않다.

15 賓接(빈접): 빈객을 대하듯이 접대하다.

16 耆事(기사): 일하기를 좋아하다. '耆'는 '嗜'와 통한다.

十一年秋, 將以八月葬莊憲太后。前一月壬申, 以疾告薨, 春秋四十有七。上罷朝二日, 爲位[17]以哭, 贈工部尚書。十一月壬申, 葬于萬年縣落女原。夫人河南胡氏, 號太原郡夫人。有子六人, 女子一人。葬得日, 公之姊壻[18]京兆尹李儒謂太子右庶子韓愈曰 : "子以文常銘賢公卿, 今不可以辭。" 應曰"諾"。而爲銘曰 :

17 爲位(위위): 위패를 설치하다.

18 姊壻(자서): 매형. 누나의 남편. 장헌 황태후 여동생의 사위. '姊'는 '姉'와 같다.

有蟜氏[19]國, 實出炎軒[20]; 蜀塗莘摯[21], 正妃之門: 孰豐其川, 不羨其源。王氏周胄[22], 官封繼繼[23]; 實生聖女, 以母唐帝。公惟后季, 天子吾甥; 卑躬愼德, 不與寵橫。方年未老, 后哀猶新; 如何不惠[24], 而殞其身! 刻文茲石, 久載攸存。

---

19 有蟜氏(유교씨): 고대의 제후.

20 炎軒(염헌): 염제(炎帝)와 헌원황제(軒轅黃帝). 『국어·진어(晉語)』에 "소전이 유교씨의 여인을 아내로 맞아 황제와 염제를 낳았다(少典娶於有蟜氏, 生黃帝炎帝)"라는 기록이 보인다.

21 蜀塗莘摯(촉도신지): 촉산씨(蜀山氏)·도산씨(塗山氏)·신국(莘國)·지국(摯國). 『사기·오제본기(五帝本紀)』에 의하면 황제(黃帝)의 아들 창의(昌意)가 촉산씨의 여인을 아내로 맞이해 고양(高陽) 곧 전욱(顓頊)을 낳았고, 우(禹)임금이 도산씨의 여인을 아내로 맞이해 계(啓)를 낳았으며, 계력(季歷)이 지국(摯國) 임씨(任氏)의 가운데 딸 태임(太任)을 아내로 맞이해 문왕(文王)을 낳았고, 문왕이 신국(莘國)의 장녀 태사(太姒)를 아내로 맞이해 무왕(武王)을 낳았다.

22 周胄(주주): 주나라의 후예. 왕씨(王氏)는 주 영왕(靈王)의 태자인 진(晉)의 후예다.

23 繼繼(계계): 계속 이어져 끊어지지 않다.

24 不惠(불혜): 불길하다. 불운하다.